키워드로 열어보는 고전문학교육

고전문학교육 연구를 위한 열여덟 가지 주제들

키워드로 열어보는 고전문학교육
고전문학교육 연구를 위한 열여덟 가지 주제들

초판 인쇄 2022년 8월 10일
초판 발행 2022년 8월 24일

지은이 김종철 교수 고전문학교육 연구실
펴낸이 박찬익
편집 책봄
책임편집 권효진
펴낸곳 ㈜**박이정**
주소 경기도 하남시 조정대로 45 미사센텀비즈 F749호
전화 031-792-1195
팩스 02-928-4683
홈페이지 www.pjbook.com
이메일 pijbook@naver.com
등록 2014년 8월 22일 제2020-000029호

ISBN   979-11-5848-814-7   93810

키워드로 열어 보는

고전문학 교육

(주)박이정

머리말

고전문학의 세계는 다양한 영역으로 이루어져 있다. 우선 시가와 산문이 나뉘고, 이는 다시 시대별 또는 갈래별로 분류되는 것이 일반적이다. 또 향유 매체가 말인지 글인지, 글일 경우 한문인지 한글인지에 따라서도 영역이 구분된다. 그러다 보니 고전문학 개론서와 교재는 통상 시대와 갈래에 따라 작품을 나누어 싣게 되고, 고전문학 교육 또한 시대와 갈래에 따라 작품들의 위상을 파악하고 작품 간의 문학사적 흐름을 파악하는 방식으로 이루어져 왔다.

그러나 고전문학에 본격적으로 관심을 가지고 공부를 시작하는 독자의 입장에서는 지나치게 세분화된 분류 체계가 오히려 고전문학을 즐기는 데 걸림돌이 될 염려도 있다. 처음 고전문학을 공부할 때는 정밀한 분류보다는 여러 작품들에 반복적으로 나타나는 공통된 특징에 관심을 두는 것이 더 효과적인 접근 방법이 되지 않을까 한다. 분류 체계에 얽매이지 않고 고전문학의 세계를 조망하는 넓은 시야를 얻는 것이 다채로운 작품들을 읽고 정리해 나가는 데 도움이 될 수 있기 때문이다.

이 책에서는 고전문학 작품을 감상할 때 눈여겨볼 만한 열여덟 가지 키워드를 선정하고 각 키워드를 중심으로 주목해야 할 작품과 작품 수용 방안을 제시하였다. 각각의 키워드가 왜 중요한지, 키워드를 이해하는 것이 작품 감상에 어떤 도움을 줄 수 있는지를 가능한 한 쉽게 설명하고자 하였다.

이 책에 실린 키워드와 각 키워드를 중심으로 한 고전문학 작품 수용 제안은 서울대학교 국어교육과 대학원 졸업생들의 학위논문을 바탕으로 한 것이다. 김종철 선생님 지도 아래 학위논문을 작성한 동학들이 각자의 연구 주제를 가다듬어 핵심 키워드 중심으로 새롭게 글을 썼다. 모쪼록 처음 고전문학의 세계를 여행하기 시작한 독자들이 고전문학의 묘미를 느끼며 여러 작품을 가로지르는 흥미로운 경험을 하는 데 작은 도움이 되기를 바란다.

이 책이 나오기까지 많은 분들께서 애써 주셨다. 빠듯한 일정에도 불구하고 선뜻 출판을 맡아 주신 박이정 출판사 박찬익 사장님, 어수선한 초고를 가다듬어 책답게 만들어 주신 권효진 팀장님과 직원 분들께 감사드린다. 정성을 담아 책 표지를 아름답게 디자인해 준 서울대 기초교육원 이은지 선생님께도 고마움을 전한다.

2022년 8월
집필자 일동

목 차

_가치 경험을 통해 내면화하기

고전소설을 통한 가치교육

황혜진

이 연구는 소설을 도덕적 가치를 가진 대상으로 본다. '도덕'을 '좋은 삶(good life)'을 위해 필요한 '가치 내용'과 좋은 삶을 위한 '삶의 기술'이라고 본다면, 소설은 가치 있는 의미와 더불어 가치를 탐구하고 실천하는 고유의 방식을 가지고 있다는 점에서 도덕적이다.

그러나 그것은 대상의 특성일 뿐, 학습자가 어떻게 이 도덕적 가치를 경험하여 내면화, 자기화할 것인가에 대해서는 교육적 설계가 필요하다. 가치란 주체가 가치라고 경험할 때 가치로 성립될 수 있는 것이기에 학습자의 가치경험에 초점을 맞추어 논하는 것이 타당하다.

근대 예술 제도가 확립된 이후, 예술가치의 편에서는 실제적인 삶의 관심을 적용하는 태도를 예술에 대한 저급한 이해와 질 낮은 취향을 보여주는 것이라고 폄하하였다. 그리고 예술가치는 거리두기의 태도로 예술작품을 향유할 수 있는 사람들과 그렇지 못한 사람들의 구별짓기를 바탕으로 스스로를 정립해갔다.

그러나 이러한 편가르기는 심오한 예술가치의 위상을 높이는 대신 예술 작품을 '심미적 이상의 왕국(der Ideale Reich)'에 가두는 결과를 가져왔다. 또한 전체 문화의 수준을 높이려는 애초의 기획과는 달리, 그 왕국에 갇혀 있는 '순수예술작품(fine arts)'를 생기 없다고 보는 대중들로 하여금 접근하기 쉽고 말초적 감각을 충족시킬 수 있는 것들을 추구하게 하는 대중문화의 저속화 현상을 초래하였다. 이처럼 예술가치만을 중시하는 것은 문학과 삶을 유리시키고, 일상인들의 미적인 삶의 질을 떨어뜨리는 문제점을 지닌다.

예술가치 이외에도 문학 작품이 가지고 있는 가치는 다수 있을 수 있다. 이러한 관점에서 문학은 인식적 가치, 치료적 가치, 문화콘텐츠 산업적 가치, 종교적 가치, 역사적 가치 등을 구하려는 주체의 다양한 관심에 개방되어야 하며, 문학교육도 주체의 실제적 관심을 장려하는 방향으로 행해져야 할 것이다.

그럴 때 문학의 가치가 삶으로 파고들어 일상인의 삶의 질을 고양할 수 있다고 한다면, 문학교육은 문학이라는 교육대상을 '끌어안고' 있는 교과가 아니라 '나누어주는' 교과가 되어야 할 것이다. 이 연구에서 소설의 도덕적 가치를 중시하며, 이 가치를 어떻게 경험하게 할 것인가에 하는 교육내용을 구안하고자 하는 시도도 이러한 인식관심에서 발로한 이론적 실천이다.

◇ 가치교육 : '가치교육(value education)'은 가치의 발견과 실현을 통해 인간다운 삶, 의미있는 삶, 보람된 삶, 행복한 삶을 살도록 도와주는 교육을 의미하며, 사고력교육이나 정서교육처럼 범교과적인 의제로서 윤리과 교육, 사회과 교육에 한정된 영역은 아니다. 소설교육의 장에서 이루어지는 가치교육은 가치를 전달하고 실천하는 매재(媒材)인 언어를 교육 대상으로 하는 국어교육의 특성에 따라 설계하되, 가치를 통한 사회화와 가치를 다루는 능력의 계발이라는 가치교육의 두 목표를 포괄하여야 할 것이다.

이러한 관점에 따라 소설의 도덕적 가치에 대한 경험을 두 방향으로 설계할 수 있다. 그 하나는 가치를 실천하였던 인간의 정신이 축적된 문학을 통해 가치를 전수 받아 공동체의 전통에 속한 존재로서의 성장을 도우며 공동체 문화 창조에 기여하는 주체를 형성하는 것이고, 다른 하나는 소설이 가치를 사유하고 탐구하는 방식을 개인의 '가치능력'으로 삼도록 하는 것이다.

부언하면, 문학을 비롯한 언어문화를 통하여 실천된 가치를 통해 개인의 가치 지평을 수직적으로 확장시켜 개인을 공동체의 전통에 익숙하게 하고 나아가 가치 창조의 실천력을 갖게 하며, 기호로 구성된 세계와 현실 세계에서 가치를 발견, 탐구, 공감, 성찰, 창조할 수 있는 개체의 능력의 발달을 도모하는 것이라고 할 수 있다.

◇ 가치경험 : 가다머의 철학적 해석학의 관점에서 경험의 의미를 이해할 수 있다. 해석학적인 경험은 대상과의 만남을 통해 주체와 대

상이 동시에 변화하는 변증법적 과정이며, 그것은 해석 대상인 텍스트와 경험 주체와의 대화적인 구조를 갖는다. 이렇게 해석학적 경험은 주체가 대상에 귀속된 채 이루어지거나 대상과 관련 없이 형성되는 주체의 변화가 아니라 대상과 주체의 변증법적이며 대화적인 교섭의 과정이라고 볼 수 있다.

이러한 경험은 여행에 비유되기도 한다. 여행을 통해 우리는 일상적인 환경을 떠나 낯선 대상의 자극을 통해 새로운 감각을 형성한 자기를 발견하며, 이에 따라 환경 자체를 달리 볼 수 있는 시각을 가질 수 있다. 이렇게 경험은 대상과 주체를 변증법적으로 변화시키는 과정으로서 대상과의 교섭을 통한 자기 변화 및 대상 구성이라고 이해할 수 있다.

소설의 도덕적 가치도 경험의 대상이 될 수 있다. 이 도덕적 가치는 의미체로서 소설이 지니는 내용 차원의 도덕적 가치와 담론으로서 소설이 지니는 형식 차원의 도덕적 가치로 나뉜다. 내용 차원의 도덕적 가치에 대한 경험은 작품의 의미와 학습자가 대화적으로 교섭하는 과정을 거쳐 소설이 재현 대상으로 다루는 도덕적 가치가 학습자의 인격과 삶으로 통합되는 과정을 말하며, 형식 차원의 도덕적 가치에 대한 경험은 소설의 재현 대상이 되는 가치를 다루는 방식이 학습자가 가치를 다루는 능력으로 전이되는 과정을 일컫는다. 즉, 이 연구는 도덕적 요인을 가진 대상인 소설과 교섭을 통하여 학습자가 도덕적 가치를 생성하는 일련의 과정을 가치 경험이라고 칭하며, 이 경험은 소설의 의미론적 차원의 내용을 자신의 삶과 인격으로 통합하여 가치화하는 경험과 소설의 가치 형상화 방식을 학습자의 가치 사유 방식으로 가치화하는 경험으로 나누어 이해하였다.

◇ 애정소설 : '애정소설'은 고전소설을 주제적 내용에 따라 나눌 때 쓰
는 용어로서, 남녀 주인공의 애정 문제를 핵심적인 주제로 다루고
있는 소설을 지칭하며, 이 군의 소설은 남녀 간의 만남과 사랑, 이
별과 시련, 재회의 내용 요소를 공통적으로 갖는다. 애정은 두 가
지 차원으로 논의될 수 있는데, 그 하나는 애정이 인간의 일곱 가
지, 즉 가운데 하나인 것으로서 기쁨이나 슬픔처럼 본래 인간이 가
지고 있기에 배워 익히지 않고도 자연스럽게 느낄 수 있는 감정이
라는 데에서 비롯되는 '본성으로서 애정'이요, 다른 하나는 아무리
본성이라 할지라도 감정은 문화적인 표상 형식에 의해 매개되고
형성되며, 사회적인 환경에 따라 애정 실현에 장애를 제공하는 가
치나 제도가 달라질 수 있다는 의미를 갖는 '사회적인 애정'이다.
애정소설의 애정에는 이 두 가지 속성이 공존한다.
조선은 사회적 형식인 예(禮)로써 욕망을 통제하여 공리적 질서를
유지한다는 명분과, 주자성리학의 인욕(人欲)과 천리(天理)에 대
한 이분법적 구분을 바탕으로 남녀 간의 만남과 혼인, 부부 관계에
이르기까지 정교한 방식으로 애정을 금압해 온 특수한 문명 사회
라고 이해할 수 있다. 조선시대의 애정소설은 바로 이러한 공식 문
화에 반(反)하는 입장에서 향유되었으며, 공식 문화의 제약이 정
교하고 세련된 만큼 그에 반하는 애정의 파토스도 열정적이며 절
대적으로 표출되었다. 15세기의 산물인 김시습의 〈이생규장전〉과
〈만복사저포기〉로부터 17세기의 〈운영전〉, 〈주생전〉 등으로 이어
지는 한문 전기소설은 사랑의 설렘과 안타까움, 사회적 제약과 유

명(幽冥)의 한계까지 넘어서는 열정과 절대성을 지니고 있다.

조선 후기로 갈수록 애정소설은 지배적인 가치를 다차원적으로 비판하는 역할을 하였다. 이 때 애정소설은 이미 애정전기 소설에서 다루어진 갈등을 심각하게 진행시키기도 하고, 애정과 관련된 새로운 갈등을 추가하면서 인간의 본성을 억압하는 공적 가치가 삶의 질곡이 됨을 고발하고 비판하고 호소하였다. 이는 정의 차원에서 지배적 가치를 균열시키고, 인간성에 대한 새로운 관점을 제시한 것으로 이해할 수 있다. 그리고 조선 후기의 애정소설은 한글을 표현 매체로 삼았으며, 낭만성을 통해 현실 자체를 초월·부정하기보다는 우연적인 설정을 통해서라도 현실에서 애정가치가 실현될 수 있는 현실적 방안을 모색하여 그것을 사회적 전망으로 제시하였기 때문에 더 큰 사회적 반향을 불러일으킬 수 있었다.

유교적 지배 체제가 공고화되고, 애정에 대하여 과잉억압을 하는 조선 후기의 사회는 애정소설이 흥성할 수 있게 한 배경이 되었다. 지배 체계가 견고해진다는 것은 그만큼 인간의 삶에 제약이 많아진다는 의미이며, 그로 인해 현실적, 상징적으로 더 많은 저항을 불러오게 된다. 애정소설은 개인의 내면에서 가장 소중히 여겨지는 사적 가치인 애정을 지배적 가치로 제약하며 사회적 형식인 예(禮)로 순치시키려는 공식 문화를 비판하는 사회적 역할을 수행하였다. 그리고 조선시대의 주자성리학적인 지배 질서가 더욱 견고해질수록 애정소설은 그것을 정의 차원에서 균열시키면서 인간성과 개성이 긍정되는 세계에 대한 지향과 의지를 사회적으로 확산시킬 수 있었다. 애정소설은 예치(禮治)가 생활 깊숙이 스며들던 시대적 풍조 속에서 정(情)을 매개로 지배 질서를 비판하며, 애정이 긍정되는 사회와 새로운 인간관계를 전망하였다. 애정소설이 조선 사회에서 행했던 '위대한 거절'의 의미도 바로 여기서 찾을 수 있다.

■ 주요 내용

1. 가치능력과 관련된 소설의 속성

도덕성, 좋은 삶을 목표로 하는 가치교육은 인지적 영역에서는 '가치 발견 능력', '도덕적 추론 능력', '도덕적 상상력', 정의적 영역에서는 '타인에 대한 공감 능력'과 '가치 문해력' 등을 강조한다. 이러한 요소와 관련된 소설의 속성을 논하면 다음과 같다.

첫째, 소설은 도덕적 지혜를 바탕으로 가치 문제가 될 만한 현상을 발견하여 제재로 삼는다. 작가는 일상적인 삶을 살아가는 대부분의 사람들이 중요한 가치 문제로 인식하지 않았던 갈등을 제재로 취하여 그것이 서사적 탐구를 행해야 할 만큼 해결하기 어려운 문제이며, 우리에게 중요한 것임을 인식시킨다. 그리고 그 문제에 대한 판단이 단지 상황의 긴급한 요구나 개인적 이해 관계에서 이루어지는 것이 아니라 세계관, 이데올로기 등의 이념적 차원에 바탕을 둔 것임을 전체 서사를 통해 설득력 있게 제시한다.

둘째, 소설은 도덕 원리에 의한 추론 방식을 취하지 않고 서사적 추론을 행하며 가치를 탐구한다. 특수한 시공간적 조건 속에서 행위자와 관련된 인간화된 가치의 질적인 특성을 고려하기 때문이다. 따라서 소설의 가치 탐구는 도덕 원리에 의한 추론처럼 도덕 원리를 적용할 수 있도록 특수한 것들을 가지쳐 내는 것이 아니라 현실의 시공간적 조건과 인간관계적인 제약을 섬세히 고려할 수 있게 해준다.

셋째, 소설은 공감 대상으로서 유인력 있는 인물, 공감을 통해서만 이해할 수 있는 인물을 등장시킴으로써 독자의 공감을 유발한다. 소설에서 가치는 추상적인 원리로 존재하는 것이 아니라 주체의 서사적인 삶 속에서 가치에 대한 행위자의 감정과 태도, 그의 심사숙고와 용기 있는 선택 등과 분리될 수 없는 인간화된 것으로 형상화된다. 또, 소설의 인물이 겪는 외적인 갈등은 인물 내면으로 파고들어 가치 갈등에 대한 행위자 고유의 번뇌와 망설임 등의 감정을 갖게 한다. 바로 이러한 점으로 인해 소설의 인물은 공감을 통해서만 제대로 이해할 수 있는 대상이 된다.

넷째, 소설은 가치 주체인 서술자에 의해 사건이 중개됨으로써 가치 감화적인 기능을 행한다. 도덕 언어를 명제화된 규범의 형태로 표현된 것에 한정하는 것이 아니라, 타인의 동의를 이끌어내며 가치 감화 작용을 하는 모든 언어로 확장시켜 본다면, 특정 가치 내용을 주장, 호소, 설득하는 소설의 언어는 가치 감화적인 도덕적 기능을 행하는 도덕 언어로 이해할 수 있다.

다섯째, 소설은 특정한 도덕적 상황에 대해 다양한 가능성들을 상상적으로 구성하는 능력인 도덕적 상상력을 통해 가치 문제에 대한 판단을 제시한다. 소설이 상상을 통해 가치 문제를 파악하고 탐색하는 목표는 가치 판단을 위해서이다. 따라서 특수한 상황의 행위자에게 닥친 가치 문제에 대한 도덕적 상상력은 결말의 가치 판단을 위해 소용되며, 가치 문제에 대한 사려 깊은 탐구의 자취는 결말 부분에 와서 그 결실을 맺는다.

2. 소설의 가치 형상화 방식

이는 앞서 밝힌 '도덕적 지혜에 의한 가치 문제의 발견', '서사적 가치 추론을 통한 가치 갈등의 탐구', '인물에 대한 공감 유발', '서술을 통한 가치 감화', '도덕적 상상력에 의한 가치 판단' 등의 소설의 속성이 텍스트 차원에서 실현되는 방식에 해당한다.

첫째, '도덕적 지혜'는 감각적인 현실로부터 개념적인 가치 문제를 취하여 작품에 반영하는 소설의 가치 형상화 방식으로 실현된다. 문학 작품의 제재는 날재료로서 존재하는 현실의 소재와는 달리, 작품에 반영되어 형상화된 것이다. 반영론이 통찰하였듯, 문학의 제재는 가치 주체인 작가가 언어를 매개로 하는 의미화 실천을 행하는 과정에서 주체에 의해, 그리고 언어에 의해 이중적으로 변형되어 의미를 부여받는다. 문학 작품을 도덕적 관심으로 대하여 예술 가치보다는 도덕적 가치를 발견하려는 관점에서 볼 때, 소설의 제재는 작가가 탐구하려는 현실의 가치 문제가 형상을 취하여 문학 작품에 반영된 것으로 이해할 수 있다.

둘째, 소설이 서사적으로 가치를 탐구하는 속성은 텍스트 차원에서 플롯과 사건들의 연쇄로 실현된다. 이야기의 척추에 해당하는 플롯은 갈등 상황을 노출시키고, 이 상황을 좀더 복잡하게 만드는 분규를 진행하다가 갈등의 최고조인 극점에 다다르며, 이 갈등이 해소 혹은 안정되는 대단원에 이르는 과정을 갖는다. 그리고 소설은 비등한 힘을 가진 가치의 갈등을 다루기에 대립하는 두 가치 사이를 왕복하는 듯한 서사 진행의 경로를 구성한다. 이처럼 소설의 플롯은 가치 갈등에 대한 물음과 탐구 및 응답의 구조에 상응하며, 소설의 연쇄된 사건은 갈등하는 가치의 작용과 반작용이라는 짝으로 구성된다.

셋째, 독자가 작중인물을 인격체로 받아들여 공감할 수 있게 하게 하는 소설의 속성은 텍스트 차원에서 인물을 구성하는 방식으로 실현된다. 인물은 서사 프로그램 속에서 자신의 서사 행로를 갖고 움직이는 '기능', 그리고 기능을 행하기 위한 특성과 자질인 '양태', 사회적, 문화적으로 조건화된 '역할' 등으로 구성된다. 작가는 소설 속의 인물이 독자에게 생생한 인격체로 수용될 수 있도록 인물의 기능, 역할, 양태를 부여하며, 독자는 작가에 의해 구성된 인물을 공감의 대상인 인격체로 수용한다.

넷째, 소설이 서술을 통해 가치를 감화하는 속성은 텍스트 차원에서 가치 감화를 위한 서술 전략으로 실현된다. 서술 차원에서 가치 감화의 전략은 서술자의 시점이나 시각, 초점화 등으로만 규정할 수 없는 넓은 영역에 걸쳐서 진행되며, 문면에 드러난 서술자의 존재뿐만 아니라 드러나지 않은 서술자가 다양한 국면에서 행하는 활동까지 포함한다. 따라서 독자에게 특정한 가치감과 가치 태도를 갖게 하는 서술적 차원의 기법을 파악하기 위해 서술 전략이라는 보다 추상적인 개념이 긴요하다.

다섯째, 도덕 원리를 절대적인 판단 근거로 활용하지 않는 상상력을 바탕으로 창조적 대안을 마련하는 소설의 속성은 진행되던 서사를 결말짓는 방식이라는 소설의 텍스트성으로 구현된다. 이 연구에서는 소설의 결말을 처리하는 '도덕적 상상력'의 소유자를 '내포작가'라고 이해하였다. 작가는 소설 안에서만 유효한 공적 자아인 내포작가로 자신을 변형시켜 내포작가의 것으로서 가치 문제에 대한 판단을 제시하는데, 이 판단은 소설의 결말에 집약적으로 드러난다. 독자는 결말 부분에서 추출한 내포작가의 가치 판단을 매개로 하여 소설의 주제적 의미를 이해하게 된다.

3. 조선시대 애정소설의 가치 탐구 양상

애정소설에는 당대의 지배 이념으로 성립된 공적 가치와 개인의 내면에서 가장 소중하게 인식되고 느껴지는 애정이 각각의 정당성을 가지고 팽팽히 대립하고 있다. 그래서 애정소설은 인물과 사건 구성에서 가치 갈등의 추이를 매우 밀도 있게 그려내며, 당대로서는 아직 그 정당성을 추인받지 못한 애정 가치를 독자에게 설득하기 위해 다양한 서술 전략을 구사한다. 이로 인해 애정소설은 가치 문제를 진지하고 심도 있게 다루는 모델로서 학습자가 가치에 대한 사유 방식을 경험하는 유의미한 대상이 될 수 있다. 유형적 가치 갈등을 다루고 있는 작품들이 가치 형상화 방식을 통해 구현하고 있는 의미를, 작품이 제기하고 있는 가치 문제와 그에 대해 제안한 가치 판단을 중심으로 소개하면 다음과 같다.

유교 사회에서 가장 지배적인 가치였던 효(孝)와 애정의 갈등을 다루는 소설들은 애정이 개인의 자발적 선택임을 분명히 하였다. 〈이생규장전〉에서는 부모에 의한 애정 대상의 선택, 즉 부모에 의한 정혼의 방식을 따르는 것이 아니라, 스스로 발견하여 애정가치를 부여한 대상과의 결합을 추구하는 주인공이 등장한다. 애정은 타인이나 사회에 의해 제시된 가치가 아니라 개인이 스스로 가치화한 것으로서 가장 절박하게 여겨지는 가치이다. 그리고 그와 같은 애정의 실현은 내면성과 개성을 가진 개체적인 인간으로서 자기를 정립하는 과정이다. 효와 애정이 가치 갈등을 하는 문제적인 상황을 유형적으로 그려내는 애정소설은 사적인 가치 실현을 위한 삶과 자신이 속한 집단이나 부모 등의 타인의 가치 실현을 위한 삶 중 어느 편이 개인에게 행복을 줄 수 있는가라는 문제를 제기하고, 이에 대해 사회적 가치보다는 애정가치의 실현이 더 소중하다는 응답을 내린다. 이는 집단의 윤리가 되는 개인에게 강제되는 현실에서 개인의 주체적 가치 추구에 대한 적극적인 옹호로서 의미를 갖는다.

유교 사회를 지탱하던 지배 이념이었던 충과 애정의 갈등을 다루는 〈운영전〉은 애정의 자연발생적인 속성을 바탕으로 사적인 정(情)의 영역에까지 지배권을 가지려는 절대 권력을 문제시하였다. 즉, 〈운영전〉은 공적 권력이 인간의 애정까지 지배할 수 있는가라는 문제 제기를 하고, 이에 대하여, 인간의 가장 기본적인 본성에 속하는 애정은 어떠한 억압적인 환경에서도 자연발생적으로 발현하며, 그것은 매우 정당하다는 스스로의 답변을 마련하였다. 이 작품에서 애정은 그것이 발현될 수 없는 환경, 즉, 주군이 마치 신처럼 군림하는 수성궁 안에서 생겨났다는 자체만으로도 큰 의미를 갖는다. 그리고 이 작품은 자애롭고 현명한 안평대군을 등장시킴으로써 폭압적 권력에 대한 항거를 넘어 인간의 자유란 어떤 것인지 생각해 보게 한다. 즉, 아무리 선한 권력이라고 할지라도 그것이 인간의 내면까지 지배하려 들 때, 그것은 자유를 추구하는 인간을 불행하게 하는 위선적인 것이 될 수밖에 없음은 이 작품이 시대를 초월하여 갖는 주제적인 의미라고 할 수 있다.

조선 사회는 타고난 신분에 따라 인간의 종류가 결정되고, 그에 따라 사는 것이 의(義)라는 논리를 바탕으로 양반 집단의 지배를 정당화하였으며, 피치자의 자발적인 예종을 이끌어내면서 이데올로기적인 통치를 하였다. 기생인 춘향과 양반인 몽룡의 애정을 다룬 〈춘향전〉은 신분이 다른 인간이 대등한 애정 관계로 결합될 수 있는가라는 문제 제기를 하고, 이에 대하여 애정은 인간을 차별하는 어떠한 제도나 편견도 뛰어넘을 수 있다는 답변을 하고 있다. 춘향은 애정 관계를 통해 몽룡과의 대등한 결합을 꿈꾸며, 그것을 실현시키기 위해 신분 차별의 가치를 강요하는 변 사또에 용감히 맞설 수 있었고, 몽룡은 정의 수평적인 주고받음으로 형성된 '순수한 관계'를 통해 대등한 인간으로서 다른 인간의 처지에 공감하고, 그로 인해 자신의 계급적 한계를 초월할 수 있었다. 이렇게 이 작품은 애정을 통해 차별적 사회 기제를 비판함으로써 당대의 민중들에게 큰 호응을 얻었다.

애정 관계는, 자체 내에 갈등의 여지가 전혀 없는 순정한 것으로서 사회적인 가치의 개입으로만 시련을 맞는 절대선은 아니다. 애정 관계 안에서도 남녀 주인공들이 가치화한 내용이 달라짐으로써 애정가치를 추구하는 태도에 있어서 차이를 보이며 문제가 발생하는 경우가 있다. 〈주생전〉은 변심과 관련하여 '애정은 변하는 속성이 있는데 열이라는 이념으로 애정 관계를 영속화해야 하는가?'라는 문제를 제기하고, 이 문제에 대하여 애정이 쉽게 옮겨 다니는 속성이 있음은 긍정하되, 신의를 바탕으로 상대와 지속적인 애정 관계를 유지하지 못할 경우 결국 불행해질 것임을 경고하며, 애정도 자기결정성 못지않게 그 결정에 대해 책임을 지는 자기갱신이 필요하다는 가치 제안을 한다. 애정 관계의 바깥에서 애정 실현에 장애 요인이 존재하는 애정소설은 사회 현실의 질곡을 문제시할 수 있는 매개항으로 애정을 설정하고 그 실현을 바람직한 것으로 여겼으나, 〈주생전〉과 같이 애정 관계 내에서 발생한 장애를 다루는 애정의 본성 자체를 문제 삼음으로써 초시대적인 의미를 갖는다.

4. 소설의 가치경험을 위한 수행적 절차

가치능력은 소설의 내용과 형식에 대한 경험을 통합하게 하는 기능을 한다. 그리고 실천지로서 가치능력은 그것이 운용되는 과정 속에서만 존재하기에 어떤 교육적 상황에서 어떻게 쓰일 수 있는가를 안내하는 교육적 설계가 필요하다. 이에 따라 소설의 가치화 과정에서 실천지가 형성되고 실현되는 수행적 절차를 구안하였다.

첫째 절차에 따른 수행은 '몰입과 참여를 통한 이해'이다. 이를 위해 본고는 소설을 읽기 전 활동으로 실제적 관심의 환기 및 읽는 중 활동으로 '따라가기'와 '감염(感染)되기'를 제안하였다. 삶에서 이끌어진, 가치에 대한 관심은 작품에 대한 우리의 흥미와 즐거움을 높여주어 소설의 서사 세계로의 몰입을 촉진할 수 있다.

그리고 '따라가기'는 가치 형상화 방식이 안내하는 경로를 따라 독자의 작품의 의미와 가치의 세계로 몰입하는 것을 의미한다. 소설이 일으키는 기대와 이끌림을 따라가면서 읽을 때, 소설이 말하는 바는 논증의 대상이자 절차의 합법성에 따라 평가할 수 있는 것이 아니라 가치 형상화 방식의 내적 일관성에 뒷받침되며, 그로 인해 우리에게 수용 가능한 것이 된다. '감염되기'는 작품에 공감하고, 그 작품을 감상한 다른 사람들과도 공감을 하고자 하는 태도와 관련된다. 문학교육은 문학작품의 감염성을 중심에 두고, 상상을 통해 다른 사람의 감정적 삶에 참여하게 하며, 보편적 감정을 매개로 한 인간의 연대를 꿈꿀 수 있게 해야 할 것이다.

둘째 절차에 따른 수행은 '대상주도적 자기형성'이다. 소설의 가치 주장은 청소년으로서 학습자가 이미 축적한 경험으로부터 형성한 가치관에 일종의 자극이며 충격이 될 수 있다. 이는 학습자에게 가치 갈등을 유발하게 하는데, 이 절차 영역에서는 학습자가 자신이 이미 가지고 있었던 가치와 소설이 제안하는 가치의 갈등 문제에 대해 어떠한 태도를 취하며, 소설로부터 받은 영향을 어떻게 자기화할 것인지에 대해 논하였다.

소설이 제안한 가치를 수용하여 자기를 형성하기 위해 가장 먼저 필요한 작업은 학습자가 자신이 속한 현실과 자기 삶의 문제로 소설이 다루고 있는 가치 문제를 '번역'하는 것이다. 그리고 이렇게 변형된 문제에 대해 학습자는 소설의 사유 형식을 다시 적용해 볼 수 있다. 즉, 도덕적 지혜를 바탕으로 변형된 가치 문제에 해당하는 특수한 사안을 자신의 삶, 혹은 오늘날의 현실에서 찾아내어, 그러한 문제에 처한 행위자를 공감적으로 이해한 상태에서 서사적인 추론을 행해본다. 그러고 난 후, 소설이 제안한 해법을 대입해 보면서 소설을 자기 삶의 조언자나 친구로 삼을 수 있다.

셋째 절차에 따른 수행은 '자기주도적 대상구성'이다. 고전소설을 자기 삶의 조언자로 삼는 것은 자신의 가치 지평을 수직적으로 확장시키며 전통문화에 속한 존재로서 자기를 형성하는 경험이다. 그러나 그러한 경험이 충분히 이루어지고서도 학습자는 새로운 의문을 가지고 대상을 구성하는 적극적인 활동을 할 수 있다. 소설이 가치 문제를 제재화하고 서사적으로 탐구하며, 특정 인물을 공감적으로 제시하며 서술을 통해 독자를 감화시키고, 결말로써 가치 문제에 대한 해법을 마련하는 방식 자체도 독자의 평가 대상이 될 수 있다.

이러한 과정은 대상이 주체를 변화시켰던 것처럼 주체가 다시 대상에게 작용하는 대상구성의 경험이라고 할 수 있다. 이와 같은 대상구성이 가능한 근거는 독자가 소설의 가치 형상화 방식에 따라 의미와 가치를 경험하지만, 독자에게는 형상화 방식의 안내를 받는 가치 매개를 거스를 자유가 있다는 데에서 찾을 수 있다. 따라서 독자는 소설의 가치 탐구 및 실천 방식으로부터 배운, 가치에 대한 사유 형식을 다시 소설에 적용하여 소설을 평가할 수 있다.

넷째 절차에 따른 수행은 '글쓰기를 통한 가치 실천'이다. 대상주도적 자기형성과 자기주도적 대상구성은 소설에 대한 자기 응답을 하기 위해 필요한 절차이다. 소설을 자기 삶에 끌어와 자기를 변화시키는 '조절'과 자기가 소설의 세계를 주도해보는 '동화'의 과정을 거쳐 비로소 학습자는 소설에 대한 자기 응답을 마련할 수 있다. 이 응답은 학습자의 마음속에서 명제적 형태로 내려지는 것이 아니라 글쓰기로 실천되어야 한다.

학습자가 쓰는 소설이 전문가적인 수준의 완성도나 출판물의 형태를 갖출 필요는 없다. 그렇지만 학습자는 가치를 탐구하고 실천하는 글쓰기를 통해 언어로 가치를 다루는 능력을 신장시킬 수 있으며, 자기 가치에 대한 권위 의식(moral authority)을 가질 수 있다. 특히 고전문학이 제안한 가치에 대하여 소설적인 응답을 해봄으로써 학습자는 전통문화가 어떻게 구성되고 변용되는지 이해하는 동시에 문화를 변화시키는 주체로서 실천력을 갖게 된다.

■ 연구의 의의와 남은 과제

도덕적 가치와 관련된 교육은 기존의 용어로 '문학을 통한 가치관 교육(value-view education)'이라고 불린다. 그런데 가치관 교육이라고 하면, 가치를 일방적으로 주입하는 부정적인 교육내용이 상기되기 쉽다. 그 까닭은 가치관 교육이 말 그대로 이미 정형화된 '가치관을' 교육하는 것이라고 여겨지기 때문이다.

그러나 언어로 형상화된 가치를 다루는 문학을 통한 가치관 교육은 충효(忠孝), 정의(正義) 등의 규범적 가치를 교육하는 가치관 교육과는 달라야 한다. 문학교육의 가치관교육은 가치를 내함한 언어적인 세계에 참여하여 가치를 분석하고, 발견하며, 내면화하여, 자신의 삶으로 흡수할 수 있게 하는 교육이어야 하며, 가치관을 교육하는 것이 아니라 가치관을 형성하게 하는 교육이 되어야 할 것이다.

이 연구는 소설이 가치 문제를 발견하고, 서사적으로 탐구하며, 독자를 향해 가치를 실천하는 방식이 도덕적 가치를 가지고 있다는 시각으로 문학교육에서 행할 수 있는 '가치교육(value education)'의 구체적 내용을 마련함으로써 가치의 발견과 실현을 통해 인간다운 삶, 의미있는 삶, 보람된 삶, 행복한 삶을 살도록 도와주는 범교과적인 의제에 참여하였다.

첨단의 과학기술이 우리의 일상을 혁신하는 이 시대에 여전히 문학과 문학교육이 필요한 까닭은 삶의 조건은 변했을지언정 사람 사는 일과 인간 자체는 과거와 크게 다르지 않다는 데 있다. 문학은 우리가 살아보지 못한 세계와 경험하지 못한 사물(事物), 만나보지 못한 인간을 우리의 상상적 삶에 풍부하게 도입하게 함으로써 존재의 지평을 수직적으로 끌어올리며 삶의 가능성을 수평적으로 확장시킨다. 특히 문학은 어떻게 살아야 하는가에 대하여 탐구하며 독자를 향해 가치를 실천한다.

이러한 문학을 통해 우리는 좋은 삶을 위해 필요한 바람직한 삶의 가치와 덕성을 체득하며, 가치를 사유하는 정신적 형식을 도야하여 가치능력을 신장시킬 수 있게 된다. 이와 같은 문학의 효용이 실현된다면, 문학은 가치를 추구하는 삶의 조언자, 가치에 대한 사유의 방식을 일러주는 안내자가 될 수 있으며, 나아가 개개인이 이념적 차원에서 세계와 교섭하는 실천 방식이 될 수 있을 것이다.

※관련 논문 : 황혜진, 가치경험을 위한 소설교육내용 연구-조선시대 애정소설을 대상으로, 서울대학교 대학원 박사학위 논문, 2006.

갈등 서사를 움직이는 동력

심층적 갈등 중심의 플롯 이해

장미

　학습자의 소설 이해 능력을 신장시키기 위한 플롯 이해 교육 설계를 하는 것이 이 연구의 목적이며, 이러한 목적을 가지게 된 것은 소설 읽기에서 비선형적인 소설 텍스트를 일관되게 재구성하려고 하는 서사적 욕구는 본능에 가깝기 때문이다. 이러한 독자들의 본능적 욕구를 활용하고, 또한 주제와 인물에 비해 상대적으로 덜 연구되었던 플롯을 활용하여 서사 이해 교육을 꾀한다는 점에서 이 연구가 의미가 있다고 하겠다.

　이 연구에서 고전소설을 활용하는 이유는 고전소설에 등장하는 인물의 욕망이 현대소설의 그것에 비해 직접적이기 때문이다. 또한 고전소설 교육에서는 현대소설에 비해 스토리와 플롯이 크게 구분되어 가르쳐지지 않고 있다는 점도 그 이유로 작용하였다. 여러 고전소설 작품들 중에서도 사씨남정기를 선택한 이유는, 사씨남정기는 장편의 국문소설의 시초로서, 소설 장르가 서사의 주변부에서 중심부로 진입하는 시기에 창작되었기 때문에 표면과 이면이 분리되어 있을 수 있다고 보았기 때문이다.

■■■ 관련 키워드 : **심층적 갈등, 플롯, 이면적 욕망, 수수께 끼, 가추법, 목적 생성적 플롯**

◇ 심층적 갈등 : 갈등이 표층에 드러나지 않는 이면에 숨겨져 있는 경우, 정보의 상관관계를 조직하는 해석을 통해서만 드러나는 갈등을 의미한다. 갈등은 소설을 소설답게 만드는 가장 중요한 요소로 소설은 곧 '갈등이 얽혔다가 풀어지는 과정'이라고 할 수 있다. 소설텍스트가 진행되는 동안 인물의 욕망은 충족될 수 없기에 갈등 또한 반복되면서 스토리를 지속적으로 변형시키면서 서사가 지연되는 과정이 곧 플롯이다.

◇ 플롯 : 플롯을 중심 사건 간의 기능적 결합 관계로 보지 않고, 서사 구성 요소의 전체적이고 역동적인 조직화 원리로 설정하는 브룩스의 플롯 이론과 와츠의 이중 플롯 이론을 활용한다. 브룩스는 플롯이 작가에 의해 설계된다고 하더라도 독자는 작가의 것을 그대로 재현하는 것이 아니라 자신의 욕망을 원동력으로 하여 작가가 재구성한 과거를 다시 한 번 재구성할 수 있다고 보았다. 또한 와츠는 텍스트의 플롯을 명시적 플롯과 암시적 플롯으로 중층적으로 구분하는데, 특히 여기서 암시적 플롯이 중요하다. 암시적 플롯은 작가의 전략 혹은 명시적 플롯에 의해 숨겨져 있어 쉽게 알아볼 수 없지만, 그것을 지각하는 순간 처음에는 이상하거나 불명료하던 요소들이 유기적으로 연결되면서 텍스트를 보다 충분히 구조화하여 이해할 수 있는 지연된 구조화를 특징으로 한다. 이 와츠의 암시적 플롯을 구현하기 위해 이 연구에서 설정한 개념이 심층적 갈

등과 이면적 욕망이다.

◇ 이면적 욕망 : 심층적 갈등에 관여하는, 소설의 인물이 행동하게 하는 원인이자 목적이다. 그렇기 때문에 욕망으로 추동되는 행위들은 통합력을 가지고 있으며, 이 통합력은 플롯의 기본적인 속성이다. 이면적 욕망을 가진 인물은 작가가 구성한 플롯에 종속되어 수동적으로 움직이는 것이 아니라 자신의 욕망을 충족시키고자 시도하며 그 과정에서 플롯을 이끌어나간다.

◇ 수수께끼(crux) : 표층적 갈등에는 해당되지 않는 정보들을 의미한다. 이 정보들을 관계 맺고 수수께끼를 해결하는 과정에서 심층적 갈등을 가정하게 된다.

◇ 가추법(abduction) : 수수께끼에 대한 해답을 찾아나가는 퍼스(Pierce)의 사유의 틀이며, 결과에 대한 지식과 관찰력을 바탕으로 해서 가정을 재구성하는 추론 과정이다. '알려지지 않은 원인'을 거꾸로 추론하여 가정을 세운다. 이 때 창의성을 높이고 비약을 최소화하기 위해서는 자신이 가정한 심층적 갈등을 텍스트의 다른 정보들을 통해서 입증하고, 그 가정을 확정적으로 추론하는 것이 중요하다.

◇ 목적 생성적 플롯 : 목적으로서의 원인인 욕망이 결말 구조에서 드러나고, 그 이유로 이제까지의 정보가 전도되는 플롯을 의미한다. 그래서 독자는 자신의 예상을 깨뜨리는 결말에 놀라게 되면서 앞서 획득했던 정보들을 다시 해석하기 위해서 앞으로 되돌아간다.

■ 주요 내용

1. 인물의 욕망- 심층적 갈등의 관계

표층적 갈등에 해당하지 않는 정보를 통해서 심층적 갈등을 가정하고, 갈등에 관여하는 인물의 이면적 욕망을 고찰하여 갈등과 욕망을 상호보완적으로 추론하였다.

1) 표층적 갈등과 스토리 층위의 욕망

(1) 표층적 갈등 : 처첩 갈등	〈사씨남정기〉에서 표층에서 드러나는 갈등은 누가 대를 이을 것인가 하는 계후 갈등, 그리고 유연수를 중심으로 벌어지는 총애 다툼을 일컫는 쟁총 갈등을 모두 포함하여 처첩 갈등으로 요약할 수 있다. 서술자의 논평적 개입으로 인해 선악 갈등으로 인식될 수도 있으나, 이러한 평가 또한 신분 질서를 따르지 않는 첩의 문제가 개입되어 있기 때문에 이 또한 처첩 갈등에 흡수될 수 있겠다.
(2) 사정옥 : 가치 지향적 욕망	사정옥은 유연수와 두부인을 설득하여 유가에 첩을 들이기로 결정한 인물이다. 그 행위를 관저의 덕에 비기는 것으로 보아 유교 이데올로기라는 사회적으로 공인받은 가치를 지향함을 알 수 있다.
(3) 교채란 : 지위 지향적 욕망	교채란은 자신이 남아를 낳아 대를 이음으로써만 유가의 일원으로 존재한다고 생각하기 때문에 처첩의 분의(分義)를 자각하고 정실이라는 사회적 지위를 차지하고자 하는 욕망을 드러낸다.

2) 심층적 갈등과 이면적 욕망

(1) 심층적 갈등 : 사정옥, 교채란과 유연수의 갈등	수수께끼(crux)1 사정옥은 교채란을 갈등 상대로 인식하지 않고 있다. 유연수를 두고 갈등하는 상대자로 인식하기보다는 자신의 부인된 도리를 다하기 위해 관리해야 할 대상으로 인식하고 있다. 그렇다면 '사정옥이 교채란의 행실을 문제삼는 이유는?'이라는 수수께끼가 도출된다.

수수께끼(crux)2
교채란은 동청이 시비들을 시켜 자신의 아들 장주를 죽였을 때, 그것이 사정옥이 한 일인 양 꾸미는 데 동조하는 것으로 보아 이것은 계후 갈등의 범위를 벗어나 있다. 또한 교채란은 다른 외간 남자와도 정을 통하는데, 이는 쟁총 갈등의 범위를 벗어나 있다.
그렇다면, '교채란이 자신의 아들을 교살하는 것을 방조하고, 동청과 사통하는 이유가 무엇인가?'라는 수수께끼가 도출된다.

여기서 주목할 점은, 표층에서 처첩 갈등이 부각되면서 가(家)를 운영하는 가장 핵심적인 인물인 가부장의 문제가 크게 반영되지 않았다는 점이다. 표층에서는 유연수가 교채란의 욕망에 따라 움직이는 것처럼 보이지만, 이면에서는 처첩 갈등에 관여하는 유연수의 역할이 존재한다고 보고, 표층적 갈등에 가려져 있지만 그것의 근본적인 원인이 되는 심층적 갈등을 유연수와 사정옥, 교채란의 갈등으로 가정하고자 한다.

(2) 사정옥 :
　　　권력 지향적 욕망

심층적 갈등 1)
유연수가 동청을 자신의 기실로 들이려고 하자, 사정옥은 재고하라고 한다. 사정옥은 매양 내실에 거처하는 부녀자임에도 불구하고 동청과 관련된 바깥일의 정보를 수집할 정도로 적극적으로 가문의 일에 관여 기실을 들이는 문제는 남성 사대부가 관리하는 영역임에도 사정옥은 그 문제에 자신이 관여하는 것을 꺼리지 않는다.

심층적 갈등 2)
사정옥은 자신이 다른 남자와 내통했다는 의심을 받게 되자, 자신의 행실을 반성하면서 시경의 두 구절을 간단하게 인용하여 자신의 무고함과 교채란의 참소에 의한 것임을 명확하게 주장하며 유연수와 갈등하고 있다.

이면적 욕망 : 사정옥은 자신의 친정이 성덕(盛德)으로 인정받았듯이 유가 또한 성덕을 이룰 것이라 생각했는데, 남편 유연수가 지혜롭지 못한 인물이자 무의식적으로 가문을 경영하고자 하는 권력욕을 표출하게 되는 것이다. 즉 권력욕을 실질적인 목적으로 하고, 가치 지향적인 욕망을 명분적인 수단으로 하여 이면적 욕망의 충족을 꾀하고 있다.
이를 통해 화원 대목, 취첩 대목이 이해가 되며, 사씨남정기 도입 부분의 매파와의 대화에서 자신의 색에 대해서만 언급한 것에 불만을 가진 점, 가문의 청명과 소저의 부덕을 칭찬하자 결혼을 즉시 허락한 점에서 자신의 가문이 가진 성덕이 자부심이자 권력으로 작동하고 있음을 확인할 수 있다.

(3) 교채란 : 쾌락 지향적 욕망	심층적 갈등 1) 사정옥이 아들 인아를 낳은 뒤 유연수가 유독 인아만을 어루만지면서 교채란을 자극한다. 심층적 갈등 2) 유연수가 지금까지 자신이 행한 일들을 알게 될 것에 대해서 불안해 하면서 동청과 계략을 짜서 유연수를 사지로 귀양 보낸다. 이면적 욕망 : 스토리 층위의 지위 지향적 욕망이라면 정실의 자리를 유지해야 하는데, 교채란은 정실의 자리를 버리고 동청과 달아나면서 유가의 재물을 모두 챙겨 그 돈으로 술을 마시고 마음껏 즐긴다. 그 뒤에는 동청을 버리고 냉진을 따라가는데 그 이유도 냉진이 동청의 재물을 모두 가지고 있기 때문이다. 그 이후 냉진이 죽게 되자 그녀는 기생이 되는데 이와 같이 그녀는 돈과 쾌락이 있는 곳을 따라 얼마든지 자신의 지위를 변화시키는 인물이다. 이를 통해 교채란이 자신의 아들의 죽음을 묵인하는 이유, 그리고 정실의 지위를 위협할 수 있음에도 동청과 사통하는 이유를 설명할 수 있다. 이는 역시 사정옥이 매파를 통하여 첩을 구할 때 '가난의 선비가 되기 보다는 재상의 첩이 되는 편이 좋겠다'라고 하는 교채란의 언급에서 드러난다.

2. 심층적 갈등 - 플롯의 관계

1) 심층적 갈등과 플롯의 관계 양상

(1) 심층적 갈등의 반복에 의한 종결의 지연

〈사씨남정기〉의 스토리는 텍스트의 가장 처음과 끝에 제시되는 정보를 참조하여 구성할 수 있다. 〈사씨남정기〉의 처음에 이루어지는 가계(家系)에 대한 소개는 다시 성취해야 하는 이상적 과거이면서 가치 회복의 기준을 제시하며, 이러한 기준을 결말 구조에서 성취함으로써 소설 텍스트는 종결된다. 이에 반해 중간 부분은 가정이 겪는 혼란을 그림으로써 〈사씨남정기〉의 스토리는 가정이 해체되었다가 처음의 이상적인 상태로 다시 회복되는 과정으로 전개되고 있다고 볼 수 있다.

그렇다면 심층적 갈등은 스토리를 어떻게 변형시키고 있는가? 교채란과 유연수의 갈등으로 인해 사정옥에 대한 참소가 시작되면서 사건이 역동적으로 전개되고, 사정옥과 유연수의 갈등으로 인해 동청이 개입되고 사건이 확대되면서 가정이 위기를 맞는다. 또한 사정옥이 출문(出門) 당함으로써 사정옥이 이동하는 공간이 남쪽으로 확대되고, 또 교채란과 유연수의 심층적 갈등으로 인해 유연수가 이동하는 공간이 가에서 멀어지면서 가정은 완전히 해체되는 양상을 보인다.

이렇듯 반복되는 심층적 갈등은 상황을 변형시키고 사건을 확대함으로써 스토리는 가정의 회복이라는 종결에 이르기 어려워 보인다. 하지만 심층적 갈등은 종결을 지연시키면서 동시에 그것을 향하고 있는 것이기도 하다.

(2) 사정옥의 이면적 욕망에 의한 스토리의 종결

심층적 갈등이 가정을 해체함으로써 종결에 저항하지만, 동시에 가정의 재구성을 가능케 한다. 가정이 다시 재건되는 장면은 유연수가 교채란에게 쫓기다가 우연히 사정옥을 다시 만나는 장면인데, 이 만남은 유연수의 입장에서는 우연일 수 있다. 하지만 사정옥은 유연수에 의해 출문당하고 나서도 끊임없이 시가의 테두리 내에서 머묾으로써 명예를 권력화하려고 했기 때문에 사정옥과 유연수의 만남, 즉 가정의 재건이 가능했다. 이후 가문을 유지해야만 하는 유연수는 사정옥의 조언에 따라 행동하며, 이는 사정옥의 권력욕을 실질적으로 충족시킨다. 하지만 가문을 이어줄 인아의 생사를 모르는 상황이기 때문에 사정옥의 욕망은 완벽한 충족에 이르지 못한다. 사정옥이 자신의 이면적 욕망을 지속적으로 추구하기 위해서는 그것을 은폐시켜 줄 수단인 사회적 유교 이념 또한 공존하기 때문이다. 때문에 사정옥은 유연수에게 대를 잇기 위해 첩을 들일 것을 또 한 번 권유하고 첩으로 들어온 임씨가 설매에 의해 버려진 인아를 데려다 기르고 있었기 때문에 비로소 유가는 완전히 회복되게 된다. 즉 정실이라는 자신의 지위에 만족하기보다는 가문을 주체적으로 경영하고 가부장을 넘어서는 권력을 지향하는 사정옥의 이면의 권력욕은 가정을 파괴시켰으며, 이 권력이 가정을 재구성시키며 종결에 이르러 사정옥의 권력욕과 사회적 유교 가치가 합치됨으로써 욕망은 완전히 충족된다.

2) 사씨남정기의 이중 플롯

〈사씨남정기〉의 표층적 갈등인 처첩 갈등(쟁총 갈등, 계후 갈등)은 가부장적 질서에 반하는 첩 교채란과 가부장적 질서를 따르는 정실 사정옥의 대립으로 이해된다. 이 때 인물은 대립하는 양쪽 항에 자리잡은 기능적 존재인 행위자(actants)로 정리된다면 소설의 의미는 논리적이고 관념적인 대립들의 논쟁 상태에 머물기 쉽다. 또한 표층적 갈등에 따라 플롯을 이해하면, 사회적 지위를 추구하는 교채란의 욕망이 플롯을 이끌어나가는 처음과 중간 부분, 인물의 욕망에 대한 고려가 사라지고 선의 승리와 악의 패배라는 윤리적인 당위만이 강조되는 결말 부분으로 나뉜다. 즉 유연수가 깨닫기 이전과 이후의 개연성 있게 변화되지 않으며, 문학의 논리가 아닌 윤리의 논리가 도입되어야지만 결말이 처음-중간 구조와 통합된 하나의 플롯으로 이해될 수 있다.

하지만 심층적 갈등을 중심으로 텍스트를 해석할 때는 사정옥의 승리와 교채란의 패배를 개연성 있는 결말로 정립시킬 수 있다. 〈흥부전〉의 놀부나 〈창선감의록〉의 조녀와 같이 우리 서사 문학에서는 악인이 욕망의 좌절을 거듭하여 겪은 다음에 그 욕망을 실현할 방법이 전혀 없는 상황에 이른 다음에야 선인으로 형상화된 인물의 도움에 감동해서 비로소 개관천선하는 것이 하나의 유형으로 정착되어 있다. 하지만 사정옥은 도덕의 원리에 따르는 선인이 아니기 때문에 교채란이 유가에 끼친 피해를 용서치 못한다며 죽이지만, 한 때 유가에 몸을 담아서 유연수를 모셨기 때문에 신체만을 온전히 유지해야 한다고 유연수에게 조언한다. 이처럼 철저히 시가의 문제만을 생각하며 자신의 권력욕에 따라 행동하는 현실적 인물이기 때문에 교채란은 개과천선할 기회도 주어지지 않은 채 죽음이라는 결말을 맞는 것이다.

■ 연구의 의의와 남은 과제

표층에 드러나지 않는 이면적 욕망과 심층적 갈등을 통해 플롯 이해 교육을 설계하고자 하는 이 연구는 이면적 욕망이나 심층적 갈등이 독자의 해석을 통해서만 가정되고 추론될 수 있기 때문에, 이들을 통해 플롯을 구조화하는 활동이 독자의 능동적인 탐색을 유도할 수밖에 없다는 점에서 문학교육적 의의가 있다. 즉 기존의 플롯 개념을 확장시켜서 독자의 해체와 재창조를 강조하고, 독자가 스스로 찾아낼 수밖에 없는 욕망과 갈등 개념을 정립함으로써 플롯을 구조화하는 능력은 주요한 서사적 이해 능력 중의 하나가 된다. 이 때의 전제 조건은 학습자가 플롯을 이해하는 것과 구성하는 것은 분명하게 분리될 수 없는 것이며, 플롯 개념을 지식으로 가르치기보다 학습자가 재구성하는 과정에서 이해를 도모할 수 있다고 본 것이다. 요컨대 심층적 갈등을 중심으로 한 플롯은 하나의 스토리를 심층적 갈등과 이면적 욕망을 통해 질서있게 담론화하는 것이다.

다만 심층적 갈등과 플롯의 관계의 양상을 살피기 위한 연구 대상을 제한한 점, 검증을 위한 실험 연구가 이루어지지 못하여 교육적 효과를 증명하지 못한 점은 이 연구의 과제로 남아 있다.

※관련 논문 : 장미, 심층적 갈등 중심의 플롯 이해 교육 연구 -〈사씨남정기〉를 중심으로, 서울대학교 대학원 석사학위 논문, 2010.

_감상 지각과 발견을 통한 감동

문학 감상 교육의 논리와 구조

조하연

　문학교육은 문학이 그 본질상 인간의 삶을 풍요롭고 가치 있게 하는 데 기여해 온 경험을 바탕으로 하여 학습자들이 문학과 더불어 삶의 즐거움을 느끼면서 인간다움을 성취하는 것을 추구한다. 학습자가 능동적으로 문학을 감상하는 중에 내적 성장을 이루어가는 일은 문학교육의 출발이자 목표이고 학습자가 수준 높은 문학 감상을 할 수 있도록 하는 일은 문학교육 내용의 핵심이다.

　그러나 실제의 문학교실에서 이러한 의미에서의 문학 감상, 즉 학습자가 작품을 즐겁게 향유하는 일이 어느 정도 이루어지고 있으며, 이를 위해 교사가 무엇을 하고 있는가라고 묻는다면 선뜻 구체적인 대답을 내놓기 어렵다. 어느 누구도 문학교실에서 문학 감상의 중요성을 부정하지 않고 있지만, 학습자들에게 문학 작품은 흔히 감상의 대상이라기보다는, 이해하고 외워야 하는 지식의 대상으로 간주되어 왔다. 교사들 역시 학습자들이 작품을 스스로 감상하도록 하거나, 감상하는 방법을 가르치기보다는 이런 저런 이유와 한계로 인하여 작품에 대한 분석적 지식을 제공하는 것에 만족할 수밖에 없는 경험을 종종 하게 된다.

　학문적 논의의 장에서도 아쉬움이 크다. 국어교육이 학문적으로 논의되기 시작하면서 사정이 조금 나아지기는 하였으나, 문학 감상이 무엇이며, 문학 감상을 가르치는 일이 어떠해야 하는가를 본격적으로 다루는 연구는 그리 많지 않다. 전문적인 문학교육 연구 논문에서조차 문학 감상의 개념을 풀이할 때 감상에 대한 사전적 정의를 그대로 차용하는 수준에 머무를 때가 많고, 연구자들은 그때그때의 맥락에 따라 감상의 의미를 자의적으로 해석하고 있는 현상이 나타나기도 한다. 이런 면에서 보자면 실제의 문학교실이나 연구의 장에서 문학 감상은 아직 그 본질이 체계적으로 논의되지 않은 막연한, 문학을 수용하는 여러 가지 방식 중의 하나에 머무르고 있는 듯하다.

　이렇듯 문학 감상이 문학교육의 중핵이라고 하면서도 그것이 실제의 교실에서 체계적으로 다루어지지 않고, 또한 그것에 대한 학술적 논의가 아직 충분하지 않다는 것은 문학교육의 바탕을 이루는 문학 감상이 이제껏 실질적으로는 방치되고 있었던 것이 아닌가라는 생각에까지 미치게 할 수 있다. 물론 그동안 문학교육 연구가 문학 작품으로부터 학습자들이 읽어내고 내면화해야 하는 것이 무엇인지, 그리고 그 과정이 어떠해야 하는지에 대해 지속적으로 진지하게 논의해왔다는 것을 모르는 이는 없다. 그러나 문학 감상의 의미와 본질을 이론적 수준으로 체계화하고, 이를 바탕으로 문학 감상 교육의 구체적 내용과 그 실천 방안을 제시할 수 있다면, 문학을 통해 인간의 삶을 풍요롭게 한다는 문학교육의 이상에 더욱 가까워질 수 있을 것이다.

◇ 감상 : 감상이란 대상이 지닌 고유한 질감을 직접 지각함으로써 그
에 따른 심리적 경험을 획득하고, 그것이 주는 즐거움의 정도에 따
라 대상의 가치를 평가하는 일을 말한다. 그리고 감상에서 기대하
는 심리적 경험의 핵심은 감동에 있다. 감상에 대한 이러한 정의에
따르자면, 감상은 인지와 구별되는 정서적 영역에 국한된 것이 아
니라 인지적 영역과 정서적 영역 모두에 걸쳐 있는 행위이다. 감상
의 과정에서 대상에 대한 공감과 감동을 기대하는 것이 보통이지
만, 공감과 감동을 경험하지 못했다고 해서 감상을 잘못했다고 하
는 것도 부당하다.

감상은 보통 이해나 비평 등의 용어와 함께 쓰이거나 이들 용어를
대체하여 사용될 때도 있다. 하지만, 엄밀히 보자면 이 세 가지는
각각이 필요로 하는 조건이나 지향에 따라 구별된다. 우선 감상과
이해가 구별되는 지점은 직접적인 지각의 필요 여부이다. 대상이
무엇을 말하고 있는가를 파악한다는 점에서 올슨(S. H. Olson)과
같은 이는 감상은 이해의 한 양식이라고 설명하기도 했지만, 모든
이해가 반드시 직접적 지각을 거쳐야 하는 것은 아니기 때문에 일
반적인 의미에서의 이해와 감상은 서로 구별될 수 있다. 또한 비평
과 감상 모두 작품에 대한 평가를 포함하지만, 감상과 달리 비평은
반드시 주관적인 심리적 경험의 과정을 드러낼 필요가 없기 때문
에 이 두 가지 역시 서로 구별된다. 요컨대 감상은 이해나 비평 등
의 인접 개념들과 구별될 수 있는 것으로서, 대상으로부터 자신의

삶에 감동을 주는 요소를 지각하고, 평가하는 것을 핵심으로 하는 활동이다.

◇ 문학의 언어와 성층 : 문학 작품은 감상의 대상으로서 우리에게 '무언가'를 보여주게 된다. 감상자는 가장 일차적으로 문학의 질료인 언어를 만나고, 리듬이나 이미지 등과 같은 그 언어가 지닌 여러 미묘한 질감들을 확인하게 된다. 그러나 문학의 질료가 되는 언어는 감상자의 환상이나 상상력에 의존하여 눈으로 지각할 수 있는 물리적인 것 이상을 보도록 유도한다.

문학이 보여주는 것에 대해 하르트만(N. Hartmann)은 7가지 성층을 제시한 바 있다. 그는 문학 작품이 감상자의 의식 속에 현상하는 과정을 전경과 후경, 그리고 중간층 등의 개념을 활용하여 설명하였는데, 구체적으로 문학 작품으로부터 포착하게 되는 것을 ① 말, 문자 ②움직임 ③갈등 ④성격 ⑤운명 ⑥개인적인 이념 ⑦보편적인 인간의 이념 등의 순서로 구분하였다. 문학이 감상자에게 포착되는 층위를 지나치게 분절적으로 구분하기는 하였으나 감상의 과정에서 감상자가 무엇을 보게 되는지를 체계적으로 이해하는 데 큰 도움이 된다.

딜타이(W. Dilthey)는 문학의 기능이 근본적으로 감상자가 자신의 존재를 작품을 통해 '생체험'하게 하는 데 있다고 보았다. 그리고 이때의 생체험은 사상이나 관념으로 환원될 수 없는 것으로 인간 존재의 전체성을 반성적으로 깨닫는 것과 관련된다. 하르트만과 딜타이의 설명을 종합할 때, 문학은 구체적인 타자의 체험, 삶의 일반적 조건, 그리고 세계의 가능성과 자기 자신의 모습을 보여줄 수 있는 자질을 가지고 있다. 문학의 기능은 결국 시간과 공간을 뛰어넘어 다양한 인간 군상의 모습을 제공한다는 것, 그리고 이를 통해 인간의 운명과 삶의 가능성을 보여 준다는 것으로 정리될 수 있다. 그리고 이러한 기능이 감상자에게 실현될 때 문학 감상은 깊은 만족감, 심오한 감동을 제공한다.

◇ 감상자의 지각과 전이 : 문학 작품을 구성하는 언어와 그것에 내재된 여러 성층이 제 모습을 드러내는 것은 당연하게도 감상자가 작품과 적극적으로 대화하려는 의지를 보일 때에 한해서이다. 하르트만의 관점에서 말하자면, 감상자가 작품의 전경을 만날 때 감상자는 작품이 형상화하고 있는 세계로 수렴해 가려고 노력해야 한다. 그리고 다시 후경으로 나아가는 과정은 감상자가 작품이 형상화하고 있는 구체적인 삶의 모습을 넘어 더 큰 세계로 발산해 가는 과정이다. 따라서 감상자가 수행하는 사고의 과정은 작품에 다가가는 과정과 작품을 딛고 다시 새로운 것을 향해 나아가는 과정으로 요약된다. 감상자가 작품으로 다가가는 과정은 곧 미적인 텍스트에 수렴해 가는 심미적 독서의 과정이다. 그러나 감상자는 이러한 수렴을 끝으로 감상을 마치는 것이 아니라 점차 작품과의 감성적 상호작용으로부터 거리를 두면서 이성적으로 새로운 것을 창조해 가는 발산의 과정도 거쳐야 한다.

이러한 수렴과 발산의 과정에 필요한 것이 바로 지각과 전이의 능력이다. 감상자가 작품에 수렴하고, 또한 작품으로부터 발산하는 과정은 단지 기호일 뿐이었던 텍스트를 구체적인 체험으로, 인간 보편의 운명에 대한 표상으로, 그리고 자기 자신에 대한 거울로 전환시키는 과정이다. 이러한 전환의 과정은 '지각'과 '전이'의 연쇄로 설명할 수 있다.

'지각'이란 감상자가 언어로 된 텍스트로부터 앞에서 언급한 가능성들, 즉 타자의 체험이나 인간의 보편성, 그리고 자기 자신의 모습을 포함한 삶의 가능성 등을 직접 발견하고 목격하고 느끼며 이들을 하나의 의미 있는 단위로 구성하는 것이라 설명할 수 있다. 그리고 '전이'란 감상자가 하나의 층에서 다른 층으로 옮겨가는 것, 즉 자기 앞에 놓인 언어 텍스트로부터 이러한 가능성들을 상상적으로 유추하고, 궁극적으로는 자기 자신의 모습에까지 옮겨 오는 것을 말한다. 따라서 감상자가 작품에 대해 수행하는 사고는 작품으로부터 무언가를 지각하고, 이러한 지각을 근거로 한 전이의 연쇄가 된다.

◇ 문학 감상의 교육적 의의 : 인간의 성장이라는 측면을 강조해서 본다면, 문학 감상은 작품을 매개로 하여 지속적으로 자신의 체험을 확장하며, 삶에 대해 탐구하는, 그리고 궁극적으로 자기실현을 추구하는 활동이다. 따라서 문학 감상이 인간의 성장에 기여하는 방식은 '밖으로부터의 계발'이라기보다는 '안으로부터의 계발'이다. 만일 문학 감상이 '밖으로부터의 계발'이라면 문학 감상 교육은 '가치 있는 작품, 가치 있는 문학 세계'를 학습자들이 내면화하도록 하는 것을 목표로 삼게 될 것이다. 그러나 문학 감상은 객관적으로 훌륭한 문학 작품을 내면화하는 것이라기보다는 인간으로서 가지게 되는 결핍이나 자기실현에 대한 욕구를 충족시키기 위해 자기에게 의미 있는 작품을 선택하여 상호작용하는 것이다. 이때의 작

품은 내면화의 대상이 아니라 자기실현을 위한 문화적 조건, 환경으로서 자아의 성장을 위한 타자와의 만남이라는 계기를 제공할 수 있다.

문학 감상이 자기실현을 위한 새로운, 가치 있는 만남을 제공한다는 측면을 강조하다 보면, 문학 감상은 낮은 수준의 비평으로서 높은 수준의 비평 능력에 도달하기 위한 '과정'이거나, 인지적 반응과 상반되는 정서적 반응을 인위적으로 계발하는 과정으로서의 교육적 의의가 있는 것이 아니라는 점을 알게 된다. 문학 감상은 문학이라는 문화와의 접촉을 통해 학습자가 지금-여기의 상황에서 최선의 경험을 획득함으로써 안으로부터의 계발을 도모하는 것에 더 가깝다.

문학 감상 교육의 교육적 효용 중에는 분명 사고력의 함양이나 의사소통 능력의 신장, 대상에 대한 지각력의 발달 등 다양한 외재적 효용도 있을 것이다. 그러나 이러한 효과를 가능하게 하는 근본적인 측면은 인간이 인간다움을 갖추기 위한 삶의 형식을 경험한다는 것, 즉 문학 감상의 내재적 가치에서 비롯된다. 따라서 문학교육에서 문학 감상은 다른 무엇을 위해서가 아니라 우선 삶의 형식에 대한 경험 그 자체로서 충분히 존중받아야 할 필요가 있다.

■ 주요 내용

1. 문학 감상의 구조

　문학 감상은 문학 작품이 지니고 있는 자질, 즉 그것이 감상자에게 보여줄 수 있는 가능성을 감상자가 적극적인 대화를 통해 목격하고 생각하고 느끼는 일이다. 따라서 문학 감상의 과정은 문학 작품의 요소와 감상자의 요소가 적극적으로 상호 작용하는 과정이 된다. 이때, 문학 작품이 보여줄 수 있는 것, 즉 문학 작품의 성층을 타자의 체험, 삶의 보편성, 삶의 가능성 등으로 정리할 수 있다면, 상대적으로 감상자가 이러한 가능성들을 지각하고, 또 다른 층위로 옮겨가는 전이의 과정을 감상자의 요소로 제시할 수 있다. 이러한 과정을 이상적인 도식으로 제시해 보면 다음과 같다.

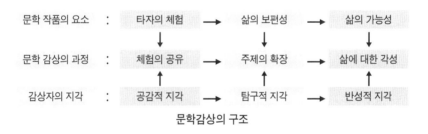

문학감상의 구조

　감상자가 문학 작품의 자질을 지각하고 전이하는 과정이 감상의 과정이라고 할 때, 서로 다른 감상자들은 서로 다른 감상의 결과를 가지게 될 수 있다. 각각의 감상자들이 가지고 있는 배경이 서로 같지 않기 때문이다. 특히 감상자의 지각과 전이의 과정에 영향을 미치는 주요 요소로 감상자 개개인의 감수성, 상상력, 체험 등에 주목할 수 있다.

감수성(sensibility)은 인간이 외부의 자극을 지속적으로 받아들이고 느끼는 능력을 말한다. 대상과의 상호작용으로서 감상은 대상 고유의 감각적 자질을 충분히 받아들이고 느끼는 일을 필요로 한다. 문학 작품의 감상 역시 작품이 구현하고 있는 상상의 세계를 직접 보고, 관찰하며, 그것으로부터 무언가를 느끼는 일로부터 시작한다. 이런 이유에서 감수성은 감상자가 발휘해야 하는 필수적인 능력이다. 특히 언어는 감상자가 그것에 대해 작용하기 전에는 아직 기호의 수준에 머무를 뿐이기 때문에 문학 작품을 감상할 때에는 더욱 예민한 감수성이 요구된다. 예컨대 한편의 시를 낭송하면서 감상자는 시의 언어를 자신의 몸과 마음에 살아나게 하여 그것이 주는 느낌을 떠올리게 된다. 이는 우리가 가진 감수성이 작품의 감상에 직접적인 영향을 미친다는 것을 말해 준다.

상상력(imagination)은 감각적인 수용을 바탕으로, 작품이 구현하고 있는 이미지나 의미를 창조적으로 탐구하는 정신 작용을 말하는 것으로 감수성과 마찬가지로 감상자의 배경으로서 중요한 역할을 한다. 문학의 언어가 상상의 언어라고 했을 때, 문학이 형상화하고 있는 세계를 보기 위해서는 감상자 역시 자신의 상상력을 충분히 발휘할 필요가 있다. 바슐라르(G. Bachelard)에 의하면 상상력이란 '이미지를 만들어 내는 능력 전반'을 가리키는 말인데, 감수성이 작품에 있는 그대로의 감각적 자질을 발견해 내고 그것으로부터 무언가를 느끼는 것이라고 할 때, 그것을 바탕으로 이루어지는 창조적인 정신 작용을 이끌어내는 힘이다. 상상력은 우리가 언어 기호로 된 문학 작품으로부터 인간의 체험을 볼 수 있도록 하는 원동력이다.

감상자가 축적하고 있는 체험(experience) 역시 감상자의 배경으로서 중요한 역할을 한다. 우리가 타자의 체험을 이해할 수 있는 것은 보통 우리 자신이 가지고 있는 체험을 바탕으로 하기 때문이다. 우리가 미처 겪어보지 못한 현상에 대해 쉽게 이해하지 못하고, 또한 그것의 가치에 대해 판단하지 못한다면, 그 원인으로 우리가 그것을 이해하거나 비추어 볼 구체적인 근거로서의 체험을 가지고 있지 않은지를 점검해 보아야 한다. 문학 작품은 그것을 감상하는 사람이 누구인가에 따라 서로 다른 이미지와 의미를 주게 된다. 이러한 차이가 생기는 것은 바로 감상자가 자신의 체험을 바탕으로 감수성과 상상력을 발휘하기 때문이다.

이제까지 언급한 세 가지 요소, 즉 감수성과 상상력과 체험은 서로 독립적인 것이라기보다는 감상자가 작품으로부터 무언가를 지각하고 전이하는 데 동시에 작용하는 것으로 볼 수 있다. 감수성과 상상력과 체험은 서로 별도로 작용하는 것이 아니라 서로의 근거가 되는 동시에 서로를 제한한다.

2. 문학 감상을 통한 감동의 세 가지 차원

어떤 문학 작품을 선택하여 감상에 들어가면서 우리가 자연스럽게 기대하는 것은 작품과 교감하며 감동을 경험하는 일이다. 감상자의 감수성과 상상력과 체험이 전제된 지각과 전이의 능력이 충분히 발휘될 때 감상자는 작품에 대한 수렴과 작품으로부터의 발산을 풍부하게 수행할 수 있다. 이에 따라 감상자와 작품이라는 두 가지 요소 사이의 상호 작용이 만족스럽게 진행될 때 작품과 감상자 사이에 공명이 일어나고, 감상자가 감동을 경험할 수 있게 한다. 이때의 감동은 작품이 보여주는 것을 기준으로 다음과 같은 세 가지 차원으로 설명할 수 있다.

첫째는 언어로부터 타자의 체험을 구체화함으로써 타자의 체험을 공유하는 데서 오는 감동이다. 감상자는 우선 감각물로서의 작품을 자신의 정신 속에서 살아 움직이게 해야 한다. 감상자는 보통 감상을 하는 동안 작품이 감상의 주체인 자신의 마음 속에서 살아 움직이는 경험을 하게 된다. 감상의 주제 속에 작품이 형상화하고 있는 타자의 체험이 살아 움직이는 것은 공유의 경험이다. 그리고 여기에서 타자와의 일체감이 형성된다.

둘째는 구체적인 타자의 체험이 표상하는 것, 그것이 담고 있는 의미를 확장하여 더 깊은 깨달음을 얻는 데서 오는 감동이다. 이를 모든 문학의 주제인 삶에 대한 깨달음이라 할 수 있다. 문학에서 주제(theme)란 보통 작품이 다루고 있는 중심적인 대상이나 문제를 말한다. 그리고 인간의 삶을 형상화한 것으로서 문학의 주제는 기본적으로 인간의 행위와 그 가치에 관한 것이다. 문학 작품은 대개 구체적인, 특정한 인간 형상을 보여주지만, 작품이 담고 있는 구체적 인간의 행위는 인간의 보편적인 행위로 확장되는 것이 보통이다. 이로 인해 감상자는 인간의 보편적 운명을 작품을 통해 발견하는 데서 오는 감동을 경험할 수 있다.

셋째, 작품을 통해 삶의 가능성과 가치를 발견하고 자기 자신의 삶에 대해 각성하는 데에서 오는 감동도 생각할 수 있다. 널리 알려진 것처럼 문학의 기본적인 속성에는 '낯설게하기(defamiliarization)'가 있다. 문학은 창작의 입장에서나 감상의 입장에서는 모두 이미 익숙한 세계를 낯설게 함으로써 미처 인식하지 못했던 새로운 삶의 국면을 포착하게 한다는 것이다. 이미 자기가 속해 있는 세계는 이미 자기에게 충분히 익숙한 것이고, 자동화된 것이다. 자동화되어 둔감해진 세계를 낯선 방식으로 새롭게 봄으로써 세계에 대해 창조적인 지각이 이루어질 때, 이것이 또한 감동의 근원이 된다.

문학 감상은 감상자가 감수성과 상상력, 그리고 자기 자신의 체험을 바탕으로 하여 문학이 형상화하고 있는 구체적인 삶의 형상으로부터 다양한 후경을 발견해 내는 일이다. 그리고 문학 작품이 본질적으로 보여주고자 하는 타자의 체험, 인간 삶의 조건이나 운명, 삶을 바라보는 태도와 감상자 스스로가 속한 세계의 모습에 대해 각기 공유와 탐구, 그리고 각성 등의 수행이 이루어질 때 일체감과 깨달음과 새로움이라는 감동의 근원이 마련된다. 우리가 일상에서 경험하는 모든 감상에서 이러한 수행이 모두 일어나는 것은 아니지만 이러한 단계가 상승적으로 이루어지면서 듀이가 말한 '하나의 경험'에 가까워지게 된다.

3. 문학 감상 교육의 설계

1) 문학 감상 교육의 목표에 대한 관점

일반적으로 교육의 목표는 교육을 통해 학습자들에게 기대할 수 있는 상태를 말한다. 문학 감상의 본질에 비추어 볼 때, 문학 감상 교육에서 학습자가 도달해야 하는 감상의 상태는 학습자가 저마다 자신의 정신적 수준에 따라 작품과의 상호작용을 만족스럽게 이루어낸 상태라고 말할 수 있다. 이때, 학습자 저마다의 정신적 수준을 강조하게 되는 것은 문학 감상의 특성상 감상의 결과가 학습자의 성숙의 정도와 밀접한 관련을 맺기 때문이다. 교육심리학에서는 학습이 학습자의 성숙에 의존하기 때문에 학습자가 필요한 성숙단계에 도달해야만 학습이 가능하다고 설명하기도 한다. 학습 대상과 학습자의 이와 같은 관계를 고려할 때, 문학 감상 교육 역시 원론적으로는 학습자가 가진 성숙의 정도에 따라 각자의 수준에서 나름대로의 만족스러운 경험을 하는 것을 목표로 하는 것이 정당하다.

예컨대 훈련과 교육을 통해 초등학생이 고등학생 수준의 수학 문제를 푸는 일이 흔히 일어나기도 하지만, 초등학생이 고등학생과 같은 방식과 수준으로 문학 작품을 감상하는 것은 가능한 일도 아니고 굳이 권장할 만한, '바람직한 일'도 아니다. 물론 문학 감상 교육은 문학 감상에 '대하여' 가르치는 것이기도 하다. 하지만, 문학 감상의 본질에 비추어 볼 때, 학습자가 선택된 작품에 대하여 각자 자신의 수준에서 충분한 감상을 한 상태에 이르는 것을 목표로 해야 한다.

각자의 수준에서의 경험이라고 해서 아무렇게나 이루어지는 경험을 말한다면 당연히 우리가 추구해야 하는 교육일 수 없다. 비록 저마다 가진 체험의 수준은 다를 수 있지만, 지금 현재의 상황에서 작품과 최선의 상호작용을 한 결과로서의 경험을 추구하는 것이 문학 감상 교육이다. 듀이의 용어를 빌어 말하자면, '하나의 경험(an experience)'을 가지게 된 상태라고 말할 수 있다. '하나의 경험'이라는 개념을 적용할 때, 문학 감상의 결과로 학습자가 도달한 상태는 작품과의 긴밀한 상호작용에 따라 가지게 된 경험의 내용과 이에 따른 만족감으로 구성된다. 작품과 학습자의 풍부한 상호작용이 이에 어울리는 정서적인 만족감으로 종결된 상태가 문학 감상 교육의 결과로 학습자가 도달해야 하는 상태이다.

2) 문학 감상 교육의 단계별 목표 설정

문학 감상 교육의 목표로서의 경험 상태는 작품의 구체적인 '무엇'에 대한 학습자의 정신적 상호작용을 통해 표현될 때 실질적인 목표로서 기능할 수 있을 것이다. 이에 따라 학습자가 수행하는 감상의 단계에 따라 문학 감상 교육의 목표를 일반론적 수준에서 다음과 같이 시범적으로 제시해 볼 수 있다.

① 체험의 공유 단계의 목표

체험의 공유는 학습자가 작품에 형상화된 체험을 자기 자신의 체험에 비추어 이해하고 자기의 새로운 체험으로 전유(appropriation)하는 일을 말한다. 만일 학습자가 작품에 나타난 인물이나 화자의 내적·외적 체험에 대해 스스로 개연성을 부여하고, 전개되는 사태에 따라 인물이나 화자에 감정이입하면서 그 정서를 자기 자신의 것처럼 느낀다면, 작품에 대한 충분한 공유가 이루어졌다고 할 수 있을 것이다. 이 단계에서 학습자에게 기대되는 상태는 바로 이와 같은 활동들을 원활하고 충실히 수행함으로써 작품에 형상화된 체험을 공유한 상태이다.

체험의 공유를 위해 학습자가 자신의 체험 수준이나 자신이 전개한 사고 활동에 따라, 최종적 상태에 도달하기까지 여러 중간 단계를 거치게 되는 것은 당연한 일이다. 이러한 중간 단계 역시 최종적인 상태에 도달하기까지 자연스럽고 필수적인 상태이므로, 이들을 체계적으로 배열했을 때 이 단계의 목표가 더욱 상세하게 위계화될 수 있다. 공유의 상태에 도달하기까지의 과정을 공감을 중심으로 한 인간관계의 진전에 비추어 다음과 같이 순서를 나열해 볼 수 있다.

첫 번째 단계는 '호감을 가진 상태'이다. 호감은 대상에 대해 좋은 느낌(good feeling)을 가지고 있음을 말한다. 따라서 호감의 단계에서 감상자는 아직 대상에 열광한다거나, 그것에 완전히 매혹된 상태에 빠진 것은 아니다. 다만, 작품으로부터 받은 최초의 인상(impression)으로부터 시작하여 대상을 좀 더 친밀하게 느끼고, 더욱 관심을 기울이고자 하는 마음의 상태가 형성된 것을 호감이라 한다. 이러한 호감은 특히 학습자가 작품의 특정한 요소에 선택적으로 주목하고, 몰입하는 것과 긴밀한 관련을 맺는다.

두 번째 단계로서 '공감한 상태'의 단계를 제시할 수 있다. 공감은 인지적, 정의적 사고가 복합적으로 작용하여 상대방에 대한 충분한 일치감을 가지고 있는 상태를 말한다. 앞서 언급한 호감이 대상에 대한 '관심'이 불러일으켜진 정도를 말한다면, 공감은 타자에 대한 관심이나 좀더 알고자 하는 호기심을 넘어 타자에 대해 좀 더 많이 이해하고, 타자가 느낀 감정을 자기 스스로도 함께 느낄 수 있는 상태에 도달한 것을 말한다. 직관적 통찰과 직관의 논리화에 의해 학습자는 작품의 내적 체험과 그 개연성에 대한 공감에 이를 수 있다.

세 번째 단계는 바로 '공유한 상태'이다. 공유는 학습자가 작품에 형상화된 삶의 모습을 자기화한 상태, 즉 그것이 타자의 것이면서 동시에 자기 자신의 것이라고 느끼는 상태를 말한다. 여기에서 학습자는 이른바 '울림'이라고 하는 독특한 상태, 즉 독자의 삶의 세계가 세계와 조응하며 작품과 더 깊은 일체감, 동질감을 가지게 되는 상태에 이르게 된다. 공유의 상태는 앞에서 언급한 선택적 주목이나 내적 체험의 발견 등과 다른, 별도의 사고 활동에 의해 도달할 수 있는 것이라기보다는 앞의 과정들이 심화된 상태이다.

② 주제의 확장 단계의 목표

작품에 형상화된 구체적인 개인들의 삶의 특성을 바탕으로, 삶의 보편적 '무늬'를 발견하고 이를 바탕으로 삶의 원리를 이해하는 것, 즉 유추적인 '탐구'를 진행하는 것이 주제의 확장 단계에서 학습자가 수행하는 활동의 내용이다. 학습자의 탐구는 결국 더 많은 증거에 의해 검증된, 보편화된 원리를 발견하는 데 이를수록 좋을 것인데, 이 단계에서 학습자에게 기대할 수 있는 최종의 상태는 학습자가 작품을 매개로 하여 보편적인 삶의 원리나 인간의 속성 등을 깨닫게 된 상태이다.

학습자들에게 기대하는 탐구가 삶에 대한 고도의 객관성을 가진 탐구가 아닌 이상, 학습자들의 탐구의 수준을 논할 때에는 그러한 탐구에 대한 학습자들의 창의성, 자발성, 적극성 등 태도의 문제를 함께 고려해야 할 것이다. 그리고 탐구의 결과 학습자들이 도달하는 상태 역시 탐구의 과정에서 학습자가 수행하는 활동과 이에 따른 심적 상태를 중심으로, 활동의 충실성이라는 기준에 비추어 다음과 같이 위계화하는 것이 가능할 것이다.

첫째, 학습자가 작품에서 무언가 유추적으로 확장해 보고자 하는 요인을 발견하고, 유추의 욕구를 가진 상태, 즉 지적 호기심을 가진 상태라 말할 수 있다. 학습자가 작품에서 상식적인 판단 기준에 비추어 문제가 되거나 특이한 부분을 발견하고 스스로 이를 질문의 형태로 제시한다면 주제의 확장 단계의 출발로서 인정할 수 있다. 작품의 인물이나 화자의 행위나 태도에 나타나는 일관된 특성을 발견하고, 이에 대해 학습자가 이의를 제기하거나 '왜'라는 질문을 던지며 그 이유를 알고자 할 때 학습자는 이미 삶에 대한 탐구를 시작한 것이다.

둘째, 학습자가 유추적 활동을 진행하면서 작품을 다양한 사태에 조응하는 일에 즐겁게 몰입했을 때의 상태를 지적 쾌감을 느끼는 상태라 할 수 있다. 탐구의 과정은 새로운 것을 발견해 가는 과정으로서 순수한 지적 쾌감을 유발하기 때문이다. 학습자가 스스로 작품의 사태와 유사한 사태를 발견함으로써 작품을 더 많은 사태에 조응해 보려고 한다면 학습자가 이미 이러한 탐구의 지적 쾌감을 느끼고 있는 상태에 들어선 것이라 평가해도 좋을 것이다. 따라서 이 단계의 핵심은 학습자가 이러한 활동 속에서 새로운 것을 알아가는 순수한 즐거움을 느끼고 있는지, 혹은 그렇지 않은지에 있다.

셋째, 학습자가 자기 나름대로의 수준에서 어느 정도 보편성을 가진 원리를 확보했을 때 학습자는 깊은 성취감을 느끼게 된다. 이때의 원리란 언제 어디서나 통용될 수 있는 보편적인 원리라기보다는 학습자가 지금 처한 상황에 비추어 타당성을 갖는 수준에서의 원리를 말한다. 학습자가 자신의 개인사에서 겪은 체험 혹은 사회의 다양한 현상, 또는 이미 감상한 다른 작품과 지금 감상하고 있는 작품 안의 형상을 유추적으로 연결하여 그 동질성을 제시함으로써 성취감을 느낀다면, 학습자는 이 단계에서 기대할 수 있는 최종적인 단계에 도달했다고 할 수 있을 것이다.

③ 삶에 대한 각성 단계의 목표

이 단계는 학습자가 자기 자신과 자기를 둘러싼 세계를 새롭게 인식하고 앞으로의 삶의 방향을 반성적으로 모색해 봄으로써 자기 자신의 삶을 더욱 성숙하게 하는 것, 즉 삶에 대해 각성을 통한 학습자의 자기실현을 목표로 한다. 자기실현은 학습자가 세계에 대한 신뢰를 확보하고 어떻게 살 것인지에 대한 모색 속에서 이루어지며, 이 단계에 이르렀을 때 학습자는 생동하는 만족감, 즐거움을 느끼게 된다.

삶에 대한 각성 단계는 앞에서 진행된 단계들과 별개가 아니라, 이전까지의 경험이 더욱 심화하는 단계일 수밖에 없다. 그러나 이 단계에서 자기 자신과 자기의 주변 세계에 대한 관심이 강화되며, 작품에 투사된 삶의 태도를 자기의 것으로 전이하여 자기 자신에 대한 탐구가 진행되는 것이 기대된다. 따라서 이 단계의 핵심은 학습자가 자기가 속한 세계와 자기가 맺고 있는 다양한 인간관계에 대한 재발견하는 데 있다. 이 단계의 수행이 성공적으로 진행되었을 때 학습자가 도달하게 되는 상태를 이론적으로 제시해 보면 다음과 같다.

첫째, 학습자가 작품에 나타난 인물이나 화자가 보이는 세계에 대한 태도, 즉 세계관을 확인함으로써 이를 통해 자기 자신의 세계에 대한 태도, 가치관 등을 환기하는 단계이다. 대체로 문학에 투사된 개인의 이념이나 보편적 이념은 누구나에게 보편적으로 적용될 수 있는 가치관을 담고 있다. 이 단계에서 학습자는 이러한 태도를 확인함으로써 작품 안의 인물이나 화자와 동질적인 세계의 구성원임을 확인하게 되며, 나 홀로 단절된 공간에서 벗어나 '우리'의 세계로 들어갈 수 있다. 여기에서 느끼게 되는 것이 세계에 대한 소속감이다.

둘째, 학습자가 자기가 속한 세계에 대한 신뢰감을 새롭게 느끼는 수준을 제시할 수 있다. 세계에 대한 신뢰는 인간이 살아가는 데 가장 기본적인 전제가 된다. 세계에 대한 신뢰와 앞으로의 삶에 대한 기획이 없이는 인간은 세계 속에서 살 수 없기 때문이다. 학습자가 작품을 통해 자신이 속한 세계를 탐구하는 것은 그곳이 자기 자신이 살만한 가치가 있는 곳이라고 생각할 수 있도록 하는 신뢰의 요소를 발견하는 일이다. 삶의 모순과 갈등을 전경화하고 그러한 문제를 극복하려는 인간의 의지를 보여주는 문학의 특성을 고려할 때 문학 감상은 이러한 신뢰의 획득에 긍정적으로 기여할 수 있다.

셋째, 학습자가 세계에 대한 신뢰감을 바탕으로 자기가 맺고 있는 다양한 인간관계를 재인식하고 자기 삶에 애정을 느끼는 것을 이 단계의 최고 목표로 제시할 수 있다. 사회적 존재로서 인간은 다른 사람과의 관계 속에서 살아갈 수밖에 없다. 따라서 함께 살아야 할 여러 사람들과 갈등이 없을 수는 없다. 하지만, 가능한 한 친밀하고 협동적인 인간관계를 형성함으로써 인생을 풍요롭게 만들어 가는 것은 삶의 중요한 과제이다. 이런 점을 고려할 때 학습자가 자기 주변의 인간관계를 포용력 있게 재인식함으로써 얻게 되는 마음의 상태는 삶에 대한 애정이라고 할 수 있다.

4. 문학 감상 교육의 특수성과 지도 원리

1) 문학 감상 교육의 특수성

문학 감상이 효과적으로 교육되기 위해서는 문학 감상에 대한 충분한 이해를 바탕으로 한 문학 감상 교육만의 특수성이 고려되어야 한다. 문학 감상의 과정은 문학 작품의 전경으로부터 다양한 후경으로 '전이'해 가는, 발전적인 과정이다. 먼저 언어 텍스트로부터 체험으로의 전이가 이루어져야 하며, 체험으로부터 보편적 삶의 원리로의 전이, 그리고 보편적 삶의 원리로부터 삶의 가능성으로의 전이가 이루어져야 한다. 이러한 전이가 효과적으로 이루어지기 위해서는 먼저 학습자가 자신의 감수성과 체험과 상상력을 발휘하여 작품과 긴밀하게 상호작용하면서 작품으로부터 무언가를 보고, 느끼는 행위, 즉 작품에 대한 '지각'이 풍부하게 이루어져야 한다. 학습자가 자신의 마음에 감동을 불러일으킬 만한 요소를 스스로의 지각에 의해 보고, 느끼지 못한다면, 전경으로부터 후경으로 이동해 가는 전이의 과정이 제대로 이루어지기 어렵고, 또한 이루어진다 하더라도 누군가가 이미 설명한 바를 수동적으로 이해하는 것에 머무를 수밖에 없다.

　문학 감상의 핵심에 지각이라는 요소가 놓여 있고, 문학 감상이 이러한 지각이 층위를 달리하여 지속적으로 이루어지는 전이의 과정이라는 것은 교사의 역할이 학습자가 수행하는 지각을 촉진하고 강화하는 데 있음을 말해 준다. 문학 감상의 성공은 학습자가 작품으로부터 감동적인 무엇을 지각하고, 지속적으로 그 이상의 것으로 전이시키는 학습자의 사고에 절대적으로 의존한다. 반대로 감상이 제대로 이루어지지 않는다는 것은 곧 작품으로부터 보아야 할 것을 보지 못하고, 이에 따라 전경으로부터 후경으로의 전이가 성공적으로 이루어지지 못한다는 것을 의미한다. 학습자가 작품으로부터 아무것도 보지 못하고, 텍스트를 지속적으로 전이하지 못한다면 당연히 정서의 변화나 깨달음도 있을 수 없다. 따라서 성공적인 감상을 이끌어내기 위한 문학 감상 교육의 전략은 작품에 대한 학습자의 지각과 전이의 사고를 강화하는 것에 집중될 필요가 있다.

　학습자의 지각과 전이의 사고를 강화하자면 이러한 활동이 이루어지는 마음의 작용에 대해서도 이해할 필요가 있다. 아른하임에 의하면 인간의 심리적 행위는 동기적, 인지적, 정서적 '측면'을 갖는다고 한다. 순수하게 인지나 정서가 존재하는 것이 아니라 하나의 행위에 이들 요소가 서로 영향을 미치면서 형성된 행위가 있을 뿐이라는 것이다. 모든 심리적인 사상은 의식적으로든 무의식적으로든 지각될 수밖에 없으며, 그러한 지각에 방향이 주어지며, 정신적 힘의 상호작용에 의해서 만들어지는 긴장 또는 흥분 수준을 가지게 된다. 따라서 하나의 심리적 행위는 동기와 인지, 정서로 명확히 구분되는 것이 아니라 동기적, 인지적, 정서적 측면을 갖는다. 이렇게 보면 지각과 전이는 주로 심리적 행위의 인지적 측면의 작용이라고 볼 수 있다. 이렇게 보면 학습자의 지각, 인지는 독립적으로 작동하는 것이 아니라, 정서화된 인지, 동기화된 인지의 형태로 존재한다고 가정할 수 있으며, 인지적 측면과 정서적 측면, 그리고 동기적 측면이 동시에 하나의 심리적 행위를 구성하는 것으로서 서로에게 자극이 된다.

이러한 설명을 활용해 본다면, 학습자가 작품으로부터 더 많은 것을 지각하고 풍부한 후경으로의 전이할 수 있도록 문학 감상 과정에 대한 통합적 접근이 필요하다는 사실을 알 수 있다. 문학 감상 과정에서 요구되는 학습자의 사고인 지각과 전이를, 이와 연관되는 다른 측면의 심리적 행위와 통합적으로 고려함으로써, 지식의 일방적인 제공에 비해 훨씬 효과적으로 촉진할 수 있는 방법을 찾아야 한다.

2) 문학 감상 지도의 원리

학습자가 문학 감상 과정에서 수행하는 사고가 지각과 전이를 핵심으로 한다는 점과 이러한 사고가 동기와 정서, 그리고 인지의 통합적 작용이라는 점을 근거로 할 때 문학 감상의 지도에서는 다음의 조건들이 충족되어야 함을 알 수 있다. 첫째, 문학 감상에서 학습자의 사고를 촉진하기 위해서는 학습자의 감상에 작용하는 동기적 측면과 정서적 측면, 그리고 인지적 측면이 서로 상호작용하면서 두루 자극되어야 한다. 둘째, 이러한 측면들의 상호작용이 문학 감상의 과정에 실질적으로 영향을 미치기 위해서는 학습자의 동기적 측면과 정서적 측면, 그리고 인지적 측면들이 문학 감상 과정의 핵심인 지각에 실질적인 영향을 미칠 수 있어야 한다. 이런 점들을 고려할 때 문학 감상 지도의 원리로서 동기의 활성화, 정서적 긴장의 활용, 인지적 조력의 활용 등을 제시할 수 있다.

① 동기의 활성화

심리학적인 차원에서 동기(motive)란 인간이 어떤 행위를 하게 되는 시작하게 되는 이유나 지향, 강렬성, 지속성, 행위의 질 등을 설명하는 용어로 욕구(needs)나 욕망(desires) 등과 연결된다. 이런 설명을 참조할 때, 동기란 인간 행위의 출발점으로서, 동기가 강할수록 그만큼 그 행위가 강렬하고, 지속적으로 이루어질 가능성이 높다는 것을 알게 된다.

학습자가 교실에서 수행하는 문학 감상에서의 지각이나 전이 역시 학습자의 동기적 측면이 충분히 강화될 때 더욱 풍부하게 이루어질 수 있다. 특히 문학 감상에서 동기적 측면은 학습자가 작품에 대해 가지고 있는 지향의 정도를 말하는 것으로, 감상자가 작품에 대해 어떤 태도를 가지고 있느냐와 직결된다. 학습자가 작품과 친밀한 관계를 형성할수록, 학습자가 목표에 대한 분명한 지향을 가질수록, 학습자가 자기성취감을 느낄수록 학습자의 동기가 강해진다. 이런 이유에서 감상의 동기적 측면을 강화함으로써 학습자가 작품으로부터 더 많은 것에 민감하게 반응하며 지각할 수 있도록 하는 '동기의 활성화'를 문학 감상 지도의 원리로 제시할 수 있다.

물론 문학 감상에서 감상자의 지각을 촉진할 수 있는 감상자의 동기적 측면이 학습자와 작품 사이의 친밀감에만 있는 것은 아니다. 인간이라면 자신에게 익숙하지 않은 것, 새로운 것에 대한 욕구도 가지고 있기 때문이다. 따라서 학습자 스스로 자신이 느끼는 생소함이나 이질성을 뛰어넘고자 하는 목표를 설정함으로써 감상은 더욱 높은 수준으로 발전할 수 있다. 학습자와 작품 사이의 친밀감의 정도가 감상의 동기를 활성화하는 기본이 되지만, 감상의 심화를 위해서는 학습자가 스스로 자신의 감상에서 목표를 설정하는 것 역시 중요하다. 문학 감상은 자유로운 사고의 유희를 즐기는 것으로서, 애초에 분명한 목표를 가지고 시작되기보다는 감상의 진행 과정 중에 새로운 목표를 설정해 가는 과정이다. 감상의 단계가 심화될수록 학습자가 자신의 감상을 메타적으로 조망하며 스스로 창조적인 목표를 설정하고, 이를 달성하려는 동기를 가지게 하는 것이 바람직하다.

② 정서적 긴장의 활용

정서(emotion)는 자극에 의해 촉발되는 심리적, 신체적 반응을 말한다. 보통 어떤 사건에 대한 주체의 해석에 의해 유발되며, 이에 따른 거의 모든 신체 기관의 반응이 수반된다. 따라서 정서는 주체가 자극을 자극으로서 인식하는가 그렇지 않은가에 따라서 발생할 수도 있고, 그렇지 않을 수도 있다. 예컨대 누군가가 차도를 지나가는 수많은 자동차를 보고 공포스러운 정서를 느낀다면, 그가 자동차를 자신의 삶에 어떤 영향을 미치는 자극으로 인식했다는 말이 된다. 그러나 지나다니는 자동차가 너무나 일상적이고 특별할 것이 없다고 생각하는 누군가에게는 별다른 정서적 반응이 나타나지 않을 수도 있다.

이런 점에 비추어 볼 때, 정서는 주체가 대상을 자극으로서 인식함으로써 발생하는 대상과 주체 사이의 긴장 관계에서 비롯된다. 긴장의 고조나 이완의 연속된 과정에서 주체는 자신의 행위에 더욱 민감해지며 대상에 더 많이 주목하게 된다. 이렇듯 대상과 주체 사이의 정서적 긴장 관계, 즉 문학 작품과 학습자 사이의 정서적 긴장 관계를 높임으로써 학습자가 작품으로부터 더 많은 것을 세밀히 지각할 수 있도록 유도하는 것을 문학 감상 지도의 또 다른 원리로서 제시할 수 있다. 이를 '정서적 긴장의 활용'이라 부를 수 있다.

특히 문학의 언어가 일상의 언어와 달리 정서를 표현하는 데 특화된 면이 있다는 점에서 학습자가 작품을 통해 정서적 긴장의 고조나 이완을 풍부하게 경험하는 것은 문학 감상의 본질에도 부합하는 일이다. 이를 위해 교사는 학습자의 감상 과정을 촉진하는 존재로서 학습자에게 작품에 대한 더 많은 설명을 제공하는 것보다는 학습자가 더 자주 더 많은 질문을 던지고, 그 질문의 수준을 높게 하도록 유도하여 학습자와 작품 사이의 긴장 관계를 높이는 역할을 취할 수 있다.

③ 인지적 조력의 활용

일반적으로 인지(cognition)란 대상으로부터 정보를 습득하고, 이들 정보를 해석하여 의미를 구성하는 일을 말한다. 인지에 따라 획득되는 것은 지식, 또는 앎이라 말할 수 있다. 문학 감상에서의 지각 역시 작품에 형상화된 여러 정보를 보고 느끼면서 이를 통해 의미를 구성하는 사고라는 점에서 인지 능력의 발현이다.

문학 감상에서의 지각, 즉 직접 보고 느낌으로써 대상을 인지하는 것이 인지의 여러 가지 방식 중 하나라는 점을 고려하면, 문학 감상에서 수행되는 직접적 지각 이외의 다른 인지적 활동을 통해 학습자의 직접적 지각을 강화할 수 있다고 가정하는 것이 가능해진다. 물론 작품에 대한 학습자의 지각은 스스로의 직접적인 지각일 때 의미가 있을 것이다. 그러나 교사와 학습자가 협업하는 문학 교실에서, 교사가 인지적인 조력자로서 학습자가 작품에 대해 더 많은 것을 지각할 수 있도록 도움을 주는 것도 가능한 일이다. 문학 감상의 지도에서 인지적 조력(cognitive scaffolding)을 활용한다는 것은 하나의 앎이 또 다른 앎에 대한 욕구와 수준을 증진시킬 수 있다는 점에 근거를 둔다.

■ 연구의 의의와 남은 과제

이 연구는 감상이라는 용어를 학술적, 교육적으로 좀 더 분명한 의미를 갖도록 정리하고, 감상의 과정을 도식적으로 설명하였다. 우리가 기대하는 문학 감상이 이루어지는 문학 수업을 설계하기 위하여 문학을 감상한다는 것이 어떤 일인지를 정교하고, 구체적으로 드러내는 일이 필수적이라는 점에서 이 연구의 의의를 인정할 수 있을 것이다. 그러나 인간의 내면에서 이루어지는 감상의 과정을 도식으로서 제시하는 일은 그만큼 한계도 분명하다. 앞으로 이 연구에서 제시된 문학 감상의 도식이 실제의 문학 감상에서 어떤 변이들을 만들어내는지를 지속적으로 탐구해 볼 필요가 있을 것이다.

※관련 논문 : 조하연, 문학 감상 교육 연구 - 고려속요를 중심으로, 서울대학교 대학원 박사학위 논문, 2010.

공감적 자기화로 본 이본 생성

서유경

우리 고전소설 작품들은 대부분 많은 이본을 갖고 있다. 작품별로 편차가 있으나 하나의 작품이 수십 개에서 수백 개의 자료로 존재한다. 그래서 고전소설은 하나의 개별 작품이 아니라 작품군으로 보아야 한다고도 한다. 어떻게 이렇게 많은 이본들이 만들어질 수 있었을까?

우리 고전문학의 역사는 어떻게 문학이 수용자들에 의해 적극적으로 향유되고 재생산되었는지를 보여주는 역사적 실체이다. 〈심청전〉만 하더라도 200여개 이상의 자료가 현재까지 전해진다. 〈심청전〉의 다양한 이본은 문학의 수용이 새로운 글쓰기로 나아갈 수 있음을 보여주는 실증적 자료이다. 어떤 문학 작품을 감상하는 과정이 읽는 데에서 그치지 않고 새로운 자료 생산으로 이어진 결과가 이본 생성인 것이다. 이러한 새로운 이본 생성의 원리를 '공감적 자기화'로 볼 수 있다.

고전소설의 풍부한 이본은 우리의 문학 향유가 즐겁고 자발적이라는 것을 보여 준다. 문학 향유의 역사와 방식은 이미 가르치기 전에도 존재하고 향유되었으며 그 자체의 전승력으로 교육되고 전파된 것이다. 문학 향유의 즐거움이 문학교육의 원리와 방법이 된다면 문학교육도 즐거운 것이 될 수 있을 것이다.

공감적 자기화는 이러한 수용자의 자발적이고 적극적인 문학 향유가 문학교육에서 이루어질 수 있도록 하는 원리이자 방법이 될 수 있다. 공감적 자기화가 이루어지는 양상과 방식은 실제 〈심청전〉 이본 생산과 수용을 통해 체계화될 수 있으며, 이는 문학교육의 방법과 관점을 수립하는 바탕이 된다.

정리하자면, 새로이 생성된 이본은 근간 자료에 공감하고 여기에 자신이 나름대로 창조적으로 수용한 것을 재창조한 결과라 할 수 있다. 한 작품을 이루고 있는 다양한 작품군들을 이러한 관점에서 볼 때 고전문학 작품을 이루고 있는 수많은 이본들은 수용과 창조가 동시에 이루어진 증거물로서 '읽기와 쓰기', '수용과 생산'의 통합 교육의 표본이 된다. 이본 생성을 교육 활동으로 적용해 보면 '읽기'와 '쓰기' 활동 모두와 관련되고, 이는 효과적이고 바람직한 문학 작품 읽기 방법과 창작 교육이나 쓰기 교육 방법의 단초가 된다. 작품의 수용과 표현의 연계는 수용의 적극성을 강화하고 표현 교육의 한 방법을 개척하는 길을 찾는 통로가 될 수 있을 것이다.

■■■ 관련 키워드 : 이본, 공감적 자기화, 수용과 생산

◇ 이본 : 고전소설 자료는 '작품군', '이본군', '이본', '각편', '원본', '모본' 등 다양한 용어로 지칭된다. '작품군'은 완전히 같거나 부분적으로 다르더라도 같은 표제를 붙일 수 있는 모든 작품을 지칭하는 용어이다. 이에 비해 '이본군'은 이본으로서의 가치가 인정되는 것만을 묶어서 말한다. '이본'은 동일 작품의 범위 내에서 내용상의 부분적인 차이를 지니고 있으면서 중요한 의미의 차이를 가진 자료를 말한다. 원칙적으로는 이본은 원본에 대한 상대 개념이지만 고전소설에 있어서 원본은 확인이 거의 불가능하므로 현실적으로는 유일본 또는 동일본에 대한 상대 개념으로 사용되고 있다. '모본'은 이본이 생성될 때에 대상으로 한 자료를 일컫는 것이며, '각편'은 이본과 비슷한 용어이지만, 이본이 원본과 반드시 차이를 지니는 것을 가리키는 데 비해, 각편은 'version'의 의미로 개별 자료 각각을 의미한다.

고전소설 작품의 이본을 판본, 즉 이본이 만들어지는 매체에 따라서는 필사본, 방각본, 활자본 등으로 나눌 수 있다. 공감적 자기화의 양상은 〈심청전〉 필사본을 중심으로 살펴보았다. 공감적 자기화의 문제는 수용자와 생산자의 참여가 중요한 열쇠가 되기 때문이다. 방각본이나 활자본의 경우 당시에 유통되던 필사본이 종합적으로 정리되고 고정되어 판각된 것으로 볼 수 있고, 창본의 경우 판소리 연행을 고려한 창자의 개작 의도가 크게 반영되어 있는데 비해, 필사본은 작품의 고정화가 덜 되고 개별적인 문학 작품의 재생산 과정을 보다 여실히 보여 준다고 할 수 있다 할 수 있다.

◇ 공감적 자기화 : 고전문학의 향유에서 보이는 숱한 이본들의 생성과 전파는 수용자에 의한 새로운 의미화 과정, 수용자에 의해 새로이 씌여진 텍스트 현상으로 간주할 수 있을 것이다. 그렇다면 여기서 문학 작품과 수용자간에 이루어지는 대화의 결과 수용자에게 의미화되고 수용되는 과정에 대해 해석학 및 수용이론에서 개념화하는 방식을 참조할 수 있다. 가다머 식으로 말하자면, 수용자 나름대로의 문학 작품 수용은 'Application' 즉 '적용' 과정이며, 볼프강 이저를 따른다면 문학 작품의 '구체화'에 해당되고, 리쾨르의 설명을 따른다면 '서술적 정체성'을 갖는 'Appropriation', 즉 '전유', '전용', '자기화하기', '귀속' 등의 개념에 해당된다. 특히 리쾨르의 '자기화'Appropriation의 개념은 가다머의 '적용' 개념을 정교화하여 발전시킨 것으로, 보다 더 적극적인 수용의 과정을 전제로 한다. 리쾨르가 텍스트 생산과 수용에서 강조하고 있는 '자기화' 개념은 이미 슐라이마허, 딜타이, 불트만 등에 의해 사용된 것인데, 이는 독자가 그 텍스트가 지적하는 바의 "사실"을 자기 것으로 "귀속화"하는 과정을 문제 삼으면서 "해석" 차원을 다룰 것을 말한다. 그에 의하면 '자기화'는 텍스트를 저자로부터 분리시키는 의미론적 자율성과 짝을 이루는 것으로, "낯설었던" 것을 "자기 것"으로 만드는 것을 말한다. 리쾨르의 '자기화하기'라는 개념은 과거의 텍스트-그 시간적 간격의 정도 차이만 있을 뿐이지 어떠한 텍스트든 수용자와는 시간적 거리를 갖는다는 의미에서-를 수용자의 상황과 문화에 비추어 현대적으로 적용하여 수용하는 데 적합하다. 한편 고전 문학에서 보이는 이본의 생성과 전파 양상에서 특징적인 것은 새로운 이본의 형태가 본질적으로 모본과 동질성을 지니고 있다는 것이다.

이는 이본 생성 과정이 '자기화'라는 개별적이고 주관적인 해석의 결과로 이루어짐에도 불구하고, 모본과의 연계성을 잃지 않고 있음을 말하는데, 이러한 현상은 '공감적 자기화'로 간주할 수 있는 근거를 제공한다. 이본 생산 과정을 '자기화'의 과정으로 볼 수 있는 것은 모본을 근거로 하여 모본 수용자가 의미 있다고 판단한 내용들을 추가하여 변형하고 있기 때문이다. 이러한 변형 과정은 근본적으로 해석학적 문제를 포함하고 있다. 다시 말해, 새로운 이본 형성은 주어진 모본에 대해 수용자가 가진 차별적 의미를 새로운 생산 과정으로 연결한 결과이며, 이는 문학 작품의 개별적 수용에 다름 아닌 것이다. 이러한 '자기화'의 과정은 일차적으로 모본에 대한 의미적 '공감'을 전제로 하며, 수용자의 주체적 수용 과정을 보여 준다.

◇ 수용과 생산 : 일반적으로 수용과 생산은 모든 종류의 텍스트에 대해 사용할 수 있는 용어이다. 글이나 담화나 매체 텍스트에 이르기까지 이해하고 만들어내는 모든 활동을 수용과 생산으로 아우를 수 있다. 그런데 문학 작품 작품에 대해 수용과 생산을 이야기할 때에는 감상과 창작이라는 용어를 사용하는 경우가 많다. 이는 일반적인 텍스트와 다른 문학 작품의 성격 혹은 자질 때문이라 할 것이다. 공감적 자기화를 논의하면서 수용과 생산으로 이본 생성 과정을 지칭한 것은 공감적 자기화의 결과 생산되는 텍스트가 문학 작품에 한정되지 않기 때문이다. 문학 감상과 창작보다 더 넓은 개념이 수용과 생산이라 할 수 있다.

■ 주요 내용

1. 〈심청전〉 이본 생성 과정에서의 공감적 자기화 양상

〈심청전〉의 이본 생성 과정에 나타난 공감적 자기화의 양상을 살펴
보기 위해 다음과 같이 핵심 서사 내용을 추출하였다. 이 서사 내용은
주로 초기 계열 이본들을 중심으로 정리한 것이다.

1. 심청의 출생
   (1) 심봉사 부부의 삶
   (2) 심청의 출생
   (3) 곽씨부인 죽음
2. 심청의 봉양과 죽음
   (1) 심청의 양육과 봉양
   (2) 공양미 삼백석에 몸팔아 시주
   (3) 심청의 죽음
3. 심청의 환세와 부녀상봉
   (1) 심청의 재생과 환세
   (2) 부녀상봉과 개안
   (3) 후일담

위의 각 요소에서 계열별 대표 자료의 변화 양상을 정리하고, 이에
따라 〈심청전〉의 수용과 생산 과정에서 이루어지는 주된 수용자의 적
극적 문학 향유의 지점을 도출하였다. 〈심청전〉 이본의 초기 계열과

완판 계열을 전체적으로 비교해 볼 때 그 변화의 과정은 새로운 이야기의 추가와 확대로 정리할 수 있다. 그리고 계열 안에서의 변모는 특정 화소나 삽화의 출입, 삭제·축소·확대의 차이로 정리할 수 있다. 그리고 새로운 이본의 생성 단계에서 수용자에 의해 변화가 일어나는 지점은 크게 서사적 상황 서술 층위, 인물 층위에서 달라지고 있음을 알 수 있다. 서술 층위에서는 서술의 첨가와 삭제, 삽화 단위의 출입, 구조적 확장과 강화 등으로, 인물 층위에서는 형상의 변모로 나타난다.

이와 같은 〈심청전〉 이본의 전개 양상에서 보이는 공통점과 차이점은 공감적 자기화가 이루어지는 주요 지점이라 할 수 있을 것이다. 왜 이러한 지점에서 이본별로 다양화되고 있는지를 생각해 본다면, 바로 그 지점에서 수용자들의 개별적 수용이 이루어지고 있기 때문으로 볼 수 있다. 새로운 이본 생산자는 결국 모본을 바탕으로 한 새로운 텍스트의 생산자이기 때문이며, 이 과정에서 모본과는 변별되는 내용을 추가하여 서술하거나, 있던 내용을 삭제하거나 하는 과정은 수용자에게 의미 있는 요소들이 달라지고 있기 때문으로 볼 수 있다.

2. 공감적 자기화의 방식

〈심청전〉 자료의 전체적인 변화 경향으로 본 공감적 자기화의 주요 지점은 서술 차원, 그리고 인물 차원에서 이루어지고 있음을 알 수 있었다. 그런데 이러한 서술과 인물 형상에서 이루어지는 공감적 자기화와 함께 이런 차원에서의 변형을 가능하게 한 주제적 차원의 자기화가 있다. 이는 보통 이본에 따라 부기되어 있는 이본 생산자의 필사기에서 명시적으로 나타난다. 해당 이본에 대한 수용자의 주제적 인식이 개별적 수용 결과로 정리되어 표현된 것이 필사기라 할 수 있다. 모든 이본에 필사기가 있는 것은 아니지만, 작품의 말미에 서술되어 있는 필사자의 후기는 〈심청전〉을 수용의 결과를 핵심적으로 보여 준다는 점에서 간과할 수 없는 부분이다.

그리고 모든 서사가 끝나고 그때까지 있었던 사건들이 해결되고 마무리되는 단계인 결말 부분에서 나타나는 주제가 있다. 이는 등장 인물의 입을 빌어서, 혹은 직접적인 생산자의 목소리로 나타나며, 결말의 사건 해결과 등장 인물에 대한 보상 방식에서 명확한 주제 의식으로 나타난다. 이러한 주제의 표현은 새로운 이본에서 이루어진 생산자의 변개 행위라는 점에서 '수용 주제'로 볼 수 있다. '수용 주제'는 해당 문학 작품을 수용한 결과 최종적으로 수용자에게 정리된 공감적 자기화이다.

1) 서사적 상황 서술의 변화

서사적 상황 서술의 변화로 이루어지는 공감적 자기화의 방식은 서술의 합리성 강화, 상황 개입과 평가적 서술, 표현 단위 반복을 통한 정서 표출, 서술 요소의 차별적 상세화로 이루어다. 〈심청전〉 자료의 재생산 과정에서 보이는 전반적인 변화는 현실적 합리성을 강화하는 방향으로 이루어지고 있음을 알 수 있는데, 이는 수용자들의 자기화 과정에서 스스로 납득할 수 있는 서사적 전개로 바꾸고자 하는 노력에서 비롯된 것이라 할 수 있다. 이러한 합리성의 추구는 생산자이기 이전에 어떤 모본 〈심청전〉의 수용자로서 비합리적이라 판단하였던 것에 공감하지 못하고, 보다 합리적이라 생각되는 방향으로 생산에 임하였기 때문에 생긴 것이라 추측된다.

한편 공감적 자기화가 이루어지는 주된 방식 중에 특히 정서적 환기가 이루어지는 부분에서 그 상태나 정서가 서술자에 의해 직접적으로 서술되는 경우가 있다. 이러한 서술은 새로운 이본의 생성에서 추가로 서술이 이루어지면서 새로이 들어간 부분이라 할 수 있는데, 상황 개입적 서술은 근본적으로 〈심청전〉을 수용한 결과를 서술한 것이며, 자신이 쓴 〈심청전〉을 읽을 독자가 좀더 등장 인물의 심리적·정서적 상황에 밀착할 수 있도록 하는 효과를 의도한 것으로 보인다. 주목되는 것은 서술자 개입에서 나타나는 집단적 공감의 지향성이다. 이는 〈심청전〉의 개인 생산자와 개인 수용자의 소통뿐만 아니라, 개인 생산자와 수용자 집단의 소통 혹은 집단적 생산자와 수용자의 소통 또한 이루어질 수 있기 때문인 것으로 볼 수 있다.

〈심청전〉 이본의 전개에서 보이는 서술 단위에서의 공감적 자기화 방식 중 하나는 수용자가 자기화의 결과 강화하고자 하는 특정 정서를 관습화된 표현의 반복으로 나타내는 것이다. 이는 특정 정서를 강조하여 표현하거나 강화하기 위해 일정한 표현 단위를 표상적으로 그리고 반복적으로 사용하고 있는 방식을 보인다. 이러한 표현 단위들이 사용되는 방식은 유사 서술 구조의 반복이나 이동, 표상적 단어들의 반복적 사용 등이다. 이들을 표상적 표현 단위로 볼 수 있는 것은 특정 정서의 표출이 나타나는 부분에서 유사한 혹은 동일한 단어나 서술 구조가 사용되고 있기 때문이다.

또한 〈심청전〉에서 이루어지고 있는 공감적 자기화의 방식은 서술 요소와 삽화 단위의 출입 및 상세화의 차이에서 볼 수 있다. 이는 동일한 서사적 요소에 대해 이본에 따라 상세화의 정도가 다름을 이르는데, 같은 삽화 내에서의 상세화 차이와 다른 삽화의 추가로 나타난다.

2) 인물 형상의 변형

인물 차원에서의 '공감적 자기화'는 작품과 수용자의 상호 작용이 작품 속의 인물을 중심으로 나타나는 현상이다. 어떤 인물의 성격이나 행동은 작품 내에서 어떤 기능을 하는데, 이때 수용자들은 주어진 인물에 긍정적인 방향에서 혹은 부정적인 방향에서 반응하고, 새로운 자료의 생산에 들어갈 때에 그 인물의 성격이나 기능을 원래 가졌던 성격대로 유지시키기도 하지만 원래와는 반대로 만들기도 하며, 원래의 성격을 강화하기도 한다.

〈심청전〉의 전 자료를 통틀어 살필 때에 심청이 일관되게 효녀로 형상화되고 있음을 볼 수 있다. 그런데 이러한 심청 인물 형상의 공통점과 함께 그 성격에 있어서 차이 역시 나타나는 점이 주목된다. 다시 말해, 〈심청전〉의 주인공 심청은 끊임없이 효행의 화신으로 형상화되고 있으면서도 그 형상의 특성에 있어서는 차이를 보이는 것이다. 심청을 효녀로 형상화하는 것은 평가적인 서술로, 심청의 행동이나 모습에 대한 서술로 나타나는데, 이러한 개별적인 서술의 종합으로서 심청은 효녀의 모습으로 만들어지고, 이렇게 만들어지는 심청의 모습은 구체적인 각편의 생산 과정에서는 다변화되고 있는 것이다.

심봉사의 인물 형상은 자료의 재생산 과정에서 보다 다양하게 변형되고 있다. 다시 말해 심청의 인물 형상 변화는 효녀라는 틀 내에서 이루어지는 것이지만, 심봉사의 인물 형상 변화는 특정한 틀 내에서 이루어지는 것이 아니라 파격적이라 할 수 있을 만큼 다양한 특성을 보인다. 이본에 따라 심봉사의 신분이나 상황, 행동이 다양하게 서술되면서 심봉사 형상도 다르게 나타난다. 원본에서의 심봉사 모습과 다른 자료로 생산되었을 때의 심봉사 모습이 다르게 나타나는 것은 수용자가 그 인물에게 요구하는 역할이 달랐기 때문으로 볼 수 있으며, 이는 수용자가 더욱 공감하기 원하는 방향으로의 변화를 의미한다. 이는 자기화의 폭이나 차원이 문학 작품이 지닌 넓이와 깊이만큼 다양할 수 있음을 보여 준다.

3) 주제 수용의 다양화

수용자에게 〈심청전〉이라는 문학 작품이 어떻게 수용되었는지를 가장 단적으로 알 수 있는 부분은 작품의 말미에 붙어 있는 '필사기'이다. 필사기는 〈심청전〉을 새로이 필사를 한 사람이 언제, 어떤 동기로, 무엇을 목적으로 하여, 어떻게 필사하였는지, 자신의 생각이나 느낌은 어떠한지 등을 쓴 글이다. 따라서 필사기에는 〈심청전〉이 수용자에게 어떻게 자기화되었는지에 대한 결과가 명시적으로 나타난다고 볼 수 있다. 여기에는 〈심청전〉의 서술이나 인물 등에 대한 평가와 함께 주제로 인식된 내용이 압축적으로 나타난다.

필사기에서 나타나는 수용자가 수용한 〈심청전〉의 주제로 가장 분명하고 일반적으로 나타나는 것은 '효녀' 이야기로의 인식이다. 이는 수용자에게 공감되어 주제로 인식되는 것이 효(孝)라는 것을 나타내는데, 흥미로운 것은 효에 공감한 것을 서술하면서 덧붙인 내용들이다. 이는 효를 중심으로 공감하면서도 자기화하는 과정에서 빚어진 차이로 보이는데, 효를 중심으로 주제 의식을 확장하여가는 양상을 보인다. 이중에서도 특히 현세적인 복을 받을 수 있다는 데에 초점을 맞춘 경우가 주목된다. 이는 사람들의 삶에 적용할 보다 다양한 복과 가치에 대한 언급으로 효의 가치를 인식하고 적용하는 것을 촉구하는 것으로 나타난다. 이러한 자기화의 내용들은 효를 행하면 부귀영화를 누린다든지, 아들보다는 딸을 낳는 것이 훨씬 좋은 일이라든지, 지성이면 감천이어서 효를 행하면 소원을 이룰 수 있다는 등으로 다양화되고 있음을 볼 수 있다.

한편 〈심청전〉이 단지 읽어서 즐기는 소설 한편이 아니라 읽고 감화를 받을 교육용 제재로서 필요함을 강조하는 경우도 있다. 수용자에게 인식된 주제로서 〈심청전〉의 교육적 제재로서의 가치 인정은 수용자가 〈심청전〉을 수용한 결과 이에 대한 수용의 효용성을 강조하는 입장이라 할 수 있다.

또한 인과 응보에 의한 현실적 보상 의식에서 〈심청전〉의 의미를 찾은 경우도 있었다. 이는 〈심청전〉의 결말에서 인물에 따라 보상이 달라지기도 하지만 이본별도 다변화하고 있는 데에서 알 수 있다. 〈심청전〉의 전체적인 구조 즉 주인공 심청이 작품의 후반부에서 이전의 어렵고 고통스러운 삶에서 탈피하고, 황후로서 축복받는 삶을 누린다는 보상의 구조는 공통적으로 반복되어 나타나면서도, 심봉사와 기타 등장인물에 대한 보상의 내용은 매우 다양하게 나타나고 있기 때문이다. 이는 수용자의 수용 결과, 〈심청전〉이 수용자에게 총체적으로 주는 의미를 정리한 부분임을 말해 준다.

3. 공감적 자기화의 문학교육적 전이

공감적 자기화가 문학교육으로 실천되기 위해서는 문학의 교수-학습 과정 속에서 실현 가능한 조건을 정하고 설계하는 것이 필요하다. 공감적 자기화는 문학 교수-학습 활동의 과정으로 보면, 문학 작품을 읽거나 보거나 들음으로써 수용하는 과정과 수용자가 개별적으로 자기화한 결과를 생산으로 연계하여 표현하는 과정 모두를 포괄하고 있다. 이는 〈심청전〉의 향유에서도 볼 수 있었던 바, 공감적 자기화가 일어나는 과정이 수용과 생산을 포괄하는 것이기 때문이다. 따라서 공감적 자기화의 방법은 문학 작품을 읽는 단계에서의 '관계짓기'와 '자기화하기', 그리고 표현하는 단계에서의 '표현하기'로 설정할 수 있다.

'관계짓기'는 공감적 자기화를 가능하게 하는 첫 단계의 읽기 방법으로 학습자가 주어진 문학 작품을 온전히 수용하고 자기화를 이룰 수 있는 방법이다. '자기화하기'는 공감적 자기화를 위해 수용자가 문학 작품과 상호작용하는 영역으로, 이념적 자기화, 경험적 자기화, 심미적 자기화로 나누어 볼 수 있다.

다음으로 공감적 자기화의 전체적인 과정에서 최종적인 결과는 표현행위로 나타난다는 점에서 표현단계에서의 활동은 '표현하기'이며, 이는 '바꿔 쓰기'와 '비평적 글쓰기'로 이루어질 수 있다. 그리고 이러한 공감적 자기화의 표현은 '양식 변용 쓰기'와 '매체 활용 쓰기'로 확장될 수 있다. 현대의 학습자가 처한 매체적 환경은 고전 시대에 비해 훨씬 다양화되어 있으므로 주어진 문학 작품에 대한 공감적 자기화 활동으로서의 표현 역시 다양한 양식과 방법으로 이루어질 수 있다. 특히 인터넷 매체와 같이 상호작용성을 진작할 수 있는 매체의 발달은 다른 양식으로의 재생산이나 쓰기 활동을 학습자가 훨씬 쉽고 원활하게 할 수 있다.

그리고 공감적 자기화를 중심으로 한 문학교육의 가능성을 '생산적 수용'에 두고 이를 위해 통합적 문학교육을 설계해 볼 수 있다. 통합적 문학교육의 설계는 교육 과정상의 내용 영역의 통합, 교육 제재와 매체 활용의 통합, 문학 작품과 학습자 경험의 통합이라는 측면에서 필요하며, 이를 통해 문학교육은 보다 생산적일 수 있다.

누가 가르치지 않아도, 억지로 읽히지 않아도 자발적이고 적극적으로 이루어졌던 고전 문학 향유의 실체는 현대의 문학교육 방법에 중요한 전범이 되며, 이에 따라 학습자가 즐겁게 자발적으로 문학 작품의 수용과 생산에 참여할 수 있도록 문학교육 활동이 이루어진다면 문학교육은 학교교육의 틀 안에서만 한정되는 것이 아니라 수용자 개인의 평생을 통해 지속될 수 있는 것이 되고, 그러한 문학 향유가 이루어지는 문화를 고양할 수 있는 힘이 될 것이라 기대한다.

■ 연구의 의의와 남은 과제

공감적 자기화를 통한 고전문학교육의 의의를 다음과 같이 정리해 볼 수 있다.

첫째, 고전문학교육에서 문학 작품의 수용을 지적 학습이 아닌 체험과 이해라는 경험적 학습으로 볼 수 있는 관점을 제공한다. 기존의 문학 작품을 구조적으로 학습하든, 역사주의적으로 학습하든 실제 문학교육에서의 문제는 진정한 문학 작품을 경험하게 하는 것이 아니라 암기하거나 해석해야 할 일종의 지식으로 교육한다는 것이었다. 이에 학습자의 '공감적 자기화'를 중심으로 문학교육이 이루어진다면, 학습자의 경험을 중심으로 한 문학 작품의 개별적 수용이 가능하리라 기대된다.

학습자의 경험을 중심으로 한 고전문학교육은 궁극적으로 교수-학습 상의 소통 주체의 경험을 확장할 수 있다. 교수-학습 방법에 대한 연구가 활발해지고, 새로운 교육의 방법이 도입되면서 강조되고 있는 것이 교수자와 학습자의 역할에 대한 관점의 변화이다. 이는 기존의 교수-학습 방법에서는 교수자 중심의 전달이나 전수가 강조된 반면, 새로운 경향의 교수-학습 방법은 학습자의 활동이 중시되고, 교수자는 학습자의 학습 활동을 도와주는 조력자 위치로 조정되어 변한 것이다. 즉 최종적으로 문학을 경험하는 소통의 주체는 문학 작품이나 교수자가 아니라 수용자나 학습자가 되어야 한다. 이는 문학교육의 목표가 달성되어야 하는 위치가 그러하기 때문이며, 소통의 최종 지향점이 그러하기 때문이다. 그리고 문학 향유의 능력을 신장해야 하는 주체도 학습자이며, 문학 작품의 체험이 이루어져야 하는 주체도 학습자이기 때문에 그러하다.

둘째, 이 관점이 지닌 의의는 문학 작품의 수용과 생산에 있어서 적극적인 향유자의 개입을 허용한다는 것이다. 어떤 이본이 순수한 문학 향유와 교육의 목적에서 만들어지고 읽히고, 또 다시 만들어지는 과정은 적극적인 수용자의 관심과 즐거움을 추구한 결과 있을 수 있는 것이다. 이러한 문학 향유의 적극성과 즐거움은 문학교육의 대상인 학습자가 학교 교육 안에서만이 아니라 실제 삶의 현장에서, 일시적 기간이 아니라 평생동안 지속적으로 문학을 향유할 수 있는 계기와 방법을 제시한다.

적극적 문학 향유를 지향하는 문학교육은 읽기와 쓰기, 수용과 생산을 연결짓는 영역을 마련하며, 이는 결과적으로 보다 문학 생산을 활발하게 할 수 있다. 이러한 문학 수용에 있어서 읽는 데 그치는 것이 아니라 생산으로 연결지을 수 있는 문학교육은 통합적 문학교육 과정이라는 새 영역을 확보할 수 있으며, 학습자의 활발한 생산을 문학교육의 중심적 활동으로 두고 문학 행위에 참여할 수 있는 길을 제공하는 것이다.

셋째, 문학 창작이나 수용에 대한 신비주의적 접근을 탈피할 수 있다. 문학을 즐기는 것이나 문학 생산에 참여하는 것이 특수한 계층이나 직업에 의한 전문적인 것이 아니라, 누구나 할 수 있는 보편적인 일이며 즐거운 것으로 인식을 전환할 수 있는 것이다.

이제까지는 '문학교육'이라는 것이 어떤 특수성으로 인해 전문적인 그룹에 의해서만 만들어질 수 있는 것으로 오인되어 온 경향이 없지 않았다. 이러한 경향은 '문학성'이라는 이름으로 혹은 '문학주의'라는 이름으로 대표되면서 문학을 즐기는 것을 단지 있는 문학 작품을 잘 읽어내는 것에 한정하고 창작에의 접근을 제한하는 문제를 일으킨 것이 사실이다.

한편 문학 연구 분야에서도 어떤 작품의 재창조 결과로서 만들어진 자료에 대해 '원전'을 왜곡하고 변형하여 고전으로서 엄격히 지켜져야 할 원형을 훼손시켰다고 보는 관점이 있었다. 물론 필사를 하거나 원전을 변형하여 새로운 작품을 만드는 행위에 대해, 한편으로는 원전이 가진 작품성을 손상시켰다고 볼 수도 있겠지만, 다른 한편으로는 그 원전을 그만큼 즐거워하고 그 작품에 감동을 받았기 때문으로 볼 수도 있는 것이다.

고전문학 작품들이 갖고 있는 이본들을 실제 교육 과정 속에 포함하여 다루지는 못하더라도, 그러한 방식으로 문학을 향유한 역사와 양상의 고찰을 통해 문학교육의 한 방법과 관점을 수립할 수 있다. 우리의 전통 속에 있는 고전문학의 수용과 생산에서 볼 수 있듯이 문학의 향유라는 것이 단지 읽는 것에 국한된 것은 아니며, 어떤 뛰어난 천재만이 문학을 생산할 수 있는 것도 아니다. '공감적 자기화'의 관점은 모든 문학의 수용자가 문학의 생산에도 참여할 수 있는 계기를 제공하며, 문학교육이라는 것이 문학에 대한 지식을 가르치는 것이 아니라 진정으로 문학을 즐길 수 있는 방법과 경험을 제공하는 것이라는 관점으로의 전환을 가능하게 한다.

※관련 논문 : 서유경, 공감적 자기화를 통한 문학교육 연구 - 〈심청전〉의 이본 생성을 중심으로 -, 서울대학교 대학원 박사학위 논문, 2002.

_기이 비현실적이고 이상한 세계

기이한 이야기의 텍스트 논리

박은진

기이한 이야기를 논리적으로 이해하는 것이 가능할까? 이 연구는 의미의 층위를 달리하면 기이한 이야기도 합리적으로 이해할 수 있다고 보는 관점을 취한다. 우리 서사문학사에는 기이하고 비현실적인 이야기들이 많이 존재한다. 늦은 밤이면 소리 없이 등장하는 원혼의 존재나 자유자재로 도술을 부려 악인을 징치하는 도승들, 용궁, 저승과 같은 이계의 공간들과 재생, 변신, 우연적인 사건의 연쇄 등과 같이 일상의 경험 세계와는 부합하지 않는 기이한 소재나 사건들이 '기이하다'거나 '비현실적(非現實的)'이라는 평가를 내리게 하는 주요한 동인이라고 할 수 있다. 익숙한 현실세계의 논리 위에서 작품 세계가 펼쳐지는 현대의 작품들과는 달리, 현실계와 초현실계로 이원화된 두 세계가 밀접하게 교유하는 속에서 작품이 형상화되는 고전 작품에서 이러한 경향은 더욱 두드러진다.

기존 연구사에서 이러한 기이한 이야기들은 주로 서구의 환상이론을 통해 설명되고 해석되어 왔다. 로즈마리 잭슨이나 캐서린 흄 등의 이론에 따라 작품에 드러난 기이한 요소가 주는 떨림이나 현실을 전복하는 효과에 주목해온 것이다. 그러나 우리 고전작품들에서 드러나는 비현실적이고 기이한 요소들은 작품이 터하고 있는 현실과의 밀접한 관련 속에서 구현된 것이므로, 환상적인 문학 기법과 효과에 주목한 서사 이론으로는 설명될 수 있는 부분이 적다. 이러한 기이담들은 현실 맥락과의 연관성 속에서 의미의 충위를 달리하여 파악할 경우, 작품을 이루는 의미소들이 나름의 의미관계를 형성하여 텍스트의 의미가 보다 분명하게 드러나는 텍스트들이라 할 수 있기 때문이다. 이에 이 연구에서는 기존의 서구 환상이론을 적용하여 작품이 드러내는 환상 효과에 주목했던 기존 논의에서 벗어나, 우리의 기이한 이야기들에 대한 의미 파악 문제에 주목하였다.

근래 야담 연구에 있어 균형이 이루어지면서 어느 정도 해소된 면이 있지만, 조선 후기 현실을 반영한 작품들에 주목했던 야담 연구에 있어 야담 기이담은 현실지향의 야담이 되지 못한 것으로서 17세기 돌출한 '미완의 장르'로서 여겨져 왔다. 또한 교육의 영역에 있어 환상적인 성격의 텍스트는 내적 논리를 갖추지 못하여 유희적으로만 향유되는 텍스트로서 문학 감상의 측면에서 부분적으로 의미가 있을 뿐 교육적으로 유의미한 텍스트로 여겨지지 못했다. 이는 우리 문학교육의 기저에 자리하고 있는 리얼리즘 지향의 경향과 밀접한 관련이 있다.

그러나 읽기의 측면에서 보았을 때, 야담 기이담 텍스트는 서사의 의미 관계를 파악하고 맥락의 충위를 달리하여 파악했을 때 비로소 의미가 파악되는 텍스트로서, 고차원적인 읽기를 위한 자료가 될 수 있다. 또한 문학 읽기와 비문학 읽기를 전혀 별개의 것으로 다루는 읽기교육에 있어 비문학 읽기와 문학 읽기를 실질적인 측면에서 연결할 수 있는 읽기 방법론이 필요한데, 이에 문학적인 요소와 비문학적인 요소를 함께 가지고 있는 야담 기이담이 효과적인 읽기 교육제재가 될 수 있다. 문학사적으로 소외된 장르로 여겨졌던 기이담 텍스트가 읽기 교육의 측면에 있어서는 기존 읽기 교육의 한계를 극복할 수 있는 효과적인 교육제재로서 기능할 수 있는 것이다.

이에 이 연구에서는 야담 기이담이 교육제재로서 가질 수 있는 가능성을 읽기의 측면과 연결시킴과 동시에, 비문학 읽기와 문학읽기를 매개할 수 있는 읽기교육을 상정하여 "텍스트의 논리"를 중심으로 야담 기이담을 읽어낼 수 있는 방법과 교육을 설계 하였다. 비문학 읽기에는 익숙하지만 문학 읽기에는 미숙한 학습자들을 위한 문학 텍스트 읽기 방법을 마련함으로써, 궁극적으로는 비문학 읽기와 문학 읽기의 실제적 측면을 매개할 수 있는 방안을 모색하고자 하였다.

■■■ 관련 키워드 : 야담 기이담(奇異談), 텍스트언어학 방법론, 텍스트의 논리, 기이소(奇異素), 명제적 의미·기능적 의미·사회문화적 의미, 의미론적 지표

◇ 야담 기이담(奇異談) : 야담 작품 중에서 신선, 도인, 귀신, 요괴 등의 이인(異人), 이물(異物), 이계(理界)가 등장하거나 기이하고 우연적인 사건이 전개되어 비현실적인 지향을 보이는 작품군을 지칭하여 이르는 말이다. 야담 기이담은 현실에 대한 인식에서 출발하였으나 그러한 현실 인식이 비현실적인 상상력과 조응하여 서사 텍스트로서 성립한 것들이다. 야담 기이담은 조선 중기부터 후기까지 발간된 야담집 전반에서 두루 드러나고, 특히 극한의 가뭄과 재해가 빈번하게 일어나던 17세기에 기이한 이야기들이 많이 향유되면서 이러한 기이담들을 모아 엮은 임방의 《천예록》과 같은 야담집이 발간되기도 했다. 산길을 잘못 들어가 숨은 선인을 만나거나 도술을 부릴 줄 아는 이인에 대한 이야기, 이인의 도움으로 화를 피한 이야기, 기이한 인연으로 사랑을 맺은 이야기 등이 대표적인 야담 기이담으로 남아있다. 문학사적으로 야담 기이담은 17세기의 돌출적인 장르이자, 내용이 형식을 따라가지 못함으로써 현실지향의 야담에 미치지 못한 미완의 장르로서 여겨졌으나, 야담 기이담에 대한 연구가 진행되면서 현실지향의 야담과 함께 비현실적인 상상력이 작품으로 구현된 사례로서 평가되고 있다.

◇ 텍스트언어학 방법론 : 텍스트언어학(textlinguistik)은 기존의 문장 단위를 넘어서는 단위로서, '텍스트'(text)에 대해 연구하는 언어학의 연구 분야이다. 독일을 비롯한 유럽을 중심으로 형성되었다. 텍스트언어학이 과거의 문장 단위 언어학과 구분되는 지점은 언어를 보는 대상을 문장 단위에서 텍스트 단위로 확대했다는 점에서뿐만 아니라, 언어를 정적인 대상이 아닌 동적인 의사소통의 과정으로 본다는 점에 있다.

텍스트가 '일련의 잘 정돈된 문장의 연속체'가 아니라, 사회라는 맥락 속에서 여러 요소들 간의 상호작용에 의해 생성된다는 텍스트언어학의 인식은, 텍스트의 수용과 창작에 대해 탐구하는 학문인 국어교육의 기반을 마련하는 데 기여했다. '인간'과 '사회'와 '맥락'을 고려한 말하기·듣기, 읽기, 쓰기 교육에 관한 연구들이 적극적으로 시도될 수 있었던 것은 이러한 관점의 전환에 힘입은 바가 크다. 이처럼 텍스트언어학은 국어교육에서 언어와 텍스트를 보는 관점을 제공하는 데 머무르지 않고, 실질적인 텍스트 분석 방법론으로 구체화됨으로써 국어교육의 여러 분야들에 활용되었다. 텍스트 의미 형성 기제로서 응집성에 대한 분석을 통해 교육적으로 유의미한 요소들을 발견하는 것이 국어교육에서 텍스트언어학 방법론을 활용하는 주된 방식이다. 설명문, 논설문 등 비문학 텍스트의 응집성에 기여하는 표지들을 발견한 읽기 교육의 사례나, 대화 분석을 통해 토론이나 논쟁 텍스트에 드러난 말하기 전략을 도출한 화법 교육에서의 연구 성과가 텍스트언어학 방법론을 활용한 가장 대표적인 사례라 할 수 있다.

그러나 문학작품 역시도 텍스트의 하나라는 점에 주목해 본다면,

국어교육의 한 분야인 문학교육 연구에 있어서도 텍스트언어학 방법론이 유용하게 적용될 가능성이 높다. 텍스트의 수용과 생산, 그리고 그 과정에 작용하는 여러 요인들에 대해 탐구하는 학문으로서 텍스트언어학과, 작품의 수용과 생산에 관여하는 여러 요소들에 주목하는 문학교육 연구는 그 연구 대상과 시각의 측면에서 서로 상통하는 지점이 있기 때문이다. 이와 더불어 문학작품 해석과 읽기에 있어 작품의 언어가 가지는 중요성에 주목할 때, 문학교육에서 텍스트언어학 방법론의 적용 가능성은 더욱 두드러진다. 텍스트언어학 방법론은 특정한 방법론적인 틀이 정해져 있는 것이라기보다는 작품의 성격에 따라 적용할 수 있는 방법론을 설계하여 적용하는 방식으로 분석이 이루어지는 데, 문학교육에서는 주로 작품 자체에 대한 면밀한 분석이 필요한 경우들에 이 방법론이 효과적으로 적용될 수 있다.

◇ 텍스트의 논리 : '텍스트의 논리'는 텍스트 전체의 의미 결합을 가능하게 하는 기제로서, 텍스트 맥락 속에서 실현되는 언어의 의미들이 인지적으로 결합되는 주요 경로를 뜻한다. 일반적으로 텍스트가 의미화 되는 양상을 두고 보았을 때, 텍스트의 전후 맥락이나 단어, 문장이 지닌 보편적인 의미를 고려하여 파악할 수 있는 가장 적합한 의미화의 경로가 존재한다. 즉, 텍스트가 구현할 수 있는 다양한 의미화의 가능성 속에서도 가장 합리적인 의미화의 경로가 존재한다 할 수 있다. 나뭇잎에 그 표면을 구성하는 수많은 잎맥이 있지만 그 나뭇잎 전체를 지탱하고 관통하는 주된 잎맥이 존재하는 것처럼, 텍스트가 의미로 실현될 수 있는 다양한 경로 중에서도

텍스트의 의미 결속에 의해 형성되는 주된 의미화의 경로가 있다. 이것이 바로 '텍스트의 논리'다.

◇ 기이소(奇異素) : 기이담 분석의 기본 단위 중의 하나로서, 기이한 사건이나 비현실적인 사건에 대한 정보의 최소 단위 이다. 서사 텍스트의 기본 논리가 사건에 따른 상황의 변화 과정에서 형성된다고 한다면, 비현실적인 서사 텍스트의 의미는 비현실적이고 기이한 사건들을 겪으면서 인물의 상황이나 상태에 변화가 일어났을 때 발생한다. 이에 따라 비현실적인 서사 텍스트 의미 형성의 핵심이라 할 수 있는 화제 인물의 상황(상태)와 사건에 주목하여, 인물의 상황과 관련한 정보의 단위를 상황소, 화제 인물과 관련한 사건 정보의 단위를 사건소로 나누되, 사건소 중에서 비현실적인 사건이나 존재와 관련 있는 것을 기이소라 칭하였다. 이처럼 일반 사건소와 기이소를 구분한 것은 환상문학이나 비현실성이 두드러지는 작품에 있어 비현실적인 사건과 일반 사건은 그 의미화에 있어 다른 계열을 형성한다는 토도로프의 연구에 근거한 것이다.

◇ 명제적 의미, 기능적 의미, 사회문화적 의미 : 텍스트의 의미를 파악하는 데 있어 설정할 수 있는 세 가지의 의미 층위이다. 화용론적 관점을 수용한 의미론의 논의에서는 텍스트의 의미 층위를 다음과 같이 표현의미(expression meaning), 발화의미 (Utterance meaning), 소통적 의미(Communicative meaning)의 세 층위로 구분한다. '의미'가 독자와 텍스트가 맺는 관계 속에서 형성되는 것이라면, 이 세 층위의 의미는 독자가 텍스트와 관계를 맺을 수 있는

세 가지 방식을 보여 준다는 점에서 주목할 만하다. 예컨대, 읽기에 있어 텍스트 자체의 의미만을 고려하는 경우가 있을 수 있고, 텍스트의 발화 맥락에서 화자의 발화 의도를 고려하면서 읽을 수도 있고, 텍스트의 사회문화적 소통 맥락에서 사회문화적 상황을 고려하여 읽을 수도 있다. 이런 점에서 볼 때, 앞서 살펴본 세 층위의 텍스트 의미가 텍스트 수용의 측면에 있어서는 어떻게 전환될 수 있는가에 주목한다면, 이를 통해 서사 텍스트 읽기에서 활용할 수 있는 텍스트의 다른 층위들을 파악할 수 있을 것이다.

먼저 표현의미의 경우부터 살펴보면, 텍스트 자체만을 두고 파악하는 표현의미는 독자에 있어 명제들의 결합에 따른 명제적 의미로 수용된다. 또한 텍스트의 발화의미는 발화의도에 부응하는 기능적 의미로, 소통적 의미는 소통상황에서 발생하는 기호론적인 의미로서의 사회문화적 의미로 수용자에게 수용된다 할 수 있다. 즉, 앞서 살펴본 텍스트 의미의 세 층위는 텍스트 수용에 있어서 다음과 같은 명제적 의미(propositional meaning), 기능적 의미(pragmatic meaning), 사회문화적 의미(socio-cultural meaning)의 세 층위의 의미로 수용된다.

의미의 층위	정의
명제적 의미 (propositional meaning)	텍스트에 드러난 명제들의 의미 결합을 통해 파악할 수 있는 의미
기능적 의미 (pragmatic meaning)	텍스트를 하나의 발화로 보았을 때, 발화의도에 따라 발생하는 의미
사회문화적 의미 (socio-cultural meaning)	주어진 사회적 문화적 소통 상황 속에서 기호론적인 측면에서 발생하는 2차적인 텍스트의 의미

이러한 세 층위의 의미는 다음과 같이 구분할 수 있다. 예를 들어,

"신림역에서 삼중 추돌 사고가 일어났습니다. 이 사고로 인해 세 명이 다치고 한 명이 숨졌습니다." 라는 짧은 텍스트가 있다고 할 때, 이 텍스트의 명제적 의미는 "신림역에서 사고가 나서 그 결과 부상자와 사망자가 발생했다."이다. 한편으로 이 텍스트는 사고로 인한 인명 피해 상황에 대한 정보 전달이라는 기능적 의미를 갖는다. 나아가 이런 텍스트가 라디오의 교통 방송에 의해 소통되는 상황을 고려하면, 이 텍스트는 "교통 방송을 듣는 운전자들에게는 운전의 방해물지점을 알리는" 텍스트로서 의미화 된다. 사고로 인한 어떤 이의 불행이 그 사건을 듣는 이들에 있어서는 자신의 행로를 방해하기에 피해야 하는 장애물로서 기호화 되는 것이다. 일반적으로 의미 파악이 잘 되지 않는 기이담의 비현실적인 요소들은 이처럼 텍스트의 의미의 층위를 달리하면 그 의미가 파악될 수 있다.

◇ 의미론적 지표 : 텍스트의 의미를 파악하는 데 있어 주목할 수 있는 주요 지점을 의미한다. 일반적으로 비문학 텍스트 읽기에 있어서는 '그러나', '요컨대'와 같은 텍스트 구조 표지를 주목해왔다. 텍스트 구조 표지에 주목했을 때 텍스트의 의미를 보다 효과적으로 파악할 수 있는 것이다. 기이담과 같은 서사 텍스트의 경우에는 서사의 논리 전개 과정에서 의미가 이루어지므로 의미를 파악할 수 있는 '의미론적 지표'들에 주목하는 것이 필요하다. 이 논문에서는 기이담의 의미 형성에 따른 텍스트 유형을 단일결합형, 개별연쇄형, 장면확대형의 세 가지로 나누었는데, 세 경우 각각 의미론적 지표가 다르게 드러났다.

■ 주요 내용

1. 비현실적인 서사 이해의 가능성과 의미

서사 작품을 하나의 '텍스트(text)'로 파악하고 이를 읽기 대상으로 다루고자 하는 경우, 주로 문제가 되는 것은 서사 텍스트에 드러나는 비현실적인 부분들이다. 일반적으로 '비현실적'이라는 것은 서사 텍스트의 소재나 모티프, 구성 등에서 드러나는 현실과 동떨어진 양상을 지칭하는 용어이다. 좀 더 구체적으로는 독자가 터한 외적 현실을 중심에 두고 보았을 때, 작품 내적 현실의 양상이 큰 차이를 보이는 경우에 이를 지칭하는 용어로 '비현실적'이라는 표현을 사용한다. 그러나 이때 '비현실적'이라는 표현은 단순히 비현실적인 면모가 드러나는 텍스트의 양상만을 지칭하지는 않는다. 비(非)라는 접두사의 파생을 통해 만들어지는 단어들의 성격이 그러하듯이, '비현실적(非現實的)'이라는 개념 역시도 소극적인 성격을 지닌다는 점에 주목할 필요가 있다.

즉, '비현실적인 것'은 '현실적인 것'의 소극적이고 배타적인 개념이므로, 현실적이지 않은, 혹은 현실적이지 못한 텍스트라는 시각에서 이들은 부정적인 평가를 받아왔다. 비현실적인 면모가 드러나는 서사 텍스트는 그 내적 논리조차 찾을 수 없는 무의미한 것으로 다루어지거나, 언어로 기호화되는 텍스트의 내적 질서에만 지배되는 것일 뿐 그것이 토대로 삼고 있는 현실의 맥락과는 단절된 독자적 세계로 간주됨으로써, 현실과는 무관한 유희적 산물로서 인식되어 왔다.

그러나 텍스트 의미 구성의 차원에서 본다면, 비현실적인 서사 텍스트에 대한 이러한 부정적인 평가는 다르게 해석될 수 있다. 모든 텍스트는 텍스트 고유의 의미와 응집성을 가지고 있다는 이론이나, 비현실적이고 기이한 부분들이 사건을 그대로 묘사한 것이 아니라 텍스트가 향유되던 당시 향유층들의 인식구조와 상상력에 의해 변형된 형상을 서술한 결과라는 점을 염두에 두고 본다면, 이들 텍스트는 표층의 의미를 읽어내는 것과는 다른 방식을 통해 의미 파악이 가능한 것이라 할 수 있기 때문이다.

내적 논리조차 찾을 수 없다는 것은 텍스트 표면에서 그 의미가 잘 드러나지 않는다는 것으로, 현실의 맥락과 상관없다는 것은 상징이나 함축적인 요소들로 인해 의미 파악의 층위가 높아 현실의 맥락과 연결할 수 있는 방법을 찾기가 쉽지 않다는 것으로 볼 수 있다. 즉, 비현실적인 서사 텍스트는 그 의미에 접근할 수 있는 경로가 쉽게 드러나지 않는 텍스트로서, 일반적인 텍스트 의미 이해의 경로와는 다른 의미 경로를 통했을 때 의미 파악이 가능한 텍스트일 수 있는 것이다. 의미 이해를 위한 읽기의 측면에서 본다면, 일반적인 텍스트에 비해 보다 심화된 수준의 읽기가 요구되는 텍스트라고도 할 수 있겠다.

이러한 비현실적인 서사 텍스트의 의미를 파악하기 위해서는 텍스트의 표층이 아닌 심층에 있는 의미의 경로를 파악하고, 그에 따라 의미를 구성하는 과정이 필요하다. 특정한 읽기의 맥락에서 비현실적인 부분을 비롯한 텍스트의 각 부분들이 순차적으로 결합되어 의미를 구성해가는 과정, 즉 텍스트 의미를 점진적으로 형성해 나가는 '의미화의 과정'에 기반한 읽기 방법론이 필요하다 할 수 있다. 이처럼 비현실적인 요소들이 의미화 되는 과정을 중심으로 한 읽기 방법론 논의를 시도할 경우, 텍스트의 비현실적인 요소들이 의미화 되는 양상과 층위, 그에 따른 읽기의 기제들을 파악할 수 있게 된다. 이는 비현실적인 것을 있는 그대로 감상하는 문학 읽기와는 거리가 있지만, 그것과는 달리 비현실적인 요소들의 의미화에 초점을 둔 의미 이해를 위한 문학 읽기로서 의의가 있다.

그러나 의미화 과정을 중심으로 한 읽기라 했을 때, '의미화 과정'이라는 용어는 지칭하는 바가 너무 포괄적이고 광범위하므로, 개념 용어로서는 적절하지 못하다. 이에 이 연구에서는 기존에 말이나 글의 의미 연결을 지칭하는 용어로서 사용되던 '논리' 개념에 주목하고, 텍스트의 의미화 과정을 '텍스트의 논리'라는 용어로 개념화하였다. 텍스트 논리는 독자가 서사 텍스트 읽기를 수행하는 데 있어 주목해야할 단서이자 근거가 된다.

정적인 체계로서 존재하는 일반적인 텍스트의 의미 관계와는 달리, 서사 텍스트의 의미 관계는 서사의 전개에 따라 점진적으로 형성되므로 그 의미 형성은 정적이기 보다는 동적이며, 필연적으로 과정적인 속성을 내포한다. 또한 텍스트 표면에서도 그 의미 관계가 뚜렷이 성립하여 이를 지시어, 접속어와 같은 텍스트의 구조적 표지들을 통해 가시적으로 확인할 수 있는 일반 텍스트의 경우와는 달리, 서사 텍스트의 의미는 텍스트 내부에 잠재되어 있으므로, 보다 복잡한 인지 작용에 의해 형성된다 할 수 있다. 따라서 의미 구조에 주목한 읽기나 분석으로는 서사 텍스트의 의미를 파악하기 어렵고, 서사 텍스트 읽기에 있어 활용할 수 있는 유의미한 지표들을 발견하기도 어렵다. 서사 텍스트 읽기에 있어서는 텍스트 의미 구조 보다 텍스트 논리에 주목하는 것이 효과적이라는 점에서, 서사 읽기에서 텍스트 논리의 의의를 파악할 수 있다.

2. 텍스트의 논리를 중심으로 한 서사 읽기 방법 설계

1) 서사 텍스트 논리에의 접근

서사가 텍스트 표면에 드러나지 않고 텍스트의 내부에 잠재해 있다는 점과, 비문학 읽기에 익숙하지만 문학 읽기에는 미숙한 학습자들에게 있어 서사 텍스트는 '서사가 드러나는 산문 텍스트'와 같다는 점에 주목한다면, 방법론 설계의 방향은 분명해진다. 비문학 읽기에 익숙한 학습자들은 그들이 익숙한 일반 텍스트 읽기의 방식으로 서사 텍스트에 접근할 것이므로, 서사의 의미 파악은 이러한 명제들에 대한 파악 이후에 이루어진다고 보는 것이 자연스럽기 때문이다. 즉, 문학 읽기에 미숙한 학습자들은 텍스트 표층을 이루고 있는 명제들을 우선적으로 파악하고, 그 명제들에서 서사와 관련한 정보들에 도달하는 두 단계의 의미화 경로를 거치는 것으로 볼 수 있다.

이러한 시각에서 본다면, 서사 텍스트의 의미화를 설명하기 위해서는 텍스트 표면에서 출발하여 서사의 의미화 경로에 도달하고, 그 경로를 따라 읽어 나가는 읽기의 과정을 방법론적인 틀로서 구체화해야 할 필요가 있다. 이에 따라 텍스트의 일차적인 수용과 관련해서는 텍스트 언어학적 방법론을, 그를 토대로 서사를 읽어내는 데 있어서는 서사론이나 서사 의미론 등 서사의 의미화와 관련한 논의를 활용하여 서사 텍스트의 논리에 접근하고자 하였다. 이러한 두 가지 차원에서 읽기 방법론과 읽기의 단위를 설계하였다.

2) 서사 텍스트의 기본 논리 형성과 단위

텍스트 표층 읽기의 단위를 설정하는 것은 어렵지 않다. 텍스트 표층의 의미화 단계에 있어서는 명제 중심의 의미화 논의가 지배적이므로, 명제 단위를 텍스트 읽기의 기본 단위로서 설정할 수 있기 때문이다. 그러나 이러한 명제 단위 중심의 텍스트 표층 의미화와는 달리, 명제들에 내재한 서사가 의미화되는 과정과 관련해서는 그 의미화 양상 자체에 대한 논의가 좀 더 필요하다. 이와 더불어 기본 단위로서의 명제 단위와 함께 서사 정보 파악에 활용할 수 있는 단위도 더 설정해야 한다.

서사 텍스트의 의미화와 관련하여 주목할 수 있는 것은, 서사 텍스트를 이루고 있는 세 요소로서 주로 언급되어 온 인물, 사건, 배경의 세 요소이다. 이 중에서 배경이 미치는 영향력이 상대적으로 작다는 점을 생각해본다면, 서사 텍스트의 의미 형성에서 중요한 역할을 하는 것은 인물과 사건이다.

기존의 소설 텍스트 의미화 양상에 대한 논의에서는 사건을 유발하는 중심에 서 있는 것이 인물이라는 점에 주목하여 등장인물의 내적 상태 변화를 중심으로 의미화 양상을 파악하기도 한다. 인물의 지향이나 욕망으로 인해 생겨나는 행위 목표나 계획 아래, 인물들은 행위를 유발하거나 저지하면서 서로 상호작용하고, 그러한 갈등이 해결되는 결말에서 인물의 정서적 상태가 긍정적 가치로 남으면서 의미가 발생한다고 보기 때문이다. 이러한 논의를 인물들의 지향과 대안 세계와의 관계에서 드러나는 갈등과 해결의 측면에서 다루기도 한다.

그러나 서사 텍스트가 그 서사 전개를 통해 궁극적으로 다루는 것은 인물이 아닌 '사건(event)'이다. 특히 비현실적인 서사의 의미 형성에 있어서는 사건이 인물보다 더 중요하게 다루어진다. 비현실적인 서사 텍스트는 인물이 이야기하는 것이 아니라 인물에 대해서 이야기하며,

그 중에서도 인물이 경험한 기이하고 비현실적인 사건에 대해 이야기하기 때문이다. '인물' 요소가 이야기를 이루는 중요한 부분이기는 하지만 그 인물의 내면이 서사를 추동하는 중심축은 아닌 것이다.

비현실적인 서사의 인물들은 자신의 욕망이나 지향을 위해 적극적으로 행동하기보다는, 비현실적이고 기이한 존재들이 벌이는 사건에 반응적으로 행동하며, 그로 인해 초기와는 다른 상태나 상황에 놓이게 된다. 즉, 서사 텍스트의 경우에는 서사 전개의 중심축이자 의미화의 중심에 '사건'이 있고, 그러한 비현실적인 사건들을 겪으면서 인물의 상황이나 상태에 변화가 일어났을 때 텍스트의 가장 기본적인 의미가 발생한다고 볼 수 있다. 곧, 사건과 그에 따른 상황 변화에 수반되는 의미화가 서사 텍스트 논리 형성의 가장 기본적인 구도이다. 이에 따라 상황과 관련한 정보를 담은 상황소와 사건과 관련한 정보를 담은 최소 단위인 사건소를 통해 텍스트의 기본 의미를 파악할 수 있다. 기이담의 경우에는 일반적인 사건과 관련한 정보를 담은 사건소와 비현실적인 사건과 관련한 정보를 담은 기이소를 구분하여 의미관계를 파악해 볼 수 있다.

3) 서사 텍스트 읽기의 층위

상황소와 사건소를 도구로 삼아 살펴볼 수 있는 것은 텍스트에 드러난 명제들의 의미 관계만을 두고 보았을 때 발견할 수 있는 가장 기본적인 수준의 의미이다. 이처럼 텍스트의 여러 사건 정보들을 정리하는 과정에서, 기이소와 같이 텍스트만으로는 의미가 파악되지 않는 부분과 의미의 균열이 일어나는 부분들이 자연스럽게 정리되어 드러날 수 있다. 그러나 사건과 관련한 명제적 정보만으로는 의미 해석이 완결되지 않을 가능성이 크므로, 기본 의미 층위 외의 다른 의미의 층위를 상정하는 한편 의미의 층위를 확장하는 방법에 대해 살펴보아야 한다.

사건의 발생에 따라 의미가 형성된다고 했을 때, '사건'은 텍스트에 드러나는 하나의 단일 명제에 의해 직접적으로 제시되는 것이 아니다. 사건은 텍스트 표면을 차지하고 있는 단어와 문장들이 의미화 되면서 드러나는 여러 사건 정보들의 결합에 의해 형성된다. 그런데 서사 텍스트 논리 형성의 층위에 따라 이러한 사건 정보들을 결합하는 방식은 달라진다. 또한 논리 형성의 층위는 텍스트의 일부에 작용하는 것이 아니라 텍스트 전반에 걸쳐 작용하는 것으로서, 논리 형성 층위가 바뀌면 전반적인 읽기의 방식 자체가 전환된다. 이에 따라 본고에서 주목하고자 하는 것은 다음과 같은 의미론에서의 '텍스트 의미의 세 층위' 논의이다. 화용론적 관점을 수용한 의미론의 논의에서는 텍스트의 의미 층위를 다음과 같이 표현의미(expression meaning), 발화의미(utterance meaning), 소통적 의미(communicative meaning)의 세 층위로 구분한다.

명제적 의미와 기능적 의미, 소통적 의미를 서사 텍스트에서 읽어낼 수 있는 세 층위의 의미로서 파악 한다. 텍스트 자체에서 발견할 수 있는 의미를 명제적 의미, 화자의 의도와 같이 발화 상황에서 파악할 수 있는 의미를 기능적 의미, 텍스트의 소통맥락이나 수용자의 상황, 사회문화적인 맥락 속에서 형성되는 의미를 사회문화적 의미로 규정한다.

먼저 명제적 의미 읽기는 텍스트를 이루는 단위 명제들에서 화제 인물과 관련한 상태소와 사건소를 파악하고, 그들 간의 관계를 파악하는 것을 중심으로 이루어진다. 이처럼 텍스트의 여러 사건 정보들을 정리하는 과정에서, 텍스트만으로는 의미가 파악되지 않는 부분과 의미의 균열이 일어나는 부분들이 정리되어 드러날 것이다. 이를 토대로 이야기 초반에 드러나는 화제 인물과 관련한 상태소가 기이소를 기점으로 어떻게 변화하는 지에 주목하여 읽기를 진행한다. 이처럼 명제적 의미 파악 단계에서 의미가 파악되지 않는 부분은 기능적 의미 단계로 전환하여 읽기를 시도해야 한다.

인물 상태의 변화 지점에서 의미가 발생하는 명제적 의미와는 달리, 기능적 의미는 그 사건들을 연결 짓고 의미화 하는 화자의 언술을 통해 구체화된다. 화자의 언술을 통해 사건 정보들이 결합되면서 인과관계가 형성되는 한편, 이 같은 상황 변화들이 왜 일어났는지가 설명되기 때문이다. 기능적 의미를 파악하기 위해서는 사건들 간의 관계(사건들의 시간순서, 인과관계)를 재검토하여 텍스트를 질서화 하는 한편, 사건에 대한 화자의 언술을 참고하여 기이소의 기능적 의미를 추론적으로 재구성할 필요가 있다. 이때 기이소의 기능적 의미란, 텍스트 내에서 기이소의 역할과 기능을 의미하는 것이므로, 명제적 의미를 파악하는 단계에서는 명제 단위였던 기이소의 기능을 파악하는 것이 기능적 의미 파악 단계의 핵심이다.

이와 더불어 사회문화적 의미는 텍스트의 소통상황이나 향유층의 상황, 사회문화적 배경, 관련 텍스트와의 관계 속에서 텍스트가 의미화 되는 과정을 살펴봄으로써 파악할 수 있다. 기능적 의미 파악 단계에서도 의미가 드러나지 않는 텍스트는 이러한 사회문화적 의미 파악 단계에서 텍스트의 소통 맥락을 고려하면서 의미 파악을 시도해야 한다.

3. 비현실적인 서사 텍스트의 논리 양상과 읽기의 실제

설계한 텍스트 논리를 중심으로 한 서사 읽기 방법론을 대표적인 비현실적인 서사 텍스트라 할 수 있는 야담 기이담 텍스트들에 적용하여 그 의미를 파악해 보았다. 읽기 방법론 적용의 대상이 되는 비현실적인 서사 텍스트들은 문학 연구에 있어서는 환상성, 우연성과 같은 미학적 효과를 환기하는 텍스트들로 구분하여 다루어져 왔다. 본고에서는 비현실적인 서사 텍스트로 포괄하여 다루고 있지만, 이 텍스트들은 그 비현실적인 양상에 따른 미학적 효과에 있어 차이가 있다. 비현실적인 서사 텍스트 의미 형성에 있어 비현실적인 부분들이 중요한 역할을 한다는 점을 생각해 본다면, 이 같은 비현실적인 서사 텍스트의 유형에 따라 텍스트 논리의 양상도 달라질 가능성이 높다.

이러한 점에 주목하여, 실제 읽기에 있어서는 텍스트 유형에 따른 읽기를 시도하되, 이러한 텍스트 유형과 텍스트 논리 형성 층위의 관계를 밝히는 것을 중심으로 논의를 전개하고자 하였다. 기이담 텍스트의 유형에 대한 고찰을 토대로 논리 형성 층위에 대한 가설을 세우고, 이를 읽기의 실제를 통해 확인하는 방식으로 논의를 진행하였다.

서사 텍스트의 논리는 사건 정보들 간의 의미상 포함 관계의 문제와 밀접한 관련이 있다. 특히 비현실적인 면모가 두드러지는 텍스트로서 기이담은 기이한 사건이 이야기의 중심을 형성하므로, 기이담 텍스트의 논리 형성에 있어서는 사건 정보 중에서도 기이한 사건과 관련한 정보가 중요한 역할을 한다. 기이한 사건들의 발생 지점을 확인하고, 이와 관련한 정보들을 결합하여 의미를 파악하는 것이 기이담 의미 이해의 핵심이기 때문이다. 실제로 각기 다른 기이의 양상을 보이는《어우야담》,《천예록》,《청구야담》의 조선 후기 세 야담집에서 드러나는 기이담 텍스트들을 살펴보면, 그 비현실적인 사건 정보의 결합에 있어서 각기 다른 양상이 드러난다는 것을 발견할 수 있다.

예컨대,《어우야담》의 기이담은 여러 개의 기이한 사건 정보들이 하나의 기이한 정보로 결합됨으로써 하나의 사건을 이루고 있으며,《청구야담》의 기이담은 기이한 사건 정보가 인과적 관계를 통해 통합되지 않고, 개별적인 사건으로서 연쇄적으로 드러나는 양상을 보인다. 반면,《천예록》기이담의 경우는 기본적으로는 개별 사건이 연쇄되어 있는 형태를 취하면서도, 장면이 지나치게 확대되어 있는 양상을 보인다. 이들은 기이한 사건 정보들의 결합 양상에 따른 기이담 텍스트의 각기 다른 유형이라 할 수 있으므로, 이를 기이담 텍스트의 세 유형으로 파악하였다.《어우야담》의 기이담을 단일결합형 텍스트,《청구야담》의 기이담을 개별연쇄형 텍스트,《천예록》기이담을 장면확대형 텍스트라 칭하였다.

기이담 텍스트의 유형과 그 유형에 따른 논리 형성의 양상을 보다 선명하게 드러내 보이기 위해, 초월적 존재로서 이름 없는 노인이 공통적으로 등장하는 세 텍스트를 중심으로 읽기를 시도하였다. 각 유형에 속하는 텍스트 중에서도 아래와 같이 그 양상이 두드러지는 텍스트들을 읽기 자료로서 선별하였다.

텍스트 유형	대상 텍스트
(A) 단일결합형	『於于野談』, 「昔者高麗恭讓王死於三陟」 (옛날에 고려 공양왕이 삼척에서 죽었다)
(B) 개별연쇄형	『靑邱野談(卷之三)』, 「聽街語柳醫得名」 (유의가 거리의 말을 듣고 이름을 얻다)
(C) 장면확대형	『天倪錄』, 「出饌對喫活小兒」 (찬을 내오게 하여 먹고 아이를 구하다)

기이담 텍스트의 세 유형과 텍스트 논리 층위의 관계에 대해서는 다음과 같은 가설을 설정할 수 있다. 단일결합형 텍스트의 경우는 명제적 의미 층위에서 의미가 드러날 것이며, 개별연쇄형 텍스트의 경우에는 기능적 의미 층위에서, 장면확대형 텍스트의 경우에는 사회문화적 의미 층위에서 의미가 드러날 것이다. 또한 서사 텍스트 읽기의 세 단계가 서사 텍스트 읽기의 난이도와도 관련이 있다는 점을 함께 생각해 본다면, 단일결합형, 개별연쇄형, 장면확대형 순으로 더 높은 수준의 읽기가 필요한 텍스트일 것이라는 점도 유추해 볼 수 있다.

이러한 가설을 토대로 야담 기이담를 대상으로 한 실제 읽기 결과를 정리하면 다음과 같다.

첫째, (A), (B), (C) 세 유형의 기이담 텍스트들에서 모두 의미를 파악하여, 텍스트 논리를 중심으로 한 읽기 방법론으로 기이담에 대한 의미 파악이 가능하다는 것을 확인할 수 있었다. 이를 통해 비현실적인 서사 텍스트의 읽기 교재로서의 가치도 재고할 수 있다.

둘째, 기이담 텍스트의 세 유형에 따라 텍스트 논리 형성 층위가 각각 다르게 나타났다. 가설로 설정한 바와 같이 단일결합형 기이담 텍스트는 명제적 의미의 파악 단계에서, 개별연쇄형 기이담 텍스트는 기능적 의미의 파악 단계에서, 장면확대형 기이담 텍스트는 사회문화적 의미의 파악 단계에서 의미가 드러났다.

셋째, 기이담 텍스트의 유형 판단에 있어 주목할 수 있는 유형 표지들을 확인할 수 있었다. 단일결합형 기이담 텍스트의 경우는 텍스트에 드러난 화제 인물의 상황 변화와 텍스트의 결말의 일치를 통해 그 유형을 확인할 수 있고, 개별연쇄형 기이담 텍스트의 경우는 기이한 행위의 주체가 전환되는 경우를 주목할 수 있으며, 장면확대형 기이담의 경우는 개별 연쇄형 텍스트 중에서도 목격자 시각에서의 초점화와 놀람을 나타낸 표현들이 유형을 판별하는 표지가 될 수 있다.

넷째, 기이담 읽기에 있어 의미 형성의 중심축이 되는 의미론적 지표들을 확인할 수 있었다. 예컨대, 단일결합형 텍스트의 명제적 의미 읽기에서 드러난 의미론적으로 유의미한 지점은 화제 인물의 변화 지점이었다. 따라서 이를 중심으로 의미 단락의 분절이 이루어져야 한다. 개별연쇄형 텍스트의 기능적 의미 읽기에 있어서는 배경 요소가 변화하는 지점을 의미론적으로 유의미한 지표로서 활용될 수 있음을 확인할 수 있었다. 사건이 연쇄적으로 일어난다는 것은 그 사건의 진행에 따라 배경이 변화한다는 의미이므로 배경 요소를 중심으로 의미 단락의 구분이 가능하다. 장면확대형 텍스트에 있어 텍스트의 분절지점은 사건의 진행이 정지되고 묘사나 대화의 반복이 시작되는 지점과 끝나는 지점이었다.

텍스트에 대한 읽기를 통해 얻은 결과가 의미를 가지기 위해서는 이 같은 논의 결과가 일반화될 수 있는 지의 여부에 대해 검토할 필요가 있다. 이에 세 야담집에서 추출한 텍스트들을 대상으로 다시 읽기를 시도함으로써, 살펴본 논의 결과의 일반화 가능성과 비현실적인 면모가 드러나는 다른 서사 텍스트 읽기에 적용될 수 있는지의 여부를 검토하여 텍스트 전반에 적용될 수 있는 읽기 방법론으로서 일반화할 수 있는 가능성을 검토하였다.

위와 같이 검증을 실시한 결과, 다시 시도한 서사 텍스트 읽기에 있어서도 단일결합형 텍스트는 명제적 의미 단계에서 개별연쇄형 텍스트의 경우에는 기능적 의미 단계에서 장면확대형 텍스트의 경우에는 사회 문화적 의미 단계에서 의미가 파악되었다. 이러한 결과를 통해 기이담 텍스트 유형과 서사 텍스트 논리 형성 층위 간의 상관관계를 확인할 수 있었다.

이러한 상관관계는 각 유형에 속하는 텍스트들이 반드시 해당 단계에서만 의미 파악이 이루어져야 한다는 당위를 드러내는 것은 아니다. 독자의 필요에 따라 명제적 의미 층위에서 의미가 파악된 단일결합형 텍스트의 기능적 의미나 사회 문화적 의미를 읽어낼 수도 있고, 사회 문화적 의미의 층위에서 개별연쇄형 텍스트의 읽기를 시도할 수도 있다. 그러나 읽기를 시도한 결과에서 드러나듯이 각 유형에 속하는 비현실적인 서사 텍스트의 의미가 결정적으로 형성되는 주된 층위가 있다고 할 때, 읽기가 미숙한 학습자들의 경우에는 이러한 의미형성의 주된 층위로서 텍스트 논리를 중심으로 한 기본 의미 파악이 선행되어야 한다. 각 의미 형성 층위가 아닌 다른 층위에서 의미 파악을 시도할 경우, 의미화에 활용할 수 있는 정보의 과잉이나 부족으로 의미 파악에 실패할 가능성이 높기 때문이다. 살펴본 바와 같이 사건 정보의 결합 양상과 텍스트의 논리 층위가 밀접하게 관련될 수 있다는 점에서, 서사 텍스트의 유형에 따른 읽기 교육 방법론의 설계의 가능성 또한 확인할 수 있다.

유형별 읽기를 재시도한 결과, 비현실적인 서사 텍스트의 유형을 구분하는 유형 표지와 읽기에 있어 의미론적으로 유의미한 지점으로서 의미론적 지표들의 경우도 대부분 동일하게 드러났다. 일차적인 텍스트 읽기의 결과에서 드러난 대로, 단일결합형 텍스트 읽기의 경우에는 화제 인물의 변화지점, 개별연쇄형 텍스트의 경우에는 배경 요소가 변화하는 지점, 장면확대형 텍스트에 있어 텍스트 분절지점은 사건의 진행이 정지되고 묘사나 대화의 반복이 시작되는 지점과 끝나는 지점이었다. 이러한 의미론적 지표들은 읽기 교육에서 활용할 수 있는 서사 텍스트 수용의 전략일 뿐 아니라, 서사 텍스트 생산의 전략으로까지 전환될 수 있다는 점에서 의미를 가진다 할 수 있다.

한편으로 세 유형의 논리 형성 층위가 다르다는 것은 이 세 기이담 텍스트가 각기 다른 방식으로 향유되었음을 의미한다. 명제적 의미 단계에서 의미가 파악되는 어우야담 텍스트의 경우는 기이한 사건 자체에 주목하는 텍스트로서 텍스트의 구성적 측면에 관심이 있는 텍스트이다. 즉 기이한 사건과 그러한 기이한 사건이 낳는 결과에 관심을 갖는 텍스트라 할 수 있다. 이 텍스트 유형은 기이를 마치 현실로서 다루면서, 이러한 기이한 사건의 전말을 하나의 정보이자 지식으로서 대상화한다. 사대부 계층에 있어 기이가 일종의 박물지로서 기능했다는 것은 이러한 기이담 텍스트 유형을 잘 설명해 줄 수 있다.

반면 기능적 의미 파악이 중시되는《청구야담》텍스트의 경우는 사건의 전달의 과정에서 기이와 현실의 사건을 적절히 조화시키되, 기이를 통해 현실을 설명하고자 하는 텍스트이다. 이와 달리《천예록》기이담의 경우는 기이를 어떻게 하면 흥미롭게 전달할 것인가에 관심이 있다.《천예록》에 수록된 기이담들은 이야기 전달의 목적보다는 이야기 향유의 목적이 더 강한 텍스트이다. 이 텍스트에서는 정보가 명제로서 직접적으로 전달되는 것이 아니라. 보여주기를 통해 독자에게 전달되며, 그러한 장면을 통한 보여 주기 과정에서 드러나는 독자의 반응이 의미 형성의 중요한 부분을 차지한다 할 수 있다.

《어우야담》이 사건의 소재 차원에서의 비롯하는 기이라면《청구야담》의 개별 연쇄형은 사건의 구성 차원에서의 기이를,《천예록》의 경우는 사건을 이루는 언어적 측면을 통해 드러나는 기이를 다루는 텍스트들이라고도 볼 수 있다. 이와 같은 양상은 이들 세 야담집에 수록된 조선 후기의 기이담이 허구를 현실화하고, 현실을 허구화하며, 현실과 허구 사이의 긴장을 언어를 통한 소통의 미학으로 승화시킨 사례들을 잘 보여 준다. 이처럼 허구를 통한 의미의 생성과 사회적 소통에 기여했다는 점에서 기이담 텍스트의 의의를 찾을 수 있다.

한편으로, 이 세 유형의 기이담은 초월적 존재와 자아의 관계에 있어 각기 다른 양상을 보인다. 기이담에서 초월적 세계는 늘 자아의 우위에 있는 것이 사실이다. 그러나 이 양자가 관계를 맺는 방식에 있어서 세 유형의 기이담 텍스트는 다른 양상을 보이며, 그를 통해 변화하는 기이인식의 흐름을 파악할 수 있다. 특히 다른 두 기이담 텍스트와 달리《어우야담》의 기이담의 경우에는 자아와 초현실적인 세계가 심각한 대결구도를 형성하고 있다. 원한을 가진 백발노인과 부사와의 관계나 집 주인과 집에 깃들어 사는 귀신의 대결 구도 속에서 둘 중 하나가 죽거나 없어지는 비극적 결말이 드러난다.《어우야담》기이담 텍스트에서 사건 정보의 결합에 따른 결말에 관심을 가지는 것은 텍스트에 드러나는 자아와 세계가 이처럼 심각한 갈등 상황에 있다는 점과도 관련이 있을 것이다.

이와 달리《천예록》의 기이담에서는 초월적인 세계와 현실의 세계가 화합하는 조화로운 세계를 보여 준다는 점에서 차이가 있다. 이름

없는 선비의 힘을 빌리거나 직접 이계와 소통함으로써 아이의 병을 고치고, 문제를 해결하며, 재난을 피하는 양상이 드러난다. 반면 청구야담에서는 백발노인과 같은 초월적인 존재의 능력 보다는 결국 하찮은 민간의 지혜를 긍정하고 그 가능성에 대해 이야기하고 있다. 세계에 맞서는 자아의 영향력이 앞의 두 경우에 비해 상대적으로 확대되었다 할 수 있는 것이다. 다른 야담집들에 비해 청구야담의 야담이 민중의 식의 성장을 보여 준다고 한 기존의 평가는 기이담에서 드러나는 이러한 관계 양상의 차이를 통해서도 확인할 수 있다. 요컨대, 이 세 텍스트는 기이를 통해 자아와 세계가 관계 맺는 각기 다른 모습을 보여 준다. 《어우야담》, 《청구야담》, 《천예록》 순으로 드러난 이 텍스트들의 순서를 보면, 기이로서 표상되는 초월적인 세계와 자아의 관계에 있어 자아의 영역을 확대해온 인식의 흐름 또한 발견할 수 있다.

지금까지 기이담은 문학사적으로는 '내용이 형식을 따라가지 못했다'는 평가를 받아왔다. 《천예록》, 《기이담》 역시도 야담사의 흐름에서 벗어난 돌출적인 사건으로 인식되어왔다는 것은 잘 알려진 사실이다. 그러나 《어우야담》, 《청구야담》, 《천예록》의 세 야담집의 기이담에 대한 읽기를 통해 기이의 흐름을 확인할 수 있고, 세 기이담 텍스트에 내재해 있는 자아와 세계의 관계 역시도 파악할 수 있었다는 점에서 텍스트 논리를 중심으로 한 읽기 논의의 의의를 파악할 수 있겠다.

4. 텍스트의 논리를 중심으로 한 서사 읽기 교육의 구상

이러한 논의에 기반하여, 텍스트 논리를 중심으로 한 서사 읽기 교육을 구상하였다. 먼저 텍스트의 논리를 중심으로 한 읽기 방법론의 목표에 대한 고찰을 통해, 비문학 텍스트와 문학 텍스트를 함께 읽고 그러한 함께 읽기 결과를 처리·보완하는 것을 읽기 교육의 기본 구도로서 파악하였다.

앞서 살펴본 텍스트의 논리를 중심으로 한 서사 읽기의 과정은 텍스트의 기본 의미를 파악하는 읽기 단계와 그러한 기본 의미를 넘어선 소통 맥락에서 발생하는 의의 읽기 단계로 나누어 질 수 있는 것이다. 따라서 이와 같은 두 단계의 읽기를 수행할 수 있는 방법과 관련한 내용이 읽기 교육의 내용으로서 다루어져야 한다.

그렇다면 교육 내용으로서 가장 먼저 고려할 수 있는 것은 텍스트의 기본 의미를 읽어내는 방법이다. 텍스트는 여러 단어와 문장들의 연쇄로 이루어져 있으므로 이들로부터 의미를 파악하기 위해서는 텍스트를 적절한 의미 단위로 분절하고, 이를 결합하는 과정을 통한 읽기가 필요하다. 텍스트 수용의 기본인 명제 단위에서부터 시작하여, 단락과 같은 보다 상위의 단위로 점차적으로 의미를 결합해나가는 과정을 통해 서사 텍스트 전체 의미에 접근하는 방법이 교육의 주요 내용이 될 수 있다. 이러한 점에 주목하여 분절과 결합을 통한 서사 텍스트 의미 파악의 방법을 그 첫 번째 교육 내용으로 삼을 수 있다.

이러한 기본 의미 읽기 단계와는 달리 텍스트의 소통 맥락에서 실현되는 텍스트의 또 다른 의미 작용을 파악하는 것이 텍스트의 의의 파악 단계이다. 의미와 달리 의의는 발화 맥락이나 사회문화적 맥락과 같이 텍스트의 맥락을 고려한 것으로서 이는 텍스트를 둘러싼 주체들 간의 대화적 관계 속에서 형성된다. 기본 의미 파악 단계에서 의미가 잘 드러나지 않는 텍스트는 이와 같은 텍스트의 다른 의미 층위인 의의 층위에서 소통되고 향유되었을 가능성이 높다. 따라서 소통 맥락을 고려하여 서사 텍스트의 의의를 파악하는 방법이 두 번째 읽기 교육의 내용이 된다.

다음으로 읽기 방법론을 활용하여 두 텍스트를 읽어내고 난 후의 결과를 처리하는 과정과 관련한 교육 내용을 생각해 볼 수 있다. 이 두 텍스트를 함께 읽는 과정에서 공통적으로 읽어낼 수 있는 부분이 있을 것이고 그렇지 못한 부분이 있을 것이다. 이를 통해 비문학 텍스트와 문학 텍스트의 공통점과 차이점을 파악하는 과정이나 읽기 방법론을 보완하는 과정과 관련된 읽기 결과 처리 방법이 필요하다. 이러한 읽기 후 단계에서 문학 읽기와 비문학 텍스트를 함께 읽은 결과를 처리하는 방법과 관련한 것이 이 세 번째 읽기 교육의 내용이 된다.

나아가 이러한 내용 요소들을 실현할 수 있는 읽기교육 방법을 설계하였다. 위의 세 과정과 관련한 읽기의 절차를 학습자 수준에서 수행 가능한 절차로 재구성하고, 이를 원한을 품은 인물이 복수하는 사건을 다루는 문학과 비문학에 속하는 서사 텍스트들을 대상으로 실제 읽기교육의 절차를 예시로 들어 보였다. 텍스트의 논리를 중심으로 한 서사 읽기교육의 절차는 ① 텍스트의 기본 의미 읽기(명제 단위로 텍스트 분절하기, 대체-삭제를 통한 단락별 주요 사건 정보 파악하기, 중심 인물의 상황 변화에 따른 텍스트의 의미 파악하기) ② 텍스트의 의의 읽기(발화 맥락에서의 텍스트의 의의 파악하기, 사회 문화적 맥락에서의 텍스트의 의의 파악하기), ③ 읽기 결과의 조회 및 보완(읽기 결과의 상호 조회, 문학 읽기로서의 측면에 대한 보완)의 세 단계로 이루어진다.

이처럼 세 단계를 거치는 읽기의 과정을 교사의 시범과 학습자의 모방 실습만으로 계속 진행하는 것은 학습의 효율성을 저하시킬 수 있다.

또한 읽기의 절차를 수행하는 과정에서 활용해야할 규칙과 방법들이 있으므로, 이들을 활용하고 적용하는 읽기의 단계를 학습자들이 서로 토의하고 상의하며 해결해나갈 수 있도록 하는 것이 보다 효과적일 것이다. 이러한 점에 주목한다면, 이 읽기 방법론의 교수 학습 방법론으로는 모둠학습이나 탐구학습의 방법을 활용하는 것을 권장할 만하다.

■ 연구의 의의와 남은 과제

이 연구는 비문학 읽기의 방법론이라 할 수 있는 텍스트언어학 방법론을 활용하여 흔히 문학 텍스트로 분류되는 기이담 읽기에 적용하여 비문학 읽기에는 익숙하지만 문학읽기에는 미숙한 학생들을 위한 읽기 방법론을 마련했다는 점에서 의미가 있다. 연구 제재의 측면, 연구 방법의 측면, 연구 결과의 측면에서 드러나는 연구의 의의를 좀 더 자세히 살펴보면 다음과 같다.

먼저 연구 제재의 측면, 이 연구는 야담 기이담이 지닌 교육적 제재로서의 가치를 발견하였다는 점에서 의미가 있다. 당시 국문학적으로는 좋은 평가를 받지 못하던 야담 기이담이 읽기 교육의 영역에서는 특정한 교육 목표를 달성할 수 있는 좋은 교육제재가 될 수 있음을 보여줌으로써 기존 국문학 연구의 성과를 그대로 수용하던 경향에서 나아가 국어교육이나 고전문학교육 내부의 독자적인 학문 논리가 필요함을 보여주었다.

또한 연구 방법론의 측면에서 텍스트언어학 방법론을 문학 텍스트에 적용할 수 있는 방법론을 설계하여 읽기 교육의 내용과 방법을 도출했다는 점에서 의미가 있다. 이 연구에서는 문학텍스트도 텍스트의 하나라는 전제에서 출발하여 텍스트언어학 방법론과 서사 읽기의 방법론을 결합하여 작품의 표면에서부터 점차 의미를 심화시켜나갈 수 있는 읽기 방법론을 설계하였다. 이는 문학작품에 텍스트언어학 방법론이 적용될 수 있는 가능성을 적극적으로 모색하고 이를 실제로 구현했다는 점에서도 의미가 있다.

끝으로 읽기 교육과 관련한 연구 결과의 측면에서, 이 연구는 읽기 교육의 위계화에 기여할 수 있다는 점, 비문학 읽기와 문학 읽기의 소통에 기여한다는 점에서 의미가 있다. 학습자가 비문학 읽기에서 문학 읽기로 전환하는 방법을 찾는 이러한 논의는 읽기 교육의 실천적 국면, 즉 학습자의 읽기 학습 경험을 유기적으로 연결시킴으로써 교육과정 상의 위계화가 아닌 읽기의 실제 국면에서의 위계화에 기여할 수 있다는 점에서 의미가 있다.

또한 문학 읽기 교육과 비문학 읽기 교육으로 이분화 된 기존의 연구 경향을 답습하지 않고 메타적인 시각에서 양자를 연결할 수 있는 방법에 관심을 기울임으로써, 이전의 읽기 교육 연구가 다루지 않았던 부분을 연구대상으로 삼아 읽기 연구의 영역을 확장했다는 점에서도 이 연구의 의의를 찾을 수 있을 것이다. 기존 교육과정을 무비판적으로 수용하는 데에서 나아가, 영역 간의 연계 가능성과 그에 따른 새로운 읽기 교육 방안을 탐색했다는 점에서 의의가 있는 것이다.

그러나 이러한 점에도 불구하고 서사 텍스트의 논리 형성을 세 층위에서의 의미화로 단순하게 이해했다는 점과, 이 읽기 방법론을 다른 문학 읽기 방법론들과의 연계할 수 있는 방법 등에 대해 충분히 논의하지 못하였다는 점에서는 한계가 있다고 하겠다. 읽기 교육의 방법을 구상하는 부분에 있어 문학 읽기로서의 측면을 보완할 수 있는 몇 가지 방안에 대해 논의하기는 하였으나, 이 연구에서 논의한 기본적인 의미 서사 텍스트 논리 읽기 방법론이 플롯을 중심으로 한 읽기나 감상 중심의 읽기 등 고차원적이고 다양한 문학 읽기 방법들과 어떻게 연계될 수 있는가에 대해 자세히 논의 하지는 못하였다. 이러한 문학 읽기로의 확장 방법에 대한 구체적인 후속 논의가 필요하다. 또한 읽기교육 영역의 실제를 매개할 수 있는 또 다른 경우로서 문학 읽기에는 익숙하지만 비문학 읽기에는 미숙한 학습자들을 위한 읽기교육 연구 후속 연구로서 이루어져야 할 것이다. 이러한 연구과제들을 차후의 과제로서 남겨둔다.

※관련 논문 : 박은진, 텍스트의 논리를 중심으로 한 서사 읽기 교육 연구 - 기이담(奇異譚)을 중심으로 -, 서울대학교 대학원 석사학위 논문, 2012.

_대화 이본이 변화해 온 방식

고전소설의 대화적 이해

김효정

　대부분의 고전소설은 작가가 알려지지 않은 채 많은 이본으로 존재한다. 고전소설의 이본을 비교해보면 이본이 화자-청자-화자로 이어지는 대화와 같이 파생되었음을 알 수 있다. 서로 다른 이본을 비교하여 이들 사이의 관계를 대화적으로 이해해보는 것은 학습자들에게 어떤 유익을 가져다줄까?

　첫째, 여러 이본을 함께 읽어보는 고전소설의 대화적 이해는, 작품의 주제나 가치를 당대인들의 세계관에 기반하여 이해하도록 돕는다. 이본들은 공통의 서사구조를 가지면서도 그 주제나, 등장인물, 그리고 그것의 형상화 방식에 대한 다양한 차이를 드러낸다. 이를 통해 우리는 현대인이 작품에 제기하는 여러 질문 가운데 어떤 질문들이 당대인들은 전혀 문제를 제기하지 않은 질문이고, 어떤 질문들이 당대인들도 역시 제기한 질문인지 구분할 수 있다. 이를 통해 고전소설을 읽을 때 자동적으로 환기되는 우리의 가치 체계나 편견을 괄호치기가 용이해진다.

　둘째, 이본을 함께 읽으면 소설적 형상화의 수준을 평가할 수 있는 안목을 기를 수 있다. 한 작품군의 전승사를 보면 특정한 이본군이 전승에서 우위를 차지하면서 향유층의 더 많은 지지를 받았음을 알 수 있다. 이 점을 알고, 그 이유를 이본의 형상화와 관련하여 찾아보는 경험은 현대 학습자들이 고전소설을 단순히 역사의 반영으로 이해하는 것을 넘어 무엇이 더 소설적으로 세련된 형상화인가를 따져보는, 심화된 소설 이해에 대한 기회를 제공한다.

셋째, 고전소설의 대화적 이해 교육은 문학의 수용과 창작에 대한 유기적 관점을 열어준다. 이본의 개작자들은 선행본을 자신의 말로 재진술하고 강화하는 수용 활동을 하거나 이본의 내용을 소거하고 대체하는 일련의 비평적 활동을 통해 텍스트를 창조적으로 수용하였다. 오늘날의 학습자들은 이본을 개작한 독작자(讀作者)의 모델을 따라, 여러 이본을 함께 읽고 그 사이의 대화를 메타적으로 구성해 볼 수 있다. 이러한 대화적 이해는 작품 전체를 창작하기 어려운 중등학습자에게 창작의 요소와 단계를 경험하게 하는 비계(飛階)가 된다.

고전소설의 대화적 이해의 세 번째 유익은 첫 번째, 두 번째 유익과 연계된다. 이본을 비교해보고 자신의 언어로 다시 써본다는 것은 여러 가지 서술 전략, 즉 초점화 전략, 삽화의 출입, 새로운 인물의 등장, 시간 구성의 변화 등 소설의 제(諸) 요소와 구성방식을 비교, 고찰하는 활동으로 구성되기 때문이다. 이를 통해 독자는 소설의 형식이 어떻게 소설이 드러내고자 하는 가치와 세계관을 구현하는지에 대한 비판적 사고를 얻게 된다. 나아가 고전소설의 대화적 이해는 작품이 당대와 오늘날까지 던지고 있는 문제에 대한 인문학적인 이해와 응답으로 나아갈 수 있게 한다.

◇ 대화적 이해 : '대화적 이해'는 러시아의 문학 이론가 바흐친이 주창한 대화주의에 근거한 개념이다. 인간은 다른 동물들과는 달리 언어를 통해 의사소통을 한다. 그리고 인간은 다른 인간의 언어를 통해 언어를 습득하고 사회를 배워간다. 사회 속에서 언어로 소통하는 자아를 형성하는 데 있어서 타자의 말은 결정적인 역할을 한다고 할 수 있다.

그런데 타자의 말은 자아에게 동일하게 반복되는 것이 아니라 자아에게 일정한 반응을 일으킨다. 타자의 말을 자아가 반복한다 하더라도, 그것은 자아가 놓인 일련의 맥락에서의 타자의 말에 대한 반응이다. 그것은 동의, 의문, 확인, 조롱, 강화 등 다양한 의미를 가질 수 있다. 따라서 대화는 이미 발화된 타자의 말에 대한 반응이며, 동시에 청자에 반응을 유도할 의도가 개입된 말이다. 이렇게 보면 대화는 '말', '이야기' 자체가 아니라 '관계'이다. 말은 대화의 재료, 특히 화자의 의도를 드러내는 재료일 뿐이다.

소설도 일종의 대화이다. 먼저 소설에는 여러 인물들의 말이 담겨 있다. 그런데 희곡과는 달리 소설은 화자가 여러 인물들의 말을 전달한다. 그리고 이때의 작가의 어조와 문체는 결코 가볍지 않은 역할을 한다. 시는 화자가 자족적인 언어로 자신의 감정이나 사태를 독백으로 표현할 수 있지만, 소설은 작가가 자신의 가치 판단이나 의도를 소거하고 타자들의 말이나 사태를 전달하는 것이 불가능하다. 그러나 동시에 소설의 인물들은 작가의 가치 판단이나 의도에 저항하는 목소리를 가지고 있다. 이것은 소설 장르의 근본적인 특성이기에, 소설은 항상 대화화된 담화라는 형식을 취한다. 한편 소설은 독자의 신념체계와 만남으로써 대화를 불러일으키기도 한다. 따라서 소설을 대화적으로 이해한다는 것은 소설 속의 대화화를 이해하는 것 뿐 아니라, 작품이 자신에게 일으킨 반응을 살펴, 소설과 대화하는 자신에 대한 이중적이고 메타적인 이해이다.

◇ 고전소설의 대화적 이해 : 현대소설과는 달리 이본으로 존재하는 고전소설을 대화적으로 이해한다는 것은 보다 복잡한 층위를 가지고 있다. 첫째는 대상인 텍스트 자체의 내적 대화를 이해하는 층위, 둘째, 서로 다른 이본을 비교하여 내적 대화가 일어나게 된 계기와 의도를 메타적으로 파악하는 층위, 셋째, 독자가 작품군의 의미를 다수의 이본 개작자들이 행한 방식을 따라 대화적으로 파악하는 것, 이렇게 세 가지 층위의 이해 활동으로 이루어진다. 이 과정을 통해 궁극적으로 독자는 작품의 신념체계를 자신의 세계관 속에 편입시키거나 혹은 그것을 확장시킴으로써 대상과 주체에 대한 이해를 살찌우는 소설 이해에 이를 수 있다.

◇ 다성성 : 고전소설을 대화적으로 이해하기 위한 원리로는 텍스트의 다성성과 독자의 응답성을 들 수 있다. 다성성과 응답성은 바흐친이 제시한 개념으로 유명한데, 먼저 다성성은 등장인물들이 작가의 단일한 의도에 따라 수동적으로 움직이는 존재가 아니라, 각자 독립적인 의식이나 목소리를 지닌 채 서로 대화 관계에 들어가는 소설의 특징을 가리킨다.

소설 텍스트의 다성성은 상당히 다양하고 섬세하게 분석될 수 있는데, 독자가 내적으로 대화화된 담화를 감지할 수 있느냐 여부는 독자의 주제 구성에 있어서 중요한 역할을 한다. 소설에서는 작품의 주제가 독자에게 일방적인 독백으로 직접 전달되는 것이 아니라, 대화화된 담화로 매개되어 전달되기 때문이다. 독자가 독서 과정에서 대화화된 텍스트의 특성을 감지하고, 자신의 내부에서 이 대화를 재생하여 작품에 대한 주제를 자신의 세계관이나 가치관과 대화적으로 조회하는 과정이 있었느냐 여부는 독자가 작품과 자신의 삶을 연계시키고 통합하여 이해할 수 있느냐와 밀접한 관련을 맺는다.

◇ 응답성 : 소설은 일종의 대화로 '말걸기와 응답'의 구조를 가지고 있으며 이는 특히 가치 평가와 깊은 관련을 맺고 있다. 특히 소설의 다성성은 인물 자신의 가치 평가와, 인물에 대한 작가의 반응과 밀접한 관련을 맺고 나타난다. 그런데 독자도 작품을 통해 일정한 가치 평가를 내린다는 점에서 소설은 독자에게 응답의 목소리를 요구한다.

그런데 고전소설의 경우, 통시적 이본 변모를 살펴보면 당대 독자의 응답성을 확인할 수 있어 '말걸기와 응답'의 구조로서의 소설의 대화적 속성을 확인하기 용이하다. 선행 이본 A의 독자가 다음 이본 A'의 작가가 되어 A와는 상반된 목소리를 낼 때에, 여러 대화화된 담화를 통해서 선행 이본에 대한 평가나 새로운 의견에 대한 근거를 드러내고자 한다.

즉 A'의 작가는 A를 알고 있는 독자의 '응답에 대한 예상'을 하고 이에 대한 대응을 마련한다. 이 때문에 A 안의 목소리는 A'에서 사라지지 않고 흔적을 남기게 된다. 그런데 A 이본은 A'뿐 아니라 A"도 만들어낼 수 있다. 그런데 A"가 A'와는 달리 A를 확장하고 강화한다고 하자. 이 경우에도 마찬가지로 A 안의 목소리는 반복이나 인용의 형태로 A"에 남아있게 된다. 이런 식으로 하나의 이본 안에 있던 텍스트의 다성성은 독자의 응답성에 영향을 미치면서도 파생된 다수의 이본들 내부와 그 사이에서 대화하게 된다.

그런데 각 이본의 응답성은 내적으로 상당히 대화화되고 숨겨진 논쟁으로 나타나기도 하여 선행 이본과의 비교 없이는 이를 쉽게 알아차리기 힘든 경우가 많다. 선행 이본의 독자인 개작자가 이미 내적 대화를 통해서 서술 변모나 삽화 소거를 결정하고 그것이 동의를 얻어 전승이 어느 정도 진행된 이후에는, 내적 논쟁이 서술에 드러날 여지가 적어져 이본 간 비교 없이는 그 포착이 쉽지 않은 것이다. 따라서 독자의 응답성은 상이한 이본을 비교해보고 그 의도를 능동적으로 구성해보는 학습자의 적극적이고 메타적 이해 없이는 구성하기가 어렵다. 따라서 독자의 응답성이라는 대화적 이해의 원리는 현대 독자가 메타적으로 구성해야 하는 과제로서의 성격을 지닌다.

■ 주요 내용

〈심청전〉은 200여개가 넘는 이본이 존재하고, 그 통시적 변모가 어느 정도 밝혀져 있기에, 이 글에서는 〈심청전〉 이본을 중심으로 고전

소설의 대화적 이해의 양상을 확인해보고자 한다.

1. 독자의 응답성과 고전소설 이본 파생의 연관 관계

1) 인물의 목소리를 계발하는 이본 파생

작품의 등장인물은 독자가 응답성을 보이는 일차적 대상이다.

[심맹인 군] "심청이 이 말 듯고 왈칵 쒸여 닉다르며 션닌 보고 뭇난 말이 날 갓튼 아히로도 사다가 씰듸 잇소 션닌더리 길거 듯고 즈셔이 살펴보니 의복은 남누ᄒ나 은근흔 틱도와 슈연흔 풍치은 사람의 정신을 놀닉난지라 오동 속의 노든 봉황 산즁의 뭇쳣난 듯 월틱화용 고은 얼굴 진닉 속의 안져신들 만고의 졀식이라 아름다운 형용이야 엇지 다 셩연ᄒ리오" 〈단국대 나손문고 29장 B본〉

[심팽규 군] "심천이 이말 드고 문밧겨 썩 닉다라 장수 불너 이른 말이 날갓튼 몸이라도 힝여 사셔 씰듸 잇ᄂ가 선인드리 잠간 보고 옥틱 화용식이라 초셩의 반달인덜 여겨셔 더할소라 션인드리 반겨여겨 낭즈 몸을 팔여 ᄒ면 갑실 얼미나 달나 ᄒ고 심천이 이론 말리 더 쥬어도 씰듸 업고 덜쥬어도 못씨겟소 고양미 삼빅 석을 몽운스로 올여 쥬고 화쥬싱써 표을 바다 닉 집으로 보닉오면 이 몸 팔여 가런이와 어듸다가 씨라 ᄒ고 쳐즈 스로 단이난요 션인들이 이론 말리 수십만 지물 드려 금은칙단 만이 실고 인당으로 지닐 젹의 졔물을 ᄒ라 ᄒ고 나런이와 낭즈은 무삼 닐로 몸

을 팔여 ᄒ난잇가 심낭즈 되답ᄒ되 나도 그 안이라 심봉사 여식
으로 고양미여 되신ᄒ야 아부 눈을 썰라ᄒ미 몸 팔여 ᄒᄂ이다
시로 원정 <u>젼후ᄉ 난난치 설화ᄒ이 션인들리 칭찬ᄒ고</u>”〈최재남
낙장 22장본〉

[심운 군] “날갓튼 츄비ᄒ 틱도을 사다가 어듸 씰야ᄒ오 션인
들리 되답ᄒ되 우리은 남경장ᄉ 션인으로 수말양 미쳔 딀여 각식
비단을 비의 실고 인당수을 나갈 적의 낭즈가튼 쳐즈몸을 제수
로 씨랴ᄒ오 <u>심쳥니 이 말 듯고 졍신니 아득ᄒ야 부모의 원을 풀
야거던 죽을 곳을 싱각할가</u> 습빅셕의 수기ᄒ니”〈사재동 30장본
(B)〉

[심맹인 군] → [심팽규 군] → [심운 군]으로 선후 관계가 밝혀진 이
본군에서 〈심청전〉의 매신 장면의 서술을 살펴보면, [심맹인 군]과
[심팽규 군]에는 심청은 목소리가 발달되어 있지 않다. 서사는 심청
을 관찰하는 타인의 관점에서 전개되고 심청은 대상화되어 있다. 그
러나 [심운 군]에 이르면 심청이 서사를 전개시키는 주인공으로서 내
면을 갖게 된다. [심맹인 군]의 서술은 심청의 개성이나 인격에 관심
을 두기보다는 그녀의 행위, 그것에 대한 가치 평가에만 관심을 두어
서사시나 인물전(人物傳)과 같이 하나의 목소리만 가지는 장르 특성
을 보인다.

그러나 심청의 입장에서 '처자를 사서 어디다 쓰려고 하느냐'고 묻는
내용이 덧붙여진 [심팽규 군]을 거쳐, [심운 군]에 이르면 행위와 사건
을 경험하는 심청의 내면에 서술의 초점이 놓이기 시작하고 심청의 목

소리가 발달하기 시작한다. 이러한 변모는 등장인물의 내면과 의식에 대한 독자의 공감이 등장인물의 인격과 목소리 계발로 이어진 사례이며, 다양한 목소리의 존재가 보다 세련된 소설의 특성임을 보여주는 사례이다.

등장인물은 서사 세계 속에 있고, 독자는 텍스트 외부 세계에 속하기 때문에 독자의 응답은 소설적 인물 형상화의 세련을 가져오게 된다. 다시 말해 작자의 반응을 드러내는 서술이나 삽화의 변모, 즉 이본의 파생을 통해서만 독자의 응답은 대상에게 주어질 수 있다. 그렇기에 이본 파생 현상은 독자가 소설이라는 담화 장르의 대화성을 머릿속에서 내적 대화로 체험하는 데에 그치지 않고, 또 다른 이본이라는 소설 형식의 창조를 통해 인물과의 관계를 적극적으로 실현한 현상이라고 할 수 있다.

2) 선행 이본에 대한 가치 평가와 이본 파생

독자는 인물뿐 아니라 인물에 대한 작가의 반응에 대해 응답하기도 한다. 그런데 만약 고전소설과 같이 서로 다른 다수의 이본이 존재하고 작품의 전승이 오랜 시간에 걸쳐 이루어질 경우 우리는 일정한 전승의 흐름을 확인하여 보다 나은 형상화에 대한 집단적 저자의 가치 평가를 확인할 수 있다.

심봉사의 개안과 관련하여 〈심청전〉의 이본 변모를 통시적으로 살펴보면, 먼저 [심맹인 군]에서는 심봉사만 눈을 뜨는 것으로 그려진다. [심팽규 군]에서는 심봉사와 결연한 여봉사도 심봉사와 함께 눈을 뜨고, [심운 군]의 다수의 이본과 더불어, 그 이후 신재효 본과 완판에 이르면 모든 맹인이 개안하는 것으로 그려진다. 20세기의 김연수 창본의 경우에는 안맹이 있는 짐승까지도 눈을 뜨는 것으로 그려질 뿐 아니라, 창자는 〈심청가〉를 듣는 청중까지도 눈이 치유 받게 된다고 말한다. 이렇게 후대본으로 갈수록 심청의 희생적 효의 수혜의 범위가 커지는 것이 전체적인 흐름이다. 이본에 따라서는 이러한 심청 행위의 수혜자가 확장되는 것이 합리적이지 않다는 의문을 제기한 경우도 있었지만, 전승의 흐름을 뒤집지는 못하였다.

이 사례를 통해 살펴보면, 이본 변모에 있어서 부분 서사의 합리성과 흥미보다는 전체 서사가 독자에게 주는 영향, 독자가 삶을 바라보는 태도와 삶의 의미를 구성하는 데에 해당 작품이 더 이바지할 수 있느냐 여부가 더 중시되고 있음을 알 수 있다. 이를 통해 이본 파생은 작품이 공동체와 그를 구성하는 구성원들에게 보다 가치 있는 문화를 형성시킬 수 있느냐라는 가치 평가가 그 기준으로서 중요하게 작동하면서 작품의 주제적 심화와 세련을 이루게 된다.

2. 〈심청전〉 이본 변모에 나타난 대화적 이해 양상

1) 심청 중심의 대화적 이해 양상

(1) '이효상효' 화제에 대한 상이한 응답 양상

아버지를 위해 심청이 인당수에 투신하는 사건은 흔히 '효행'으로 의미화되지만 〈심청전〉에서 가장 큰 논란을 일으키는 부분이기도 하다. 따라서 〈심청전〉의 초기 이본군에서부터 심청의 이러한 행위에 어떤 의미를 부여할 것인가가 고민된 흔적이 있으며 이러한 논쟁은 다성적으로 나타난다.

그중 한남본은 주제의 변모를 통해 '이효상효'의 화제를 회피하고자 하였다. 한남본은 〈심청전〉을 〈숙향전〉에 가까이 변모시킨다. 즉, 심청이 겪는 고난은 심청이 자율적으로 결정한 것으로 그리기보다는 하늘이 정한 운명으로 그림으로써 〈심청전〉의 주제를 '홍진비래 고진감래'의 주제로 변모시켰다.

그러나 한남본을 이어가는 이본이 파생되지 않았고, 그외의 다수 〈심청전〉은 효라는 주제를 강화하여 '이효상효'의 화제를 해결하고자 하였다. 특히 심청은 일반인은 상상하기 힘든 최상위의 윤리적 행위를 할 수 있는 인물로 형상화하면서 '출천지효'를 통해 '이효상효'의 문제를 극복하고자 하였다.

(2) '효'를 강화하는 대화적 이해 양상

여기서는 '효' 주제 강화를 통해 '이효상효' 화제를 해결하고자 한, 주요 〈심청전〉 전승에 나타난 대화적 이해 양상을 살펴보고자 한다.

첫째, 독자들은 심청의 내적 대화를 상상적으로 구성하여 심청에게 목소리를 부여하였다. 후대본으로 갈수록 심청의 내면이 발달하는데, 서러움과 수치, 죽음에 대한 본능적 공포를 극복하고 자신의 정성으로 아버지의 눈을 뜨게 하리라는 선택과 결단을 지속하는 심청의 내면이 점점 구체적으로 형상화된다. 이를 통해서 심청이 범상하지 않은 이유는 그저 심청이 운명적으로 출천지효로 태어났기 때문이 아니라, 그녀가 내면의 인간적 갈등을 딛고 효를 자율적으로 선택한다는 점에서 비범한 것으로 그려지게 된다.

둘째, '효' 주제의 강화는 기존 이본의 서사를 꼼꼼히 읽어 인물의 소망을 이해하고 그를 충족시키기 위한 대화적 이해를 통해 실현되기도 했다. 이는 독자가 인물에 대해 긍정적인 태도를 취할 때에라야 나타난다는 점에서 첫 번째 양상과 공통적이다. 그러나 첫 번째 양상은 인물에게에 목소리를 부여하여 텍스트의 다성성을 강화하는 것이라면, 두 번째 양상은 독자가 선행 이본에 응답하여 인물의 소망을 성취해주는 것이라고 하겠다.

예컨대 [신재효 본]에서는 심청이 자신이 죽으면 혹 어머니를 만날 수 있지는 않을까 하는 희망을 품어보는 비극적 상황을 맞는다. 그런데 심청은 자신은 바다에서 죽게 될 테니 모친과 죽은 곳이 달라 만나지 못하는 것은 아닐까, 만난다 하더라도 자신이 아기 때 어머니를 잃었으니 서로 얼굴은 알아볼 수는 있을까 걱정한다. 이 내용은 심청의 소망을 실현시켜주려는 독자의 응답성을 불러일으켜 이후 완판에서는 용궁에서 심청이 옥진부인이 된 어머니를 만나는 화소가 나타나게 된다. 완판에 드러난 독자의 응답은 기존 이본군이 제시한 서사의 빈틈을 꼼꼼히 채워 인물의 소망을 실현하는 대화적 이해를 기반으로 하였다.

셋째, 인물에게 새로운 인격을 부여하는 대화적 이해도 나타난다. 심청의 신분은 후대본으로 갈수록 점진적으로 상승한다. 동시에 심청의 교양과 지식도 발달하고, 도덕적 딜레마를 감정이 아니라 논리로 대하려는 면모도 발달한다. [심맹인 군]에서 방성통곡하며 자신의 설움을 표현하던 심청, [심팽규 군]에서 마을 공동체로부터 박대를 받기도 하던 심청, [심운 군]에서 공동체의 만류와 효의 실천에 있어서 '색난'(色難)의 과제에 제대로 대답할 수 없었던 심청은 완판에 이르면 장승상 부인과 같이, 공동체 내에서 최상층의 인물까지도 설득하고 계몽할 수 있는 지식과 교양, 논리, 윤리적 판단력과 실천력을 모두 지닌 인물로 그 인격이 변모된다. 이러한 대화적 이해는 공감에만 기반한 것이 아니라 '이효상효'의 문제를 논리적으로 해결하려는 대화적 이해이다.

〈심청전〉의 이본 변모를 독자의 응답으로 파악하지 않으면, 완판에 처음 나타난 장승상 부인 삽화가 양반층의 〈심청전〉 향유로 인해 나났으며, 완판에서의 심청의 변모가 향유층의 변모로 인한 '효의 교조화'라고 일면적으로 해석하게 된다. 이는 인과의 오류이다. 완판까지의 〈심청전〉은 끊임없이 이전 이본들을 대화적으로 이해하여 점진적으로 그 변모를 이루었고 그 결과, 주제와 표현의 세련을 이룬 완판〈심청전〉은 신분과 성별을 무론한 독자의 사랑을 받았다고 볼 수 있다.

넷째, 주변 인물을 추가하여 세계를 변모시키려는 대화적 이해 양상도 나타난다. 〈심청전〉의 서사 세계에는 심청을 바라보는 동네 사람들이 존재한다. 비교적 초기 이본군들에서는 심청 부녀와 동중 사이의 미묘한 갈등이 존재하는데, 심청의 신분이 점점 상승하고 마침내 완판에서 장승상 부인과 같은 상층의 인물이 심청을 인정하면서 이러한 갈등은 사라진다. 또한 완판의 장승상 부인은 심청의 윤리성을 시험하는 목적으로만 서사 세계에 등장하게 된 것이 아니라, 모성적 존재로서 〈심청전〉에 등장한 것이다. 완판 이전의 송동본에는 귀덕어미가 등장하여 심청의 출산과 심청 모친의 장례를 돕고 신재효 본에서 어머니를 그리워하는 심청의 내면이 나타난다. 완판은 성격이 아주 다른 송동본과 신재효 본 두 흐름을 모두 이어가면서 모성적 존재로서 장승상 부인을 등장시킨다.

이를 통해 독자가 응답하는 대상은 주인공뿐 아니라 주변인물과, 인물이 속한 세계까지도 확장됨을 알 수 있다. 또 〈심청전〉이 이본 변모의 흐름은 주변 인물과 세계 역시 심청을 따라 더욱 윤리적으로 변화하는 것으로 나타난다. 이는 독자가 작품을 매개로 등장인물과 인격적인 관계를 맺고, 다시 그 관계를 서사 세계 형상화의 변모로 실현시키는 대화적 이해의 창조성을 보여 준다 하겠다.

2) 심봉사 중심의 대화적 이해 양상

(1) '아버지다움' 화제에 대한 상이한 응답 양상

공감과 논리, 윤리성에 기반한 응답성은 〈심청전〉의 자율적 효라는 주제를 강화하면서, 소설적 형상화의 세련이라는 구체적인 대화적 이해의 형식들을 산출하였다. 그런데 심청 효의 자율성만큼이나 중요한 것은 그 희생이 가치가 있는 것이었느냐 여부이다. 이 희생의 가치를 가늠할 수 있게 하는 인물이 바로 심봉사이다. 자식의 희생은 부모의 죄책감과 독자에게 그 부모에 대한 어느 정도의 반감을 유발하게 마련이다. 그래서 [심맹인 군]에서부터 심봉사에 대한 서술자의 반감이 강하게 나타나고 심봉사는 그에 대해 저항하는 다성성이 나타난다. 이후 심봉사에 대한 부정적 태도와 공감적 태도는 서로 다른 이본군을 만들어내고 때로는 같은 이본 안에서도 경합하게 된다.

(2) '색난' 화제에 대한 대화적 이해 양상

부모의 구복(口腹)을 봉양하는 것뿐 아니라 마음까지 편하게 해드리는 색양(色養)까지가 효라고 한다면, 심청의 희생은 색난(色難)의 화제를 불러일으킨다. 심봉사의 '아버지다움'이 긍정적으로 강화될수록, 그런 아버지에게 크나큰 슬픔을 안겨주는 심청의 '색난'의 문제가 심화된다. 한편 심봉사가 부정적인 아버지로 나타날수록 '색난'의 문제는 약화되지만 이런 아버지를 위해 목숨을 버려야 하느냐는 희생의 타당성이 문제가 된다. 이러한 딜레마에 대해 〈심청전〉 이본들은 다양한 대화적 이해의 양상을 보인다.

첫째, 인물에 대한 다성적 목소리를 통해 심봉사의 개성적 인격을 창출해낸다. [심맹인 군]에서는 심청과 마찬가지로 심봉사 역시도 관찰과 평가의 대상이 된다. 그 평가의 내용은 부정적이고 심봉사는 목소리를 지니지 못한 객체이다. 그러나 이후 [심팽규 군]과 [심운 군]에서는 초두에 건전한 부성을 보임으로 해서 심청 효의 타당성을 확보한다.

특히 [심학규 군]에 이르면 심봉사는 의존성을 완전히 벗어버리고 낙천적이고 독립적인 인물로 변화한다. 심봉사가 의존적인 존재라면 '이효상효'의 문제가 더욱 심각하게 대두하지만 심청 없이도 어느 정도 생활이 가능하다면, 그리고 심청의 부재로 인해 오히려 그의 독립성이 계발된다면 '색난' 문제의 심각성이 희석되기 때문이다. 이렇게 [심맹인 군]에서 [심학규 군]에 이르는 과정에서 심봉사의 처지에 대한 공감과, 심청이 떠난 후 심봉사는 어떻게 살아갈 것인가 하는 논리적 응답과 그 응답의 복수성은 심봉사에 대한 평가의 다성성을 연쇄적으로 낳았고 그로 하여금 개성적 인격을 갖게 하였다.

심봉사의 '아버지다움'에 대한 다성성의 확대는 마침내 [심학규 군]에서 미학적 변모를 이루어낸다. 즉 〈심청전〉의 후반부에 비극적 정조가 해학적인 장면을 통해 잠시 전환되면서 비장미가 지배했던 〈심청전〉에 골계미가 더해지는 것이다. 심청에게 공감하는 대화적 이해가 독자로 하여금 심청의 목소리와 소원을 발견하게 했던 것과 같이, 심봉사의 내면을 들여다보는 대화적 이해는 심봉사의 목소리와 욕망도 발견하게 한다. 이것이 심봉사와 관련된 두 번째 대화적 이해의 양상이다.

그런데 심봉사의 욕망을 발견하게 되면서 심봉사에 대한 반감도 증대된다. 심봉사의 자녀에 대한 욕망은 자연스러운 욕구에서 보다 사회적 욕망으로 전환되고, 심봉사의 성적인 욕망과 세속성도 강화된다. 마침내 [신재효 본]에서는 심봉사의 모습이 극도로 타락한 것으로 그려지면 심봉사에 대한 독자의 반감이 극대화되고, '이런 인물을 위해 심청이 희생해야 하나'라는 의문이 제기된다. '색난'의 문제 대신 '효' 이념의 폭력성이 드러나는 것이다.

이 때문에 심봉사의 탈선을 조정하려는 대화적 이해의 셋째 양상이 나타난다. 이는 보상을 사전 제시하여 갈등을 조정하려는 시도로 나타난다. 한남본을 제외하고 〈심청전〉에는 심봉사가 심청과 관련하여 예언을 듣는 객체, 혹은 예지몽의 주체로 나타난다. 종국에는 심청은 죽지 않고 환세할 것이기에 예언과 예지몽은 심청의 희생에 대한 보상을 독자에게 사전 제시해주어, 심청의 희생이 불러일으키는 '이효상효'나 '색난'의 문제를 불식시키는 역할을 해준다. 예언과 예지몽이 심청에게 주어지면 심청 효의 자율성이 손상되지만, 이것이 심봉사에게 주어진다면 아버지답지 못한 아비라 하여도 심봉사는 심청과 천륜으로 이어진 존재임을 환기하게 된다.

이와 동시에 심봉사는 점진적으로 독립적인 형상을 이루어, 그의 개안을 자기성장으로 보는 대화적 이해가 나타난다. 마침내 완판에 이르면 이 두 흐름이 접점을 만들어, 천도 안에서 심봉사가 자기 성장을 이루게 된다.

심봉사와 관련한 마지막 대화적 이해의 양상은 독자의 반성적 인식의 성장에 따른 인물과 세계의 관계 변모이다. 동중과 심봉사의 관계는 하나의 이본 내에서도 다성성을 보일 뿐 아니라, 심봉사에 대한 서로 다른 견해를 보이는 이본군의 흐름 사이에서도 다성성을 이어간다. 그리고 이 둘 사이의 응답이 연쇄적으로 오고가면서 사회적 약자인 심봉사에 대한 조롱에 대한 반성적 인식, 심각한 장애가 있는 심봉사를 공동체가 함께 구원하지 않고 심청 개인의 책임으로 전가한 것에 대한 반성적 인식이 일어난다. 마침내 완판에 이르러서는 심봉사에 대한 노골적 질책이 누그러진다.

이렇게 독자와 심봉사의 관계가 서사 세계 내에 동중과 심봉사의 관계, 서술자의 심봉사에 대한 태도에 투사될 수 있다는 점을 생각해보면 〈심청전〉에서 심봉사가 일으키는 웃음의 성격도 심봉사에 대한 수용층의 태도와 관련하여 생각해볼 수 있다. 먼저 심봉사와 관련된 웃음은 고통의 상황을 타개하는 건강하고 능동적인 웃음, 약자인 심봉사를 포용하는 웃음이 있는 한편, 심봉사의 장애를 대상화하는 조소, 약자에 비하여 우월함을 과시하는 공격적인 웃음도 있다. 이들은 이본 군에 따라 어느 한 쪽이 다른 한 쪽보다 더 강화되는 모습을 보인다. 그러나 전체적으로는 웃음이 현실을 바꾸지는 못할지라도 비극과 고통에 대한 감각을 전환시키는 쪽으로 〈심청전〉의 미학이 변모하면서 완판 이후에 이르러서는 극단적인 공격적 웃음은 많이 순화된다. 이는 아마도 독자를 표상하거나 독자의 욕망이 투사되는 동중이 심봉사에게 모든 책임을 전가하고 윤리적 우월성을 과시했을 때 독자에게 일어난 심리적 반작용, 즉 반성적 인식에 기인했을 것이다.

3. 고전소설의 대화적 이해 교육

고전소설의 대화적 이해 교육은 두 가지 구도로 짜볼 수 있다. 첫째는 고전소설의 주제나 인물 이해의 심화와 관련해서 이루어질 수 있다. 둘째는 시간이 흐름 속에서 변하는 작품의 변모가 가지는 의미를 작품 외부의 맥락의 변모와 관련지어 구성하는 것이다. 고전소설의 대화적 이해는 작품을 둘러싼 여러 맥락 가운데 무엇보다도 당대의 수용층을 역동적으로 이해할 수 있게 해준다. 당대에 대한 상당량의 배경 지식이 없더라도 대화적 이해의 원리를 알고 적용하는 방법을 익힌다면 고전소설을 통해 당대 수용층이 어떠한 소통을 하고자 했는지, 그 방식은 무엇인지, 그리고 그것은 문화적으로 어떤 의미를 갖는지 보다 발산적으로 연결해나갈 수 있는 계기를 얻을 수 있을 것이다.

이본을 활용한 고전소설의 대화적 이해 교육의 모형으로는 탐구학습이 적절하고, 교사가 이본에 대한 지식을 갖추어 학습자가 이본을 비교하고 분석하는 활동에 적절한 위계를 제시하여야 한다. 이러한 방법에 따라 고전소설의 대화적 이해 교육의 내용은 크게 주제 이해와 인물 이해로 구안할 수 있다.

먼저 주제 이해는 텍스트의 담화를 분석하여 화제를 파악하고, 이후에는 이 화제와 관련하여 상이한 이본의 서술과 삽화를 통해 화제에 대한 다양한 응답성을 확인한다. 이후에는 전승사의 관점에서 자신이 구성한 주제를 평가하고 그 주제와 자신, 그리고 자신이 속한 시대에 있어서 작품의 주제를 도출하도록 한다.

다음으로 인물 이해는, 먼저 인물의 목소리에 주목하여 인물의 형상을 파악하는 것이다. 주제를 이해할 때와 마찬가지로 담화의 미세한 차이를 읽어내도록 노력하여 작가, 서술자, 인물의 서로 다른 목소리를 구분해내는 것이 중요하다. 다음으로는 역시 다양한 이본에서 각기 다르게 변모해가는 인물을 파악해본다. 마지막으로는 그 인물 형상화의 변모의 윤리성을 평가해본다.

■ 연구의 의의와 남은 과제

고전소설의 대화적 이해는 이본 간의 차이를 인식하고 차이를 발생시킨 작품의 다성성과 독자의 응답성에 주목하여 이본 간의 대화와 변모를 다층적으로 이해하는 메타적 이해 활동이다. 이렇게 이본을 함께 읽는 대화적 이해의 방법은, 학습자가 처음 접하는 고전소설을 이해하는 데에 있어서 이미 구성되어 있는 서사 세계의 질서를 깨뜨리지 않으면서 작품을 이해할 수 있는 가이드라인을 제공한다. 즉 먼저 작품에 대한 깊은 수렴적 이해 이후에, 발산적 이해로 나아가도록 하는 것이다.

또한 대화적 이해는 고전소설교육의 목표 중 하나인 가치의 이월과 밀접하게 관련된다. 가치의 이월은 작품의 주제나 서술방식뿐 아니라, 고전소설이 소통된 방식을 이해하고 습득하는 것으로 확장되어야 한다. 고전소설의 한 작품군은 공통된 화제를 둘러싼 집단의 대화적 이해를 '긴 시간동안' 다양한 이본으로 드러낸 것이다. 따라서 고전소설의 변모를 대화적으로 이해하는 것은 소설과 그 소통방식에 대한 일종의 메타적 이해, 시간 감각을 개입시킨 이해이며 선조들의 문학문화를 경험하고 그에 참여하여 그 전통을 이어가는 것이라고 할 수 있다.

한편 독자는 소설의 대화성을 파악하면서 그러한 시도를 한 향유층의 심리나 의도도 구성해볼 수 있다. 해당 이본의 개작가가 개작을 통해 표현하려고 한 것이 무엇인가, 어떤 대화의 화제에 응답하여 무엇을 말하고자 했는가를 파악해본다는 점에서 이는 작품의 완전성, 정합성을 따져보고 이본을 이본 간의 우위를 따져보는 행위를 넘어, 한 작품군을 통해 향유층이 추구한 가치를 파악하는 행위이다. 우리가 공동 창조된 고전소설을 통해 배울 수 있는 것은 소설의 대화성이 개인

뿐 아니라 공동체의 소설 수용의 윤리성을 담보한다는 사실이다.

※관련 논문 : 김효정, 고전소설의 대화적 이해 교육 연구 -〈심청전〉이본을 중심으로, 서울대학교 대학원 박사학위 논문, 2021.

한국어 학습자의 문화적 문식력 신장

김혜진

 본 연구는 목표 문화에 대한 이해와 해석, 문화 간 의사소통 능력 등 고급의 지적 능력을 요구받고 있는 학문 목적의 한국어 중·고급 학습자를 대상으로 문화적 문식력이 필요함을 주장하고 이를 실제의 교실 수업을 통해 논증하였다. 문화적 문식력은 주로 문학 교육과 연계되어 논의되고 있는데 문학은 한 사회 공동체의 공유된 지식과 가치 체계를 총체적으로 살필 수 있는 제재로서 학습자의 문화 학습과 문화 경험을 활성화할 수 있기 때문이다. 특히 고전 소설은 목표 문화의 문화 산물과 문화 관점을 폭넓게 내포하고 있으므로 한국 문화에 대한 지식의 이해와 가치 체계에 대한 해석을 도모할 수 있는 교육적 제재로서 적합하다.

 문화적 문식력 신장을 위한 고전 소설의 교육 내용은 사회·문화적 배경지식 및 사회 윤리와 가치 갈등으로 구성하였다. 사회·문화적 배경지식은 목표 문화의 지식과 관련된 것으로 전통 사회의 제도, 관습, 언어·문화로 구분하였고 가부장제와 신분제, 관혼상제, 세시 풍속, 민간 신앙, 언어 예절, 관용 표현, 상징적 명명을 제시하였다. 사회 윤리와 가치 갈등은 목표 문화의 가치와 관련된 것으로 가치 갈등의 양상과 인물의 가치 실현 방식으로 나눌 수 있는데 가치 갈등의 양상으로는 윤리적 딜레마, 사회 제도와 개인의식의 갈등, 공동선과 물질적 욕망의 갈등이 있으며 인물의 가치 실현 방식으로는 자기희생, 관습과 제도의 모순에 대한 저항, 양보와 배려 등이 있다.

　본 연구는 문화적 문식력 신장을 위한 고전 소설 교육 내용을 크게 지식과 가치로 구분하여 제시하고 학습자 중심의 관점에서 문화를 조직하고 정의하는 토론, 쓰기, 매체 제작 등의 교수·학습 방안을 구안하였다.

◇ 문화적 문식력(cultural literacy) : 문식력의 개념이 읽고 쓰는 언어의 기초적인 사용 능력을 의미하는 데서 사회 문화적 맥락에 기반한 문화 능력, 비판 능력 등을 포괄하는 개념으로 그 외연이 확대됨에 따라 파생된 개념이다. 허쉬(Hirsch)는 문화적 문식력을 한 사회 공동체에 널리 공유된 배경지식(shared background knowledge)을 획득하는 것으로 정의하고 한 사회 공동체는 상징과 정보의 공유를 통해서만 구성원 간에 효과적으로 의사소통하는 것을 배울 수 있다고 주장했다. 퍼브즈(Purves)는 문화적 문식력을 개인이 사회·문화적 소통에 기본적으로 필요로 하는 문화 지식으로 개인의 전통에 대한 인식, 문화적 유산과 그 가치에 대한 인식, 전통으로부터 무언가를 배울 수 있는 능력, 어떤 문화의 장단점을 이해할 수 있는 능력으로 정의하였다. 이는 문화적 문식력을 한 공동체가 공유한 다양하고 광범위한 지식의 총체를 이해하고 해석하는 능력으로 간주하는 것이다.

따라서 문화적 문식력은 자문화는 물론 목표 문화와 관련된 공유된 지식의 이해와 가치 체계의 해석을 기반으로 문화를 생산할 수 있는 능력으로 정의할 수 있다. 이때 공유된 지식과 가치는 소통과 실천을 전제로 한다. '공유된 지식'이란 개인이 사회와 공유하는 지식은 물론 외국인 학습자가 목표 문화의 이해와 목표 문화 구성원과의 소통을 위해 기본적으로 학습해야 하는 보편성과 항존성이 인정되는 중핵적 문화 지식(core cultural knowledge)을 포함하는 개념이다. 문화적 문식력은 목표 문화의 단일한 사회·문화 공동체의 공유된 지식, 중핵 지식의 학습 및 활용에 더하여 학습자들의 문화 간 소통 속에서 형성되는 가치, 개인의 정체성 문제 등을 포괄해야 한다.

◇ 배경지식 : 목표 문화에 대한 지식과 학습자의 지식으로 구분할 수 있다. 목표 문화의 배경지식은 한 사회에서 보편적으로 공유되고 인정받고 있는 대상이나 수준을 전제로 한 객관적 지식을 말한다. 객관적 지식이란 독립적인 하나의 실재와 관련된 것으로서 공공의 의사소통 가능성을 보유하고 개인의 위치와 상황이 어디에 있든 개인이 이해할 수 있어야 한다. 문화론적 측면에서 객관적 지식이란 정확한 사실들의 집합이 아니라 동일한 사실들을 선택할 경우 사회 공동체의 일원이 수긍할 수 있는 상호 주관적이며 사회적 맥락의 일부로 존재하는 것이다. 배경지식은 학습자가 기존에 지니고 있는 지식으로 본인의 자문화 및 목표 문화에 대한 사회·문화·역사 관련의 사전 지식(prior knowledge)과 세계 지식(world knowledge), 개인적 경험을 의미하며 스키마까지 포함한다. 배경지식은 단순히 학습자의 머릿속에만 머물러 있지 않고 학습자의 여러 인지적·정서적 요인 또는 개인적 경험과 결합되어 대상 텍스트를 해석해 내는 기반이 된다.

◇ 경험 지식 : 학습자의 지식 중 경험으로 얻은 지식으로 학습자의 경험은 단순히 신체적·물리적으로 겪는 일회적·단편적인 것이 아니라 학습자의 사고 또는 지식과 관련되며 누적적이고 지속적인 성

격을 지닌다. 듀이의 관점에서는 경험은 주체의 능동적 요소인 '해 보는 것'과 수동적 요소인 '당하는 것'의 결합으로 이루어지며 '해 보는 것'은 세상이 어떻게 되어 있는가를 알아내기 위한 실험을 하는 것이고, '당하는 것'은 사물 사이의 관계를 배우게 되는 것을 의미한다. 자국 문화와 더불어 낯설고 새로운 목표 문화를 동시에 경험으로 체득하게 되는 외국인 학습자는 '해 보는 것'과 '당하는 것'의 경험의 폭이 모국어 학습자보다 넓다. 예를 들면 외국인 학습자에게 '해 보는 것'은 목표 문화의 화자보다 호기심과 도전 정신이 더 요구되는 경우가 많고, '당하는 것'은 예상치 못하게 또는 본래의 의도와는 전혀 다른 상황에서 발생되는 경우가 많아서 외국인 학습자의 경험은 모국어 학습자의 경험보다 유동적이고 오래 기억에 남는 경험 지식으로 형성될 확률이 높다. 경험은 일종의 의미화 과정으로 주체와 대상과의 지속적인 상호 작용 과정이며 지식은 인간의 합리적인 경험 양식이 체계적으로 구조화된 산물로 경험을 외국인 학습자가 모국 문화와 목표 문화의 두 대상 간의 차이나 동질성에서 겪는 개인적이고 특별한 사건으로 본다면 경험을 지식과 구분할 수 있다.

◇ 가치 : 가치를 보는 관점에는 가치 객관주의와 가치 상대주의가 있는데 학습자의 학습 대상이 되는 문화의 가치는 가치 객관주의에 근거한다. 객관적 가치의 현존은 인간 주체의 행위를 통한 객관적 가치의 구체화와 실현을 뜻하며 객관적 대상으로 존재하는 자문화나 목표 문화의 가치는 관념적 존재 당위와 규범적 존재 당위로서의 의미를 지닌다. 자문화나 목표 문화의 가치 있는 사물이나 가

치관들은 시대적 변화와는 무관하게 독립적인 존재를 지니며 개인의 가치 인식 작용이 변화함에도 가치는 그 변화와 무관한 나름의 자체적 존재를 갖는다. 객관적 존재로서의 가치는 구체적 사물 속에 내재하며 인간 정신의 실현 목표인 진선미 등의 보편타당한 당위이기도 하다. 자문화와 목표 문화의 가치는 평가되기 때문에 가치 있는 것이 아니며 가치 있기 때문에 사회 구성원들에게 평가되는 것이다. 전통적 핵심 가치들은 사회 구성원들을 평가하는 기준의 기초가 되었고, 시대의 흐름에 도전을 받으면서도 여전히 현대 사회에까지 영향력을 행사하고 있는 중요한 문화적 문식력의 구성 요소이다.

근대부터 가치는 형이상학적인 영역에서 인격적인 영역으로 들어왔으며 가치의 근원으로 정신적·도덕적 주체인 인간이 상정되었다. 가치는 각 개인에게 개별화되고 의미화된 것으로서 의의를 지니는 것을 본질로 한다. 가치는 모든 관념(idea)처럼 경험의 세계에 존재하는 것이 아니고 사람들의 마음속에 존재한다. 기준으로서의 가치는 우리가 어떤 것을 좋아하거나 싫어하는 것을 결정하는 데 도움을 주며 우리가 가지고 있는 가장 중요한 기준은 행동을 판단할 때 드러난다.

◇ 가치 판단 : 인류학, 심리학, 사회학에서는 인간, 문화, 상황, 사건 등 특정한 대상에 대한 평가를 '가치 판단(value judgment)'이라는 용어로 규정하고 있는데 이는 가치 판단의 주체를 인간으로 상정하고 있음을 의미한다. 이는 외국어 교육에서 가치를 주로 목표 문화의 어떤 대상에 대한 옳고 그름에 대한 판단의 평가적 개념으로

보는 관점과 일치한다. 가치 판단을 할 때 적극적이든 소극적이든 인격적 개인에 의해 체험되고 있음이 거듭 지적되고 있으며 가치 판단을 한다는 것은 본질적으로 특정 상황에 대한 개인의 가치 체험이다. 지성적·사변적 가치 인식은 정서적·직관적 가치 인식을 전제하며 가치 판단은 가치 체험에 기반을 둔다. 가치 판단은 가치 태도(value attitudes)를 포괄한다. 가치 태도는 목표 문화의 가치를 판단 및 평가하고 학습자가 목표 문화의 가치에 대한 자세를 형성하는 것을 말하며 가치 판단은 가치 태도를 통해 구체적으로 표현된다. 외국어 교육에서는 태도를 목표어, 목표어의 사용 집단, 목표어의 가치와 문화 등에 대해 학습자가 취하는 정신적 자세로 간주하며 타인과의 접촉이나 상호 작용 경험 등으로 생겨난 신념, 느낌, 의도 등을 포함하여 정의한다. 태도는 자문화(自文化)와 다른 문화에 대한 개인의 생각이나 판단을 잠정 보류하는 것으로 정의적·행동적 요인보다는 인지적인 면에 초점이 맞춰져 있으며 가치 판단 및 평가와 관련된다.

■ 주요 내용

1. 고전 소설에 반영된 문화적 문식력의 구성 요소

고전 소설 〈심청전〉, 〈춘향전〉, 〈흥부전〉에 반영된 문화적 문식력의 구성 요소는 크게 사회·문화적 배경지식 및 사회 윤리와 가치 갈등으로 구분해 볼 수 있다. 사회·문화적 배경지식은 목표 문화의 지식과 관련된 교육 내용으로 전통 사회의 제도인 가부장제(家父長制)와 신분제(身分制), 관습인 관혼상제(冠婚喪祭), 세시 풍속, 민간 신앙, 언어·문화인 언어 예절, 관용 표현, 상징적 명명(命名) 등이다. 사회 윤리와 가치 갈등은 목표 문화의 가치와 관련된 교육 내용으로 가치 갈등의 양상인 윤리적 딜레마, 사회 제도와 개인의식의 갈등, 공동선(共同善)과 물질적 욕망의 갈등을 들 수 있다. 인물의 가치 실현 방식으로는 자기희생, 관습과 제도의 모순에 대한 저항, 양보와 배려 등이 있다.

2. 문화적 문식력과 고전 소설 교육의 관계

역사적으로 유명한 텍스트는 문화적 문식력의 표상적 총화(總和)라는 맥락에서 고전 소설은 문화적 문식력의 표상을 보여 주는 텍스트라고 할 수 있다. 고전 소설은 한국의 정신적·물질적 문화유산을 총망라한 의미 있는 정전(正典)으로 현대 한국 사회에서도 꾸준히 전승·변용되고 있는데 우리 고유문화의 원형을 간직하고 있을 뿐만 아니라 현대 사회에도 통용될 만한 보편적인 지식과 가치를 지니고 있기 때문이다. 고전 소설의 전통성, 전형성, 보편성, 항구성, 개방성 등은 학습자들에게 다양한 배경지식과 문화 경험을 제공하는 문화적 문식력 교육의 제재로서 특별한 가치를 지닌다. 특히 한국 문화에 대한 배경지식과 가치의 구체적 모습을 교육 내용화할 수 있으며 학습자들이 실제로 문화 생산에 참여할 수 있는 다양한 방법을 구안하기에 적합하다. 고전 소설 교육은 고전 소설의 심층적 주제 탐구를 통해 한국어 학습자의 지식을 심화시킬 수 있으며, 학습 주체로서의 문화 수용력을 증진시킬 수 있다는 점에서 문화적 문식력과 긴밀한 관련을 맺는다.

첫째, 고전 소설에 반영된 전통문화와 언어·문화를 통해 배경 지식을 이해할 수 있다. 고전 판소리계 소설 〈심청전〉, 〈춘향전〉, 〈흥부전〉은 한국 문학의 정수(精髓)이자 정전(正典)으로 한국 문화의 특수한 전통과 인류 보편적 정서를 보여 주면서 전통문화의 가치에 대한 인식, 전통의 계승과 한국 문화의 특성을 드러내고 있다. 한 민족이나 국가의 전통은 어느 특정 영역에서만 나타나는 것이 아니라 사상, 관습, 제도, 행위 양식 등 한 공동체의 전반에 걸쳐서 지속적으로 계승되어 오는 것을 이르는데 〈심청전〉, 〈춘향전〉, 〈흥부전〉은 이를 잘 보여 주고 있다. 고전 소설을 통해 조선 시대 후기의 제도, 관습, 복식, 법제 등 다양한 정치, 사회, 경제, 문화 등에 대한 전반적인 이해를 도모할 수 있다. 고전 소설은 무엇보다 한 사회가 오랜 시간 전승해 온 전통문화와 고유한 언어·문화를 구체적이고 실제적인 인물들이 사고하고 행동하는 가운데 잘 드러내고 있다. 〈심청전〉과 〈춘향전〉에서 자식을 얻기 위해 기자 치성을 드리고 자녀 양육을 위해 애를 쓰는 장면은 현재에도 이어져 오는 전통문화의 일면이며 인물들의 대화나 서술자의 논평에서 보이는 속담과 관용 표현 등은 언어·문화의 일면으로 작품에 자연스럽게 녹아 있다.

둘째, 고전 소설 속의 가치 갈등과 윤리 규범의 이해를 통해 목표 문화의 가치 체계를 해석할 수 있다. 고전 소설은 역사적 관점에서나 현재의 시각에서나 한국인의 보편적 또는 특수한 가치 체계를 내재하고 있는 문화적·문학적 총체로서 전통 사회의 윤리 규범이었던 충·효·열·우애와 근대 사회에 부각된 자유·평등·인류애·인간 해방·개인의 욕망 추구 등 다양한 가치 지향에 대한 관심을 두루 내포하고 있다.

고전 소설은 한 개인의 사적 창작 소산물에 그치지 않고 한 사회·문화 공동체가 오랜 시간을 걸쳐 생산해 낸 문화적 양식이며, 소설 속의 인물이 지닌 가치에서는 사적 가치의 특수성보다 그 사회에서 인정되고 공유된 보편적인 공공성(公共性)을 더 많이 드러낸다. 공공성이 드러난 가치는 효(孝), 열(烈), 우애(友愛) 등의 윤리 규범이나 윤리 덕목에 해당하는 추상적 원리로서의 가치를 말하는 것은 아니라 심청의 효, 춘향의 열, 흥부의 우애처럼 가치를 추구하는 인물의 실천 행위와 맞물려 구체적으로 표상화된 가치이다. 소설 속에 내재된 가치 규범은 절대적·당위적 대상으로 추구되는 것이 아니라 이를 실천하는 소설 속 인물의 주체적 자아와 결부되어 구체적 대상으로 의미화되며 당위적 가치라고 해도 고민이나 갈등 없이 준수하는 것이 아니라 개인의 내적 갈등 또는 개인과 사회의 외적 갈등의 결과로 얻어지는 것이다.

3. 문화적 문식력 신장을 위한 고전 소설 교수·학습의 설계 원리

고전 소설 교수·학습은 학습자 중심의 관점에서 문화를 조직하고 정의하는 '문화 경험(the cultural experience)', '문화 지식(cultural knowings)', '경험 학습 주기(the experiential learning cycle)'를 이론적 토대로 한다. 제2언어 또는 외국어 교육에서 목표 문화에 대한 학습자의 문화 경험과 문화 지식은 학습자의 문화적 문식력의 기반 요소가 되며 경험 학습 주기는 학습자가 문화적 문식력을 갖춰 나가는 학습 과정과 상응한다. 문화 경험은 학습자가 목표 문화와 구체적으로 교섭하는 것을 말하며 문화 내용, 학습자들의 활동과 학습 성취 결과, 학습 맥락, 교사와 학습자 간의 관계성 등을 포괄한다.

문화 지식은 대상·이유·방법·자신을 아는 것의 네 가지로 구분할 수 있으며 참여, 기술, 해석, 반응의 경험 학습 주기를 가진다. 대상을 아는 것은 자문화의 지식은 물론 목표 문화에 대한 정보와 지식, 목표 문화의 성격, 언어·문화와 관련된 지식을 얻는 것을 말하며 이유를 아는 것은 목표 문화의 관점과 내용, 목표 문화의 문화 경험에 대해 해석하는 것을 의미한다. 방법을 아는 것은 목표 문화에 직접 참여함으로써 목표 문화에 적응하는 것을 말하며 자신을 아는 것은 목표 문화를 경험하는 주제로서 자신의 가치 기준을 인식하는 것이다.

경험 학습 주기는 학습자의 구체적 경험, 성찰적 관찰, 추상적 개념화, 적극적 실행 단계로 구분할 수 있으며 궁극적으로 이 단계들을 통해 문화에 대한 이해를 경험에 통합시킬 수 있다. 고전 소설 교수·학습은 특정한 학습 맥락에서 고전 소설 교육 내용을 이해한 학습자가 교수·학습 활동을 통해 성취해 낸 학습 결과까지를 포함한 일련의 문화 경험 과정이라고 할 수 있으며 이 과정에서 학습자는 고전 소설을 구체적으로 경험하며 고전 소설의 내용을 해석하고 자신의 관점 또는 목표 문화의 가치 기준에 비추어 개념화하고 고전 소설 학습을 통해 얻은 지식과 가치를 확장·심화시켜 문화 텍스트를 생산하는 학습 주기를 갖는다.

또한 고전 소설 교육에서 대상을 아는 것은 고전 소설에 반영된 한국의 제도와 관습, 언어·문화적 표현 등을 이해하는 것이며 이유를 아는 것은 고전 소설에 나타난 등장인물을 통해 한국인의 가치가 무엇인지, 한국인은 왜 그런 가치를 가지게 되었는지 해석할 수 있는 것이며 방법을 아는 것과 자신을 아는 것은 고전 소설 학습을 통해 얻은 지식과 가치를 바탕으로 학습자 스스로의 관점과 태도를 확립해서 고전

소설을 새롭게 해석하고 변용하여 자기만의 산출물을 내는 것과 관련된다.

4. 한국어 학습자의 문화적 문식력 신장 양상 분석

고전 소설 〈심청전〉, 〈춘향전〉, 〈흥부전〉 교육을 통해 한국어 학습자의 문화적 문식력 신장의 양상을 지식의 이해 및 적용 측면과 가치 판단 및 해석의 측면을 기준으로 분석한 결과는 다음과 같다.

첫째, 지식의 이해 및 적용 측면에서 학습자들은 사회·문화적 맥락 파악을 통해 전통 사회의 제도를 인식하고 배경지식을 활용해 자문화와 목표 문화의 관용적 표현을 인용하고 개인의 경험적 지식의 적용을 통해 가치의 내면화를 꾀했으며 상호 텍스트성에 기반해 문화 간 지식을 비교하였다. 학습자들은 계층 및 신분, 시대 사상, 시대적 상황 등 고전 소설이 향유되던 당대의 사회 문화적 맥락을 이해하면서 고전 소설을 좀 더 심층적으로 인식한다. 사회 문화적 맥락은 학습자의 고전 소설 분석에 중요하게 작용하는 기제로써 보편적으로 존재하고 있는 거시적 맥락으로 역사적·사회적 상황, 이데올로기, 공동체의 가치·신념 등을 포함한다. 한국어 학습자들은 속담이나 한자 성어를 활용하여 텍스트의 주제 의식이나 본인의 견해를 단적 또는 종합적으로 정리하여 표현하였다. 속담은 각 민족의 일상생활과 역사 속에서 터득된 삶의 지혜가 담긴 고유의 관습화된 표현 양식으로 특정한 의미나 내용을 간결하고 압축적으로 표현하면서도 중심 사상이나 가치를 잘 나타내는 특징이 있어서 외국인 학습자들이 한번 익히면 글을 쓰거나 말을 할 때 유용하게 사용하는 편이다. 특히 중국인 학습자들의 경우에는 한자 관용어나 고사성어가 중국어와 많이 겹치기 때문에 쉽게 활용하는 것을 볼 수 있다. 중국인 학습자들의 글을 살펴보면 한자어와 중국의 한자는 유사 단어라도 의미가 다른 것이 많기 때문에 단어 수준에서는 언어 사용에 오류를 자주 범하지만 관용어나 관용 표현, 속담 수준에서는 오류가 거의 없다.

학습자 개개인은 각기 나름의 경험을 지니고 있으며 이 경험은 학습자의 지식과 가치 등이 더해져서 개별적이고 구체적인 체험이 된다. 한 개인의 경험은 개인의 심리 상태를 말하기도 하지만 인간의 보편성과 일반성을 담보하는 등 개인적인 것만은 아니다. 경험은 사고의 일부이며 경험하는 것은 의미를 경험하는 것이기 때문에 합리적인 것으로 간주된다. 학습자의 경험은 개인의 일상생활, 즉 세계와의 상호 관계에서 획득하게 되는 것을 말하며 경험이 갖는 의미는 반성적인 사고 과정 속에서 의의가 더해진다. 학습자의 경험에 주목하는 이유는 경험이 주체에게 영향을 끼쳐서 주체를 변화시킬 수 있다는 점에 있다. 학습자들은 어떤 대상을 접할 때 자신의 경험을 투사해서 바라보게 되고 그 경험의 투사는 곧 각 개인의 구체적 자아의 모습을 반영한다. 한 개인의 경험은 해석 가능성에 영향을 미치는 문화적인 가치와 기준의 역할을 잘 보여 준다.

학습자들은 고전 소설을 읽을 때 기존에 알고 있던 한국의 설화 등 다른 작품과 관련하여 분석하거나 주제나 내용이 유사한 자국의 문학 작품을 비교하여 이해하는 경우가 많다. 학습자들의 감상문을 살펴보면 학습자들은 문학 작품 간의 주제적 유사성에 주목해 작품들을 상호 텍스트성에 입각해 비교하고 있다. 인류 보편성과 개별적 독자성, 특수성을 지니는 문학은 세계 문학과 상호 연관성을 지닌다. 인류가 추구하는 보편적 가치와 행위문화는 문학에 반영되어 있으며 특정한 문화의 낯선 문학 작품을 처음 접하는 독자는 작품 간의 주제나 인물에 대해 비교하게 된다.

둘째, 가치 판단 및 해석의 측면에서 학습자들은 인류 보편적 가치에 대한 공감을 드러내고 인물의 가치 행위 방식에 대해 비판적 태도를 보이고 현대적 관점에서 전통 사회의 가치를 평가하고 메타적 성찰을 통해 목표 문화에 대한 태도를 형성하였다. 한국어 학습자는 자문화와 목표 문화에 대한 선지식과 배경지식, 상호 텍스트적 지식을 활용하고 적용하면서 자신의 지식을 구성하고 확장해 나갔으며 자문화와 목표 문화의 가치 규범을 토대로 목표 문화에 대해 가치 판단과 해석을 시도하면서 자문화와 목표 문화에 대한 성찰적 태도를 가졌다.

고전 소설을 감상할 때 학습자들은 인물의 성격이나 가치관, 행위 등에 관심을 많이 가지며 작품 속 인물들의 생각이나 행위, 성격에 대한 판단이나 평가를 내린다. 이때 공감과 비판은 가치 판단의 전(前) 과정이 되는 경우가 많다. 학습자들은 작품 속 인물들의 가치나 행위에 공감 또는 비판을 하면서 인물에 대한 이해를 해 나가고 학습자의 도덕적 기준이나 개인적 경험으로 이들에 대한 가치 판단을 시도하였다. 한편 학습자의 모국 문화와 목표 문화 사이에는 보편성과 상이성이 공존할 수 있는데 보편성은 문화적 중첩에 의한 공통적인 존재 표현 및 활동으로서 외국어 학습자에게 이해의 거리를 좁혀 주며 상이성은 하나의 문화가 지닌 독특한 자질과 여기에 기인하는 사고, 판단, 표현의 독립적인 가치로서 경험의 다양화에 기여한다.

사랑, 진리, 평화, 가족애, 권선징악, 부귀영화 등 시대, 문화, 사회, 역사 등이 달라도 인류가 보편적으로 공감하고 추구하는 가치, 욕망의 대상이 되는 가치는 존재한다. 보편적 가치는 모국 문화와 목표 문화 사이에 별 차이가 없기 때문에 학습자는 이를 수용하고 이해하는 데 큰 어려움이 없으며 공감을 하는 경우도 많다. 예를 들면 〈심청전〉의 효도, 〈춘향전〉의 사랑, 〈흥부전〉의 우애는 인간이면 누구나 추구하는 보편적 가치이므로 대부분의 학습자는 동의한다. 그러나 이 가치들이 실현되는 과정에서 인물의 생각과 행동 방식은 학습자들에게 가치 판단의 여지를 준다. 가치 실현 또는 성취를 위해 개인이 취하는 수단이나 방법은 가치 판단의 대상이 되기 때문이다. 한국어 학습자들은 고전 소설의 인물에 대해 동정과 관심, 연민의 정서를 느끼는 공감적 관심을 보였다. 학습자들은 궁극적으로 고전 소설의 인물들이 추구하는 '효, 열, 우애, 사랑, 자유, 평등' 등에 대한 인류 보편적 가치에 대해 공감하고 이는 현대에도 계승되어야 하는 가치로 인정하는 것과 함께 고전 소설의 인물들이 가치를 실현해 나가는 과정 중의 사고나 행위에 대해서 다양한 의견을 개진했으며 가치 실현의 목적보다는 가치의 의미를 구현해 가는 과정을 더 중요하게 생각하였다.

학습자들 대부분은 자신이 위치한 시간적 배경에서 현대적 관점이라는 잣대로 고전 소설을 이해하고 감상한다. 문학 감상의 주체는 독자로서 독자의 정서와 상황, 인지 구조에 따라 감상의 내용이 달라지고, 모범 답안이 존재하는 것이 아니므로 독자의 다양한 감상에 문제 제기하기 어렵다. 그러나 교육적 측면에서 학습자가 어떤 대상을 이해한다고 할 때 상황 맥락에 부합한 이해가 요구된다. 고전이 현대에도 교육적 가치를 잃지 않는 이유 중의 하나는 시간의 변화에 상관없이 인간에게 던지는 근원적인 삶에 대한 성찰적 질문과 개인적·사회적·시대적으로 다양한 해석이 가능하기 때문이다. 한국어 학습자들이 고전 소설을 배우는 것은 옛 지식이나 가치의 습득을 넘어 오늘을 살아가는 데 유용한 메시지를 얻을 수 있고 개인과 사회에 대한 메타적 성찰이 가능하기 때문이다. 학습자들은 고전 소설에 내재되어 있는 가치와 진리를 추구하고 삶의 태도를 반추하며 현대의 사회적 현상에 대해 궁구한다.

5. 문화적 문식력 신장을 위한 고전 소설 교수·학습 모형

고전 소설 교수·학습의 실행과 한국어 학습자의 문화적 문식력 신장 양상의 분석 결과를 바탕으로 하여, 문화적 문식력 신장을 위한 고전 소설 교수·학습 모형을 제시한다. 교수·학습 모형은 구체적으로 지식의 수용과 이해 활동, 가치의 발견과 해석 활동, 지식과 가치의 적용 활동으로 구분된다. 지식의 수용과 이해 활동으로는 언어·문화적 해석 중심의 강독, 배경지식의 확인과 확장을 위한 질의응답을 제시하며, 가치의 발견과 해석 활동으로는 목표 문화의 가치 평가 토론과 상호 텍스트성 관련 작품의 비교를 제안하고, 지식과 가치의 적용 활동으로는 상호 텍스트성에 기반한 글쓰기와 제재 변용을 통한 매체의 활용과 생산을 제안한다.

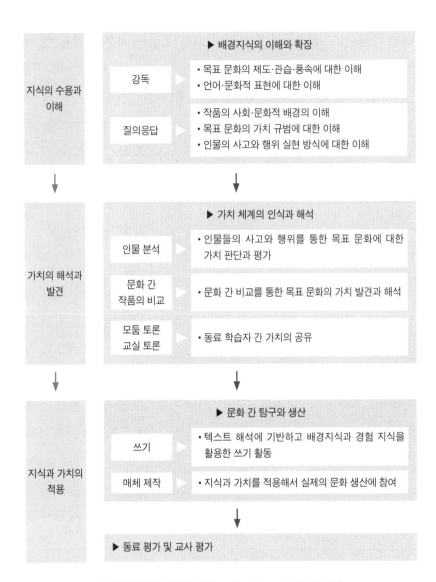

문화적 문식력 신장을 위한 고전 소설 교수·학습의 모형

■ 연구의 의의와 남은 과제

본 연구는 한국어 중·고급 학습자의 문화적 문식력 신장에 기여할 수 있는 고전 소설 교육 내용을 선정하고 방법을 설계하여 한국어 학습자에게 실제로 적용하고 이를 기반으로 고전 소설 교수·학습 모형을 구체화하여 제시한 데 의의가 있다. 본 연구의 한계는 문화적 문식력이라는 광의의 의미와 범주를 지닌 개념을 지식과 가치에 한정하여 고전 소설을 대상으로 논의하였기 때문에 문화적 문식력의 실체를 온전히 살펴보지 못한 데 있다. 따라서 후속 연구 과제는 다양한 영역에서 문화 간 이해와 소통, 학습자의 문화 경험과 실천에 기여할 수 있는 문화적 문식력 교육에 대한 논의를 확장하는 것이다.

※관련 논문 : 김혜진, 한국어 학습자의 문화적 문식력 신장을 위한 고전소설 교육 연구, 서울대학교 대학원 박사학위 논문, 2017.

한국어 학습자의 문화 능력 향상

김혜진

    한국어 교육의 궁극적 목표는 의사소통 능력의 향상으로 다양한 내용론과 방법론이 제시되고 있다. 그런데 의사소통 능력의 개념을 어휘와 문법을 기반으로 한 말하기·듣기·읽기·쓰기의 언어의 기능적인 면에 초점을 맞추다 보니 목표 언어의 사회·문화적 배경과 담화의 다양한 맥락 이해의 기반을 제공해 줄 수 있는 교육 내용에 대해서는 심도 있는 논의가 이루어지지 못했다. 한국어 의사소통 능력은 목표 언어의 문화에 대한 지식을 습득하고 목표 문화에 대해 수용적 태도를 지니며 목표 언어의 문화와 자국의 문화를 비교·평가할 수 있는 능력인 문화 능력을 갖출 때 비로소 성취될 수 있다. 문화 능력은 설화 교육을 통해 구체적으로 향상될 수 있는데 설화는 관념, 행위, 산물의 문화 요소를 구체적으로 실현하고 있는 중요한 문학 제재이기 때문이다.

    효행 설화에서 자식은 부모의 뜻을 따르는 양지 중심의 봉양을 하고, 자기희생과 부모의 사후 세계에 대한 존중을 통해 효를 실현한다. 열녀 설화에서 아내는 배우자를 위해 능동적으로 자신의 의지를 표출하고 배우자를 위한 조력과 헌신을 아끼지 않으며 고난을 이겨내고 애정을 성취한다. 우애 설화는 가정의 질서 유지를 위해 형제간에 서로 양보하고, 시련 극복을 통해 공동의 과업을 성취하며, 상호 간의 관계 회복을 위해 물욕을 버리기도 한다. 이처럼 관념적인 효, 열, 우애 등의 정신문화의 요소는 인물의 성격과 행동 방식을 통해 설화의 이야기 안에서 구체적으로 드러날 뿐만 아니라 가치, 행위, 산물과 관련된 문화 어휘로 구현된다. 설화는 제재의 수용, 주제의 탐구, 화제의 확장 등으로 교수·학습할 수 있다.

■■■ 관련 키워드 : 문화 능력, 설화 교육, 효, 열, 우애

◇ 문화 능력 : '문화 능력(cultural competence)'은 목표 언어의 문화에 대한 지식의 습득과 이해를 통해 목표 문화를 개방적으로 수용하고, 실제의 의사소통 상황 맥락에서 적절하고 정확하게 의사를 표현할 수 있을 뿐만 아니라 목표 언어권 사람들의 가치와 행위 양식을 자국 문화와 비교해 판단하고 평가할 수 있는 능력이다. 외국어 교육에서 문화 능력은 낯선 언어와 낯선 문화, 즉 목표 언어와의 만남에서 문화적 맥락에 적절하게 의사소통을 가능하게 하며 상호 문화적 능력(Intercultural competence)의 향상에 기여하는 중요한 기반이다. 문화 능력의 범주는 문화 요소를 어떻게 설정하느냐에 따라 결정되는데 목표 언어의 가치 체계, 세계관, 신념, 태도 등의 정신적 요소는 물론 관습, 제도 등의 행위적 요소까지 포함된다.

◇ 설화 교육 : 설화는 외국어로서의 한국어 교육 초기부터 현재까지 꾸준히 한국 문화나 정보의 전달 또는 읽기 제재로써 중요하게 다루어져 오면서 한국어 교육의 한 부분을 담당해 왔다. 이는 현재까지 보편적인 공통 교육과정과 교육 내용이 합의되지 않고 있음은 물론 문학이 '문화'의 하위 항목으로서만 활용되고 있는 한국어 교육에 시사하는 바가 크다. 주로 한국의 사회와 문화를 소개하는 정보적 차원이나 독해력 향상을 위한 읽기의 제재로만 활용된 것은 설화의 언어적·문화적 특성을 충분히 살리지 못하고 외국인 학습자들에게 제공할 수 있는 교육적 의의를 제한하는 것이므로 설화에 담겨 있는 한국인의 사상, 가치관, 제도 등 교육 내용을 구체적

으로 제시해야 한다. 한국어 학습자의 문화 능력 향상을 위한 설화 교육을 위한 기초 작업으로 먼저 설화 제재를 선정하고 설화에 내재되어 있는 한국어의 언어적·문화적 특성을 추출하여 한국어 학습자에게 적합한 교육 내용을 구성할 필요가 있다.

◇ 효 : 효(孝)는 한국인의 정신적 토대가 되어 온 대표적인 가치(value)의 하나로서 전통적인 가치에 머물지 않고 현재까지도 한국인의 사고와 제도에 폭넓은 영향을 미치고 있다. 한국에서 효의 전통은 유교 윤리가 엄격히 강조되던 조선 시대에 규범화된 것이나 그 기원은 유교의 수용 이전부터 있었다고 할 수 있다. 고대로부터 내려오는 장례 풍습은 부모를 기리는 대표적 효의 발현으로 볼 수 있고, 조상에 대한 제사의 관습 역시 오래된 효 사상의 본보기이다. 한국의 효 사상은 인간이 지켜야 할 도리를 강조하는 유교적 덕목으로서만 존재하는 것이 아니라 한민족의 기원과 함께해 온 오랜 역사적 산물임과 동시에 한국인의 실천적 생활 윤리로 계승되고 있다. 효는 우리 민족의 정서 발달 초기부터 전해 오는 고유한 감정이자 가치로 『삼국유사』, 『삼국사기』 등의 문헌 설화와 『한국구비문학대계』에 수록되어 있는 방대한 양의 구전 설화를 통해서 확인할 수 있다. 효 사상은 인류의 보편적인 가치로 인간이면 누구나 가지게 되는 인지상정인 동시에 궁극적으로 추구해야 하는 최고의 선(善)으로 한국인의 효는 세계 보편성과 한국인만의 특수성을 지니고 있다.

◇ 열 : 열(烈)은 중국을 비롯한 동아시아의 보편적 정서이자 사상으로

일반적으로 여자가 한 남자를 위해 지키는 곧은 절개, '정절(貞節)'이라는 협의적인 의미로 이해하고 있지만 실제로 한국의 열녀(烈女)에 관한 이야기를 살펴보면 남편이나 정혼자를 위해 자신의 정절을 지키는 수준에서 벗어나 사랑하는 사람을 향한 헌신과 인간 본연의 애정, 애정에 대한 신념을 의미한다. 『삼국사기』와 『삼국유사』에 수록된 설화들을 살펴보면 열은 유교적 윤리관으로 점철된 행실이 아니라 남녀 간의 신의를 바탕으로 한 자연스러운 사랑으로 그려져 있다. 『삼국사기』의 강수 처, 『삼국유사』의 도화녀, 김제상의 부인, 광덕 처 등의 여성 인물들은 수절이나 죽음의 극한적인 행동 방식을 택하지는 않았지만 가치나 태도 면에서 볼 때 열녀의 범주에 놓을 수 있다. 열녀는 배우자를 부부 사이의 종속적인 관계에서가 아닌 절의(節義)의 마음으로 대하며 열녀의 세계관적 기반은 특별한 사상 체계가 아니라 보편적 인간 존엄성이다. 열의 본질은 상대를 지키기 위한 소극적 행위가 아닌 배우자에 대한 사랑을 실현하기 위한 적극적이며 창조적인 행위이다.

◇ 우애 : 우애(友愛)는 한 부모 밑에서 낳고 자란 정으로 인해 서로를 아끼고 사랑하는 형제간의 자연스러운 감정으로 한국인은 전통적으로 우애를 중요시해 왔다. 형과 아우의 사이는 부모와 자식 사이 다음으로 가까운 관계이고 친척 관계 윤리의 기본이다. 부모의 자애(慈愛)에 의해 연결되는 형제간의 동정과 애정은 협동과 부조(扶助)의 원천이 된다. 우애의 실현은 형제만의 문제가 아니라 가족 질서의 확립이라는 측면에서 가족 구성원 모두의 문제이다. 한국인에게 형제간의 윤리는 형우제공(兄友弟恭)에 바탕을 둔 우애

로 형의 아우에 대한 사랑이 아우의 형에 대한 공경보다 더 일반적이다. 그런데 한국의 우애 설화는 형과 아우의 관계를 '악형선제(惡兄善弟)', '우형현제(愚兄賢弟)', '형부제빈(兄富弟貧)'으로 설정하고 있는 경우가 많다. 이는 장자(長者) 중심의 한국 사회에서 아우가 형보다 약자인 현실에 대한 보상 차원 또는 상하 질서 측면에서 아우는 형에 대해서는 항상 도리를 지켜야 한다는 내적 규범이 작용한 것으로 볼 수 있다. 그러나 한국인이 궁극적으로 지향하는 형제 사이는 대립과 갈등이 아닌 공경하고 사랑하는 관계를 말한다. 형의 아우에 대한 사랑, 즉 내리사랑이 자연스러운 본능으로 여겨지며 상보적 대가로 아우의 형에 대한 공경이 이루어지는 것이다.

■ 주요 내용

1. 문화 능력과 설화 교육의 관계

설화는 근대 초기의 한국어 교육이 성립되기 이전부터 외국어 교육의 언어와 문화 자료로서 제공되었다. 설화는 오랫동안 한국인의 삶과 함께해 온 집단적 공동 작품으로 한국인의 가치관 및 신앙, 민족적 풍습, 정치적 질서, 사회 제도 등을 반영하고 있는 제재로서 한국인의 가치와 행위 양식을 탐구하고 이를 일상의 의사소통 맥락에서 적용하는 데 적합한 교수·학습 자료이다. 설화에 내재된 언어적·문화적 요소는 문화 능력 향상의 도구로서 다음과 같은 특성을 지니고 있다.

첫째, 설화는 외국인 학습자들에게 한국인의 정신문화를 깊이 이해

시킬 수 있는 유용한 학습 자료인 동시에 이를 지식화하여 사회·문화적 맥락 안에서의 원활한 의사소통을 가능하게 하는 중요한 자료이다. 문화 능력의 향상을 위해서는 목표 언어의 문화에 대한 배경 지식을 습득하고 목표 문화 사람들의 가치, 신념, 태도, 행위 등의 이해가 요구되는데 설화에는 정신적, 관념적 요소들이 잘 드러나 있다. 한국 설화에 나타나는 윤리 의식은 어떤 이념이나 사상에 근거한 것이기보다는 생활 체험에 바탕을 둔 것이 많으므로 한국인만의 독특하고 고유한 가치 체계를 이해하는 데 적합하다.

둘째, 설화의 이야기 구조는 설화 속의 인물과 사건을 통해 한국인만의 고유한 가치관과 행위 양식을 구체적으로 구현하고 있다. 한국 설화는 인류 보편적인 세계 설화와 기본적으로 동일한 구조를 지니고 있지만 인물과 사건을 제시하는 데 차이를 보인다. 한국 설화 속의 인물들은 이념적 성향을 뚜렷이 지니고 있으면서 주제 의식의 구현을 위해 사건에 적극적으로 개입한다.

셋째, 설화에는 문화 관련 어휘와 관용구, 속담 등 한국어 고유의 표현 관습이 잘 나타나 있어 자연스럽게 문맥 속에서 이를 익힐 수 있다. 설화는 개별적 산물을 지칭하는 다양한 문화 어휘뿐만 아니라 한국인의 가치와 행위를 나타내는 특수한 문화 어휘를 자연스럽게 학습하기에 적합하다. 설화는 이야기체의 문장으로 실제적 담화 상황을 구현하면서 한국인의 가치와 생활양식을 나타내는 어휘를 총망라하고 있다.

2. 문화 능력 향상을 위한 설화 제재의 선정

문화 능력 향상을 위한 설화 제재 선정의 기준은 다음과 같다.

첫째, 제재의 문화성 및 다양성과 관련한 문화적 측면을 고려한다. 한국만의 고유하고 특수한 문화를 구체적으로 보여 줄 수 있는 제재와 세계 보편적 정서와 문화를 나타내는 설화 모두를 포함한다. 주제의 보편성, 서사구조의 일반성, 소재의 유사성을 고려해 비계(scaffolding) 학습이 가능한 설화들을 선정해 학습자의 이해를 높인다. 둘째, 인물·구성·주제 등 제재의 자료성과 문학성과 관련된 문학적 측면을 고려한다. 설화는 실제적이고 맥락화된 줄거리를 가지고 있는 문학 장르의 하나로서 비교적 내용과 형식이 간결한 편이므로 인물, 구성, 주제 등의 요소가 집약적이고, 문학적 가치가 높은 제재를 선별해야 한다. 셋째, 제재의 위계성과 적정성과 관련해 어휘, 구문, 문장 등의 언어적 측면을 고려한다. 설화는 서사 문학이면서 구전 문학으로 어휘나 구문 등의 변형이 비교적 쉽게 허용되는 편이기 때문에 학습자의 수준에 맞게 제재를 배치할 수 있다. 한편 언어적 변형은 제재가 주고자 하는 의도를 훼손하지 않는 범위 내에서 이루어져야 하므로 고급의 어휘나 이해하기 어려운 관용구 등이 포함되어 있는 설화들은 중·고급 학습자들에게 소개한다. 넷째, 학습자의 요구와 흥미를 고려한다. 학습자 요인은 언어적·문화적·문학적 측면과는 층위가 다르지만 제재 선정의 중요한 고려 요인이다. 학습자의 요구가 없거나 흥미가 없다면 교육적 효용성을 획득하기 어렵기 때문이다.

3. 문화 능력 향상을 위한 설화 교육 내용-효·열·우애

효행 설화 〈효녀 지은〉, 〈진정법사의 효도와 선행이 다 아름답다〉, 〈상덕〉, 〈성각〉, 〈호동왕자와 낙랑공주〉, 〈효성이 지극한 호랑이〉, 〈효감천〉, 열녀 설화 〈설씨녀〉, 〈바보 온달과 평강공주〉, 〈서동〉, 〈도미〉, 〈구렁덩덩 신선비〉, 〈우렁 각시〉, 우애 설화 〈의좋은 형제〉, 〈전진이 아우들을 일깨우다〉, 〈사형제의 재간〉, 〈금을 버린 형과 아우〉를 대상으로 설화 교육 내용을 추출하고, 한국의 정신과 행위 문화를 대표하는 효, 열, 우애의 가치가 설화의 이야기 속에서 어떻게 형상화되어 있는지 구체적으로 분석하였다.

첫째, 효행 설화에서 '효(孝)'는 양지(養志) 중심의 봉양, 몰아(沒我)적 자기희생, 사후 세계에 대한 존중의 세 가지 양상으로 구현된다. 효행 설화를 통해 한국인은 효 가치를 실천할 때 부모의 뜻이나 마음을 받드는 것을 최우선으로 생각하며 자신을 온전히 버리는 자기희생의 태도를 보이고 부모의 사후에도 정성을 다해 부모에 대한 예(禮)를 다하는 것을 알 수 있다. 둘째, 열녀 설화에서 '열(烈)'은 신의(信義)의 준수, 능동적 의지의 표출, 애정 수호를 위한 시련 극복의 세 가지 양상으로 구현된다. 전통적으로 한국 여성은 배우자에 대한 신의를 지키며 적극적이고 주체적인 태도로 애정을 표현하고 애정을 수호하기 위해 어떠한 고난이나 시련도 감수한다. 열녀 설화 속의 여성들의 이러한 행위 양식과 태도는 열 가치의 실현을 구체적으로 살필 수 있게 한다. 셋째, 우애 설화에서 '우애(友愛)'는 가정의 질서 유지를 위한 양보, 과업 성취를 위한 상호 협력, 관계 회복을 위한 물욕의 초월의 세 가지 양상으로 구현된다. 부모와 자식, 부부관계 못지않게 중요한 것이 형제 관계이다. 우애 설화를 살펴보면 한국인은 우애의 실현을 위해 형제간의 양보와 상호 협력은 물론 자신의 물질적 욕망까지 포기하는 모습을 보인다.

4. 문화 능력 향상을 위한 설화 교육 방법

문화 능력 향상을 위해 설화에 내재한 문화 요소를 학습자들에게 전달하고자 할 때 언어의 기능이나 형태에 초점을 두기보다는 설화가 전달하고자 하는 내용, 즉 의미를 중심으로 지도하는 것이 효율적이다. 설화는 언어의 형식보다는 주제나 화제를 통해 더 잘 전달될 수 있는 실제적 언어 자료이기 때문에 주제 중심 지도의 방법을 활용한다. 주제 중심 지도는 의미 있는 내용을 통한 언어 항목의 제공을 기본 개념으로 하는 내용 중심 지도의 대표적 교수 모델 유형으로서 내용과 언어의 통합적 교육을 지향하는 것을 원칙으로 하되 내용은 물론 언어적 측면도 고려하는 교수법이다. 이는 설화 교육을 할 때 제재의 내용뿐만 아니라 설화의 이야기 구조나 어휘를 함께 교수·학습할 수 있는 기반을 마련해 주어서 학습자들이 설화 내용을 명확히 이해할 수 있는 토대가 된다.

주제 중심 지도를 기반으로 문화 능력 향상을 위한 설화 교육 방법은 '제재의 수용', '주제의 탐구', '화제의 확장'의 절차에 따라 구성한다. 각각의 교육 방법들은 개별적으로 활용할 수도 있지만 문화 능력 향상이라는 궁극적인 목적을 효율적으로 달성하기 위해 단계적·통합적으로 운영할 수도 있다. 제재의 수용에서는 인물과 사건의 이해, 문화 어휘의 습득을 통해 설화에 대한 입문과 구체적 개별 작품에 대한 이해를 도모한다. 주제의 탐구에서는 모티프의 분석, 어휘 의미의 확대를 통해 설화의 심층적인 탐구를 가능하도록 하고 설화 제재와 학습자 간의 상호작용을 원활히 할 수 있도록 한다. 화제의 확장에서는 설화를 기반으로 이야기를 재구성하고, 설화의 주제와 관련된 일상생활의 화제 인식을 통해 실제 의사소통 맥락에서의 설화 학습의 활용성과 적용성을 높인다.

■ 연구의 의의와 남은 과제

문화 능력 향상을 위한 설화 교육은 설화가 문화 능력 향상에 유용한 제재라는 인식을 기반으로 설화에 형상화되어 있는 한국 정신문화의 요소를 추출하여 '효, 열애, 우애'의 구체적인 교육 내용을 구성하고 설화 제재의 선정을 시도하였다는 점에 의의가 있다.

한편 한국인 정신문화의 요소를 '효, 열, 우애'의 세 가지만을 한정적으로 다루었기 때문에 한국의 다양한 정신문화에 대해 좀 더 폭넓게 보여 주지 못한 점은 아쉽다. 문화 능력 향상을 위한 문화 교육의 내용과 방법의 설계는 여러 관점에서 다양한 문학 제재를 가지고 시도될 수 있고, 앞으로 지속적인 논의가 이루어질 때 한국어 교육에서 문화 교육도 자리 잡을 수 있을 것이다.

※관련 논문 : 김혜진, 한국어 학습자의 문화 능력 향상을 위한 설화 교육 연구, 서울대학교 대학원 석사학위 논문, 2009.

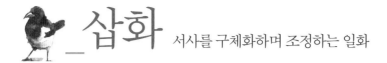

_삽화 서사를 구체화하며 조정하는 일화

고전소설 삽화 재구성

서보영

이 논문은 고전소설을 활용한 창작 교육을 구안하려는 생각에서 시작되었다. 고전소설과 문학 창작의 결합이 고전소설을 읽고 이해하는 데에도 학습자의 창작에 대한 흥미에도 상호보완적인 효과를 일으킬 수 있을 것이란 생각 때문이다. 고전소설은 근대 이전에 쓰인 소설을 의미하지만 현재에도 여전히 향유되는 보편성을 지닌 이야기이다. 〈춘향전〉을 비롯한 고전소설은 "누구나 잘 아는 이야기"이므로 손쉬운 창작의 소재가 될 수 있다. 문학교육에서 창작이란 저자의 권위가 중시되는 전문 작가의 활동이 아니라 학습자의 성장과 발달을 목표로 하는 교육적 활동이다. 보편 서사로서 고전소설을 활용한 학습자의 창작 교육은 학습자에게 고전소설에 대한 관심을 증폭시키고 문학 창작을 경험할 수 있는 기회를 제공하게 될 것이다. 나아가 고전소설을 활용한 창작의 실현은 고전소설 전승의 주체가 된다는 점에서도 유의미하다.

■■■ 관련 키워드 : 창작 교육, 고전소설 춘향전, 춘향전의 이본들, 삽화, 삽화의 재구성, 삽화 재구성 교육

◇ 창작 교육 : 학습자의 문학 창작은 문학 텍스트의 수용과 생산의 조화와 통합을 목표로 하는 과정 지향적인 활동이다. 창작 교육에서 학습자는 소비자인 동시에 생산자이며 이들은 의미의 생산과 작품의 생산이라는 두 가지 생산성을 보여 줄 수 있어야 한다. 이러한 창작 교육의 이상적인 모습은 근대적 의미의 창작 교육이 존재하지 않았던 고전소설의 이본 생성의 창조적 성격과 가치에서 찾을 수 있다.

◇ 고전소설 춘향전 : 한국인이라면 누구나 한번쯤 들어보았을 작품인 고전소설 춘향전은 판소리 춘향가의 사설(辭說)이 문자로 기록되어 독서의 대상이 된 것을 말한다. 현재까지 발굴된 자료로 미루어 보아 판소리 춘향가는 판소리가 등장한 17세기부터 연행되기 시작한 것으로 추정된다. 판소리 춘향가가 상하층 모두에게 인기를 끄는 가운데 소설 춘향전이 등장하였다. 판소리 춘향가와 소설 춘향전은 서로 영향 관계를 주고받으며 소설로 읽히는 과정에서 향유자들의 다시쓰기를 통해 다양한 춘향전들이 등장한다. 한시와 한문으로 된 춘향전들이 등장하는 것으로 보아 중인층과 양반층 문인들이 읽고 즐기는 것을 넘어 창작까지 했던 양상을 확인할 수 있다. 근대 이후에는 이해조를 비롯한 이광수, 이주홍, 최인훈, 김주영, 이청춘 등의 이름난 작가들까지도 춘향전 쓰기에 동참한다. 이후 춘향전은 판소리나 소설은 물론 창극, 오페라, 연극, 마당놀이와

같은 공연물, 텔레비전, 드라마, 영화, 애니메이션에 이르기까지 매체에 따라 모습을 달리하며 변화한다. 그 결과 춘향전은 고전소설 중 이본이 가장 많은 작품 중 하나이다. 춘향전의 향유가 늘어갈수록 춘향전은 하나의 작품이 아니라 겹겹의 춘향전으로 존재하며 민족의 고전으로 인정받게 된다. 또한 춘향전은 건국 과도기부터 현재의 교육과정기에 이르기까지 단 한 번도 빠지지 않고 교육과정에 수록된 고전소설로 확고한 교육적 정전으로서의 위치도 점하고 있는 작품이다.

◇ 춘향전의 이본들 : 사정이 이렇고 보면 춘향전은 흔히 춘향전으로 불리지만 그것은 단수가 아니라 집합체이다. 〈경판 춘향전〉, 〈완판 춘향전〉, 〈동창 춘향가〉, 〈남원고사〉, 〈광한루기〉, 〈열녀춘향수절가〉, 〈옥중화〉 등의 다양한 제목이 보여주듯이 춘향전의 이본은 한두 편이 아니기에 이를 분류하는 체계가 필요하다. 이본의 분류 기준은 여러 가지일 수 있지만 가장 일반적으로 통용되고 있는 것은 계통에 따른 것이다. 한문본 계통, 남원고사 계통, 별춘향전 계통, 옥중화 계통, 창본 계통이 바로 그것이다. 계통이란 차이가 있는 여러 텍스트를 하나로 묶을 수 있는 공통분모를 뜻하는 것으로 이본간의 공통점이나 유사성을 중심으로 한 분류이기에 이본 작품 간의 직접적인 친연 관계를 보여줄 수 있는 장점이 있지만 그 기준이 단일하지 않다는 한계를 보인다. 다음은 매체의 차이에 따른 분류가 가능하다. 구연 및 필사, 방각본, 신문이나 잡지와 같은 활자본, 영화나 드라마와 같은 영상, 게임과 같은 전자 매체를 들 수 있다. 이는 매체 환경의 변화를 고려한 이본 분류 방식으로 춘향전

향유의 양상을 드러낼 수 있고 오늘날에 생산되는 춘향전의 이본까지도 포함할 수 있다는 장점이 있다. 세 번째는 창작 시기에 따른 분류가 가능한데 초기의 대표적 이본으로는 〈만화본 춘향가〉가 있고, 중기의 대표적 이본으로는 〈경판30장본 춘향전〉, 〈안성판〉, 〈별춘향전〉, 〈병오판 열녀춘향수절가〉 등이 있다. 후기 이본으로는 신재효의 〈남창 춘향가〉, 〈완판 84장본 열녀춘향수절가〉, 이해조의 〈옥중화〉, 이광수의 〈일설 춘향전〉 등을 들 수 있다. 이러한 시대적 구분은 각 이본간의 선후 관계를 추정할 수 있고 시기별로 변모된 양상을 통해 이본 변화의 방향성을 추측해 볼 수 있는 장점이 있다. 그러나 대체로 형성 시기가 분명하지 않은 이본들이 대부분이기 때문에 한계가 존재한다.

◇ 삽화 : 삽화(插話, episode)는 전체 작품을 구성하는 단위의 하나로 작중 세계를 구성할 수 있는 최소 의미를 갖는 부분 서사이다. 삽화는 동일한 의미로 묶을 수 있는 장면들의 통합체, 혹은 동일한 목적을 가진 사건들의 집합체이다. 다시 말해 삽화란 작은 사건들의 시간적이고 인과적인 연쇄 혹은 장면들의 의미적 묶음이다. 이들은 인물, 사건(행위), 공간의 요소로 통합됨으로써 서사적 의미를 형성한다. 하나의 사건은 실제 텍스트에서 장면으로 재현되는데 이때의 장면이란 동일한 시공간에서 등장인물에 의해 야기(action)되거나 체험(happening)되는 일을 묘사한 것이다.

삽화는 서사를 구성하고 있는 다양한 크기의 구조적 단위들과의 관계 속에서 형성되는 상대적인 개념이기에 삽화를 설명하기 위해서는 대목이나 마디, 장면이나 부분 등의 판소리계 소설의 이본 생성 원리인 단위(unit)들의 변화에 대한 이해가 선행되어야 한다.

◇ 삽화의 재구성 : 삽화의 재구성이란 서사 전체의 구조적이고 구성적인 틀을 고려하여 모본의 삽화를 선취(選取)하고 삽화의 구성 요소를 재현하여 통합하는 과정이다. 이는 단위담 층위에서 모본의 줄거리를 공유하면서 부분 이야기의 삽화를 장면으로 형상화하는 작업을 통해 가능하다. 삽화의 재구성에서 모본의 수용자는 부분 서사인 삽화 단위로 작품을 수용하고 개별 삽화를 형상화하며 삽화를 배열하고 통합하는 관계를 거치게 된다. 즉, 삽화 단위로 수용–삽화의 형상화–삽화의 배열 및 통합의 단계를 거친다.

◇ 삽화 재구성 교육 : 한 편의 완결된 서사를 완성하는 일은 학습자의 창작에서 큰 부담이 되기 때문에 삽화 재구성 교육이란 부분 이야기인 삽화를 쓰는 활동을 통해 전체 서사의 완성에 이르게 하는 것을 목표로 한다. 삽화 재구성 활동은 우선 삽화나 단위담, 장면을 중심으로 모본을 수용하는 것, 삽화의 삭제나 첨가, 위치 이동이나 확대, 축소, 내용, 변개를 통해 삽화를 재구성해 보는 것, 삽화와 전체 서사와의 관련성을 통해 독자적인 작품을 생산하는 것으로 구분할 수 있다. 이러한 삽화 재구성 교육은 삽화 단위의 모본 수용을 통해 텍스트 수용의 동기를 제고하고 삽화 단위의 형상화를 통해 인물이나 사건, 배경에 대한 형상화 능력을 신장할 수 있으며 전체 이야기와 부분 이야기의 연관에 대한 이해를 통해 서사 구성 능력을 발전시킬 수 있는 장점이 있다.

■ 주요 내용

1. 창작 교육에 대한 관점의 전환

국어교육에서 창작 교육은 전문 작가나 미디어 종사자를 육성하는 '문단 창작'이 아니라 학습자의 성장과 발달을 목표로 하는 '교실 창작'을 표방한다. 학습자가 실천해야 할 창작은 독창성(originality)이나 개성(individuality)이 중시되는 전문 작가의 예술적 작업이 아니라 학습자의 성장과 발달, 창작의 과정과 경험이 중시되는 교육적 활동이다. 국어과 교육과정에서는 '창작'이라는 말보다 '생산' 혹은 '창조적 재구성'이라는 용어를 사용하며 '문학의 수용과 생산 활동을 통해 다양한 사회·문화적 가치를 이해하고 평가'라는 표현을 통해 이러한 지향을 구현하고 있다. 이는 단순히 모작, 개작, 패러디 등의 기존 작품을 쇄신하는 활동적인 측면을 넘어 학습자의 생산을 통해 가치를 이월하고 더나아가 가치를 창조하는 것을 목표로 한다.

이 연구에서는 생산의 경험이 중심이 되고 그 과정 속에서 창조성이 발현되는 고전소설 삽화 재구성 교육이 학습자 창작의 본질을 실현하는 주요한 개념이 될 수 있다고 보았다. 또한 고전소설의 이본 전승이란 문화적이고 역사적인 현상이 삽화 재구성에 근거하고 있음을 발견하였다. 모본에 대한 흥미와 관심을 가진 사람이라면 누구나 이본을 생산할 수 있었던 고전소설의 이본 생성 과정이야말로 문학 작품의 창조적 생산에 부합하는 예가 된다. 레이먼드 윌리엄스(Raymond Williams)에 따르면 '창조적'이란 용어는 우리가 흔히 떠올리는 환상이나 영감과 같은 특별한 종류의 비정상적인 경험이 아니라 나날의 평범한 현실에서 새로운 의미를 발견하는 것이다. 예술의 창조성은 어 떤 '정신의 특별한 영역'에 작용하는 미적인 것에서 그치는 게 아니라 사람들이 세상을 인식하고 감각하는 방식에 영향을 미치는, '사회적인 행위'가 된다.

2. 고전소설 이본 생성 근거로서 '삽화의 재구성'

1) 삽화의 개념과 서사적 위상

구조주의 서사학에서는 서사를 부분 단위의 결합으로 보고 단위들 의 관계성을 중심으로 서사를 분석한다. 이야기의 동일한 내용 구조 는 그 본질을 상실하지 않으면서 표현 구조로 변형될 수 있으며 구조 는 그 자체로 자율적 조절 기능을 갖는다. 이와 유사한 맥락에서 고전 소설을 구성하는 '부분'에 대한 논의 역시 '대목'이나 '마디', '장면', '단락' 등으로 다양하게 논의되어 왔다. 특히 판소리계 소설은 어느 한 개인 의 창작이 아닌 구비 문학이므로 오랫동안 여러 사람을 거치면서 개작 되었기에 기록문학과 달리 다양한 층위와 단위들이 복합적으로 조직 되어 있다. 전체적으로는 줄거리 체계를 이루는 이야기이지만 그 이 야기의 세부에는 다양한 갈래와 토막, 다채로운 단위와 부분들이 스스 로 독자성을 지니면서 서로 유기적으로 얽혀 전체의 사설을 형성하는 것이다. 이처럼 삽화(episode)는 판소리계 소설의 특질과 관련된 것 으로 한 편의 고전소설을 구성하는 부분 서사이다. 삽화는 기능과 위 치에 따라 핵심 삽화와 자유 삽화로 나눌 수 있다. 핵심 삽화는 서사적 줄거리를 형성하는 핵심 사건에 관한 이야기이고 자유 삽화는 서사 전 개로부터 비교적 독립적이며 서사를 보충하고 작품의 분위기를 형성한다.

삽화는 장면들의 연속으로 이루어진다. 물론 삽화가 장면만으로 이루어지는 것은 아니다. 그러나 장면이 없는 삽화란 성립될 수 없으며 삽화의 작중 사건과 상황들은 장면으로 구현됨으로써 심미적이고 정서적인 실감을 높이며 생산의 과정에서 매번 새롭게 재현될 수 있다. 등장인물의 대화나 묘사로 실연(實演)된 장면들은 서술자의 설명과는 다른 방법으로 수용자들에게 지각된다. 장면의 묘사는 다른 무엇보다 직접적으로 인간이 현실 세계에 대해 갖는 인식의 논리를 표현하며 그 표현의 동기는 시대에 따라 변화하고 발전한다. 삽화는 정보단위(information unit)와도 구별되는데 정보단위는 서술자의 종류에 따라 설명으로 이루어지는 요약적 제시와 서술자의 주관적 개입이 드러나는 논평으로 나눌 수 있다. 삽화를 구성하는 장면과 장면의 구분은 한정된 시간의 지속, 일정한 공간의 변화, 주체로서 인물 혹은 인물 관계의 변화, 혹은 행위나 상황의 변화에 의해 변별된다. 삽화는 장면들의 통합으로 이루어진 묘사적 서사이고 장면들은 삽화 속에서 의미를 획득할 수 있다. 대화나 행위의 묘사인 삽화의 장면들은 화자 혹은 서술자의 존재가 분명하게 인식되는 정보단위와 차별되며 정보단위들은 장면과 장면 혹은 삽화와 삽화 사이에 첨가될 수 있다.

삽화는 장면과의 관계뿐만 아니라 단위담과도 밀접한 관련을 맺는다. 삽화는 장면들이 통합된 단위이면서 단위담의 배열에 영향을 받는다는 점에서 진행적이고 종적인 구조적 단위이다. 삽화와 장면은 종적 관계를 이루고 단위담과 삽화는 사건의 연쇄인 시퀀스를 형성하는 진행적 단위이다. 이를 도식적으로 정리하면 다음과 같다.

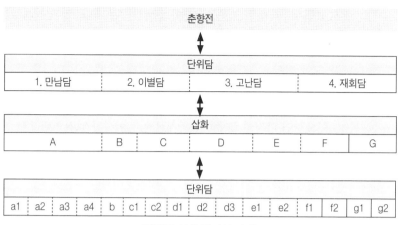

[단위담-삽화-장면의 관계]

장면과 장면, 삽화와 삽화는 상대적 개념으로 텍스트 상의 분절이 선명하게 드러나는 것은 아니다. 또한 장면의 묶음이 삽화가 되거나 삽화의 묶음으로 단위담을 구성할 때 이는 수용자의 지각에 따라서 약간의 차이를 보일 수도 있다.

삽화 개념을 적용하여 〈완판 84장본 열녀춘향수절가〉를 분석하면 28개의 삽화를 추출할 수 있다. 이 중 12개는 핵심 삽화(밑줄)이며 14개는 자유 삽화이다. 2개는 후대에 추가된 것(*)이다.

*춘향이 태어나다(출생) / **이도령이 나들이를 가다(나들이)** / 이도령이 춘향을 보고 반하다(일견경심) / 이도령이 춘향을 초래하다(도령초래) / **이도령과 춘향이 처음으로 만나다(첫만남)** / 이도령이 서책을 읽다(책방독서) / 이도령이 춘향집으로 가다(춘향집 방문) / **이도령과 춘향이 가약을 맺다(가약)** / 이도령과 춘향이 첫날밤을 보내다(초야) / **이도령과 춘향이 이별하다(이별통보)** / 춘향이 이도령을 그리워하다(공방망부) / **신관이 부임하다(신연맞이)** / 신관

이 기생점고하다(기생점고) / 신관이 춘향을 부르다(신관초래) / **신관이 수청을 요구하다(수청요구)** / **춘향이 매를 맞다(형벌)** / 춘향이 구완을 받다(춘향구완) / 춘향이 옥에 갇히다(옥중망부) / *춘향이 황릉묘를 몽유하다(황릉묘몽유) / 춘향이 꿈 해몽을 하다(봉사해몽) / **이도령이 과거에 급제하다(과거급제)** / **어사가 남원으로 오다(어사염문)** / 어사가 춘향의 편지를 받다(춘향편지) / 어사가 춘향 집을 찾다(장서상봉) / **어사와 춘향이 옥중에서 재회하다(옥중상봉)** / 어사가 신관의 생일연에 참석하다(신관생일연) / **어사가 출도하다(어사출도)** / **어사와 춘향이 동헌에서 상봉하다(동헌상봉)**

[〈완판 84장본 열녀춘향수절가〉의 삽화들]

2) 삽화 재구성의 개념과 유형

삽화의 재구성은 흡사 직소퍼즐과 유사하다. 전체 서사의 얼개를 고려하여 모본을 삽화 단위로 수용하며 그중 특정 삽화를 선택하고 변형하여 의미의 변화 혹은 작품의 변화에 도달하는 것이다. 구체적으로 삽화의 재구성은 단위담 층위에서 모본의 줄거리를 공유하면서 부분 이야기인 삽화를 장면으로 형상화하는 작업을 통해 가능하다. 삽화는 모본의 수용자에게 단편의 서사로 인식되는 최소한의 이야기로 자족적인 내적 논리를 바탕으로 한다. 수용자가 생산자가 될 때 삽화는 묘사를 통해 표현되는 지향으로 인해 생산자의 개성이 발현된다. 삽화의 재구성은 새로운 이야기를 새롭게 이야기하는 것을 목표로 하지 않는다. 이야기의 주어진 틀을 바탕으로 작은 이야기의 의미와 분위기를 만들어 가는 과정을 통해 결과적으로 이야기가 갖는 새로운 의미가 발견되는 것이다.

삽화가 재구성되는 유형은 삽화의 유무, 삽화의 장면 첨삭에 따른 규모 변화, 삽화의 구성 요소의 변화, 삽화 간의 서사적 관련성에 따라 기존 삽화의 삭제형, 새로운 삽화의 첨가형, 기존 삽화의 확대형, 기존 삽화의 축소형, 기존 삽화의 내용 변화형, 기존 삽화의 위치 이동형, 혼합형으로 범주화할 수 있다.

유형	개념	그림
기존 삽화의 삭제형	단위담을 구성하는 여러 삽화 중 하나의 삽화를 없애는 것	
예	어사가 남원으로 내려가던 중 나무꾼 아이에게 속아 춘향의 가짜 무덤에서 통곡하다가 옹상인 사형제에 발각되자 변명으로 위기를 모면하는 이야기인 '어사초분 삽화'는 모본으로 추청되는 〈장자백 창본〉에서는 존재하고 있으나 〈완판 84장본〉에서는 삭제되어 나타나지 않음.	
새로운 삽화의 첨가형	모본이나 선행 이본의 단위담에는 존재하지 않던 삽화들이 후대 이본에서 새롭게 등장하는 것	
예	〈장자백 창본〉과 비교할 때 〈완판 84장본 열녀춘향 수절가〉에서는 '춘향의 출생 삽화'가 새롭게 첨가됨. 춘향의 출생 삽화는 남원부의 기생이었던 월매와 성가 양반이 부부의 연을 맺어 살면서 후사를 이을 자식이 없음을 염려하다가 지리산을 찾아 후사를 기원하며 치성을 드린 후 선녀가 나타나는 태몽을 꾸고 춘향을 낳게 되는 이야기.	
기존 삽화의 위치 이동형	하나의 삽화가 단위담 내 혹은 단위담 간에 서사 전개상의 위치를 바꾸는 것	
예	불길한 꿈을 꾼 춘향이 봉사를 불러 점복하고 해몽하는 이야기인 '봉사해몽 삽화'는 서사 전개상의 위치가 유동적임. 이도령의 과거 급제 전에 위치하여 수난담에 속하기도 하고 이도령이 과거에 급제하여 춘향집에 내려 온 뒤에 위치하여 재회담이 되기도 함.	
기존 삽화의 축소형	삽화를 구성하는 장면이 사라지는 것	

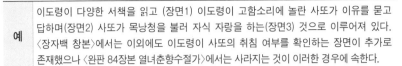

예	이도령이 다양한 서책을 읽고 (장면1) 이도령이 고함소리에 놀란 사또가 이유를 묻고 답하며(장면2) 사또가 목낭청을 불러 자식 자랑을 하는(장면3) 것으로 이루어져 있다. 〈장자백 창본〉에서는 이외에도 이도령이 사또의 취침 여부를 확인하는 장면이 추가로 존재했으나 〈완판 84장본 열녀춘향수절가〉에서는 사라지는 것이 이러한 경우에 속한다.
기존 삽화의 확대형	기존의 삽화가 확장되는 것으로 장면의 추가나 장면의 확대를 수반함.
예	〈장자백 창본〉의 '나들이 삽화'는 이도령과 방자가 남원 경치에 대해 문답하기(장면1), 방자의 나귀 안장 짓기(장면2), 이도령의 단장하기(장면3)로 구성됨. 그런데 〈완판 84장본 열녀춘향수절가〉에서는 장면1과 장면2 사이에 이도령이 사또전에 순성 허락을 받는 새로운 장면이 추가되면서 나들이 삽화가 확대됨.
기존 삽화의 내용 변개형	삽화의 내용이 변화하는 것
예	옥에 갇힌 춘향의 심리를 드러내는 '옥중망부 삽화'는 〈장자백 창본〉에서는 이도령에 대한 그리움을 토로하는 망부사가 〈완판 84장본 열녀춘향 수절가〉에서는 억울함을 호소하는 장탄가로 바뀜. 그 결과 인물의 태도와 상황이 분위기가 판이하게 달라짐.
혼합형	하나의 삽화 안에 두 개 이상의 재구성 유형이 나타나는 것
예	〈장자백 창본〉과 비교할 때 〈완판 84장본 열녀춘향수절가〉의 '형벌 삽화'에서는 춘향이 다짐장을 쓰는 장면이 삭제되고 남원 민중들이 매를 맞는 춘향을 동정하는 장면이 첨가됨.

[삽화 재구성의 개념과 유형]

3) 삽화 재구성과 고전소설 이본 생성의 관련

삽화의 재구성은 고전소설의 이본이 생성 혹은 생산될 때 두 가지 점에서 관련된다. 우선, 삽화 단위로 수용하고 생산하는 과정에서 장면에 대한 의미의 해석과 표현은 전편으로 변모되면서 파급되고 이를 통해 모본과 차별화된 이본이 생성된다. 비유하자면 곤충의 몸체를 한편의 춘향전으로 볼 때 머리, 가슴, 배에 속하는 외골격은 단위담이라 할 수

수 있다. 머리를 구성하는 겹눈이나 홑눈, 더듬이, 입 등이 머리라는 단위담을 구성하는 삽화라면 동일한 더듬이와 눈을 가지고 있다고 해도 어떠한 입을 가졌느냐에 따라 이는 사마귀가 될 수도 모기가 될 수도 있다. 기능상으로 동일한 입을 가진 사마귀라 해도 형태상으로는 차이를 갖는데 이를 장면이라 할 수 있다. 이처럼 이본의 생성은 단위담이나 삽화 층위에서의 변화는 물론이고 삽화를 구성하는 미세한 장면의 변화에 의해서도 가능한 것이다. 예를 들어 〈박순호 59장본〉과 〈김종철 69장본〉은 사설의 종류와 구성 그리고 행문 등에서 어느 것이 다른 한쪽의 것을 직접 보고 필사한 것이다. 그러나 봉사해몽 삽화를 비교해 보면 봉사의 음행 장면과 까마귀 징조 장면의 차이를 발견할 수 있다. 그 결과 해학적 성격이라는 차이를 나타나게 된다.

다음으로 삽화는 부분 이야기인 동시에 의미론적 환언이 가능한 추상적 개략으로 정리될 수 있는데 이는 서사적 전형(stereotype)으로 기능한다. 그런 이유로 수용자가 춘향전의 서사라고 인식하는 것과 춘향전의 서사가 아니라고 변별하는 근거가 될 수 있다. 채트먼(chatman)은 이를 이야기의 원형과 가소성으로 설명한 바 있다. 춘향전의 이본에 공통적으로 적용될 수 있는 단위인 삽화는 춘향전의 줄거리 체계를 담당하는 항수들로 존재하며 이들은 이본이 되면서 가소성을 획득한다. 하나의 이야기틀이 전형성을 획득하여 오랜 시간에 걸쳐 여러 종류의 이본을 만들어 내고 다른 이야기 틀의 질서에 영향력을 행사한다면 이는 그 이야기 틀을 중심으로 하나의 문학적이고 문화적인 질서가 형성되었음을 의미한다. 물론 춘향전군을 형성하는 모든 춘향전들이 삽화의 재구성에 의해 형성된 것은 아니다. 근대 작가에 의해 다시 쓰이거나 기법으로서의 패러디, 혹은 춘향전의 위상에 편승하여 생산된 아류작까지 작품의 창작 시대와 창작 목적, 창작 주체를 망라하여 넓은 범위를 상정할 수 있다. 그럼에도 삽화의 개략에 의한 이야기의 수용과 생산은 모든 춘향전들을 아우를 수 있는 항수로 존재해왔다. 방법이나 매체, 시대, 개인에 따라 서로 다른 이본이 생산된다고 해도 그것이 춘향전의 이본으로 수렴된다면 그것은 구조적 틀로서 삽화의 개략을 공유하고 있다는 것을 의미한다.

3. 춘향전 이본의 분석을 통한 삽화 재구성의 양상 검증

1) 모본과 이본의 직접 비교

삽화 재구성의 층위는 두 가지이다. 하나는 삽화를 구성하는 장면과 개별 삽화의 관계적 층위이다. 다른 하나는 삽화와 전체 서사를 구성하는 단위담과의 관계적 층위이다. 장면-삽화의 층위는 장면 단위의 구체적 형상화와 관련된 것으로 장면의 축소, 장면의 확대, 장면의 내용 변화를 통해 삽화의 의미 약화와 강화, 변화의 효과를 발생시킨다. 이본 생성에서 삽화-장면의 재구성은 다양한 이본에서 빈번하게 발견된다. 삽화-단위담 층위의 재구성은 삽화의 성격과 기능을 판단하여 기존 삽화를 빼거나 혹은 새로운 삽화를 만들어 조화롭게 배치하고 전체 서사의 구성적 얼개를 변화시킴으로써 작품의 주제적이고 미학적인 변화를 유도하게 된다. 이 경우 모본과 선명하게 구별되는 개성적인 이본을 생산할 수 있고 이본 생성의 역사에서 획기적인 지점을 마련할 수도 있다. 물론 두 층위의 재구성은 상호적이고 중층적인 양상을 보인다. 다음에서는 춘향전의 개별 이본에서 실제로 삽화 재구성이 발생하는 지점을 포착하고 이러한 삽화 재구성의 집적물들이 춘향전의 서사 전통에서 어떠한 변모를 가져 왔는지를 인물 형상과 서사 구조, 시대 상황과의 관계, 미학적 측면으로 나누어 살펴보았다.

① 모본의 삽화가 이본에서 삭제된 경우

- 〈남창 춘향가〉에서는 핵심 삽화이자 삽화의 개략이 되는 춘향과 이도령이 동헌이라는 공간에서 상봉하여 재회의 기쁨을 만끽하는 '동헌상봉 삽화'가 삭제되었다. 이에 따라 춘향의 죄과를 판결하지 않은 채로 춘향은 석방되고 그녀의 공로 역시 치하 받지 못한다. 이는 임금의 명을 받드는 어사, 즉 공을 중시하는 어사로서 이도령의 형상을 강조하기 위한 것으로 그 결과 이도령과 춘향의 극적 만남은 사라진다. 〈남창 춘향가〉는 춘향의 공과를 치하하는 것에 인색하며 춘향이 도달해야 할 윤리적 가치의 기준을 높이 설정하고 있는 작품이다. 이도령의 귀환이 춘향의 구원이 아니라 민중의 구원이어야 한다는 현실적 세계관이 드러난다.

- '어사초분 삽화'는 어사가 사람들의 거짓말에 속아 춘향의 가짜 무덤에서 통곡하는 것으로 어사에게 거짓 정보를 알려주는 사람들과 초분의 주인들이 등장하는데 주변 인물들의 설정은 이본에 따라 다르다. 어사초분 삽화에서 오래 기간 고대하던 춘향과의 만남을 앞두고 연인의 사망 소식을 접하게 된다는 상황의 설정은 비통한 것으로 춘향의 죽음에 당면한 이도령의 비애감이 드러나는 것이 자연스럽다. 그러나 〈장자백 창본 춘향전〉에서 이 삽화는 향유자들의 재미와 웃음을 유발하는 기능을 한다. 그런 이유로 해학을 지양하는 〈완판 84장본 열녀춘향수절가〉에서는 삭제된다.

② 모본에 없던 새로운 삽화가 첨가된 경우

- '황릉묘몽유 삽화'는 춘향전에 첨가되기 이전에도 이미 보편적으로 알려진 것으로 황릉묘는 열이라는 이념과 관련되는 상징적 공간으로 널리 알려져 있었던 것이다. 〈완판 84장본 열녀춘향수절가〉에서는 기존에 의미화된 황릉묘 삽화를 첨가하여 춘향의 열이라는 주제를 강화하고 있다.

- 서사가 시작되기에 앞서 발생된 사건은 텍스트에 제시되지 않지만 내재된 것이라 할 수 있다. 〈완판 84장본 열녀춘향수절가〉에서는 '춘향의 출생삽화'가 첨가된다. 춘향의 출생과 관련한 장면들 - 월매가 후사를 근심하는 장면, 자식을 바라며 치성을 드리는 기자치성 장면, 태몽 장면-의 첨가를 통해 춘향의 신분적 한계와 환경적 자질, 외모와 능력을 형상화하여 인물의 서사적 역할과 위상을 강조하고 기생 아닌 춘향으로서의 형상을 형성하고 있다.

③ 모본의 삽화가 이본에서 위치가 바뀐 경우

- '봉사해몽 삽화'는 서사 전개상 위치가 특정한 곳에 고정되지 않고 유동적인 삽화이다. 봉사해몽 삽화는 예언적 성격으로 인해 춘향이 하옥되어 있는 동안의 어디에 위치해도 무방하기 때문이다. 따라서 봉사해몽 삽화의 위치는 고난담에 속할 수도 재회담에 속할 수도 있다. 봉사의 해몽이 무엇을 암시하느냐에 따라 서사적 긴장감은 달라진다. 이본에 따라 봉사해몽 삽화의 위치가 변화하는 것은 극적 효과를 최대치로 발현할 수 있는 지점에 위치시키고자 하는 지향과 관련된다.

- 이도령이 과거에 급제한 후 서울에서 출발하여 남원의 춘향집에

도착하기까지를 재회담의 앞부분이라고 본다면 여기에는 어사가 된 이도령의 남행 과정에서 발생하는 사건들에 관한 이야기인 '어사염문 삽화', '어사초분 삽화', '춘향편지 삽화'가 포함된다. 이들 삽화들은 이도령의 여정을 중심으로 시간의 흐름과 공간의 이동에 따라 진행되지만 삽화의 순서와 장면 구성은 상이한 양상을 보인다. 어사염문-어사초분-춘향편지로 위치하던 삽화들은 〈김여란 창본〉과 같은 후대 창본에서 춘향편지-어사염문-어사초분의 순서로 변화한다.

④ 모본의 삽화가 이본에서 축소된 경우

- 〈남원고사〉에서 '춘향구완 삽화'는 매 맞은 춘향을 본 월매의 탄식 장면과 남원한량들의 놀음 장면으로 구성되는데 그 중에서도 남원한량에 관한 부분이 매우 확장되어 있다. 〈남원고사〉를 모본으로 하는 〈경판 35장본〉에서는 남원한량에 관한 장면이 생략되고 월매의 탄식만을 유지함으로써 춘향구완 삽화가 축소된다.
- 삽화를 구성하는 장면들은 모두 유지되지만 해당 인물이 사라지거나 인물들의 행위가 장면이 아닌 요약을 통해 제시되면 삽화의 의미가 명료해진다. 〈남원고사〉에서 '수청요구 삽화'는 춘향의 현신과 신관 그리고 낭청의 대화로 이루어져 있다. 이에 반해 〈경판 35장본〉에서 수청요구 삽화는 신관과 낭청의 대화가 최소화되면서 춘향의 현신 및 춘향과 신관의 대화만이 존재하게 되면서 '수청요구 삽화'는 축소된다.

⑤ 모본의 삽화가 이본에서 확대된 경우

- 〈완판 84장본〉은 모본인 〈장자백 창본〉과 비교할 때 배경의 묘사가 확대된 삽화의 출현이 두드러진다. 이는 이도령이 춘향을 보고 첫 눈에 반하는 '일견경심 삽화'에서는 광한루에서 본 봄 경치에 대한 장면을 세분화하여 가능해진다. 그 결과 삽화의 묘사성이 강화된다.

- 장면의 반복은 삽화의 서사구성적 역할을 부각시켜 줄 수 있다. '어사염문 삽화'에서 백발가 장면의 첨가는 백성들의 삶의 모습이란 점에서 민생을 돌보는 이야기인 '어사염문 삽화'의 의미를 풍부하게 한다. 이도령과 춘향이 인연을 맺는 '가약 삽화'에서 서화 장면의 첨가는 춘향의 문화적 수준과 가치적 지향을 보여줄 수 있다는 점에서 결연 주체의 형상을 강화한다.

⑥ 모본의 삽화가 이본에서 내용이 바뀐 경우

- 춘향전 서사에서 춘향과 이도령의 만남은 매우 중요한 부분이다. 두 사람이 만난다는 사실은 서사 전개에서 확립된 것이지만 두 사람이 어떻게 만나는가는 삽화의 재구성에서 지속적인 관심의 대상이 되어 왔다. 춘향을 광한루로 불러 오라는 이도령의 명을 받은 방자가 춘향에게로 가서 이도령의 의사를 전달하고 임무를 수행하는 '도령초래 삽화'는 재구성의 폭이 매우 다양하고 〈박순호 50장본〉이나 〈정문연 94장본〉과 같이 모본을 부정하거나 수용하면서 합당한 이유를 설정하려한 서술자의 직접적인 발화를 확인할 수 있다. 그런 까닭으로 이도령과 춘향의 첫 만남은 광한루에서 이루어지기도 하고 그렇지 않기도 하다. 도령초래 삽화가 이토록 다양한 내용

으로 존재하는 까닭은 사건의 전후 맥락의 개연성을 확보하고자 하는 것인데 양반 자제와 기생의 첫 만남이 전체 서사의 갈등을 이루는 시발점이 되기 때문이다.

- '일견경심 삽화'는 광한루로 나들이 나온 이도령이 그네 타는 춘향을 보고 한눈에 반하는 삽화로 이도령이 경치를 감상하는 행위와 춘향의 추천 행위, 춘향의 정체를 묻는 방자와 이도령의 대화 장면들로 이루어진다. 모본인 〈장자백 창본〉의 이도령은 의롭고 풍류를 즐기며 놀기를 좋아하는 16세 소년이라면 이본인 〈완판 84장본 열녀춘향수절가〉에서 이도령은 풍채가 좋고 도량이 넓으며 지혜가 활달하고 문장과 필법이 뛰어난 16세 소년이다. 이처럼 양자는 이름만 동일할 뿐 매우 다른 특징을 지닌 인물인데 이에 따라 일견경심 삽화의 내용도 서로 다르다. 〈장자백 창본〉이 철부지 이도령이 춘향에게 반하는 순간과 그 정황을 포착하는 데 중점을 둔다면 〈완판 84장본〉의 일견경심 삽화는 첫 눈에 반한 춘향에 대한 이상적인 형상 묘사를 통해 춘향에게 반한 이도령의 상태를 보여 준다.

2) 춘향전의 서사 전통에서 삽화 재구성의 역할

첫째, 인물 형상의 발전 : 춘향전에는 우리가 모두 알고 있는 이도령과 춘향, 월매와 방자 등의 인물이 등장하지만 이들의 인물 형상은 모두 다르다. 특히 춘향 형상의 변모는 이본 생산자들의 욕망이 반영된 결과로 춘향은 후대로 갈수록 보다 이상적 인물로 발전한다. 춘향전 전승사에서 춘향은 현생과 전생의 신분, 성격, 성장 환경은 물론 성(姓)이나 외양, 말투나 행동, 자신에 대한 태도에 이르기까지 실로 다양한 편폭을 보인다. 최고본인 〈만화본〉에서 춘향으로 명명된 후 이름을 제외하고 춘향의 형상은 모든 이본에서 끊임없이 변모하여 왔다고 해도 과언이 아니다.

둘째, 서사 구조의 재편 : 춘향전의 이본 전승에서 단위담 차원의 변화는 흔치 않다. 그것은 춘향전의 이야기 틀 자체를 바꾸는 작업이며 자칫 춘향전의 서사와 다른 방향으로 전개될 여지를 갖기 때문이다. 그런 이유로 만남-이별-고난-재회로 이어지는 춘향전의 단위담 구조는 거의 모든 이본에서 공통되게 적용되어 온 것이며 이는 춘향과 이도령의 사랑 이야기를 중심으로 작품을 보는 관점을 전제하고 있다. 그러나 〈남창 춘향가〉에서는 재회담을 재편함으로써 특수하고 개성적인 이본으로 평가받고 있다.

셋째, 시대 상황을 반영 : 〈김여란 창본〉에서는 이도령이 춘향에게 반하여 춘향을 일방적으로 부르는 것이 아니라 서로 간에 첫눈에 반하고 편지의 교환을 통해 만남을 약속하며 부모인 월매의 허락 없이 첫날밤을 보내는 장면들이 등장한다. 그런 이유로 만남담에 속한 삽화의 첨가, 삭제, 내용 변개가 다양하게 드러나면서 모본과 구별되는 새로운 작품이 생성된다. 이는 자유연애라는 명칭이 본격적으로 사용되고 자유연애가 사회적 현상으로 시대적 의미를 가지게 된 1910년대 이후의 시대적 상황과 분위기가 삽화의 재구성을 통해 발현된 것이다.

넷째, 심미적 지향의 구현 : 〈이명선본〉은 삽화 재구성을 통해 골계적인 흥취를 지향하고 있는 작품이다. 눈먼 형방 이야기나 어사의 초분 사건, 봉사의 음행 등 골계적인 성격을 지닌 장면이나 삽화들이 모두 존재하고 있으며 기존의 삽화를 확대하거나 내용을 변개할 때도 골계성을 강화함으로써 심미적 지향을 구현하고 있다. 심미적 지향은 수용자의 흥미나 정서적 공감과 관련성을 갖는다.

4. 창작에서 삽화 재구성의 역할

지금까지 춘향전은 100번이 넘게 다시 쓰였고 지금도 춘향전은 다시 쓰이고 있으며 앞으로도 춘향전은 영원히 만들어질 것인데 그러한 춘향전의 창작에서 삽화 재구성이라는 것은 어떤 효용이 있을까. 고전소설의 창작의 목적은 단순히 새로운 춘향전을 만들어 내는 것에 있지 않다.

첫째, 공동작의 가치 : 고전소설의 창작에서 삽화의 재구성은 고전소설, 특히 판소리계 소설 이본의 파생적 성격과 적층적(積層的) 생성 과정, 작품 수용의 역사성 등 고전의 향유 맥락을 이해하게 하는 데 도움을 준다. 평범한 독자들의 춘향전의 이본 생성에 참여할 수 있었던 것은 판소리계 소설의 다소 엉성해 보이는 비유기적 구조, 즉 삽화 단위로 모본을 수용하고 이본을 생산한 결과이다. 이 때 고전소설은 의미 정전인 동시에 자료 정전이 될 수 있다. 작은 이야기의 집적을 통한 전체 서사의 변모는 이본 전승의 역사가 보여주는 것으로 한 명의 천재적인 개인에 의한 완전무결한 작품의 탄생이란 창작을 바라보는 여러 관점 중의 하나에 지나지 않음을 깨닫게 한다.

둘째, 인간의 개성과 창조성에 대한 믿음 : 삽화의 재구성을 통해 이룩한 춘향전의 다양한 이본들은 하나의 이야기가 인간의 개성과 창의성에 의해 얼마나 다양하게 해석되고 변주될 수 있는가를 보여 준다. 이야기를 새롭게 하는 것은 특별한 기교나 문학에 대한 특별한 지식이 아니라 작품에 대한 감응과 흥미이며 그것이야 말로 과거와 현재를 초월하는 창작의 보편적이고 공통적인 기저이다. 학습자의 삽화 재구성은 향유와 생성을 통해 형성된 텍스트의 가치와 학습자의 문화적 경험이 만나 새로운 가치를 형성하고 의미의 획득이 삶의 경험으로 확장되는 의미의 창조성을 구현한다.

셋째, 창조적 전승자로서의 작가 : 삽화 재구성에서 작가의 정체성은 구체적인 개개인의 그것이 아니라 작가에게 한결같이 고유한 행동을 통해 나타나는 작가의 전형이며 작가가 행하는 일반 원리이다. 작가는 창조적 전승자로서 그는 모본으로부터의 변별이 아닌 모본의 의미화를 지향하고 고전소설의 전통과 학습자가 자리한 현재적 지평은 삽화 재구성의 실천을 통해 융합된다. 학습자가 생산하는 춘향전은 해석과 대화의 산물이며 수용과 생산을 통해 춘향전의 전통을 계승해가게 된다.

5. 연구 결과의 교육적 활용 방안

학습자의 창작은 독자 되기인 동시에 작가 되기이고 학습자의 창작 능력은 서사를 이해하고 해석하는 서사 수용 능력과 서사를 표현하고 전달할 수 있는 서사 생산 능력을 포함한다. 삽화 재구성 활동은 세 가지로 대별할 수 있다. 하나는 삽화나 단위담, 장면을 중심으로 모본의 수용과 이본의 생산을 매개하는 것이고 다음은 삽화의 삭제나 첨가, 위치 이동이나 확대, 축소, 내용 변개를 통해 삽화를 재구성하는 일이다. 끝으로 삽화와 전체 서사와의 관련성을 통해 하나의 새로운 작품을 생산하는 작업이다.

삽화 재구성 교육에서 학습자의 활동은 크게 세 가지가 가능하다. 첫째는 학습자가 삽화라는 개념을 통해 모본을 수용할 수 있다. 학습자 스스로 한 편의 짧은 이야기로서 삽화의 속성을 파악하고 장면-삽화-단위담으로 이어지는 상향식 구조 혹은 단위담-삽화-장면으로 분석되는 하향식 구조에 입각하여 모본의 삽화를 분절하여 정리할 수 있다. 삽화를 설명하기에 적합한 명칭을 붙일 수도 있다. 혹은 수업의 진행에 따라 교수자가 분절된 삽화 단위를 학습자에게 제시하고 춘향전을 수용하게 하는 것도 방법이 될 수 있을 것이다. 이러한 활동은 삽화의 의미를 발견하고 서사의 단위에 대한 이해를 증가하게 한다.

다음은 삽화 재구성 유형에 따라 달라지는 모본과 이본의 차이를 보여주고 삽화 재구성 유형을 택하여 삽화를 형상화하는 것이 가능하다. 예를 들면 "모본인 〈장자백 창본 춘향가〉와 이본인 〈완판 84장본 열녀춘향수절가〉를 비교할 때 나들이 삽화에서는 순성허락 장면이 증가하면서 삽화가 확대되었습니다. 이러한 변모의 의미를 삽화의 차원, 단위담의 차원, 작품의 측면에서 생각해 보고 나라면 나들이 삽화를 어떻게 구성할지 생각해 봅시다." 여기서는 학습자가 직접 자신의 삽화를 형성화하는 경험이 필수적이다. 이를 통해 학습자의 서사 형상화 능력을 가늠해 볼 수 있을 것이다.

마지막으로 삽화들은 시간성과 인과성의 영향력 아래 위치하고 있다. 해당 삽화가 자신이 알고 있는 서사의 개략 속에 어디에 위치할 것인지 구성적 측면에서 가늠해 보고 개개의 삽화들이 모여 하나의 전체 서사가 창작될 수 있음을 알게 한다. 그런 까닭으로 이 단계에서 주의할 사항은 학습자가 모든 삽화들을 배열하여 전체 서사를 완성하는 것에 목적이 있는 것이 아니라 별개로 보이는 삽화들이 전체 서사를 이루는 부분임을 깨닫게 되는 과정임을 잊지 말아야 한다. 삽화를 배열하고 통합하는 것은 학습자의 서사 구성 능력의 발전에 기여할 수 있다.

■ 연구의 의의와 남은 과제

이 연구는 춘향전 이본 생성의 원리가 삽화의 재구성에 있다고 보고 이것이 창작 교육에서 유용한 지침이 될 수 있다고 보았다. 이에 선행 연구를 바탕으로 핵심이 되는 단위인 삽화를 찾고 구조적 원리를 밝힘으로써 문학의 수용과 생산을 매개하는 창작 교육의 내용을 마련하고자 하였다. 그 결과 이 연구는 두 가지 질문에 대답할 수 있게 된다. 하나는 춘향전이 그토록 다양한 이본을 파생할 수 있었던 것에는 삽화 재구성이라는 창작의 방식이 자리하고 있었다는 것이고 다른 하나는 춘향전 쓰기가 전문적이지 않은 평범한 사람들을 통해 전승될 수 있었던 이유이다.

고전소설의 삽화 재구성에 관한 연구는 첫째, 고전소설 교육과 창작 교육의 연계라는 점에서 둘째, 고전소설을 수용과 생산을 통합하는 하나의 방법이 될 수 있다는 점에서 셋째, 현대소설과 구별되는 고전소설의 창작 방법을 제시해 준다는 점에서 교육적 의의가 있다. 그러나 이러한 결과는 춘향전 이본만을 대상으로 한 것으로 이를 일반화하기 위해서는 여타의 판소리계 소설을 비롯하여 고전소설 전반으로 확대할 필요가 있다. 또한 학습자들의 삽화에 대한 인식과 학습자를 주체로 하는 삽화 재구성의 사례를 추가적으로 확인해 보아야 한다.

논문에서 다루지 못했지만 고전소설 삽화 재구성에 관한 연구를 근대 이후와 영화를 비롯한 매체로의 변화를 포함하는 고전소설의 다시쓰기로 확장할 여지를 남겨 두었다. 고전소설 다시쓰기(rewriting)는 고전소설이 시대와 독자에 따라 변모해 가는 문학적이고 문화적인 행위이자 현상으로 삽화의 재구성을 포함하여 모본의 텍스트를 현대어

내지 쉬운 우리말로 옮겨 쓰는 것, 모본의 모티프나 인물, 사건에서 아이디어만 취하고 많은 부분 새로운 이야기로 탈바꿈시키는 것 등을 포함한다. 넓게 보면 문화콘텐츠로서 고전소설에 관한 연구 역시 고전소설의 다시쓰기와 맥락이 닿아 있다. 이는 고전소설의 현재적 향유 현황과 이유에 대한 문화적 맥락에 관한 연구이며 고전소설을 수용하고 새로운 이야기로 함께 나누는 인간에 관한 탐구이기도 하다. 고전소설이 민족 전통의 계승이라는 대의를 넘어 여러 현대인에게도 즐겁고 유의미한 서사가 될 수 있기를 소망해 본다.

※관련 논문 : 서보영, 고전소설 삽화 재구성 교육 연구 -〈춘향전〉이본을 중심으로, 서울대학교 대학원 박사학위 논문, 2017.

_상상력 현실을 인식하고 비판하는 구성력

역사소설의 역사적 상상력

서보영

이 논문은 학습독자의 문학 능력 신장이란 문학교육의 목표를 염두에 두고 개별 장르와 작품에 두드러지게 나타나는 문학적 상상력의 실체를 밝히고 구체적인 교육방법을 마련하려는 생각에서 시작되었다. 문학교육에서 상상력은 언어를 매개로 주체가 당면한 현실을 인식하고 비판할 수 있는 힘이며, 인지적 측면과 정의적 측면을 모두 포괄하는 구성력이다. 상상력이 교육의 실제에서 유용한 지침이 되기 위해서는 문학 장르에 내재된 규칙과 관습을 바탕으로 개별 문학 작품 고유의 가치를 발견하여 학습자에게 체험 가능한 교육 내용으로 전환할 필요가 있다. 이를 위해 역사소설 고유의 미적 가치를 역사적 상상력으로 정의하고 역사적 상상력의 산물인 〈임진록〉의 상상세계와 형상화 방식, 그리고 학습자 주도의 역사적 상상력 체험 방식을 제시하였다. 역사소설 〈임진록〉을 제재로 역사적 상상력을 교육하는 일은 학습독자가 역사소설을 수용하는 과정을 통해 역사적 상상력의 가치를 깨닫고 이렇게 생성되고 잠복된 의미들이 확대되고 다양하게 적용되어 온전한 문학 체험에 이르는 것을 목표로 삼는다.

■■ 관련 키워드 : 문학적 상상력, 역사소설의 역사적 상상력, 역사소설, 임진록, 역사적 상상력 교육

◇ 문학적 상상력 : 문학교육에서 상상력이란 문학의 매재(媒材)인 언어를 매개로 한 구성력이다. 이는 이성과 정서를 함께 포함하여 여러 체험의 요소들을 종합하고 조직해서 새롭고 초월적인 가치를 창조하는 능력으로 역사와 철학을 비롯한 인문과학 여러 분야의 상상력을 모두 포함하는 폭넓은 개념이다. 문학적 상상력은 인간의 경험을 토대로 하여 가능한 전망(vision)이나 본보기(model)을 제시해 준다는 점에서 특히 가치가 있다.

◇ 역사소설의 역사적 상상력 : 문학적 상상력은 소설의 하위 장르인 역사소설에서 특수하고 구체적으로 나타나는데 이를 역사적 상상력이라 정의한다. 역사적 상상력은 문학적 상상력의 본질과 특성에 기반하는 문학적 상상력의 하위 범주로 역사적 인간의 역사적 경험에 미학적 형태를 부여하는 방식이다. 역사적 상상력은 역사소설이라는 개별 장르의 이해를 돕는 것은 물론 나아가 문학적 상상력의 모습을 구체화하는 계기로 작용할 수 있다.

◇ 역사소설 : 역사소설은 역사와 특별히 연계된 소설로 사실성과 상상성이란 이중성을 함께 갖고 있는 특이한 서사문학의 형태로 정의된다. 역사소설이란 경험적 서사와 허구적 서사가 융합되어 있는 양식이고 역사성과 허구성이 복합적으로 연접되어 있는 소설의 하위 장르이다. 이미 존재하는 공적인 기록으로부터 출발한 작

가의 상상력이 기록으로 나타나지 않는 부분을 창작함으로써 만들어진 구조물이라 할 수 있다. 역사소설의 제재는 익히 알려져 있는 역사적 기록이며 이는 이미 역사가의 해석 과정을 거친 것이라는 점에서 역사소설은 다른 소설과 차이가 있다. 그런 이유로 역사소설에 나타나는 작가의 상상력은 단순히 사실을 재현하는 모사(模寫)나 복사(複寫)가 아니라 새로운 의미의 부여이며 창조이다. 이는 표현 주체의 의도 아래 기존의 실제 현실을 변경하고 재구성한다는 점에서 삶의 진실을 추구하는 인간의 의도적이고 실천적인 행위이기에 높은 가치를 부여할 수 있다.

◇ 임진록 : 임진왜란이라는 실제 사건을 바탕으로 한 조선후기의 대표적 역사소설이며 '임진록군'을 형성하는 60여 종의 다양한 이본을 가지고 있다. 〈임진록〉은 비슷한 시대의 작품이라 해도 작자 계층에 따라 서로 다른 주제 의식을 보이는데 이는 〈임진록〉이 임진왜란을 경험하고 기억하는 사람들의 역사담론으로 기능하여 왔음을 보여 준다. 역사서술을 보완한 민족 특유의 기억 방식으로 사실과 허구를 기반으로 하는 역사소설의 특성을 그대로 반영하고 있다.

◇ 역사적 상상력 교육 : 역사소설은 역사적 사실을 다루고 있지만 새로운 세계를 희망하는 작가의 상상력에 의해 가공된 상상의 세계이다. 따라서 학습독자는 역사소설을 읽을 때, 정보를 얻기 위해서 역사서술을 읽는 것과는 질적으로 다른 정신적 체험을 하게 된다. 역사소설은 역사서술과는 다른 형태의 상상력을 통해 역사적 사건에 의미를 부여하고 역사에 대한 특정 태도를 견지하고 있기 때문

이다. 따라서 해석학적 의미체계인 역사적 상상력을 체험하는 일은 허구와 사실이라는 이분법적 역사소설 이해의 한계를 보완하는 것은 물론 상상력 교육의 측면에서 개별 작품에서 구체적으로 형상화된 상상력의 모습도 확인할 수 있게 한다.

■ 주요 내용

1. 역사적 상상력의 문학교육적 의의

1) 역사적 상상력과 문학적 상상력

역사소설의 역사적 상상력은 사실성과 밀접하게 관련되면서도 인간의 역사적 경험에 미학적 형태를 부여하는 방식이며 역사소설을 읽는 학습독자가 체험할 가치이다. 역사적 상상력은 역사소설이라는 개별 장르의 이해를 돕는 것은 물론 나아가 문학적 상상력의 모습을 구체화하게 되는 계기로 작용할 수 있다. 역사적 사실을 문학적 상상력으로 살펴보는 역사적 상상력은 더 직접적으로 현실에 눈길을 돌리게 함으로써 진실을 담은 문학의 내용을 강화할 수도 있다. 역사적 사건이나 인물은 서사의 인과적인 질서 속에 통합됨으로써 의미를 획득하고 역사적 사건이나 인물을 허구적으로 변용하는 과정을 통해 담론을 담지하는 추동력이 바로 역사적 상상력의 역할이라 할 수 있다.

2) 역사적 상상력 교육의 의미

첫째, 역사적 상상력이란 역사의식에 기반한 현실 변개의 능력으로 오늘날에도 여전히 문학이 역사를 바라보는 틀로 유효하게 기능하고 있다. 또한 역사소설은 소설 양식의 하나로 문학사에서 뚜렷한 유형과 계보를 형성하면 존재해 왔고 문학교육에서도 빠지지 않고 다루어지고 있다. 역사적 상상력은 역사소설의 장르적 특성을 가장 잘 보여 주는 개념이면서 역사소설의 의미와 가장 밀접하게 관련되기에 역사소설을 다루려면 반드시 짚고 가야 한다. 즉, 역사적 상상력은 역사소설을 이해하는 방법이나 목표가 된다.

둘째, 역사적 상상력은 개인이나 사회 집단의 위기 상황이나 역사 현실을 중심으로 발현된다. 역사적 상상력은 과거의 사건에 의미를 부여함으로써 구성원들을 하나로 묶을 수 있는 집단적 기억을 되살리고 집단의 정체성을 확립한다. 따라서 역사소설 작품이 추구하는 내재적 가치에 따라 민족 공동체의 정체성을 매번 새로이 인식할 수 있다.

셋째, 상상력의 내용은 세계관과 직결되며 특히 고전소설은 우리 민족 특유의 사상과 사상 체계를 보여 준다는 점에서도 문학교육적 의미가 있다. 민족의 역사적 경험을 추체험하는 일은 당대인들이 역사적 사건을 바라본 시각은 무엇이었으며 어떻게 민족 고유의 방식으로 형상화하고 있는지를 확인하는 일로 민족 특유의 세계관 및 발상과 관련된다는 점에서 학습독자의 민족적 정서 함양의 계기를 마련한다.

끝으로 역사소설은 역사적 사실을 통해 삶의 진실을 구현하는 것을 목적으로 하기에 거기에는 가치가 개입된다. 문학 작품을 통해 과거의 사실을 객관적으로 바라보는 일은 학습자의 비판적 안목과 태도를 증진하는 데 기여한다.

3) 역사소설로서 〈임진록〉의 문학교육적 가치

　학습독자는 개별 작품을 통해 역사적 상상력을 체험하고 이를 바탕으로 다른 작품에 적용할 수 있다. 따라서 학습독자가 역사적 상상력을 체험하기에 최적의 작품을 선정해야 하는데 〈임진록〉은 조선후기의 대표적인 역사소설로 다음의 측면에서 역사적 상상력을 보여줄 수 있는 전범이 될 만하다.

　첫째, 〈임진록〉은 임진왜란이라는 국가적 전란과 결부된 역사적 경험과 의식을 당대인 특유의 서사적 방식으로 형상화한 것이다. 역사를 문학적으로 형상화하기 위해서는 역사에 대한 깊은 관심이 요구되며 이것은 곧 역사소설의 기본 과제라 할 수 있다. 특히 소설이 역사를 보완하는, 미흡하고 불완전한 하급의 역사담론으로 간주되었던 전통적 담론 체계 속에서 자연발생적 성격을 띠는 〈임진록〉의 존재는 상상력의 역사성 혹은 민족 고유의 특수성을 보여줄 수 있다.

　둘째, 〈임진록〉의 형성에 다양한 계층이 참여하였고 향유 기간이 길었기에 다양한 역사적 상상력의 발현 양상을 확인할 수 있다. 다양한 이본과 화소들은 종합적으로 〈임진록〉의 전체적인 의미를 모색하는 데 매우 중요한 동시에 개별적으로는 작품의 수용과 창작에 참여한 사람들의 역사에 대한 혼재된 소망과 상상 세계를 보여 준다. 특히 〈임진록〉은 실상 패배나 다름없었던 임진왜란을 승리의 전쟁으로 변모시키는데 이는 문학적 전망이 현실적 힘을 발휘한 긍정적인 사례로 역사소설이 특정 시대의 역사적 과제를 정신적으로 극복할 수 있게 하는 기제로 작용하는 양상을 보여 준다.

　셋째, 〈임진록〉을 비롯한 조선 후기 역사소설은 작자의 창작의식이나 의도 외에도 구비 전승물의 영향을 받는다. 구비 전승물은 전승 과정에서 그것을 창작하고 향유하는 사람들의 집단의식이나 시각을 반영하기에 역사를 바라보는 민중 공동체의 문화 의식과 세계관을 여실히 보여줄 수 있다.

2. 역사적 상상력의 산물로서 〈임진록〉의 세계

〈임진록〉을 임진왜란이라는 역사적 사건과 거기에 개입된 인물들의 행위에 의미 있는 패턴을 세우고자 했던 해석의 결과물로 간주할 때 임진왜란을 경험한 사람들이 지향한 세계관은 무엇이며 그 세계를 얼마나 효과적으로 표현하고 있는가를 탐구해야 한다. 문학 작품 속의 역사적 사실은 역사를 매개로 궁극적으로는 역사에서 인간의 위상, 역사적 체험의 의미, 역사에 대한 태도를 암시한다. 따라서 어떤 인물을 선택하였고, 어떠한 사건을 어떻게 변형하였으며 그를 통해 나타난 작자의식이 무엇인지로 나누어 〈임진록〉의 역사적 상상력의 세계를 살펴보겠다.

1) 난세에 활약하는 새로운 인간상으로서의 영웅

〈임진록〉은 영웅들의 서사라 할 정도로 많은 영웅들이 등장하는데 이는 국난의 위기에 활약하는 정신적 위안이자 상징적 존재로서 영웅을 소망한 결과물이다. 전쟁은 '이순신의 명량해전'과 같이 전투와 해당인물을 중심으로 기억되기에 실제의 전공(戰功)을 따진다면 이순신, 김시민, 권율, 곽재우와 같은 인물이 강조되어야 한다. 그러나 〈임진록〉에서 국가의 안위를 위해 싸웠던 영웅적 인물로는 이순신, 김덕령, 김응서, 최일경이 부각된다. 인물의 실존 여부로 보자면 최일경만이 허구인물이고 나머지는 실제로 존재했던 인물이다. 실존 인물들의 경우 병자호란의 주역인 강홍립이 임진왜란에 참전하기도 하고 이순신의 업적은 축소되고 김덕령의 전공은 확대·과장되는 등 다양하게 재구성되어 있다. 한편 최일경은 허구 인물이지만 오히려 현실적 인물들의 다양한 모습이 복합적으로 투영되어 있다.

이순신은 나이와 출생, 전쟁에 참여하게 되는 계기와 세부 행적, 전사 장면 등에서 실제 기록과 큰 차이를 보이는 인물이다. 필사기를 통해 볼 때 이순신이 임진왜란에서 주도적 역할을 했다는 기록과 소문이 널리 알려졌기에 애국적 장수라는 이미지를 제외한 역사적 사실이 변이되었다.

김덕령은 〈임진록〉의 인물 중 가장 민중적이면서 가장 출중한 능력을 가진 인물로 나타난다. 김덕령은 실제 전적에 비해 가장 많이 허구화되어 있는데 다른 영웅과 달리 그는 용력은 물론 도술 능력까지 보인다는 점이 특징이다. 이는 김덕령이 민중의 관심을 받는 인물이었음을 뜻한다.

최일경은 〈임진록〉이 영웅적 인물에 주목하고 있음을 여실히 보여주는 예이다. 실제 존재하지 않는 허구 인물의 일대기를 작품에 제시했다는 것, 최일경의 이야기가 영웅의 일대기 구조를 그대로 따르고 있다는 점에서 그러하다. 역사적으로 실재하지 않고 〈임진록〉을 통해 창조된 인물로 전쟁을 대비하지 못했던 후회와 반성이 집약된 허구적 인물이다. 임진년의 위기를 극복할 수 있었을 것이라는 상상력의 산물로 현실의 모순에 희생당하지 않고 타고난 신분과 비범한 능력으로 국난에 이상적으로 대처하는 영웅으로 그려진다.

인간은 살고 있는 사회에 대해 부족함을 느끼고 불충분함을 깨달으면서 현실을 비판적으로 해체하는 과정을 통해 새로운 비전이나 모델을 창조한다. 현실 세계에서 가능하지 않았던 결핍의 지점들을 상상을 통해 재현하는 것이다. 임란을 경험하거나 회상하는 사람들의 기억에서 이율곡이나 조헌의 상소, 정탁의 행위가 받아들여지지 못함으로서 전쟁이 발발했다는 생각이 최일경이란 영웅을 창조한 것이다. 임진왜란이란 역사적 사건에서 영웅이 주요하게 다루어지는 것은 영웅이 당대 사회에 필요한 새로운 인간상으로 의미를 갖기 때문이다. 영웅은 뛰어난 능력을 가진 인물인 동시에 집단의 삶을 위해 위대한 일을 하고 그로 인해 집단의 존경을 받는 존재이다. 〈임진록〉의 영웅은 민중의 역량을 대변하는 상징적인 의미를 지닌다. 비록 패배한 전투일지라도 민중의 역량이 결집되고 그 역량이 제대로 발휘된다면 승리할 수 있다는 기대심리가 발현된 것이다.

2) 절대 우위의 승리담

〈임진록〉에서 다루는 전쟁은 절대 우위의 승리로 귀결된다. 〈임진록〉의 절정이라 할 수 있는 조·명 연합군의 승리 장면을 보면 강홍립과 김응서가 자력으로 왜장에 대한 우위를 점하여 전투에 승리한다. 이는 강력한 군사력으로 일거에 왜적을 조선에서 몰아냈으면 하는 소망에서 비롯된 것으로 여기에는 임진왜란이 조선의 주도로 종결되어야 한다는 의지가 투영되어 있다. 이러한 지향은 전쟁에만 국한되지 않고 조선이 일본을 징치하는 사명당의 항왜 이야기로 확장된다. 사명당의 왜왕 항복 이야기는 〈임진록〉의 주제의식과 구성에 있어 가장 핵심적인 부분이라 할 수 있다. 사명당의 일본 파견이라는 역사적 사건을 기반으로 하면서도 사명당이 도술을 통해 일본의 항복을 받음으로써 조선이 완전한 승리를 하게 된다는 작자 의식을 잘 드러내기 때문이다. 신이한 인물인 사명당과 보통 인간인 왜왕의 대결은 그 시작부터 사명당이 우위를 점하게 된다. 역사적 인물인 사명당은 〈임진록〉에서 자연 현상을 통제하며 재앙을 예언하는 초월적 능력을 갖춘 인물로 그의 행적은 환상적 기법을 통해 제시된다. 현실적이고 상식적 차원을 넘어 역사를 이야기할 수 있는 것은 사회적으로 그 의미를 생산해 낼 수 있는 기반이 마련되어 있기 때문이며 불가해한 힘이 인간의 운명과 역사에 개입한다는 사고방식도 그 사회가 이를 수용할 논리 체계를 갖추고 있기에 가능하다. 따라서 이러한 역사적 사건의 환상적 해결은 현실적으로 실현되지 못한, 당대 민중들의 이상과 염원을 상상한 결과물로 파악할 수 있다.

3) 초월적 존재를 통해 매개되는 이원적 세계관

〈임진록〉에는 상제가 다스리는 공간, 내세적 공간, 뛰어난 풍광을 자랑하는 공간과 같이 인간 세상과 구별되는 또 다른 공간들이 설정되어 있다. 또한 초월적 공간은 관운장, 산신령, 동강선관, 석가여래, 사해용왕과 같은 초월적 존재와 결부된다. 초월적 공간은 현실 세계와 분리되어 존재하지만 초월적 존재는 현실 세계에 직접 현신하여 영향력을 행사한다. 그 중에서도 작품에서 큰 비중을 차지하는 관운장은 실존 인물이 초월적 존재가 된 것으로 중국 촉한의 장수인 관우가 음조의 상징으로 등장하는 것은 관우신앙이 도입되면서 관우가 신으로 승격된 것과 관련이 있다. 관운장은 〈임진록〉에서 천도를 대표하며 최일경의 탄생을 점지하고 전쟁의 위급 상황마다 음조신으로 역할한다. 조선의 왕도 어쩌지 못하는 전쟁의 상황에서 관운장은 단 한번의 등장으로 백성들을 기갈과 죽음으로부터 해방시켜 준다. 전쟁의 상황이 극심해질수록 백성들에게는 이를 타개할 믿음이 필요했을 것이며 그 희망을 대변하는 존재가 〈임진록〉에서는 관운장으로 제시된다. 이는 일본 장수인 청정과 명나라 장수인 이여송 간의 전투에서도 확인할 수 있다. 전세가 기울자 관운장이 등장하여 천도를 내세우며 이여송의 승리를 돕는다. 이와 같이 천명주의라는 상상적 해결은 관운장이라는 초월적 인물과 지상계보다 우위를 점하는 천상계의 이원적 설정으로 구체화되었다. 관운장은 비현실적인 것의 승리와 낙관적인 전망을 보여주는 매개체인 것이다.

전쟁은 외부의 적에 의해 발생하는 것이므로 민중의 입장에서는 갑작스럽고 당혹감을 주는 사건으로 인식될 수밖에 없다. 집단적인 불안감은 집단에 초자연적인 능력을 부여하거나 선민(選民)의식과 같은 자존의 감정으로 유도된다. 현실에서 대응 방식이 전무했던 민중들은 현실을 제어하는 초월적 존재와 세계를 설정하여 전쟁을 순응적으로 받아들인다. 이러한 운명론적인 세계관의 기저에는 태평성대를 지향하는 작자의식이 자리하고 있다.

3. 〈임진록〉에 나타난 역사적 상상력의 형상화 방식

1) 역사인물의 허구화를 통한 시대의식 반영

〈임진록〉에서 역사인물의 허구화는 역사적 개인의 행적을 허구화하는 방식과 허구인물을 내세어 인물 간의 관계를 허구적으로 설정하는 방식으로 이루어진다. 전자는 각각의 개인을 공통적으로 민중영웅으로 전형화하여 집단의식을 드러내고, 후자는 인물 간의 허구적 관련성을 통해 인물의 우열이 대비되는 효과를 창출한다.

① 능력 중심의 민중 영웅으로의 변모

이순신, 김응서, 강홍립, 김덕령 등 〈임진록〉에 등장하는 영웅들은 모두 뛰어난 능력을 갖춘 민중 영웅이라는 전형적 형상에 속해 있다. 실제 역사에서의 행적과는 무관하게 혹은 널리 알려진 역사적 사실을 변경하면서까지 이들을 민중 영웅으로 구현하려 했던 것은 당시 사회가 원하던 인간이 용력과 의지를 지닌 범인에 가까운 영웅이라는 점, 역사적 개인이 민중을 대변하는 인물이라는 점을 보여 준다. 특히 이러한 경향은 김덕령에게서 두드러진다. 실제 하층민 출신의 의병장이었던 김덕령은 이순신, 김응서, 강홍립과 비교하여 가장 민중적인 인물이다. 그런 이유로 〈임진록〉에서 김덕령의 능력은 극대화되고 억울한 죽음의 해원 과정이 중요하게 다뤄진다. 이는 능력이 있지만 쓰이지 못하고 역사 뒤편으로 물러나 억울하게 죽은 김덕령을 민중 영웅 김덕령으로 의미화한 것이다.

② 대조를 통한 역사적 인물 평가

〈임진록〉에서 허구 인물인 최일경은 매우 독특한 위치를 점하고 있다. 인재 등용, 군량 조달, 청병 건의와 같은 전쟁의 전반을 관장하며 전쟁이 시작되면서 탄생하여 전쟁이 종결되면서 사망한다. 이렇듯 전쟁에서 필수적인 역할을 맡고 있지만 장수가 아니기에 직접 전쟁에 나가 싸우지 않는다. 최일경은 선조와 함께 봉건 위정자를 대표하며 둘은 늘 함께 대비되어 서술된다. 선조와 최일경의 허구적 관계 설정은 최일경의 비범함을 부각시키는 동시에 선조의 무능함을 강조하는 효과를 낳는다. 무능력한 선조는 매번 사태의 해답을 최일경에게 구함으로써 위기를 모면한다. 이때 최일경의 비범함을 부각시키는 것이 목적이라면 굳이 두 사람을 등장시킬 필요는 없다. 최일경의 능력을 확대하고 업적을 확장하여 서술하는 방식이 더 효율적이기 때문이다. 따라서 허구 인물인 최일경과 역사 인물인 선조를 군신관계로 설정하고 지속적으로 대조하는 것은 봉건위정자의 이상적인 모습인 최일경을 선조의 반대점에 세워 선조에 대한 비판적인 평가를 드러낸 것이다.

2) 사건의 삽화적 제시를 통한 전쟁 상황의 전체적 조망

전쟁이라는 거대한 사건을 어떤 방식으로 드러내는가는 역사적 경험에 서사적 시간성을 부여하는 일로 작가 의식과 밀접한 관련이 있다. 〈임진록〉에서는 임진왜란을 조망하기 위해 의미화된 삽화를 나열하는 구성 방식을 취한다.

① 역사적 사실과 허구적 사건의 병치

역사소설에서 해당 시기와 사건은 배경 이상의 의미이며 혹은 배경으로 나타날 경우라도 중요하게 맥락화되어 있다. 〈임진록〉에서는 서사 전개에 필요한 최소한의 사실만을 전달하는 반면 허구적 사건은 장면화를 통해 자세히 서술하고 있다. 실제 사건이나 상황을 요약적으로 제시하고 허구적 사건을 병치하여 사건들 간의 인과적 관계를 설정하고 있다. 그에 반해 전투나 도술 장면과 같은 허구적 사건이 과장되고 자세히 묘사되는 것은 관련 인물들을 등장시키고 그 과정에서 영웅적 인물의 능력을 부각시키려는 목적 때문으로 보인다. 요약적 사실과 과장된 허구의 병치는 사실과 허구 사이의 경계를 모호하게 하여 허구 사건에 사실성을 부여하는 효과가 있다.

② 사건들의 인과적 연결

〈임진록〉에서는 부분적으로는 삽화와 삽화 사이의 인과 관계를 설정하고 전체적으로는 전쟁을 기준으로 시작, 중간, 끝의 인과적 구성을 취한다. 삽화와 삽화 간의 인과 관계란 별개로 존재하는 각 이야기를 동일 맥락으로 연관 짓는 것이다. '선조의 꿈'과 '전쟁의 발발'을 예로 들 수 있다. 실상 전쟁이 발발하지 않았다면 선조의 꿈은 단지 하나의 꿈에 불과하며 다양한 해몽의 여지를 낳는다. 그러나 선조의 꿈 이야기가 전쟁의 발발과 연관되면서 조선의 왕인 선조의 꿈을 통해 전쟁이 예견되고 임진왜란은 예측 가능한 전쟁이 된다. 한편, 〈임진록〉의 서사적 사건들은 전쟁의 시작과 끝을 단순히 보여주는 것이 아니라 전쟁을 중심으로 왜를 징치하는 것까지로 확장되어 전쟁 전후가 어떤 모습이어야 하는지를 드러낸다. 선조실록에 의하면 전쟁이 발발하기 전부터 정치가 소란하여 민심이 동요될 정도로 임진왜란 전의 상황은 결코 태평성대라 할 수 없었다. 그러나 〈임진록〉은 백성이 풍요롭고 편안한 안정의 시기로 시작된다. 결국 전쟁은 승리로 마무리되고 사명당의 항왜로 일본을 징치한 조선은 백성이 격양가를 부르는 태평성대로 회귀한다. 전쟁을 극복하고 본래의 모습을 회복하는 임진록의 사건 연결에는 전쟁의 종결이 끝이 아니라 어진 정치로 백성이 풍요로운 세상을 바라는 작자의 의도가 투영되어 있다.

사건들의 인과적 연결은 시간적으로 선후관계에 놓이는 기계적 연속성이 아니라 가능성의 형태로 잠재되어 있던 삽화들을 역사적 계기를 통해 가시적으로 드러낸다는 점에서 의미가 있다. 하나의 역사적 사건은 그와 다른 사건이나 배경과 연관되어 발생할 수 있으며 그 이전에는 보이지 않는 형태로 잠재되어 있던 것들이 어떤 계기를 통해 가시적으로 표현된다. 인간의 역사를 마치 인간의 의도를 뛰어넘어 존재하는 객관적 실체처럼 느끼게 하는 것은 각 사건과 행위들을 인과적이고 필연적인 관계로 설정함으로써 가능해진다.

3) 서술을 통한 역사적 태도 견지

일반적으로 작품에 나타난 세계관과 주제는 서술을 통해 많은 부분 드러난다. 〈임진록〉에서 서술자의 언술은 등장인물의 대화와 서술자의 직접 논평이라는 두 층위로 나타나며 이를 통해 작가가 드러내고자 한 특정한 역사적 태도를 파악할 수 있다.

① 등장인물의 대화를 통한 세계관의 표출

〈임진록〉은 지상이 천상의 영향력을 받는 이원적 세계관을 보이는데 이는 등장인물들의 대화에서 빈번하게 등장한다. "하늘이 돕지 않으면 인력으로 어떤 일도 가능하지 않다"는 이여송의 말은 지상과 천상의 관계에 대한 인식을 보여 준다. 천상의 질서는 현실 세계에 절대적인 힘을 행사하기에 현실에서의 행동 양상은 천운을 따르는 방향일 수밖에 없는 것이다. 그렇다면 천운이 왜로 기울어 시작된 전쟁은 천운이 다시 조선의 것이 되어야 승리할 수 있다.

천상의 절대적 힘을 믿는 세계관에서 전쟁의 승리가 천운에 있는 이상 천운을 획득하는 일은 매우 중요하다. 따라서 등장인물들은 공통적으로 천위를 대의명분으로 내세우는데 이는 천운에 대한 믿음을 강화하며 전쟁의 승리를 예언하는 길이 된다. 특히 〈임진록〉의 인물들은 시대를 대표하는 영웅이기에 이들이 내세우는 천운이란 더욱 설득력 있고 정당하게 느껴진다. 그리고 등장인물들의 천운에 대한 발화는 관운장이나 동강선관과 같이 천상과 지상을 매개하는 초월적 존재들이 조선의 승리를 위해 현신함으로써 증명된다.

② 서술자의 논평적 발화를 통한 제시

서술자는 소설 속에서 서술의 주체요, 이야기를 들려주는 사람으로 사건이나 인물에 대해 직접적인 목소리를 내거나 특정 태도를 취하기도 한다. 〈임진록〉에서는 이여송과 이여송의 단맥 사건에 대한 서술자의 논평적 발화가 두드러진다. 역사 인물이나 사건에 대한 형상화는 평가를 전제로 한다. 이에 동일한 인물이 긍정적으로 묘사되는가 하면 반대로 부정적인 모습으로 제시되기도 한다. 청병 대장 이여송은 양면성을 지닌 존재로 인식되는데, 이는 이여송이 임진왜란이라는 절대 절명의 상황에서 조선을 도와주기 위해 파견된 구원의 장수였다는 사실과 명군이 조선을 돕는다는 미명 아래 보여주었던 온갖 오만과 행패의 모순적 상황에서 발생한 것이다. 그런 까닭으로 〈임진록〉에서 이여송은 관운장과 최일경이 인정한 영웅으로 그려진다. 그러나 조선에 인재가 태어남을 막기 위해 산천을 단맥하는 이여송의 행위에서는 그를 민족의 적으로 평가하는 서술자의 직접적인 목소리가 드러난다. 서술자는 이여송의 행위를 임진왜란보다 심한 것으로 평가한다. 현실에서 영웅의 결핍을 실감하던 민중들에게 작은 나라에 영웅이 많아 전쟁이 발발했으니 영웅 출현을 막기 위해 단맥을 한다는 이여송의 논리는 쉽게 납득되기 어려웠을 것이다. 물론 이는 이여송 개인에 대한 것이라기보다 명군에 대한 부정적 태도 혹은 명나라에 대한 역사적 태도까지로 확대하여 볼 수 있다.

4. 역사적 상상력의 교육 방법

역사적 상상력의 교육 방법은 우선 작품의 상상세계와 형상의 특징, 표현 주체의 형상화 방식에 학습독자가 공감하는 것에서 시작된다. 이러한 공감의 과정은 실제기록이나 자료를 활용하여 상상세계와 실제세계를 비교함으로써 작품에 대한 이해를 확장하는 방향으로 연결된다. 한편으로 작품을 체험한다는 것은 비판의 과정이 수반되므로 동일한 사실을 다른 방식으로 형상화한 작품들을 통해 작가의 역사적 시각을 비판하고 작품들 간의 상호관련성을 파악하는 활동 역시 필요하다. 이러한 공감과 이해, 비판의 과정은 최종적으로 학습독자가 자신의 역사적 지평을 확인하고 그 바탕 위에서 의미를 재구성하는 단계에 이르러 온전한 역사적 상상력 체험에 도달하게 된다.

1) 공감을 통한 수용하기

역사적 상상력을 체험하기 위한 첫 단계는 해당 작품에 구현된 역사적 상상력의 세계를 온전히 수용하는 일이다. 이는 문학 작품 고유의 가치를 체험하는 일이므로 비문학적 텍스트인 역사물을 읽는 것과는 다른 방안이 요구된다.

① 기대지평 조정하기
학습독자는 특정한 의도와 목적, 필요에 따라 텍스트를 선택하고 자신의 기대지평을 바탕으로 문학작품을 수용한다. 특히 역사소설은 역사와 소설의 결합이란 이중적 성격으로 창작자의 의도와 수용자의 기대지평에 따라 달리 해석되고 이해될 수 있는 여지가 있다. 기대지평이란 학습독자가 이미 읽었던 다른 작품에서 얻은 지식이나 이전 경험의 누적으로 형성된 인식의 범주이다. 학습독자의 기대지평은 독서 관습인 장르에 대한 이해와 배경지식, 두 가지 측면으로 나눌 수 있다. '역사소설'이란 장르는 일종의 외적 표지로 학습독자는 이를 통해 작품이 허구의 형상화인 소설임을 확인하고 텍스트 내용을 어떻게 인식하고 해석할지를 결정한다. 즉 문학의 장르 관습은 작자의 창작에 관여할 뿐 아니라 독자에게 특정 문학작품에 접근하는 방식을 안내하는 의식적이고도 무의식적인 소통문법이 된다. 역사소설을 역사서가 아닌 소설로 인식하면 역사적 상상력의 의미가 작품 속에 주어져 있을 것이라는 기대를 가질 수 있고 작자와 독자 사이에는 이야기를 직접적인 현실로 여기지 않는다는 일종의 암묵적 동의가 성립되는 것이다. 학습독자가 역사소설을 '소설'로 읽는 것은 학습독자의 태도와도 관련되는데 이때 학습독자는 널리 공인된 진실과 핍진함에 대한 관념들을 어떻게 재구성하고 문제시하는가 하는 의문을 중심으로 서사에 대한 기대감을 형성한다.

한편 학습독자의 기대지평은 그의 개인적 관심과 배경지식과 관련된다. 특정 작품을 선택하는 것에는 학습독자 개인의 취향과 관심이 전제된다. 특정 역사적 사실을 소재로 된 소설을 수용한다는 것은 해당 역사 현실에 대한 관심을 표명하는 것이기 때문이다. 또한 역사소설은 역사적 사실을 소재로 하고 있기에 학습독자는 자신의 역사적 배경지식을 바탕으로 역사소설을 접하게 된다. 익히 알려진 역사적 사실에 대한 기록인 역사소설을 읽는다는 것은 기존에 내려진 많은 해석들이 학습독자의 머릿속에 잠재되어 있는 상태에서 새로운 상상력을 수용하고 미학적으로 반추하는 과정인 것이다. 학습독자는 익히 알려진 역사적 사실이 서사를 통해 진행될 것이라는 기대를 형성하며 작품에 몰입하고 설사 기대대로 서사가 진행되지 않더라도 사실의 변형에서 오는 흥미를 느끼게 된다. 학습독자의 역사에 관한 배경지식은 개인별로 차이를 가질 수 있고 정보가 불완전하거나 왜곡될 경우 오히려 작품 이해에 방해가 될 수 있으므로 간략한 사실 정보를 제시하는 것도 학습독자에게는 도움이 될 수 있다.

역사소설을 수용하는 학습독자는 과거의 역사를 있는 그대로 보는 것이 아니라 현재의 필요에 의해서, 즉 현재의 문제의식에 의거해 본다. 즉 학습독자는 미리 가지고 있는 경험이나 문제의식에 입각하여 물음을 제기하고 대상을 주체화하여 이해한다. 역사소설을 접할 때 대상과 학습독자가 알고 있는 것 사이의 연속성이 없는 상태에서 역사현실 자체는 아무런 것도 드러낼 수 없다. 학습독자는 자신의 삶과의 관련 속에서 역사 속 인간에 주목하기에 학습독자의 기대지평을 조정하는 일은 학습독자의 흥미와 관심, 능동적 참여를 유도하는 데 필수적이다.

② 구성요소를 중심으로 형상성 따라가기

학습독자가 공감하는 역사적 상상력은 표현 주체의 역사적 상상력이며 이는 작품의 서사세계를 통해 구현된다. 작품에 구현된 상상세계는 그것을 표현하는 방식인 형상성을 중심으로 파악할 수 있는데 역사적 상상력의 형상화란 표현 주체가 의미를 표현하는 서사적 장치이기 때문이다. 따라서 형상성을 따라 작품을 읽는다는 것은 형상화 방식이 안내하는 경로를 따라 표현 주체의 역사적 상상력에 공감하는 길이 된다.

역사적 상상력은 인물의 재현 방식, 사건 구성, 서사세계의 운영과 조직으로서의 세계관이란 세 가지 측면에서 형상화된다. 우선 역사소설에서는 어떠한 인물이 선택되었는가가 매우 중요하다. 서술에 제약을 받을 수밖에 없는 현실인물을 작가가 선택한다는 것은 분명한 의도가 있으며, 현실인물의 실제 알려진 다기한 행적 중에서 강조하고 생략하는 식의 재구성이 수반되기 때문이다. 이에 학습독자는 선택된 인물의 형상과 의미, 인물 간의 관계 설정, 인물을 통해 드러내고자 한 이념에 주목하며 작품을 살펴보아야 한다. 다음으로 역사적 상상 세계의 사건 구성은 하나의 역사적 사건을 개별 삽화의 나열을 통해 전체적으로 조망하려는 경향이 두드러진다. 따라서 사건을 드러내는 각각의 삽화에 주목하여 개별 삽화의 의미는 무엇인지, 삽화들은 어떤 공통점을 갖는지, 삽화와 삽화는 어떤 방식으로 연결되는지를 중심으로 살펴볼 필요가 있다. 마지막으로 역사소설에서 서술은 역사적 태도를 가장 분명하게 드러내는 방식이다. 서술의 양상은 등장인물과 서술자의 층위를 통해 구현되는데 등장인물의 대화나 독백을 통해 드러나는 세계관과 서술자의 발화는 모두 특정 역사적 태도를 견지한다는 점에 주목해야 한다. 특히 서술자가 사건에 대해 직접적인 목소리를 내거나 인물에 대해 가치 평가적 태도를 취할 경우 이는 역사적 상상력이 추구하는 주제와 직결된다.

각각의 형상화 요소들은 서로 유기적으로 관련되어 있기에 학습독자는 형상화 요소를 잣대로 작품에 분석적으로 접근하는 것이 아니라 그 관계성을 따를 때 서사세계에 공감할 수 있다. 역사소설에서 인물은 사건을 진행하는 주체이면서 대화나 독백을 통해 세계관을 표출하며 서술자의 발화는 사건을 중심으로 나타나고 인물은 사건을 통해 부각되듯 각각의 요소는 독립적으로 존재하지 않기 때문이다.

2) 사실의 확인을 통한 이해 확장하기

일반적으로 문학 텍스트의 상상세계는 경험세계와 직접적인 상관관계가 아니므로 학습독자는 서사세계를 현실과 엄밀히 비교·대조할 필요가 없이 텍스트의 내적 구조에 의해 타당성과 일관성을 판단하고 수용한다. 이와 달리 역사적 상상력의 서사세계는 작품의 상상세계와 별개로 현실 세계가 존재하고 현실세계의 논리나 판단 구조가 끊임없이 상상세계에 영향을 미치며 표현 대상과 직접적인 관련을 형성한다. 따라서 역사에 대한 관심과 지식은 역사적 상상력의 기반이 되므로 역사적 사실에 대한 지식이 확대될수록 역사적 상상은 활발해질 수 있다.

다른 소설과 마찬가지로 역사소설도 작가의 상상에 의한 세계의 창조이며 정확한 고증은 부차적인 문제라 해도 역사소설이 역사와의 관계 속에서 규정되는 이상 사실과 허구는 지속적으로 영향을 받을 수밖에 없는 문제이다. 역사소설은 역사적 사실을 소재로 새로운 세계를 구성하므로 역사적 상상력을 촉발하는 원재료로서 역사현실과 서사세계 사이의 차이를 확인할 필요가 있다. 이는 객관성과 자료 해석의 엄밀성을 추구하는 역사 기록을 통해 확인 가능하다.

역사적 상상력은 역사적 사실의 상상적 변개이며 표면적으로는 허구와 사실이라는 두 층위로 제시된다. 그러나 역사 소설에 반영되는 사실은 오롯이 객관적인 사실이 아니며 역사소설에 나타난 허구는 많은 부분 현실을 반영한다는 점에서 의미화된 허구이다. 학습자가 도달해야 할 목표는 역사소설이 얼마나 사실의 기록에 접근했느냐가 아니라 사실을 어떻게 변개했고 그 변개를 통해 어떤 의미를 구현하고자 했는가를 생각해 보는 것이다.

작품의 상상세계를 실제 현실과 비교·대조하는 일은 역사현실에 대한 사실적 지식을 획득할 수 있게 하는 것은 물론 역사소설의 역사적 상상력이 촉발된 시작점을 확인하는 것을 통해 주관성과 창조성이 강조되는 역사소설 장르에 관한 이해의 폭을 확장하게 할 수 있다.

3) 비교를 통한 역사의식 비판하기

역사적 상상력을 체험했다는 것은 대상을 볼 수 있는 새로운 시각을 얻었다는 것으로 대상을 새롭게 이해할 수 있는 능력이 생겼음을 의미한다. 학습독자가 체험한 역사적 상상력은 그것을 다른 텍스트에 적용함으로써 역사적 상상력에 대한 이해를 공고히 하는 계기를 마련할 수 있다. 따라서 학습독자는 단일 텍스트를 통해 역사적 상상력을 충분히 체험한 뒤 그것을 반추할 필요가 있다. 이러한 반추는 표현 주체의 역사적 상상력을 비판하는 활동을 통해 가능할 것이다. 역사적 상상력은 현재의 입장에서 과거를 돌아보는 일이기에 어떤 식으로든 역사에 대한 특정 태도를 드러낸다. 학습독자가 이를 수용한다는 것은 공감은 물론 비판의 과정도 포함한다. 학습독자는 동일한 소재에 대해 상반되는 역사적 태도를 보이는 작품을 비교하는 활동을 통해 작가의 역사의식을 비판적으로 인식하고 자신의 역사의식과 지식을 바탕으로 이를 재인식할 수 있다.

예를 들면 세조는 역사적 평가가 크게 엇갈리는 인물이다. 이러한 역사적 시각 차이를 역사적 상상력으로 형상화한 작품으로 이광수의

〈단종애사〉와 김동인의 〈대수양〉을 들 수 있다. 두 작품은 동일한 역사적 사건을 바라보는 표현 주체의 역사의식에 따라 판이한 역사적 상상력이 발휘될 수 있음을 보여주는 좋은 예이다. 학습독자가 비교를 통해 역사의식을 비판하는 활동은 이처럼 대조적인 관점을 보이는 경우 더욱 잘 드러날 수 있지만 역사소설이란 기본적으로 역사의식을 수반하기에 한 편의 역사소설에서 다양한 역사소설로 확장하는 것도 가능하다. 이를테면 〈임진록〉의 이야기들은 당시 간신들의 참소로 억울하게 옥사한 의병장 김덕령의 생애를 다룬 〈김덕령전〉이나 사명대사의 전쟁에서의 활약을 그린 〈사명당전〉, 탄금대 전투를 중심으로 서술되는 윤계선의 〈달천몽유록〉에서도 찾아볼 수 있다. 임진왜란을 소재로 하는 다른 작품들과의 상호관련성 속에서 동일한 역사적 사실에 대한 차별화된 역사적 시각과 형상화 방식을 확인할 수 있을 것이다.

역사적 상상력은 결국 작가가 역사를 바라보는 방식, 혹은 태도를 기반으로 하기에 역사소설 읽기는 작가의 역사에 대한 태도에 동의하고 비판하며 그를 넘어서는 시각을 정립하는 것이다. 작가가 문제시하는 역사의 단면을 생동감 있게 경험하고 인간의 삶에서 역사가 미치는 영향력을 문학을 통해 조응하게 하는 것이 역사소설 읽기의 목적이다. 이는 역사적 사건을 넘어 현대사회가 안고 있는 문제적 사건을 비판적으로 인식하는 데까지 나아갈 수 있다.

4) 역사적 연계성을 중심으로 의미 재구성하기

학습독자가 직접 역사적 상상력을 발휘하여 의미를 재구성할 때 학습독자의 역사적 상상력이란 작품 전체를 구성할 수 있는 큰 능력이 아니라 역사소설의 전망을 확인할 수 있고 역사적 사건에 대해 전망을 제안하는 수준의 것이다. 학습독자가 역사적 상상력을 발휘하기 위해서는 현재의 상황을 기반으로 특정 과거의 사실에 주목하여 의미를 생성해야 한다. 즉, 역사적 연계성을 중심으로 역사적 사실을 살펴보아야하는데 역사적 연계성은 역사적 사실을 과거의 것이 아니라 현재에도 여전히 유효하고 유용한 것으로, 혹은 과거에서부터 현재에 이르는 변화의 과정으로 인식하는 태도를 의미한다.

인간은 역사를 이루는 현재 속에서 살아가며 역사는 인간 경험의 총체이다. 역사소설은 학습독자에게 역사를 화석화된 정보가 아니라 현재에도 여전히 유의미한 사건으로 생동감 있게 느끼게 한다. 역사소설의 내용은 뇌리에 더 잘 기억되는 경향이 있는데 이는 학습독자가 체험한 역사적 사건이 현실에 영향을 미치는 것으로 인식할 때 두드러진다. 역사소설이 문제 삼고 있는 역사는 현재의 삶과 연장선에 있으며 따라서 오늘날 인간의 삶을 비추어 보는 토대로 작용할 수 있다는 것에 주목할 때 학습독자의 역사적 상상력은 활발하게 발휘될 수 있다. 하나의 역사적 소재가 시대를 넘어 창조적으로 재구되는 것이라면 더욱 그러하다. 시대를 지나 향유되고 창작된다는 것 자체가 역사적 연계성을 담보하기 때문이다. 이러한 점에서 역사소설의 소재는 동일한 사건이나 인물을 다룬다고 해도 그 각각은 서로 다른 인물과 사건이라 할 수 있다. 그것은 표현 주체의 현실에 비추어 생성된 새로운 의미를 가지기 때문이다.

역사소설은 작품이 생성되고 수용되는 맥락을 가지며 이는 표현 주체와 향유자의 현실인식과 밀접한 관련이 있다. 따라서 학습독자는 작품이 소통되는 시대나 상황에 따라 달리 표현되는 역사적 상상력을 찾아보는 활동을 통해 역사소설이 당대의 맥락을 구현하는 과정을 수

반하는 것을 알 수 있다. 예를 들어 이순신은 대표적인 역사 인물 중한 사람으로 시대를 넘어 여러 측면에서 역사적 상상력을 환기하는 소재이기도 하다. 이순신이란 인물 자체의 역사적 실재는 변화하지 않지만 김훈의 〈칼의 노래〉에서 이순신의 모습은 내적 갈등과 사회적 과업 속에서 고민하는 실존적 개체로, 이광수의 〈이순신〉에 나타난 충의의 화신이자 민족 영웅 이순신을 탈피하여 새로운 의미를 획득한다. 이 변화의 기저에는 식민지 시대라는 정치사회적 상황과 실존하는 개인에 천착하는 맥락이 각각 자리하고 있다. 이는 역사의 재구성을 통해 집단기억이 확장되는 것을 학습독자에게 보여 준다. 학습독자는 일차적으로 자신의 시대적·문화적 지평과 더불어 특정 역사적 인물이나 사건이 부각되거나 강조되는 이유를 생각해 보고 그 기저에 존재하는 맥락을 따져 본다. 이후 어떤 점에서 현대적 의미를 획득할 수 있는지를 생각해 봄으로써 학습독자도 자신의 현실을 객관적으로 인식하고 그것에 비추어 과거를 재현하고 재구성하는 역사적 상상력을 발휘할 수 있게 된다.

■ 연구의 의의와 남은 과제

문학교육의 측면에서 역사적 상상력을 설계하고자 하는 이 연구는 크게는 문학교육에서 논의되고 있는 상상력과, 작게는 역사적 상상력이 형상화된 대상인 역사소설 〈임진록〉의 교육 내용과 관련된다. 문학 교육에서 상상력은 중요한 화두이며 그간의 연구들을 통해 상상력의 범주가 구체화되고 위계화됨에 따라 상상력 교육의 구체적인 원리와 방법을 밝히는 것이 가능하게 되었다. 이에 시 교육에서의 상상력, 소설 교육에서의 상상력, 작가와 독자의 상상력 등 문학적 상상력의 본질과 특성에 기반하는 문학적 상상력의 하위 범주들이 설정되었다. 유사한 맥락에서 역사적 상상력의 설정은 개별 역사소설을 통해 독특하고 개별적인 상상력의 개념과 그 실체를 면면히 밝히고 이를 실제 교육 현장에서 곧바로 활용할 수 있도록 하는 것에 치중하였다.

분석의 대상으로 선정된 〈임진록〉은 국문학적 연구에 비해 교육 내용은 여전히 부족한 실정이다. 〈임진록〉이 조선 후기 비슷한 시기에 나온 작품들과 사뭇 다른 성격을 보이며 특이한 형성과정과 복잡한 이본 체계를 가지고 있기에 교육의 장으로 쉬이 전이되지 못한 까닭이다. 〈임진록〉에 대한 이해도 의미가 있지만 교육이 가치 있는 것의 전이란 점에서 본다면 전달할 바를 선택하고 구체화하는 것은 더욱 중요하다. 〈임진록〉의 여러 이본을 막론하고 역사적 상상력은 공통적으로 나타나며 이는 작자의식과 밀접한 관련을 맺고 있기에 〈임진록〉을 교육하는 데 반드시 설정되어야 할 교육 내용 중의 하나이다. 연구에서는 한 편의 작품에 국한하여 논의하였지만 이상의 시도가 넓게는 역사소설을 읽는 이유와 의미, 효과를 밝히는 것은 물론 역사소설 이해의 방법적 측면까지로 확대되기를 기대해 본다.

※관련 논문 : 서보영, 역사소설의 역사적 상상력 교육 연구 -〈임진록〉을 중심으로, 서울대학교 대학원 석사학위 논문, 2006.

서사 공간
서사의 의미와 세계를 함축하는 공간

고전소설의 서사 공간 이해교육

이지원

　본 연구는 서사에서의 공간의 위상에 주목하여, 공간 범주로 소설을 이해하는 방법을 〈운영전〉을 중심으로 구안하였다. 〈운영전〉의 서사 공간인 수성궁은 작품의 주요 무대일 뿐만 아니라, 서사의 핵심 갈등, 인물의 성격과 심리, 그리고 작품의 미학과도 밀접하게 연관되어 있어 서사 구성의 핵심 원리로 기능한다는 점에서 〈운영전〉에서 그 위상을 확립할 수 있다. 또한, 〈운영전〉의 서사 공간은 그간 안평대군을 중세적 가치 혹은 성리학적 이념을 추구하는 인물로 보았던 기존의 연구가 설명하지 못하였던 안평대군의 반중세적, 반성리학적 행위를 해명 가능하도록 하며, 〈운영전〉의 핵심 미학인 비극성을 단순히 운영과 김진사의 비극적 사랑 차원에서 논하는 것이 아니라, 중층적 비극의 구조로 새롭게 조명할 수 있도록 한다는 점에서 그 의의가 있다. 궁극적으로, 〈운영전〉의 서사 공간에 대한 이해는 〈운영전〉 서사 세계 및 작품 전체에 대한 이해로 확장 가능하며, 〈운영전〉의 서사 공간을 통해 확장된 학습자의 공간과 세계에 대한 인식은 〈운영전〉을 실제 삶과의 내적 연관 속에서 온전히 이해할 수 있도록 도모한다는 점에서 교육적 의의를 발견할 수 있다.

■■ 관련 키워드 : 서사 공간, 〈운영전〉, 수성궁

◇ 서사 공간의 개념 : 서사 공간의 기원은 물리적 공간과 문학적 공간 개념을 구분한 아리스토텔레스(Aristotle[1])로 거슬러 올라갈 수 있다. 그는 『시학(詩學)』에서 문학작품의 배경에 대해 언급하면서, 비극의 성질을 결정하는 비극의 구성 요소를 플롯, 성격, 조사, 사상, 장경(場景), 가요로 설정하였다. 특히 모방의 양식인 장경은 다른 요소들에 비해 예술성이 적고 작술 영역에 속하지 않는다는 점에서 연극에서 배경이나 무대 장치로 활용되어 왔는데, 이때 장경(場景)을 극을 수행하는 공간으로 상정할 수 있다.[2] 이때 장경과 함께 공간이 의미를 형성하는 과정에서 성격화에 실패하면 그저 단순 배경에 머물게 된다는 점에 주목하여, 갈등을 해소하며 성격을 구현하는 방식으로 공간이 활용되어야 한다고 하였다. 아리스토텔레스의 공간에 대한 이러한 접근은 문학 공간의 가능성을 모색하였다는 점에서 의의를 지닌다.[3] 이렇게 아리스토텔레스에 의해 문학에서의 공간의 역할이 주목받았다면, 근대에 이르러서는 본격적으로 서사 공간에 대한 논의가 전개되기 시작한다. 이후 서사 공간에 대한 본격적인 접근은 현상학적 관점(G. Bachelard, M. Heidegger), 기호학적 관점(R. Barthes, J. M. Lotman), 구조주의적

-----

1   Aristotle, *De Arte Poetica Liber*, 천병희 역, 『시학』, 문예, 2006.

2   백무늬, 「이청준 소설의 공간 연구 : 의미 형상을 중심으로」, 경희대학교 대학원 석사학위 논문, 2016, p.23.

3   백무늬, 위의 글, 같은 쪽.

관점(M. Bal, S. Chatman) 등에서 다양하게 이루어져 왔으며, 이러한 논의들은 서사 공간을 배후적인 것에서 서사 전반으로 이끌어 내었다는 점에서 의미를 지닌다.

공간에 대한 기존의 시각으로부터의 탈피의 필요성을 느낀 이론가들은 서사 공간이 기본적으로 실제 세계 혹은 현실 세계를 모형으로 하여 창출되나, 공간이 서사체에서 형상화되는 과정에서 굴절됨으로써 현실 세계와는 다른 공간이 창출됨에 주목하였다. 이에 대해 잉가르덴(R. Ingarden)은 "본질적으로 물리적 공간과 문학적 공간 사이의 경계를 분명히 해야 한다."[4]고 하였다. 따라서 서사론에서 공간 문제에 접근할 때에는 우선 서사체에 기술된 공간 형상이 실제 세계 어딘가를 지시하고 있을 것이라는 논리적 착종에서 벗어나, 서사적 공간 형상이 실제 공간 형상에서 굴절된 양상으로 드러날 것이라 전제하는 자세가 필요하다.[5] 이때 중요한 것은 문학에서의 공간이 실제 공간과 어떻게 유사한가를 탐구하는 것이 아니라, 공간이 문학작품 속에 어떻게 형상화되어 있는가, 공간으로부터 파생되는 표상적 의미는 무엇인가, 그리고 독자가 공간의 의미를 어떻게 구성하고 해석하나가는가이다. 또한, 공간적 좌표들은 세계관 및 이데올로기적 좌표들로 옮겨 이해될 수 있어 새로운 의미 층위를 낳는다.[6]

-----

4   B. Hillebrand, *Mensch und Raum in Roman*, Winkler Verlag, 1971, p.8.

5   장일구, 「서사적 공간의 상징적 기획」, 『한국어와 문학』 제58집, 한국언어문학회, 2006, p.360.

6   Hans-Werner Ludwig (Hrsg.), *Arveitsbuch Romananaltse*, Guter Narr Verlag, 1982, S.171-173.

이처럼 서사 공간은 의미 창출에 기여하는 관념적 추상 차원에서 논급할 여지가 많은데, 이는 장소가 아닌 공간인 논항 탓에 더욱 그러하다.[7] 가시적인 차원이 명징하고, 지각 가능하며, 대상으로 주어지는 장소와 달리, 공간은 의미를 함축한 표상적인 개념으로 분석이나 이해를 통해 추론 가능하며, 시점에 따라 상이한 의미를 창출하는 구성체이기 때문이다. 즉, 가시적인 차원이 명징하여 구획이 분명한 '장소'와 달리 '공간'은 의미를 함축한 표상[8]이며, 지각 가능한 장소와 달리 공간은 분석이나 이해를 통해 추론 가능한 국면인 것이다. 이러한 의미를 가지는 공간은 지각자(서술자)에 의해 서사체에 형상화될 때 재구성되고 상대성을 띠게 된다. 서사 공간은 실제 물리적 공간과 굴절된 양상으로 드러나며, 그 구현 과정에서 공간의 이미지는 정신적 이미지화[9]를 거치게 된다. 즉, 대상으로서 주어지는 장소에 비하여, 공간은 시점에 따라 상대적인 것으로 구성되고 기획을 통해 다각의 양상이 빚어지는 구성체[10]라고 할 수 있다.

그런데 이러한 의미 표상과 구성체로서의 서사 공간은 비단 물리적 지표의 변형에만 국한되지 않으며, 궁극적으로 상징적 기획을 통해 구성된 세계의 공간성을 지향[11]한다. 서사 공간은 공간의 의미 구성과 상징적 기획을 통해 드러난 서사 세계를 함축하는 것이

-----

7 장일구, 앞의 글, 2006, p.361.

8 장일구, 『서사공간과 소설의 역학』, 전남대학교출판부, 2009, p.219.

9 Hans-Werner Ludwig (Hrsg.), *Arebeitsbuch Romananalyse*, Guter Narr Verlag, 1982, p.171.(장일구, 위의 책, 2009, p.218에서 재인용.)

10 장일구, 앞의 책, 2009, p.219.

11 장일구, 위의 글, 2006, p.362.

다. 공간의 세계의 함축성에 대하여 로트만(J. M. Lotman)은 "세계는 유한한 공간 속에 재생되어 텍스트의 공간 구조는 우주 공간 구조의 모델이 된다"고 하였으며, 브릿지만(T. Bridgeman)은 서사 세계는 전적으로 공간적 개념으로 표현되며, 서사 세계는 공간에 의해 범위를 부여받는다고 함으로써 공간이 서사 세계 구성의 틀이 될 수 있음을 밝혔다. 따라서 공간의 의미 표상은 세계의 의미 표상으로 나아갈 수 있으며, 독자는 서사 공간을 이해함으로써 서사 세계를 이해할 수 있게 된다. 이때 서사 공간이 표상하는 의미와 함축하는 서사 세계는 서사에서의 공간의 역할을 통해 구체화된다. 서사 공간 자체가 의미를 표상하고 세계를 함축하기도 하지만, 서사 내적으로 다양한 서사의 구성 요소들과의 관계 속에서 세계의 모습이 총체적으로 형상화되는 것이다.

◇ 서사 공간의 역할 : 서사에서 공간의 중요성을 인식한 마이어(See H. Meyer, 1975), 로트만(J. M. Lotman, 1972), 힐레브란드(Hillebrand, 1971), 미케발(M. Bal, 1997), 롭스(Lops, 1995) 등은 공통적으로 서사에서의 공간 이론이 서술자, 시점, 시간에 비하여 상대적으로 미비하게 다루어졌다는 점을 문제로 제기하며, 서사에서 공간 논의를 전면적으로 다루어 공간 이론화의 작업을 시도하였다. 이렇게 제시된 논의에 힘입어 골덴스타인(J. P. Goldenstein, 1983), 브릿지만(T. Bridgeman, 2007), 데종(J. F. De Jong, 2012), 로스(S. Ross, 2013) 등은 공간이 서사에서 행하는 기능 및 역할과 서사에 미치는 영향에 세부적인 초점을 맞추어 연구를 진행하였다. 서사에서의 공간의 역할을 다루는 이 절에서는 이들 중 주로

골덴스타인(J. P. Goldenstein)과 데종(J. F. De Jong)의 공간 기능 분석 틀을 참고하여 논의를 전개하였다.

골덴스타인(J. P. Goldenstein)은 공간의 기능을 1)허구의 이야기를 있음직한 세계에 위치시키는 기능, 2)이야기의 극적 효과를 창출하는 기능, 3)인물에 성격을 부여(characterization)하는 기능, 4)상징적 기능, 5)두 인물을 갈라놓거나 만남을 가능하게 하는 등 인물의 행동, 갈등 및 플롯을 전개하는 기능으로 세분화함으로써, 공간을 서사의 근본적인 동작주로 설정한 바 있다. 또한, 데종(J. F. De Jong)은 서사 공간의 다양한 기능들로 1)공간의 대조를 통한 세계관 환기, 2)인물 성격의 특징화 및 심리화, 3)분위기 조성을 통한 작품의 미감 창출을 제시하였다. 데종의 분류 방법은 일반 서사 이론에서의 공간의 역할을 탐색하고 이를 고대 그리스 문학에 적용하였다는 점에서, 고전소설에서 공간의 역할을 통하여 서사의 의미와 세계를 규명하고자 하는 본 연구의 취지와 밀접하게 연관되어 있다. 이에 본 연구는 지금까지의 서사 공간 이론에서 공통적으로 언급된 공간의 기능 및 역할들을 '갈등·대립 구조의 형성 및 함축', '인물의 성격 및 특징 부각', '작품의 분위기 및 미감 환기'의 세 차원으로 항목화하여 서사 공간이 의미 형성 및 세계 구성의 핵심으로 작용함을 규명하고, 역할의 총체적인 연관 속에서 〈운영전〉의 서사 공간이 표상하는 서사적 의미와 세계상을 도출하기 위한 틀을 마련하였다.

■ 주요 내용

1. 〈운영전〉 서사 공간 구성 양상

〈운영전〉의 서사 공간은 두 층위로 이루어지는데, 하나는 작품의 배경이 된 실제 공간이며, 다른 하나는 작품 속에 형상화된 공간이다. 이때 실제 공간의 층위는 〈운영전〉에 등장하는 다양한 공간들이 모두 실존 공간들을 소재로 하여 형상화되었다는 점에서 논의의 대상이 된다. 또한 이렇게 형상화된 공간의 층위는 실제 공간을 작가의 의도에 의해 변형 및 굴절됨으로써 〈운영전〉만의 독특한 공간적 의미를 형성해나간다는 점에서 논의의 필요성을 지닌다.

1) 작품의 배경이 된 실제 공간

〈운영전〉에 등장하는 여러 공간 가운데 수성궁(壽聖宮), 비해당(匪懈堂), 소격서동(昭格署洞), 탕춘대(湯春臺)는 실제 역사적으로 존재했던 공간들로, 실록의 기록을 통해 실존 여부를 확인할 수 있다. 그러나 위의 공간들은 작품에서 실제 공간의 역사적 사실과 일치하지 않거나 실제와 다르게 묘사된다는 점에서 공간적 허구성 및 특수성을 확보하며, 이를 통해 〈운영전〉의 서사 공간은 실제 공간과 동일하게 간주할 수 없음을 유추할 수 있다.[12]

-----

12 보다 자세한 내용은 '이지원, 〈운영전〉의 서사 공간 이해 교육 연구, 서울대학교 대학원 석사학위 논문, 2017, p.58.' 참조.

2) 작품 속에 형상화된 공간

(1) 액자 외부 공간

〈운영전〉 서사는 전지적 서술자의 시점에서 수성궁에 대한 묘사로 시작된다. 〈운영전〉 서두에는 수성궁의 외부 환경에 대한 묘사가 등장하는데, 수성궁(壽聖宮)은 "장안성(경복궁) 서쪽인 인왕산(仁王山) 아래"에 위치해 있는 공간으로, 수성궁 남쪽에는 사직단(社稷壇)이 위치하며, 동쪽에는 경복궁(景福宮)이 위치한다. 사직단은 백성의 복을 위해 제사하는 국토의 신인 사(社)와 곡식의 신인 직(稷)을 아울러 이르는 말로, 흔히 국가나 조정(朝廷) 자체[13]를 일컫기도 하였으며, 경복궁은 조선 왕조의 법궁으로, 세종에 이르러 조선 왕조의 중심지가 되었다.

이러한 지리적 공간 배치와 공간 묘사는 액자 외부에서 묘사되는 수성궁이 물리적으로는 도성의 중심지이나, 한편으로는 정치와는 거리를 두고 있는 이중적이고 모순된 공간임을 나타낸다. 수성궁의 이러한 모순성과 함께 수성궁은 절승지로 묘사되어 시·서·화 등과 같은 문필과 예능을 실천할 수 있는 공간임을 암시한다. 이후 수성궁은 안평대군에 의해 폐쇄성을 지니게 되며, 도심 가운데서 폐쇄적 속성을 지니게 되는 특수한 상징성을 내포한다.

(2) 액자 내부 공간

〈운영전〉의 액자 내부 공간은 주로 운영과 김진사의 비극적 애정과 관련된 사건들의 주요 무대가 되는 공간이다. 작중 핵심 공간인 수성

-----

13 이상구, 「운영전의 갈등양상과 작가의식」, 『고소설연구』 제5집, 한국고소설학회, 1998, p.96.

궁을 중심으로 〈운영전〉의 공간을 분류해보았을 때, 〈운영전〉의 공간은 담을 매개로 한 수성궁과 수성궁 밖의 대립으로 구조화할 수 있다. 그런데 각각의 공간은 다양한 세부 공간들로 구성되어 수성궁의 공간적 특징을 다양한 방면에서 구체화시키며, 이를 통해 수성궁의 공간적 의미가 완성된다. 이를 도식화하면 다음과 같다.

〈수성궁 밖〉
무녀의 집, 산곡(山谷), 청량사, 탕춘대, 비해당

〈수성궁〉
서당, 서(西)궁, 남(南)궁, 소격서동, 별당

〈운영전〉의 액자 내부 공간 구성 양상

2. 〈운영전〉 서사 전개에서의 공간의 역할

1) '수성궁'의 폐쇄성으로 인한 갈등 관계의 형성

(1) 운영과 김진사의 애정 장애

수성궁의 폐쇄성으로 인하여 발생하는 가장 핵심적인 갈등은 운영과 김진사의 애정 장애다. 운영과 김진사의 첫 만남은 수성궁 내부의 서당(書堂)에서 이루어진다. 비록 수성궁이 운영과 김진사의 사랑을 방해하는 핵심적인 장애물로 기능하나, 수성궁의 서당은 운영과 김진사의 은밀한 만남을 일시적으로나마 가능하게 하는 매개 역할을 한다. 수성궁이라는 공간의 제약이 두 인물의 사랑 성취에 있어 장애물로 작용하기는 하지만, 역설적으로 수성궁이 아니었다면 두 인물의 만남은 성사되지 못했을 것이다. 즉, '궁'을 제외하면 두 사람이 만날 수 있는 공간은 현실적으로 존재하지 않는다. 〈운영전〉에서 두 인물의 본격적인 만남에 앞서 무녀의 집에서 일차적인 만남이 이루어지기는 하지만, 이는 예비적 만남에 불과하며 작품 전체로 보아 두 사람의 사랑이 이루어지는 공간은 수성궁이 유일하다. 수성궁, 그리고 서궁이라는 중층적으로 고립된 공간에서의 밀회는 일시적인 방편이었을 뿐, 궁극적으로 운영과 김진사의 애정은 성취되지 못한다. 수성궁은 단순히 운영과 김진사가 넘어야할 물리적 장애물일 뿐만 아니라, 안평대군의 절대 권력과 권위를 상징하는 제도적·사회적 장애물이기도 하기 때문이다. 따라서 운영과 김진사의 만남은 단순히 월궁(越宮) 행위로는 극복 및 해결될 수 없는 본질적인 차원의 문제인 것이다.

(2) 안평대군과 궁녀들의 자유를 둘러싼 갈등

학문을 최고의 가치로 삼은 안평대군은 학문의 공간으로서 수성궁의 질서를 공고히 하기 위하여, 궁녀들에게 행동적 제약을 가한다. 안평대군은 궁녀들을 외부 세계로부터 완전히 단절시킬 뿐만 아니라, 열 명의 궁녀들을 공간적으로 다시 분리하여 학문을 위한 전일화를 이루고자 한다. 이와 같은 안평대군의 수성궁에서의 학문적 지향을 위한 삶은 궁녀들의 성장을 가능하게 하지만, 한편으로는 궁녀들의 삶을 억압한다. 이 지점에서 궁녀들은 안평대군의 은혜에 대한 충성심을 지킬 것인가, 인간으로서의 정욕에 따라 살아가는 자유로운 삶을 추구할 것인가 사이에서 갈등을 겪게 된다. 그런데 〈운영전〉에서 안평대군과 궁녀들의 대립은 적대적으로 흘러가지 않는다는 점에서 갈등의 양상이 특수하다. 안평대군은 궁녀들의 초사를 반복하여 읽은 후, 화를 가라앉혔고 운영을 죽이지 않고 별당에 가두어 그의 태도를 바꾼다. 이는 이들이 모두 시적 감수성과 재능을 지닌 미적 인간이자 진정을 추구하는 낭만적 이상주의자라는 점에서 닮아있으며, 안평대군이 길러내고자 한 인간이 성리학적 이념에 충실한 도덕적 인간이 아닌, 세속의 정념과 욕망에 물들지 않은 순수한 미적 인간[14]이었기에 이러한 갈등 구조가 발생한 것이라 할 수 있다.

(3) 서궁과 남궁 궁녀들의 완사(浣紗) 장소 갈등

안평대군에 의해 서궁과 남궁으로 나누어 살게 된 궁녀들은 중층적으로 고립되고 폐쇄적인 상황 속에서 그들끼리의 교류조차도 제한되는 상황에 놓인다. 이에 따라 궁녀들 간의 접근도 어려워진다. 궁녀들이 서궁과 남궁으로 나뉘어 살게 됨으로 인해 발생한 궁녀 간 소통과 공감의 부재는 결국 완사(浣紗) 장소를 둘러싼 갈등으로까지 이어진다. 즉, 공간의 분리와 제약이 궁녀들의 갈등과 화해의 사건을 야기하는 것이다. 운영에게 김진사와의 이야기를 전해들은 자란은 운영과 김진사를 이어주기 위하여 매년 있는 완사 장소를 소격서동에서 할 것을 제안하는데, 운영과 김진사의 이야기를 알지 못하는 남궁의 궁녀들은 이에 공감하지 못하고, 결국 남궁 사람들에게까지 모든 사실이 밝혀진 이후에야 합의에 이르게 된다.

2) '수성궁'에 대한 인식과 대응 방식에서 드러나는 인물의 성격

안평대군은 수성궁의 공간적 특성을 형성한 주체적 인물이며, 이외

-----

14 강상순, 「〈운영전〉의 인간학과 그 정신사적 의미」, 『고전문학연구』 39집, 한국고전문학회, 2011, p.126.

의 인물들은 공간 조성권 및 공간 형성권을 부여받지 못한 인물이다. 따라서 안평대군이 수성궁을 어떠한 세계로 만들고자 하였는가, 그리고 공간 형성권을 부여받지 못한 인물들은 수성궁을 어떻게 인식하고, 어떻게 대응하는가를 통해 인물의 성격이 드러난다. 인물들이 수성궁이라는 동일한 공간의 영향 아래 살아가지만, 각각의 인물들이 공간에 대응하는 방식은 모두 다르게 나타나며, 이는 다양한 인물들의 개성적인 면모를 보여 준다. 또한, 수성궁과 수성궁 밖에 거하는 초점 화자들의 시각을 살피는 것은 인물들의 성격을 유추해낼 뿐만 아니라, 수성궁이라는 초점 대상의 의미를 다양한 방면에서 구체화시킬 수 있다는 점에서 유의미하다.

인물	기준	내용	인물의 성격	비고
안평대군	인식	미적·문필적 세계로서의 수성궁 인식 ⇨ 폐쇄성	이중적 성격	액자 내부 공간
	대응 방식	수성궁 질서 위반에 대한 안평대군의 용서와 유연한 태도		
운영	인식	수성궁에서의 억압적 삶과 의리 관계 사이의 고뇌	진취적 성격	
	대응 방식	폐쇄성에 대한 저항과 본능적 가치 추구		
김진사	인식	수성궁의 극복 불가능성 인식	수동적 성격	
	대응 방식	주체적 해결 방안 마련의 실패		
자란	인식	수성궁의 폐쇄성과 안정성의 동시적 인식	합리적 성격	
	대응 방식	제한된 한계 내의 수성궁에서의 삶 선택		
유영	인식 및 대응 방식	유희적 공간이 아닌 소삭(蕭索)한 폐허로 인식 ⇨ 정서적 관계의 형성의 가능성과 비회적 정조의 강조 ⇨ 공감적 청자 및 전달자의 역할	공감적 성격	액자 외부 공간

'수성궁'에 대한 인식과 대응 방식에서 드러나는 인물의 성격

3) 비극미와 비회적 정조의 환기

(1) '수성궁'의 폐쇄성과 비극미

수성궁을 통해 환기되는 비극미는 액자 내부의 수성궁에서 발생하는 사건으로 인해 환기되는 비감을 뜻하며, 비회적 정조는 비극적 사건이 끝난 이후 액자 외부 공간인 황폐해진 수성궁에서 유영과 운영, 그리고 김진사의 관계 형성 과정에서 드러나는 정조를 뜻한다.

① '수성궁'의 문화적 이미지의 모순성

안평대군이 학문 중심의 이상적 세계를 구축하는 과정에서 수성궁이라는 공간이 내포하게 되는 모순성, 이중성로부터 비극적 사건이 결부되어 드러난다. 공간의 이중적 상징성은 인물별로 그 구체적인 양상을 확인할 수 있는데, 먼저 운영과 궁녀들에게는 수성궁이 편안한 삶을 보장하는 안락한 공간이자, 그들의 자유를 억압하는 유폐적인 공간이 되어 궁녀들로 하여금 안평대군의 은혜와 자유로운 삶의 추구 사이의 갈등을 유발하는 공간이 된다. 초점을 애정 추구자로서의 운영으로 옮기면, 수성궁은 기존에는 운영과 김진사의 사랑 성취를 절대적으로 방해하는 장애물을 상징하는 것으로 여겨졌으나 수성궁의 험준함은 오히려 운영과 김진사의 밀회를 보장해주는 안전한 공간이자 애정 성취를 가능하게 하는 유일한 공간으로 변모한다.

한편 수성궁 밖은 운영과 김진사에게 탈출, 자유, 해방의 공간으로 인식된다. 그러나 운영과 김진사는 궁 밖의 현실이 어떠한가에 대한 인식이 부족한 인물들이었기에, 그들의 수성궁 외적 공간에 대한 추구는 이상적인 것에 불과했다. 즉, 수성궁 밖의 현실은 운영과 김진사가 기대했던 것과 달리 운영과 김진사에게 끊임없는 시련을 안겨주는 공간이며, 수성궁 밖은 강포한 현실을 나타내는 악한 노비 특으로 대변된다. 즉, 수성궁 외적 공간은 운영과 김진사의 해방을 위한 공간이자, 운영과 김진사에게 시련을 안겨주는 강포한 현실을 의미하는 공간이라는 이중적인 상징적 의미를 내포한다고 할 수 있다.

그러나 결과적으로는 〈운영전〉의 공간의 이러한 이중적인 상징성 가운데 하나의 속성이 강조됨으로써 〈운영전〉의 비극적 세계 형성에 기여한다. 각 공간의 이중적인 속성 가운데 수성궁은 유폐적 속성이, 외부 공간은 위험의 속성이 강조된다. 이에 운영은 인간으로서의 본성을 억압하는 수성궁으로부터 탈출을 시도하나, 수성궁 외부 공간은 자유보다는 위험의 속성이 강한 현실적 질곡의 공간으로 운영의 수성궁 탈출을 불가능하도록 한다. 이러한 공간의 이중적인 속성 가운데 유폐와 위험의 속성이 강화된 결과, 수성궁과 수성궁 외부 공간 그 어느 곳에도 위치하지 못하는 비극적 구조가 발생한다. 이렇게 수성궁이라는 공간이 지니는 긍정적인 면과 부정적인 면이 서로 모순 관계에 있으면서 생겨나는 비극적인 사건들이 〈운영전〉의 비극성과 비극적 세계의 형성에 핵심이 된다고 할 수 있다.

② 〈운영전〉의 중층적 비극의 세계와 의미

〈운영전〉의 비극성은 중층적 공간 구조를 통해 드러나며, 공간 구조와 수성궁의 공간적 의미로부터 도출할 수 있는 〈운영전〉의 비극적 세계와 비극성의 요체는 모두 '불가피성에 의해 수성궁으로 수렴되는 중층적 비극의 세계'라는 점이다. 여기서 불가피성에 의한다는 것은 안평대군과 운영에게는 모두 선택권이 주어지지 않으며, 수성궁만이 그들의 존재 공간이 된다는 것을 의미하고, 수성궁으로 수렴된다는 것은 안평대군과 운영의 귀결 지점은 모두 수성궁으로, 수성궁에서 패배하고 마는 비극적 구조를 의미한다. 중층적 비극의 공간 구조라는 것은 수성궁 자체가 정치의 기회를 잃은 안평대군에 의해 선택된 일종의 도피처임을 고려할 때, 기본적으로 도피처의 성격을 지니는 수성궁으로부터 다시 벗어나고자 하지만, 결국 벗어나지 못하고 좌절하고 마는, 도피의 도피처로서의 중층적인 비극의 구조를 형성한다는 것을 의미한다. 이를 도식화하면 다음과 같다.

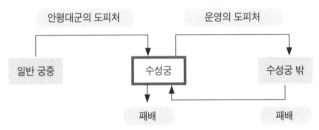

수성궁으로 수렴되는 〈운영전〉의 중층적 비극의 세계

(2) '수성궁 옛터'와 비회적 정조

〈운영전〉의 구성적 특징인 중층적 액자 구조 가운데 〈운영전〉의 핵심이 운영과 김진사의 비극적인 사랑 이야기를 다룬 액자 내부 이야기에 있다 할지라도, 외부 이야기와의 관계를 논의하지 않는다면 이는 작품을 부분적으로만 이해하는 것이 된다. 따라서 〈운영전〉의 공간을 통해 구성되는 비극성을 총체적으로 탐구하기 위해서는 외부 이야기와의 연계 아래, 전체 서사 구조에서 제기되는 작품의 비극적 성격에 대한 이해[15]가 필요하다. 인적이 드물고 황폐해진 수성궁 옛터에서 유

-----
15 문범두, 「운영전의 공간적 의미와 비극의 성격 : 수성궁을 중심으로」, 『한민족어문학』 제71집, 한민족어문학회, 2015, p.233.

영은 비회(悲懷)에 젖어 술에 취해 잠이 들게 되고 이때 황폐해진 수성궁의 모습은 안평대군이 그동안 절대적으로 의지하던 모든 것이 남김없이 허물어져 버렸다는 것을 의미한다. 이 작품의 비극은 운영과 김진사의 안타깝고 처절한 죽음과 함께, 자기실현의 모든 가능성이 봉쇄되어 존재적 의미마저 망실한 안평 종막까지 포함하는 완전하고도 철저한 파탄에 있는 것이다.[16] 즉, 황폐해진 수성궁은 더이상 안평대군의 위엄을 떨치는 공간이 아니며, 오로지 안평대군의 비극성을 상징하는 공간이 되어버린다. 이는 운영이나 김진사와 마찬가지로 안평대군 또한 피해자 혹은 패배자[17]임을 의미하며, 안평대군의 철저한 몰락을 상징하는 것으로, 이로써 〈운영전〉의 비극적인 성격은 심화된다. 그리고 운영과 김진사가 안평대군을 원망하지 않고 슬퍼하는 태도는 이들이 안평대군 또한 자신들과 마찬가지의 이유로 패배자이자 희생자가 되었음을 인식했기 때문[18]이며, 이는 안평대군의 몰락으로 인한 비회적 정조를 심화하는데 기여한다.

3. 〈운영전〉을 중심으로 한 고전소설의 서사 공간 이해 교육

이 절에서는 학습자의 〈운영전〉 서사 공간 이해 과정에서 나타난 문제점들을 보완하고, 설정한 교육 목표를 달성하기 위한 구체적인 교육 방법 및 활동을 제안하였다. 본 연구에서 다루게 될 〈운영전〉의 서사

-----

16 문범두, 앞의 글, p.237.

17 엄기영, 「〈雲英傳〉 수성궁의 공간적 성격과 그 의미」,『Journal of Korean Culture』 제18집, 한국어문학국제학술포럼, 2011, p.171.

18 엄기영, 위의 글, p.173.

공간 이해 교육의 전체 과정을 구조화하면 다음과 같다.

교육 목표	〈운영전〉의 서사 공간을 통한 서사 세계 이해와 서사 세계의 내면화					
교육 방법	서사 공간 분석과 공간 구성 방식 파악	서사 공간의 역할 이해			서사 세계의 의미 구성	서사 세계의 공감적 ·비판적 내면화
		공간과 갈등의 관계 이해	공간 인식 및 대응 방식을 통한 인물의 성격 이해	공간을 통한 분위기 및 비극성 이해		

〈운영전〉의 서사 공간 이해 교육의 과정

1) 서사 공간 분석과 공간 구성 방식 파악하기

〈운영전〉의 서사 공간을 이해하기 위해 실행할 수 있는 첫 번째 단계는 텍스트를 읽은 학습독자로 하여금 수성궁의 특수성을 인식하도록 하는 것이다. 이를 위한 학습 활동은 크게 두 가지 단계로 나누어볼 수 있는데, 첫 번째는 〈운영전〉의 핵심 공간 지표인 궁을 추출하여 궁의 일반적 속성과 비교·대조해봄으로써 〈운영전〉의 공간이 지니는 특수성을 인식하도록 유도하는 단계이며, 두 번째는 〈운영전〉을 구성하는 공간들을 전체적으로 추출하여 분류해봄으로써 〈운영전〉의 공간 구조를 이해하기 위한 기본 틀을 마련하는 단계이다. 두 번째 단계에서는 〈운영전〉의 공간이 지니는 다양한 상징적 의미들을 함께 유추해봄으로써 공간 구조의 특수성을 보다 명확히 할 수 있을 것이다.

2) 서사 전개와 관련한 서사 공간의 역할 이해하기

(1) 공간과 갈등의 관계 이해하기

〈운영전〉의 서사 공간을 통해 작품의 핵심 갈등 관계 및 의미를 유추하기 위한 활동은 크게 두 가지 단계로 구성된다. 첫 번째 단계는 구체적인 갈등의 양상을 파악하기 위한 선행 작업으로, 어떠한 공간에서 어떠한 사건이 발생하였는가를 사실적으로 살피는 단계이다. 이 단계에서는 어떤 공간에서 어떠한 사건이 발생하는지를 학습자 스스로 구성해보는 활동을 통해 〈운영전〉 이해에 있어 공간이 핵심 요소임을 학습자가 인지할 수 있도록 하며, 공간의 성격에 따라 발생하는 사건의 속성과 의미가 어떻게 달라지는지를 파악할 수 있도록 한다. 이후 수성궁이 아닌 다른 공간에서의 사건과 갈등을 상상해봄으로써, 역으로 수성궁이 사건과 인물의 갈등 관계에 미치는 영향을 인지할 수 있도록 활동을 구성한다.

두 번째 단계는 공간에 따른 〈운영전〉의 갈등 양상과 의미, 이로부터 형상화되는 〈운영전〉의 세계를 탐구하는 단계이다. 이 단계에서는 수성궁의 폐쇄성으로 인해 발생한 다양한 갈등 양상들을 도출하고, 갈등의 발생 원인을 공간을 폐쇄성을 중심으로 스스로 유추할 수 있도록 유도한다. 또한 그것이 인물 내적으로 어떠한 심리적 갈등을 일으키는지, 그러한 갈등은 어떻게 해결 혹은 미해결되는지를 파악하여, 공간의 폐쇄성에 따른 갈등 구조의 의미를 도출해낼 수 있도록 한다. 그리고 궁극적으로는 특정한 가치를 지향하는 인물이 어떤 가치 사이에 갈등하고, 갈등의 결과 어떠한 가치로 귀결되는가에 따라 어떠한 세계의 양상이 구성되는가를 파악할 수 있도록 한다.

(2) 공간 인식 및 대응 방식을 통해 인물의 성격 및 특징 이해하기
〈운영전〉의 서사 공간을 통해 인물의 성격 및 특징을 유추하기 위한 활동은 인물의 공간에 대한 인식 이해, 공간에 따른 인물의 행위 및 대

응 방식 탐구, 인물에 대한 평가의 세 단계로 세분화된다. 첫 번째로, 인물의 공간에 대한 인식을 통한 인물의 성격 탐구 단계에서는 인물이 어떤 공간에 위치해 있는지, 위치한 공간을 어떻게 인식하고 있는지, 그에 대한 인물의 심리와 감정은 어떠한지를 파악함으로써 인물의 기본적인 성격을 추출할 수 있도록 한다. 두 번째로, 공간에 따른 인물의 행위 및 대응 방식 탐구 단계에서는 인물이 공간에 어떻게 대응해나감으로써 인물들에게 주어진 제약된 상황을 수용 혹은 극복해나가는지를 탐구하여, 인물의 성격을 보다 구체화할 수 있도록 한다. 마지막으로 인물에 대한 전체적 평가 단계는 위의 두 단계를 종합하는 것으로, 인물의 공간에 대한 인식과 대응 태도가 궁극적으로 형성하는 인물상은 무엇인지를 탐구하고, 학습자가 이에 대한 자신의 해석을 표현할 수 있도록 한다.

(3) 서사 공간을 통해 형성되는 작품의 분위기 및 비극성 파악하기

이 항목은 궁이라는 동일한 공간이 설정되었음에도 상이한 분위기와 서사 세계를 형성하는 〈상사동기(相思洞記)〉와의 비교를 통해 강조되는 〈운영전〉만의 비극적 정조와 미학을 상상해보고, 이후 학습자로 하여금 수성궁이 창출하는 비회적 정조를 감지하도록 하는 활동이다. 이를 통해 작품의 비극성을 내부 액자뿐만 아니라 외부 액자를 포함하여 전체적인 차원에서 조망할 수 있도록 하는 것을 도모한다.

〈운영전〉의 공간으로부터 창출되는 분위기와 이로 인해 형성되는 비극성을 파악하기 위한 활동은 '공간 묘사의 차이로 인해 발생하는 작품의 미학 상상하기'와 '분위기 감지를 통해 작품의 비극성 파악하기'의 두 단계로 구분된다. '공간 묘사의 차이로 인해 발생하는 작품의 미학 상상하기'는 운영과 김진사의 비극적 사랑을 이야기하는 액자 내부 공간에 대해 탐구하는 활동으로, '만일 수성궁이 험준하지 않게 묘사되었다면, 즉 〈상사동기〉와 같이 허물어지게 묘사되어 출입이 어렵지 않은 공간이었다면, 운영과 김진사의 관계는 어떻게 변화하였을까'의 질문에 대해 학습자로 하여금 상상해보도록 함으로써, 〈운영전〉의 공간 묘사가 창출하는 비극적 분위기에 대하여 파악할 수 있도록 한다.

다음으로 '분위기 감지를 통해 형성되는 비극성 파악하기' 단계에서는 액자 외부 공간에서 수성궁이 어떻게 묘사되고 있는가를 학습자가 찾도록 유도한다. 이 단계에서는 황폐하게 묘사되는 수성궁의 모습을 통해 환기되는 비극적 분위기를 이끌어낼 수 있도록 한다. 그리고 액자 구조 전반에서 형성되는 작품의 비극성을 파악하기 위해, 과거와 달리 황폐하게 묘사되는 수성궁 옛터가 운영과 김진사의 애정과 안평대군의 운명에 있어 암시하는 바를 찾을 수 있도록 하여, 이후 〈운영전〉의 비극적 구조와 비극적 세계를 이해하기 위한 토대를 형성한다.

3) 서사 공간을 통해 서사 세계의 의미 구성하기

이 항에서는 앞서 제시된 활동들의 통합적인 작용 속에서 〈운영전〉의 공간이 담아내는 비극적 세계상은 어떠한가에 대한 학습자의 이해를 도모하는 것을 목적으로 한다. 교사는 학습자가 〈운영전〉의 비극성의 핵심을 파악하여 〈운영전〉의 비극적 세계를 이해할 수 있도록, 〈운영전〉의 중층적 비극의 세계를 이끌어낼 수 있는 유도 질문들을 학습자에게 제공할 수 있다. 그리고 이를 통해 운영과 안평대군이 모두 불가피성의 원리에 따라 수성궁 이외에는 어떠한 선택도 하지 못했던 비극적인 인물상이었음을, 그리하여 수성궁이 세계의 전부였던 인물들이 세계에 패하고 마는 비극적 구조를 이해할 수 있도록 유도한다. 이러한 과정을 통해 궁극적으로는 학습자가 〈운영전〉의 전체 서사 세계의 양상을 파악하고, 인물이 세계에 패배하는 비극적인 세계가 의미하는 바를 유추해낼 수 있도록 한다.

4) 서사 세계를 공감적·비판적으로 내면화하기

(1) 등장인물과 학습자의 대응 방식 상호 조회하기

이 항목은 학습자가 〈운영전〉의 상황을 자기 자신이 처한 상황으로 치환하여 '내가 〈운영전〉의 공간에 속해 있다면, 수성궁을 어떻게 인식하고 그 상황에서 어떠한 태도를 취하였을까?'에 대한 인식 과정을 통해, 등장인물과 학습자의 대응 방식을 상호 조회해보는 단계이다. 이 단계는 〈운영전〉의 서사 세계를 내면화하기 위한 사전 단계로 제시할 수 있다.

〈운영전〉의 등장인물과 학습자의 대응 방식의 상호 조회를 통해, 〈운영전〉을 자신의 상황과 관련지어 이해할 수 있도록 하는 활동의 단계는 다시 '등장인물의 공간 인식 및 공간 대응 방식을 학습자 자신의 방식과 비교해보고, 이를 자신의 기준으로 평가해보기-〈운영전〉의 상황에 자신의 대응 태도를 적용하여 〈운영전〉의 등장인물이 되어 갈등 상황을 해결해보기'의 두 단계로 구성된다.

'등장인물의 공간 인식 및 공간 대응 방식을 나의 방식과 비교해보고, 이를 나의 기준으로 평가하기' 단계에서는 '나'의 기준을 적용하는 활동을 한다. 이러한 활동을 통해 학습자는 공감 가는 〈운영전〉 등장인물의 공간 인식 및 대응 방식을 이야기해볼 수 있으며, 반면 공감 가지 않거나 이해할 수 없었던 등장인물의 공간 인식 및 대응 방식에 대해서는 나의 기준과 근거로 이를 비판하고 평가할 수 있다. 다음으로 〈운영전〉의 상황에 나의 대응 태도를 적용하여, 〈운영전〉의 등장인물이 되어 갈등 상황을 해결'해보는 것이다. 자신이라면 수성궁을 어떠한 공간으로 인식하였을지, 자신이 운영과 김진사, 혹은 자란이라면 어떠한 대응 태도를 취했을 것인지, 반대로 자신이 안평대군이라면 수성궁이라는 공간을 어떠한 질서와 규범을 지닌 세계로 구성할 것인지에 대하여 그 해결 방안과 대안을 스스로 탐색해보도록 한다. 이를 통해 학습자가 문학 텍스트와의 거리를 좁히고 텍스트와 직접적으로 관계 맺을 수 있도록 한다.

(2) 〈운영전〉의 서사 세계를 공감적·비판적으로 내면화하기

공간은 세계를 함축하므로, 학습자의 공간에 대한 인식이 전제될 때 세계에 대한 인식으로 나아갈 수 있다. 이에 본 연구는 학습자의 세계에 대한 인식을 서사 공간을 통해 드러나는 〈운영전〉의 서사 세계와 연관 지어 내면화할 수 있도록 하는 활동을 제시하였다. 〈운영전〉의 서사 세계를 공감적, 비판적으로 내면화하는 단계는 다시 '〈운영전〉의 비극적 서사 세계 이해하기-공간으로부터 드러나는 학습자가 속한 세계의 모습 파악하기-〈운영전〉의 비극적 서사 세계를 공감적, 비판적으로 내면화하기'의 세 절차로 구성된다.

먼저 '〈운영전〉의 비극적 서사 세계 이해하기'는 학습자의 세계와 〈운영전〉의 서사 세계를 연관 짓기 위한 사전 준비 단계이다. 이 단계에서는 〈운영전〉의 서사 공간을 분석적으로 이해한 결과 도출한 〈운영전〉의 서사 세계를 정리하고, 서사 세계가 당대의 독자들에게는 어떻게 받아들여졌을지, 학습자들이 당대의 독자였다면 〈운영전〉이 형상화하는 세계를 어떻게 받아들였을지를 탐구한다.

다음으로 '공간으로부터 드러나는 학습자가 속한 세계의 모습 파악하기'는 학습자가 〈운영전〉의 서사 세계를 자신과 연관 짓기 위한 준비 단계이다. 이 단계에서 학습자는 자신이 처한 공간의 속성으로부터 세계의 모습을 도출하고 확장시키는 활동을 한다. 학습자가 사회 혹은 세계가 자신만이 아니라 친구들과 함께 공유하는 공간이라는 점을 인식할 수 있도록 하고, 학습자가 속한 세계는 어떠한 모습을 띠고 있는가를 글, 그림 등으로 통해 자유롭게 표현해보도록 함으로써 학습자가 자신을 둘러싼 세계에 대하여 스스로 탐구해볼 수 있도록 하는 기회를 제공한다.

마지막으로 '〈운영전〉의 비극적 서사 세계를 공감적, 비판적으로 연관 지어 내면화하기'는 학습자의 자신의 세계에 대한 인식을 본격적으로 〈운영전〉의 서사 세계에 적용 및 대입하는 단계이다. 이 단계에서는 학습자 자신이 〈운영전〉의 비극적 세계를 경험한다면, 현재 학습자가 속한 세계의 구성원으로서 동의하거나 공감하는 부분은 무엇인지, 혹은 동의하지 않거나 비판하고 싶은 세계의 모습과 질서는 무엇인지 등에 대해 탐구해봄으로써, 학습자 자신의 세계에 대한 인식을 〈운영전〉의 서사 세계에 적용할 수 있도록 한다. 또한, 〈운영전〉이 단지 비극적 서사 세계를 보여주는 작품만이 아니라, 학습자가 세상을 살아가는 과정에서 마주치는 다양한 갈등 상황과 세계의 본질들을 간접적으로 체험할 수 있도록 하는 작품임을 깨닫도록 한다. 작품 속 인물들의 공간 인식과 대응 방식이 학습자와 텍스트의 관계 맺기를 통해 작품의 이해로 전환된다면, 진정한 의미의 내면화가 달성되었다고 볼 수 있을 것이다.

■ 연구의 의의와 남은 과제

본 연구는 그간 사회·역사적 맥락과의 연관 속에서 연구되어 온 〈운영전〉의 공간을 텍스트 내적 차원에서 세밀하게 살핌으로써 〈운영전〉의 온전한 이해를 위한 방안을 마련하고, 학습독자가 〈운영전〉의 서사 공간을 단순히 분석적으로 읽어나가는 방법의 차원에서 나아가, 〈운영전〉의 서사 공간을 실제 학습독자의 삶과의 연관 속에서 이해하는 것을 도모하였다는 점에서 진정한 이해 교육으로서의 교육적 의의를 지닌다고 할 수 있다.

본 연구는 연구 관점에 따라 〈운영전〉의 실제 현실 공간으로 서사 공간의 의미를 밝히지 않고, 공간을 통해 드러나는 서사의 의미와 세계를 탐구하는 데 초점을 두었다. 그러나 본 연구는 작품의 배경이 된 실제 공간과 작품 속에 형상화된 공간 사이의 불일치성을 이끌어내는 과정에서 당대의 수성궁에 대한 역사적 고증을 충분히 이끌어내지 못하였다는 한계점을 지니고 있다. 이러한 한계를 극복하기 위하여 수성궁을 포함한 〈운영전〉의 전체 공간에 대한 역사적 자료의 검토가 후속 연구를 통해 보완되어야 할 것이다.

※관련 논문 : 이지원, 〈운영전〉의 서사 공간 이해 교육 연구, 서울대학교 대학원 석사학위 논문, 2017.

_세계관 작품을 생성하는 근원적 시각

고전소설의 이원적 세계관

김서윤

고전소설에 흔히 등장하는, 천상계라는 초월적 세계의 존재를 어떻게 이해할 것인가? 천상계와 지상계가 공존하며 교섭하는 이원적 세계관은 고전소설의 서사세계를 규정하는 주요한 특질로서 고전소설 교육의 핵심 요소이다. 고전소설의 보편적 서사구조는 천상계에서 본래의 삶을 살다가 무언가 잘못을 저질러 잠시 지상계로 유배를 내려온 인물이 정해진 시련을 겪은 뒤 다시 천상계로 돌아가는 과정으로 이루어져 있다. 천상계에서 선관이나 선녀로 일정한 직책을 수행하던 인물은 지상계로 내려온 뒤 어린아이로 다시 태어나 평범한 인간으로서의 새로운 정체성을 부여받게 되지만, 성장 과정에서 천상계에서 비롯된 비범한 능력을 나타내기도 하고 천상계에서 보낸 인물들을 만나 도움을 받기도 한다. 두 세계가 동시에 인물의 삶에 관여하며 인물은 이중의 정체성을 띠게 된다. 두 세계가 중첩되어 인물의 성격을 규정하고 서사 전개의 맥락을 구축한다는 점에서 고전소설의 서사세계는 이원성을 띤다.

이제까지는 이러한 고전소설의 이원적 세계관을 단순히 서사의 흥미를 높이기 위한 요소로 보거나 혹은 불교 및 도교 문화의 반영으로만 파악해 왔다. 그러나 그러한 관점으로는 고전소설이 여타의 환상 문학과 구별되는 지점을 깊이 있게 탐구하기 어렵다. 독자의 흥미나 종교적 심성을 자극하는 것이 목적이었다면 천상의 초월적 세계가 인간의 경험적 세계와 자연스럽게 융합되고 조화되게 하였을 것이기 때문이다. 이러한 관점만으로는 굳이 이야기의 처음부터 끝까지 천상계와 지상계가 이질적으로 병치되며 서사세계에 균열을 일으키는 이유가 무엇인지 답하기 어렵다.

또한 천상계가 지상계의 규범과 질서를 옹호하면서도 동시에 변혁하는 이중적 작용을 하는 점에도 주목할 필요가 있다. 천상계와 지상계는 같은 원리로 움직이는 듯하면서도 실제로는 서로 반대되는 방향으로 움직인다. 이러한 천상계와 지상계 관계의 양면성은 당대 독자들의 현실 인식을 정밀하게 들여다보는 통로가 될 수 있다. 얼핏 보기에는 신비롭고 비현실적으로만 보이는 천상계이지만, 지상계의 지배 질서를 강화하기도 하고 무너뜨리기도 하는 양면적 작용을 한다는 점에 주목한다면 당대 현실의 모순에 대한 향유층의 복합적 인식을 읽어낼 수 있기 때문이다. 고전소설의 이원적 세계관은 단순히 초월적 세계의 존재 자체가 아닌, 그러한 세계를 통해 드러나는 당대 현실의 복합성과 역동성을 중심으로 이해할 필요가 있는 것이다.

◇ 이원적 세계관 : 고전소설에서 흔히 발견할 수 있는, 서사세계를 천상계(초월적 세계)와 지상계(경험적 세계)로 이원화하는 관점. 대개 천상계의 선관이나 선녀였던 인물이 직무 수행 중 잘못을 범해 지상계로 유배를 내려오는 것으로 두 세계가 연관을 맺게 된다. 지상계로 내려 온 인물은 인간으로 환생하여 일정 기간 고난을 겪는 죗값을 치른 뒤 천상계로 복귀하는데, 그 과정에서 천상계에서부터 시작된 인연을 지상계에서도 다시 만나 본래의 적대 관계나 애정 관계 등을 계속 이어 나간다. 또한 지상계로 내려온 인물은 천상계에서 보내 준 도승이나 이인의 도움을 받아 지상계에서의 고난을 극복해 나가기도 한다. 인물은 지상계로 내려 온 뒤에는 천상계에서의 정체성을 잊은 채 새로운 삶을 살아가지만, 그럼에도 불구하고 자신의 의지와는 무관하게 수시로 천상계와 교섭하며 천상계에서의 능력과 성향을 유지한다. 이러한 인물의 이중적 정체성으로 인해 고전소설의 서사세계는 이원성을 띠게 된다.

◇ 천상계 : 영속하는 신적 존재들이 거주하는 천상의 세계. 고전소설에서 천상계는 이상적 통치자인 옥황상제의 지배하에 여러 선관과 선녀가 각 천체를 나누어 맡아 직임을 분담하는 곳으로 그려진다. 도교적 신격인 옥황상제, 선관과 선녀들 외에도 부처(석가세존)와 보살 등 불교적 신격들도 공존하는 경우가 흔하다. 넓은 의미에서는 용왕이 다스리는 용궁, 후토신이 다스리는 지하세계까지도 천

상계의 지배를 받는 하위 범주에 속한다. 지상계의 인간은 천상계에 접근할 수 없으나, 천상계에서 보낸 도승이나 이인을 통해 산사나 암자 등 경계 지역에서 일시적으로 천상계와 교섭하는 것은 가능하다.

◇ 지상계 : 유한한 삶을 살아가는 인간들의 세계. 천상계의 직접 관할은 아니나, 천상계 내에서 일어나는 특수한 사건을 계기로 일정한 범주 내에서는 천상계의 결정에 따라 움직인다. 천상계가 이상적 통치자인 옥황상제 지배 하에 통일되고 영속적인 체제를 이루고 있는 것과는 달리, 지상계의 국가나 가문은 통치자의 한계로 인해 체제가 불완전하며 이로 인해 위기를 맞게 된다. 대개 천상계의 선관이나 선녀가 잘못을 범해 지상계에 유배되면서 인간의 모습으로 환생하는 것으로 두 세계가 연결된다. 지상계로 유배된 인물들은 천상계와의 교섭 하에 지상계 국가나 가문의 위기 해결 과정에서 중요한 역할을 수행하는 경우가 대부분이다.

■ 주요 내용

1. 고전소설의 이원적 세계관에 대한 기존 관점

소설은 현실을 반영하게 마련이며, 소설의 다양한 서사적 장치들은 작품이 창작된 당시의 현실을 가장 적절하게 형상화하기 위한 노력의 산물이다. 고전소설의 경우 천상계라는 초월적 세계가 곧잘 등장하여 지상계에 영향을 미치는데, 이 또한 당대 현실을 반영하기 위한 수단으로 볼 필요가 있다.

고전소설의 천상계는 그 비현실적 성격으로 인해 당대 현실을 왜곡한다는 평가를 받아 왔다. 소설의 상업적 성격이 점차 강해지면서, 독자의 현실 도피 욕망을 손쉽게 충족하기 위한 수단으로 천상계가 도입되었다고 설명되기도 하였다. 그러나 만약 천상계가 현실 왜곡과 도피 수단에 불과하다면, 시공간적 위상이나 인물의 성격 면에서 지상계와 천상계의 공존이 지속적으로 강조되는 까닭을 설명하기 어렵다. 굳이 두 세계를 병치함으로써 서사 세계와 인물 형상에 균열과 혼란을 불러오는 것은 자연스럽지 못하다고 생각되는 까닭이다.

그렇다면 고전소설의 천상계란, 지상계의 일상적·규범적 질서만으로는 포착하기 어려운 현실의 또 다른 차원을 작품 내에 반영한 결과로 볼 수는 없을까 생각해 볼 수 있다. 천상계와 지상계의 이원적 공존을 조선 후기 가치관의 혼란 상황과 연관 지어 해석해 볼 필요가 있는 것이다.

2. 고전소설 속 천상계의 양면성 - 관념적 이념 재현과 경험적 서사 실현

문학사회학자들은 소설이 현실을 반영하는 데 두 층위가 존재한다고 본다. 작품 전체의 거시적 서사구조는 당대의 지배 이념에 따라 구성되지만, 이에 따라 서사를 구체적으로 실현해 나가는 미시적 서술 층위에서는 향유층의 실제 경험이 더 긴밀히 개입하게 된다는 것을 마슈레(Macherey, P.) 등의 문학사회학 이론이다. 전자를 '이념 재현 층위'로, 후자를 '서사 실현 층위'로 명명한다면, 고전소설 속의 천상계 또한 각 층위에서 어떤 역할을 수행하는지를 나누어 살펴보아야 한다.

〈유충렬전〉이나 〈사씨남정기〉 등 천상계가 등장하는 고전소설 작품들을 검토해 보면, 거시적 차원에서는 당대의 유교 이념을 모범적으로 실천하는 인물을 천상계가 도와 그의 성공을 보장하는 방향으로 서사의 큰 흐름이 전개되는 것을 알 수 있다. 하지만 미시적 서사 실현 층위를 좀 더 세밀히 들여다보면, 유교 이념에 어긋나 당대 통념상 수용되기 어려운 사건들이 도리어 천상계의 초월적 작용에 힘입어 실현되는 경우도 적지 않다. 뒤에서 다시 살펴보겠지만, 천상계의 존재는 외적과 결탁하여 역모를 일으킨 반동인물에게 영웅적 면모를 부여해 주기도 하며(〈유충렬전〉), 남성 중심 가부장제 질서 속에서 가문의 위기를 헤쳐나가는 주도적 역할을 여성 인물이 수행하도록 이끌기도 한다(〈사씨남정기〉).

이와 같은 천상계의 양면성은 고전소설이 창작되고 읽히던 당시의 모순과 혼란을 짐작케 한다. 전란 후 사회 기강을 다잡기 위해 유교 이념이 절대화되고 있던 동시에, 실제 경험 세계에서는 기존 유교 질서의 한계가 드러나기 시작하여 이념의 권위가 흔들리고 있었던 조선후기의 사회 변화가 천상계의 이중적 작용을 통해 작품 내에 증폭되어 반영된다.

천상계의 양면성에 주목한다면, 독자는 고전소설이 반영하고 있는 당대 현실의 모순과 균열을 한층 선명히 인식할 수 있게 된다. 이념을 절대화하는 관점이 강조될수록 그 한계도 함께 부각되고 있었던 당대의 모순된 현실이 천상계를 통해 작품 내에 있는 그대로 반영되기 때문이다. 당대 향유층은 아직 명료하게 의식하지 못하고 있었을 현실의 중층성이 문학 작품 내에는 이처럼 생생하게 형상화될 수 있음에 주목한다면, 이는 문학의 현실 인식적 가치에 대한 발견으로도 이어져 문학 교육적으로도 의미 있는 교육 내용이 될 수 있을 것이다.

3. 고전소설 작품에 나타난 천상계와 지상계의 모습

실제 고전소설 작품에서 천상계의 양면성이 어떻게 구현되는지 살펴보자. 작품을 체계적으로 분석하기 위해서는 먼저 고전소설의 서사 층위를 '이념 재현 층위'와 '서사 실현 층위'로 나누어야 한다. '이념 재현 층위'는 앞서 언급한 것처럼 당대 유교 이념에 입각한 거시적 서사 구조 층위를 뜻하며, '서사 실현 층위'는 경험적 현실의 논리에 따라 사건 전개의 세부 과정이 서술되는 층위를 일컫는다.

'이념 재현 층위'에서 천상계는 유교적 가치에 충실한 주동인물에게 특별한 지지를 보냄으로써 당대 유교 이념을 옹호하는 작용을 하며 국가나 가문 등 집단의 질서와 규범을 위한 개인의 희생을 지지하고 포상한다. 반면 '서사 실현 층위'에서 세부적 인물 묘사나 사건 전개 과정을 들여다보면, 지상계의 모든 체제를 초월하는 천상계의 존재에 힘입어 유교 이념의 틀이 무력화되는 것을 엿볼 수 있다. 국가나 가문 등 집단의 질서보다는 개인의 능력과 자질이 천상계의 개입 아래 더 과감히 부각되는 것이다. 이는 이념 재현 층위를 구축한 작가의 의도가 그것을 구체화하기 위한 서사 실현 층위에서 오히려 전복됨을 의미하는 바, 이러한 모순을 통해 작품은 추상적인 이념과 구체적인 경험 세계의 논리가 상충하던 당대의 현실을 드러내게 된다.

1) 영웅군담소설

〈유충렬전〉, 〈소대성전〉, 〈조웅전〉 등 영웅군담소설의 경우, 거시적인 이념 재현 층위에서는 천상계가 중국 중심의 국가 간 질서를 표방하는 화이론적 가치관을 지지한다. 유충렬, 소대성, 조웅 등 중심인물들은 외적과 결탁하여 반란을 일으킨 역모 세력[夷]을 진압하고 중국 황제[華]의 권위를 회복하는 활약을 하는데, 이때 천상계가 도승의 가르침과 신비한 무기를 지원하여 중심인물들을 돕는다. 그러나 세부적인 장면 묘사에서는 '화(華)'와 '이(夷)'의 경계를 초월하여 개인 능력 본위의 현실 인식이 드러난다. 충신이든 역신이든 천상계 전신의 모습으로 돌아가 도술 능력을 겨루며 대결하는 장면에서만큼은 온전히 한 개인으로 존재할 뿐 지상계 국가에서의 역할이나 위상은 더이상 중시되지 않는 까닭이다.

이쯰 흔 담이 일귀 죽으물 보고 분심이 츙장ᄒ야 벽역 갓튼 소리를 천동 갓치 지르고 장창듸검 다 잡아 쥐고 젼장 오빅 보 를 소소와 쮜여 셔며 육정육갑을 베푸러 좌우신장 옹위ᄒ고 둔갑장신ᄒ야 변화를 부쳐두고 호통을 크게 질너 원수를 불너 왈 츙열아 가지 말고 네 목을 밧비 납상ᄒ라원슈 흔 담이 나오물 보고 딕히 ᄒ야 응셩ᄒ고 나올 제 천자 원슈를 당부 왈 흔담 은 일귀마룡의 유 안이라 천신의 법을 빅 와 만부부당지역이 잇고 변화 불칙ᄒ니 각별이 조심ᄒ라 <u>원슈 크게 웃고 진젼의 나셔 흔 담을 망견ᄒ니 신장이 십여 척이요 면목이 웅장ᄒ며 황금투고의 녹포운갑의 조화를 부쳐난듸 천상 익셩의 정신을 흉즁의 갈마쓰니 일듸 명장이요 역적될 만흔 지 라</u> (<유충렬전>완판본 下: 8-9)

화이론의 질서 회복을 추구하는 명나라 황군의 입장에서 정한담은 '역적'이자 '오랑캐'로 규탄되는 것이 우선이겠으나, 이 대목에서 서술자는 '역적될 만한' 정한담의 훌륭한 개인적 면모에 먼저 감탄하고 있다. 이는 집단의 경직된 시각을 잠시 접어두고, 한 사람의 장수로서 정한담의 개인적 능력과 품성을 관찰하는 관점이다. 이때 집단의 관점과 대립되는 또 다른 관점의 가능성을 열어주는 것은 '천상 익성의 정신'에 주목하는, 천상계로의 시선의 전환이라고 할 수 있다.

2) 여성영웅소설

마찬가지로 〈옥루몽〉, 〈하진양문록〉과 같은 여성영웅소설에서는 천상계가 남성 중심적 젠더 관념을 재현하는 한편 이분법적 젠더 경계의 불분명성을 드러내는 역할을 동시에 수행한다. 남녀 인물들은 천상계에서부터 숙연을 맺은 채 지상계로 내려와 혼인에 이르게 되는데, 이때 천상계의 존재는 여성의 삶이 그 전생에서부터 남성과 긴밀히 연결된 운명에서 벗어날 수 없음을 증명하기 위한 근거로서 마련되었다고 볼 수 있다. 그러나 구체적인 장면 묘사를 들여다보면, 천상계에서 유래한 여성 인물들의 영웅적 능력과 성품은 그들이 독립적인 인간으로서 자신만의 삶을 살기에 부족함이 없는 존재임을 여실히 보여 준다.

이에 병법으로써 견슈ᄒᆞ여 왈 뉵도삼약의 합변ᄒᆞᄂᆞᆫ 슈단과 팔문구궁의 변화ᄒᆞᄂᆞᆫ 방법은 오히려 셰상의 견ᄒᆞᄂᆞᆫ 비 라 비 호기 어렵지 아니ᄒᆞᄃᆡ 노부의게 잇ᄂᆞᆫ 병 법은 이에 션쳔 비셔라 그 사름이 아닌즉 던치 못ᄒᆞᄂᆞ니 그 법술이 전혀 삼지삼 싱ᄒᆞ고 오힝상 극ᄒᆞ여 일호 졔술이 업스나 그 풍운조화지묘와 역귀강마

지법이 지졍지묘ᄒᆞ 니 네 평싱을 슈봉ᄒᆞ나 요란ᄒᆞᆫ 일 홈을 듯지 아니리라 홍이 일일이 듯고 일일이 비 화 슈삭지간의 무불관통 ᄒᆞ 니 도시 듸 희활 이ᄂᆞᆫ 쳔직 라 노부로 당치 못ᄒᆞ 리니 이만ᄒᆞ 여도 거의 세간의 당훌 지 업스려니와 다시 ᄒᆞᆫ 무예를 비 호라 ᄒᆞ 고 드듸 여 검슐을 가르쳐 왈 녯젹의 셔부인은 다만 칼 치ᄂᆞᆫ 법을 알고 쓸 줄은 모르며 공손듸 랑은 쓸 줄은 아나 치ᄂᆞᆫ 법을 몰나시 니 노부의 젼ᄒᆞ ᄂᆞᆫ 바ᄂᆞᆫ 이에 쳔상 참창션관의 비결이라 그 쥬션 ᄒᆞ 문 풍우를 의방ᄒᆞ 고변화ᄒᆞ ᄆᆞᆫ 운우를 일희여니 비단 만인을 듸 젹ᄒᆞ 나 또 협등의 두 ᄌᆞ 로 칼이 잇스니 일흠은 부용검이니 일월졍긔와 셩두문치 ᄅᆞᆯ 씌 여 돌을 치미 돌이 씌여 지고 쇠ᄅᆞᆯ 버 히미 쇠가 ᄯᅳᆯ허 지ᄂᆞ 니 용쳔태아와 간장막야의 비홀 빈 아니라 범인의게 뎐치 아니려 두엇더니 이제 네게 뎐ᄒᆞ ᄂᆞ 니 잘 쓰 게 ᄒᆞ라 (<옥루몽> 규장각본 5:51−53)

〈옥루몽〉에서 천상계 문수보살의 현신인 백운도사에게서 신이한 진법과 검술을 배운 강남홍은 남성 중심 체제가 지배하는 지상계에서 도 여성의 한계를 벗어나 독립적으로 활동한다. 강남홍은 양창곡이 구사하지 못하는 도술 능력을 가지고 있어 명나라 군대 내에서 독보적 위상을 차지하며, 양창곡과도 서로 대등한 지기 관계를 맺는다.

3) 애정소설

〈숙향전〉, 〈구운몽〉과 같은 애정소설에서는 천상계에서부터 이어 지는 남녀 인물들의 애정 관계가 철저히 사족(土族) 중심의 신분 관념 을 옹호한다는 점에서 당대의 신분 이념을 재현한다. 사족 계층에 속하는 숙향과 이선은 사회·경제적 지위의 차이에도 불구하고 결국 혼인에 이르며, 왕족에 속하는 양왕의 늑혼 위협도 숙향을 돕는 천상계의 신비한 힘으로 무난히 통제되는 것이다. 그러나 역시 세부적 장면묘사에서는 신분 정체성보다 인간의 보편적 감정과 욕망에 따라 남녀의 애정을 형상화하는 관점이 드러나게 된다.

혼 보 살이 졀문 션관을 뒤의 셰우고 승 데 게 뵈온뒤 승 데 그 션관을 불너 가라ᄉ뒤 틴을 아 인간진미 엇더ᄒ뇨 소이를 초즈 본다 그 션관니 국궁ᄒ 여 사례ᄒ더 라 항아 옥데게 엿즈 오뒤 소 이 네 번쥭을 읽을 지니ᄉ 오니 귀즈와 복녹을 졈지하쇼셔 승 데 즉시 북두칠셩을 명ᄒ여 슈ᄒ 칠 십을 졍ᄒ고 두 아달과 혼 ᄯ을 이 며 복녹을 갓초 졈지ᄒ 시되 두 아들은 졍승이 되게 ᄒ 고 ᄯ을 은 황후 되게 ᄒ후의 <u>소이 를 명ᄒ ᄉ 반도 두 ᄀ 와 게화 혼 가지를 틴 을을 쥬라 ᄒ 시거날 소이 명을 밧즈 와 마지못ᄒ 여 혼 손의 반도를 옥반의 담아들고 게화를 쥐 고 틴 을을 쥬니 그 션관니 두 손으로 바드며 이윽히 소이 를 눈쥬어 보거날 소이 그 모든 즁의 붓그러워 몸을 도로힐 제 숙향의 쒼 옥지환의 진쥬쩌 러지거날 숙향이 줏고져 ᄒ 더니 그 션관니 발셔 손의 쥐 어거날</u> (<숙향전> 이화여자대학교본 上:61-64)

<숙향전>의 요지연 꿈 장면을 보면, 천상계에서의 모습으로 돌아온 소아와 태을선은 서로 얼굴을 마주하고 꽃과 과일을 주고받는다. 태을선은 숙향의 외모를 살피기까지 하며 소아가 떨어뜨린 진주를 주워 드는데, 미혼 남녀가 상면(相面)하여 물건을 주고받으며 처음 만난 자

리에서 은근히 호감을 표현하는 이러한 행위는 사족의 예법과는 거리가 멀다. 숙향과 이선은 천상계를 통해 존엄성을 부여받는 사족 계층의 인물들이지만, 천상계를 배경으로 구체적인 인물 묘사 장면들을 보면 위의 대목에서처럼 사족다운 지성과 품위보다는 인간 본연의 평범한 감정과 욕망이 부각됨을 알 수 있다. 지상계적 신분 질서를 의식하지 않아도 무방한 자유로운 인물 묘사의 장으로서 천상계가 활용되고 있는 것이다.

4) 가정소설

마지막으로 〈사씨남정기〉나 〈창선감의록〉와 같은 가정소설의 경우, 종법적 가부장제에 따라 가문의 번영을 이루고자 노력하며 자신을 희생하는 사정옥이나 화진과 같은 인물들이 천상계의 보호를 받으며 가문의 위기를 해소하는 핵심 역할을 해 낸다. 그러면서도 이들을 돕는 천상계의 뜻이 구체적으로 서술되는 장면들을 살펴보면, 가문과는 별개로 그들 개인의 고유한 품성과 자질을 그 자체로서 높이 평가하는 서술 시각을 확인할 수 있다.

> 그대가 굴원이 하늘에 질문한 일을 본받고자 하시니, 내 마땅히 조목조목 하나씩 말씀드리겠소. 오나라 왕은 광패하고 초나라 회왕은 혼암하여 하늘에 죄를 지었기에 하늘은 바야흐로 두 나라를 전복시키려 하고 있었소. 자서와 굴원이 쓰임 받을 수 없었던 것은 사세가 그러했던 것이오. 어찌 하늘이 두 사람을 미워하였겠소? 만약 장공이 장강의 보좌를 받았다면 위나라는 반드시 초나라 장왕이 달성했던 패업을 이루었을 것이고, 성제가 반첩여의

경계하는 말을 들었다면 한나라는 반드시 주나라 선왕 때의 중흥에 도달하였을 것이오. 그러나 두 임금은 어리석어서 하늘이 내리는 복을 받기에 부족하였소. 그러므로 두 부인이 자연히 버림을 받았던 것이지요.

하늘은 이미 오나라와 초나라를 멸망시키고 위나라와 한나라를 쇠잔케 하여 네 임금의 죄를 다스렸소. 그러나 네 사람의 신하들은 그 덕행과 명성과 절개를 아름답게 이룰 수 있었소. 백 번을 단련해야 좋은 쇠를 얻게 되고 추위가 온 뒤에야 소나무와 잣나무의 가치를 알 수 있는 법이니, 그들의 성취한 바는 탁월하여 해와 달처럼 빛나는 것이었소. 그런즉 네 사람이 생전에 곤궁하였던 것은 한 때요 사후의 영광은 만세토록 이어졌소. 천도가 밝고 밝으니 어찌 어긋나는 일이 있겠소? (...)

(君欲效屈原之問天也, 吾當條列言之. 吳王之狂悖, 楚懷之昏暗, 得罪於天, 方欲傾覆二國. 子胥屈原之不能見用, 事勢然也. 豈天之憎二子乎, 使莊公得莊姜之補佐, 則衛必成楚莊之霸業. 成帝聽班姬之警戒 則漢必致周宣之中興. 而二君愚暗, 不足以受天之福, 故二夫人自然疎棄. 天旣覆滅吳楚, 衰殘衛漢, 以治四君之罪. 而於其四臣, 則玉成其德行名節. 百鍊而見精金, 歲寒而知松柏, 其所成就卓然, 與日月爭光. 然則四人者, 生前之困一時, 而身後之榮萬世. 天道昭昭, 寧有僭哉.(...) 〈飜言南征記〉, 국역: 연구자)

〈사씨남정기〉에서 사정옥은 가부장 유연수의 오해로 시가에서 쫓겨난 뒤, 시부모의 묘소에 의지하여 생활하려던 계획마저 여의치 않게 되자 절망에 빠진다. 시고모인 두부인을 찾아가 보려던 소망마저 좌절되자 사정옥은 꿈속에서 황릉묘를 방문하여 유씨 가문에서 버림받은 자신의 처지를 하소연하고 자결하려는 뜻을 비친다. 그러나 아황과 여영은 이러한 사정옥의 생각을 나무라며 사정옥에 대한 천상계의 평가를 말해 준다. 천상계에서는 특정 국가나 가문을 옹호하는 편향된 논리는 통하지 않으며, 모든 개인은 보편적 기준에 의해 개별적인 평가와 보상을 받을 따름이라는 것이다. 위의 인용문에서 아황과 여영은 각 개인의 존재 가치를 결정하는 것은 지상계 집단의 지배 권력이 아닌 하늘임을 상기시킨다.

천상계의 시각에서 볼 때 국가나 가문을 단위로 한 지상계의 집단적 삶은 허망한 것이며, 어떤 국가나 가문도 영원히 지속되지는 못한다. 하늘은 개인의 훌륭한 행위에 대해서는 집단의 흥망성쇠와는 상관없이 그에 준하는 보상을 보장하며, 각 인물을 상호 대등하고 독립적인 도덕적 주체로 대우한다. 아황과 여영의 발언은 이러한 천상계의 관점에서 사정옥의 존재 가치를 평가함으로써, 가부장 중심의 지상계 가문 질서를 상대화하고 사정옥 개인의 인격과 자질을 객관적으로 조명한다.

4. 고전소설의 이원적 세계관 교육 방안

앞에서 살펴본 작품들이 창작되었던 17세기 이후 조선에서는 전란 후 사회 혼란이 가중되면서 이를 수습하기 위해 이념적 가치관이 절대화되고 있었다. 국왕과 조정은 화이론을 내세워 흐트러진 내부 질서를 결속하는 한편 통치권의 정당성을 인정받으려 하였고, 정표(旌表) 정책을 확대함으로써 남성 중심의 젠더 위계질서를 강화하려 하였다. 또 사족 계층에서는 종법적 가부장제를 강화함으로써 일가(一家)를 조직화하고 사족으로서의 신분 정체성을 유지하려 하였다. 그러나 경험적 현실에서는 그러한 이념적 가치관의 영향력이 점차 감퇴하고 있었고, 소설의 작가와 독자들 또한 이러한 모순을 일정하게 인식하고 있었다. 천상계의 양면성은 이처럼 이념적 가치관과 경험적 현실 인식이 서로 충돌하면서도 공존하였던 당대의 상황이 작품에 반영된 결과이자, 그에 대한 담당층의 문제의식이 소설의 두 서사 층위 간의 대립을 통해 첨예화된 결과라고 볼 수 있다. 고전소설의 이원적 세계관 교육은 이와 같은 현실 반영적 특성을 중심으로 이루어질 필요가 있다.

1) 고전소설과 당대 현실의 관련성 이해

중등학교 고전소설 교육에서 천상계의 서사적 역할과 의미를 이해하는 것이 중요한 이유는 작품에 반영된 당대의 상황과 담당층의 세계 인식을 총체적으로 이해하는 데 도움이 되기 때문이다. 천상계가 돕는 대상이 누구이며 그 목적은 무엇인지를 거시적으로 확인함으로써 작품의 이념 재현 층위를 효과적으로 파악할 수 있으며, 천상계의 개입이 두드러지는 세부 장면 서술에서 지상계의 규범이나 질서가 무력화되는 지점들에 주목함으로써 작품의 서사 실현 층위가 반영하는 당대 경험적 현실의 동향에 집중할 수 있다. 천상계의 양면성을 이해하는 것은 소설 향유층의 이념적 현실 인식과 경험적 현실 인식의 대립적 공존을 총체적으로 살피는 구심점 역할을 해 줄 수 있다.

다음으로, 문학 특유의 현실 반영 양상을 이해함으로써 문학의 가치와 효용에 대한 인식을 새롭게 할 수 있다. 역사 기록이나 사상 담론도 전통 사회의 삶을 이해하는 방법이 될 수 있지만, 구체적 사실의 기록만으로는 현상 이면의 이념적 질서를 추출하기 어려우며 추상적 이념 담론만으로는 이념에 포괄되지 않는 경험적 현실의 면모를 포착하기 어렵다. 반면 문학은 거시적 층위에서 이념을 재현하면서도 미시적 층위에서는 이와 상충하는 경험적 현실을 구체적으로 형상화하기에 현실을 역동적이고도 섬세하게 인식하게 해 주는 효용을 지닌다. 고전소설 속 천상계의 양면성의 함의를 해석하는 일이 문학의 고유한 현실 인식적 가치에 대한 각성으로까지 이어질 수 있다면, 이는 문학에 대한 긍정적 태도 형성에 중요한 계기가 될 것이다.

2) 학습자의 주체적인 고전소설 탐구와 해석

그렇다면 학습자들이 천상계의 양면성과 그 의미를 효과적으로 이해할 수 있게 하기 위해서는 고전소설 수업을 어떻게 해야 할까? 천상계의 양면적 작용을 꼼꼼히 파악하게 하려면 학습자 스스로 작품을 읽으며 천상계의 작중 역할에 대해 가설을 수립하고 이를 검증 또는 수정해 나가는 과정을 밟게 할 필요가 있다. 흔히 탐구 학습 모형이라 불리는 수업을 설계하는 것인데, 이는 교사의 일방적 설명을 듣기만 하기보다 학습자 스스로 작품의 내용을 점검하며 천상계의 역할을 직접 확인할 때 그 모순과 양면성에 대해 흥미를 느낄 가능성이 높기 때문이다. 교사는 작품의 거시적 층위와 미시적 층위를 오가는 적절한 질문을 통해 학습자가 두 층위를 균형 있게 아우르며 천상계의 양면성을 충실히 파악할 수 있게 돕는 역할을 맡는다.

학습자 주도의 탐구 학습이 충실히 이루어진 뒤에는 천상계의 양면성을 작품이 창작된 당시의 시대 상황과 연관 지어 해석하는 경험이 필요하다. 교사는 학습자들에게 조선 후기의 사회·문화적 맥락에 대해 구조화된 배경지식을 제공하여, 학습자 스스로 고전소설의 이원적 세계관에 반영된 당대 이념적 질서와 경험적 현실의 충돌을 읽어 내도록 돕는 역할을 맡는다.

■ 연구의 의의와 남은 과제

고전소설 속 천상계에 관한 연구는 현대소설과는 구별되는 고전소설 읽기의 특수한 방법을 제시해 줄 수 있다는 점에서 고전소설 교육 내용을 구체화하는 의의가 있다. 그러나 논문에서 분석 대상으로 삼은 작품들에서 얻은 결론을 일반화하기 위해서는 더 많은 작품들을 추가로 검토할 필요가 있다. 또 설화나 교술 산문에 등장하는 천상계 특성과 역할을 고전소설과 비교하는 논의도 논문에서는 미처 다루지 못하였다. 앞으로의 연구에서는 더욱 다양한 장르와 작품을 대상으로 의미 있는 결과를 도출해야 할 것이다. 또한 천상계의 양면성 이해를 중심으로 한 고전소설 교육 방안도 원론적 차원에 머물 뿐 실천적인 검증과 개선 작업을 하지 못한 한계가 있어 보완이 필요하다.

고전소설의 천상계에 대한 연구는 한국 문화의 특질에 대한 탐구로도 확장될 수 있다. 고전소설에서 천상계는 이상적 통치자인 옥황상제의 지배하에 완벽한 체제를 이루고 있지만 그 내부에서는 개인의 일탈 행위가 계속된다. 모든 것을 꿰뚫어보는 옥황상제는 일탈 행위를 벌인 선관이나 선녀를 정확히 파악하여 벌을 내리고 지상계로 유배를 보내지만 그럼에도 불구하고 일탈 행위는 계속된다. 집단의 규범과 질서 내에 머물기보다는 개인의 주체성을 추구하는 한국 문화의 단면을 엿볼 수 있는 대목이다. 흔히 집단주의의 표본으로 일컬어지는 일본 문화와 비교해 볼 때, 한국 문화는 집단을 중시하면서도 그 안에서 각 개인이 최대한의 주체성을 발휘하고자 하는 특성을 보인다는 최근 문화심리학 연구 결과와도 연관 지어 봄직하다.

반대로 고전소설의 지상계는 통치자의 어리석음 탓에 국가나 가문이 자주 위기에 처하며 그 혼란을 틈타 각 개인이 자기 이익만 추구하기 쉬운 곳이다. 그러나 그 와중에도 집단에 헌신하는 이념형 인간들이 존재하며 이들에 의해 집단의 규범과 질서가 회복되곤 한다. 이들은 지상계에서 집단의 위기를 해소하는 역할을 한 뒤 다시 천상으로 회귀하여 본연의 삶을 살아가는바, 이러한 순환적 세계관은 곧 집단과 개인의 삶이 길항하며 조화를 이루어 나가는 것을 한국 문화의 이상으로 볼 수 있는 근거가 된다. 천상계와 같이 집단의 삶이 체계적으로 잘 짜여지면 그 내부에서는 개인의 일탈이 일어나고, 지상계 유배를 통해 그러한 일탈을 징치하고 바로잡는 과정에서 해당 개인은 집단을 위해 자신을 헌신하며 지상계 국가와 가문이 천상계의 상태에 가까워지게 만든 뒤 천상으로 복귀한다. 개인과 집단 중 어느 한 쪽에 치우치지 않으며 양극을 아우르는 서사세계가 마련되어 있다고도 볼 수 있는데, 이점에 주목하면 개인주의로도 집단주의로도 분류하기 어려운 한국 문화의 특질을 좀 더 깊이 있게 탐색할 수 있는 기회가 될 것이라 본다. 특히 천상계에서 일어나는 일탈도, 지상계에서 전개되는 집단 본위의 희생도 일대일의 친밀한 사적 관계를 중심으로 한다는 점에 유의하면 '관계주의'라 불리는 한국 문화의 특질을 하는 고찰하는 데에도 유용할 것이다.

※관련 논문 : 김서윤, 고전소설 '천상계'의 양면성과 그 소설교육적 의의, 서울대학교 대학원 박사학위 논문, 2015.

_시교 시를 통한 가르침

교육을 추구하는 시조의 의미

서명희

우리는 근대 이전의 우리말 시가를 일컬어 '고전시가'라고 하지 '고전시'라고 하지 않는다. 현대시와 달리 고전시가를 '시가'라고 부르는 까닭은 그것이 노래였기 때문이다. 고전시가는 오늘날의 시와는 태생 환경부터 유통과 향유의 상황이 모두 다르다. 그 중에서도 주목할 만한 것이 조선 중기 사대부시가의 대표 작품격인 이황의 〈도산십이곡〉과 이이의 〈고산구곡가〉이다.

〈도산십이곡〉은 뚜렷한 목적의식을 가지고 창작된 노래이다. 이황이 남긴 발문에 따르면 아이들로 하여금 아침저녁으로 이 시가를 익혀 노래하게 하려 한다고 했다. 그렇게 하면 더러운 마음을 씻어내고[蕩滌鄙吝] 감동으로 인간의 순연한 본성을 일깨워 도와 융합하게[感發融通] 할 수 있다고도 했다. 인품을 기르고 인격을 함양하는 것이 노래를 창작하고 향유하게 하는 목적이었다는 말이다.

이런 생각은 현대의 우리들에게는 다소 낯설게 느껴지지만 유교 전통 내에서는 시와 노래가 교육적 효과를 추구한다는 생각은 뿌리 깊은 것이었다. "시교(詩教)"는 이런 생각을 개념화한 용어이다. 온화하고 포용적인[溫柔敦厚] 인품을 함양하는 것이 시교의 목표라고 여겼으며, 이를 위해 시와 노래는 바른 성정을 표현해야 한다고 생각했다. 〈고산구곡가〉는 〈도산십이곡〉과 성격이 다르다고 보는 사람들도 있지만, 이 노래 역시 주자의 삶과 학문을 본받으려는 의식을 가지고 창작되었다는 점에서 시교의 전통에 충실한 노래이다.

　이 두 작품은 동일한 시의식 아래 다른 개성을 지닌 두 개의 전범으로 기능하면서 적극적으로 향유되었고, 이황과 이이의 제자와 후학들은 이 노래들을 통해 인품을 도야하고자 하였다. 그리고 스스로 이 노래를 육가와 구곡가라는 양식으로 계승하고 그 계보를 잇는 노래들을 창작하였다. 후대의 노래들은 시대의 변화와 작자의 상황에 따라 여러 색깔로 변주되었지만 〈도산십이곡〉과 〈고산구곡가〉에 깃든 정신을 본받아 자신의 마음을 가다듬고 인격적 성장을 도모하려는 공통적인 지향을 가지고 있다.

　우리 시대의 고전문학교육이 지식 습득 이상의 목표로 나아가기 위해서는 고전시가의 내용과 형식, 주제를 배우는 것을 넘어서 그것이 추구했던 목표를 알고, 그 노래들을 향유하면서 옛 사람들이 공유하고 전수했던 정신적, 문화적 가치를 이해하는 것이 필요하다. 그러한 이해가 해당 작품들에 대한 더 깊이 있는 이해를 가능하게 하기 때문이다.

　또, 옛 사람들이 시가를 통해 기대했던 교육적 가치와 목표를 통해 우리 시대의 시가 교육을 돌아보는 일도 가능하다. 우리는 "능력의 함양"을 교육이 해야 할 가능 긴요한 일이라고 생각하곤 한다. 교육에 있어 새 시대에 맞는 새로운 것을 추구하는 데 우선적 가치를 두기도 한다. 하지만 옛 사람들이 그렇게 했듯 전범의 가치를 되새기며 마음 깊이 받아들이는 일과 문학을 통해 좋은 인간이 되려고 하는 목표를 잊지 않는 것이 교육의 소중한 본질이라는 점을 기억할 필요가 있다.

◇ 시교(詩教) : 시교는 주(周)나라 말기에서 진한(秦漢)시대까지의 예(禮)에 관한 학설을 기록한 『예기(禮記)』에서 비롯한 개념으로, 시를 통한 인간 교육 및 정치와 사회의 교화를 의미한다. 시교의 성격은 공자가 "나라에 들어가면 그 나라 사람의 가르침을 알게 된다. 그 사람됨이 온유돈후(溫柔敦厚)한 것은 시의 가르침이다"라 언급한 내용에서 파악할 수 있다. 시교의 개념은 공자의 이 말에 대한 주자의 해석을 통해 체계화되었다.

시교가 추구한 목표는 개인적 차원과 사회적 차원으로 나뉜다. 시를 통한 개인의 인격적 성장의 목표는 군자다운 인품이다. 이러한 시교를 가능하게 하는 시는 바른 성정을 표현하는 작품이어야 한다. 훌륭한 시가 널리 읽혀짐으로써 시교의 개인적 차원이 사회적 차원으로 확대되면 사회가 교화되어 바르게 될 것이라고 보았다. 개인의 인품을 도야함으로써 사회에 도가 실현되도록 할 수 있고, 좋은 사회에서 좋은 시가 지어지고 이를 통해 개인 인품의 도야가 가능해진다는 점에서 두 양상은 꼬리를 물고 서로를 실현하는 관계에 있다.

시가 이러한 목표를 달성할 수 있다고 본 것은 시가 음악을 통해 향유된다는 사실과 밀접한 관련이 있다. 음악의 본질은 인간과 자연의 조화와 질서를 추구하는 것이기 때문이다. 즉, 시교는 악교(樂教)와도 통하는 보편적인 예술관이자 교육관이었다고 할 수 있다.

◇ 온유돈후(溫柔敦厚) : 온유돈후는 시교육의 핵심적 결과이면서 목

표이다. 온유돈후는 인격적 가치로서, 지혜롭고 온화하여 포용적이고 갈등을 넘어서는 인품을 의미한다. 온유돈후한 사람은 부드럽고 온화하되 어리석지 않고, 올바르다.

때로 이 말은 좋은 시가 가지는 언어적 특징을 가리키는 말로 사용되기도 하는데, 상대를 공격하지 않고 부드럽게 올바름을 지향하는 태도와 지탄하지 않는 포용적인 어조를 의미한다.

좋은 시는 즐거움이든 슬픔이든 혹은 원망이든 너무 과격하지 않게, 적정선에서 부드럽게 표현해야 한다. 설사 즐거움이라든가 사랑의 감정처럼 긍정적인 정서라 하더라도 상황에 맞지 않거나 적절한 선을 넘어서서 지나치게 넘쳐나게 표현된다면 문제가 된다. 바람직한 성정의 표현이라고 할 수 없게 되는 것이다.

그러나 시가 무조건 긍정적인 정서만 추구하고 표현해야 한다는 의미는 아니다. 인정(人情)과 천리(天理)가 마땅한 상태를 벗어나 어그러졌을 때 이를 원망하고 비판하는 것은 자연스럽고 당연하다. 마땅히 원망해야 할 일을 원망하는 것은 성정(性情)의 정당한 발로이므로 올바른 시가 된다.

요컨대 시가 표현할 '올바른 성정'과 시의 '올바른 표현'이라는 것이 따로 있는 것이 아니라, 상황과 관계에 적절할 때 '올바른 성정의 좋은 표현'이 된다. 그 적절함이 지켜진 것이 바로 온유돈후한 시이다.

◇ 전범(典範) : 시교는 원래 『시경』이라는 전범의 학습과 관련해 생겨난 개념이다. 따라서 시교는 전범을 통한 시가교육에서 달성 가능하다.

전범이란 본보기가 될 만한 훌륭한 작품을 말한다. 이때 훌륭한 작품이란 온유돈후한 작품, 사람이 그것을 진지하게 감상하고 탐구했을 때 마음 깊이 공감할 수 있는 작품, 본래적 인간성에 부합하는 면을 가진 작품을 말한다. 다른 말로 표현한다면 인간의 보편 심성을 일깨우는 작품이다.

『시경』이 오랜 세월 문학적 경전의 지위에 있었던 것은 바로 '사무사(思無邪)'로 요약되는 특성을 지녀 인간의 보편 심성에 부합하는 작품이었기 때문일 것이다.

시교의 담론 아래서는 전범의 중요성이 무엇보다 강조되었고,『시경』을 비롯한 전범에 대해서는 절대적인 신뢰와 존경을 보냈다. 온유돈후의 시교를 펼칠 수 있을 것으로 인정되는 전범의 반열에 오른 시가와 문학에 대해서는 완전한 습득과 내면화, 전승이 강조되었다.

■ 주요 내용

1. 교육을 추구하는 시조의 교육 내용
  : <도산십이곡>과 육가계 시조들

1) 교육의 노래 〈도산십이곡〉

〈도산십이곡〉은 퇴계 이황이 도산서당에서 지은 노래이다. 뜻을 노래한 '언지(言志)' 6곡과 학문을 노래한 '언학(言學)' 6곡 두 부분으로 구성되었으며 매우 유기적인 짜임을 가지고 있다.

전반부의 '언지(言志)' 6곡은 강호에 은거하겠다는 뜻을 노래한다. 이 부분의 의미 전개는 다음과 같다. 강호 은거의 뜻을 밝히고(1연), 이 길은 인간의 선한 본성을 가로막고 왜곡하는 일체의 생각과 행동을 걷어내고 완전한 인간 본성의 순수함을 구현하기 위한 수양의 길이라고 노래한다(2연). 어지러운 세상의 이면에 엄연히 선한 본성이 존재한다는 진실은 학문과 수양의 목표를 일깨운다는 것을 되새기고(3연), 4연 이후 후반부는 사회적 책무와 학문을 통한 심성 수양이 별개의 일이 아님을 노래한다.

〈도산십이곡〉 '언지' 6곡은 사회와 개인의 도와 덕을 병치하여 이 두 가지가 군자가 추구해야 할 지향의 두 가지 얼굴이라는 진실을 보이고자 하였다. 그리고 그 둘을 추구하기 위한 뿌리가 되는 것은 수신, 즉 학문이다. 마지막 6연에서 그려 보이는 것은 물러나 학문하는 삶을 통해 추구하는 세계의 아름답고 완전무결한 모습이다.

후반부의 '언학(言學)' 6수 역시 '언지'와 같이 대칭적이며 유기적인 구조를 가지고 있다. 사회의 도를 구현하는 것과 개인의 덕을 닦는 일은 모두 학문을 통해 가능한 일이다. 군자가 추구할 뜻을 깨달은 후에 학문을 노래하게 되는 것은 이런 까닭이다. '언학' 여섯 수는 학문의 즐거움, 학문의 목표, 학문의 방법, 학문의 길에 대한 의지와 태도를 노래한다.

〈도산십이곡〉의 화자는 개별자로서의 욕구를 가진 한 개인을 넘어서는 존재이다. 〈도산십이곡〉은 의지를 표명하는 어조를 사용하여 '나'인 화자 '개인'의 욕망에 머무르지 않고 '우리'가 추구할 삶의 문제로 나아감으로써 자신이 지향하는 삶의 방식을 성리학자의 삶의 방식으로 확장한다. 〈도산십이곡〉은 이를 위해 특수성이 아닌 보편성을 띤

언어를 사용한다.

〈도산십이곡〉의 언어는 이 노래가 추구하는 뜻이 구체적인 시공간에 놓인 한 개인의 뜻이 아니라 긴 시간의 간극을 넘어 옛 사람과 한 길을 가고자 하는 16세기 성리학적 지식인의 뜻임을 보여 준다.

학문을 통해 개인의 덕을 닦고 사회에 도가 구현되도록 하는 삶을 추구하는 당대 지식인의 이상을 문학적으로 구현했다는 점에서 〈도산십이곡〉의 화자는 이념적 자아이고 당대의 공적 자아이다.

이 때문에 이 노래는 시교의 이상에 부합하는 작품일 수 있었고, 당대 사회에서 전범의 지위를 획득하였다. 이황의 제자와 후학들은 이황의 바람대로 〈도산십이가〉를 즐겨 노래하였고 그것을 본받아 자신들의 육가를 지었다.

2) 정서적 조화를 추구하는 〈한거십팔곡〉

권호문은 〈도산십이곡〉의 영향이 뚜렷한 〈한거십팔곡〉을 지었다. '한거(閑居)'로서 강호 은거를 노래하는 육가의 내용을, '십팔곡'으로서 육가의 형식을 계승하고 있음을 표현하였다.

권호문의 노래는 시름에서 출발한다. 그의 강호 은거는 자발적인 선택에 의한 것이 아니었기 때문이다. 그는 오랫동안 출사를 위해 과거 시험에 힘썼으나 실패했다. 유생이자 풍류객, 재지사족으로서 살아가면서도 오랜 기간 갈등했다.

〈한거십팔곡〉의 2연에서 7연까지, 즉 첫 번째 육곡은 강호 은거의 뜻을 세우기까지 겪었던 마음의 갈등을 노래하였다. 그리고 두 번째 육곡에서는 은거를 선택하는 과정을, 마지막 육곡에서는 마침내 고요해진 자신의 마음을 들여다보는 데 이르른 모습을 노래했다. 그의 노

래는 마음이 '평안하지 않은[不平]' 데에서 시작하여 〈도산십이곡〉의
온유돈후한 세계를 추구하였다.

〈한거십팔곡〉은 갈등하는 마음을 고백하고 직시하여 갈등의 과정
을 모두 드러내 보임으로써 상처를 치유하고, 마침내 자기 삶의 태도
를 확정하고 자존심을 지키는 노래이다. 스승 이황의 뜻을 따라 노래
를 부름으로써 마음의 갈등을 씻어내고 원만한 결론을 얻어내어 조화
로운 정서에 도달함으로써 온유돈후의 시교를 구체적으로 성취하는
모습을 보여 준다.

3) 마땅한 도리를 추구하는 〈강호연군가〉

장경세는 〈도산십이곡〉을 적극적으로 감상하고 향유하며 영향을
받았고, 〈도산십이곡〉을 본받아 지었음을 표방하며 〈강호연군가〉를
창작하였다. 전육곡(前六曲)에서 우국의 뜻을 노래하고 후육곡(後六
曲)에서 학문을 노래하여 그 구조까지 따르려 했다.

전육곡은 왕도가 땅에 떨어진 시대에 대해 근심하고 우국충정의 마
음을 호소하는 노래이다. 후육곡은 '성현 학문의 정도(正道)'를 노래
하였다. 시대의 문제가 북인들의 잘못된 학문에서 비롯된다고 보았기
때문이다.

장경세에게 있어 강호는 처음부터 그의 지향이 아니었다. 자(字)가
'겸선(兼善)'이었던 그는 벼슬에 나아가 세상을 다스리는 일에 참여하
기를 원했으나 그 뜻을 이루지 못했다. 그에게 있어 강호는 나아가 치
세하지 못하면서 세상을 근심하는 노래를 부르는 장소이다.

시교는 다만 한 개인의 심성만을 온유돈후하게 하는 데 머무는 것이
아니라 최종적으로는 천하가 바르게 다스려지도록 하는 것을 목표로

한다. 장경세의 이 노래는 학문을 바로잡는 것을 통해서 세상을 바로 잡기를 원하는 노래이고, 마땅한 도리가 펼쳐지는 세상을 희구하는 노래라는 점에서 시교를 추구하는 노래이다.

4) 평온함의 회복을 추구하는 〈어부별곡〉

〈어부별곡〉은 이중경의 연시조로, 역시 〈도산십이곡〉의 양식을 본받아 지은 노래이다. 벼슬 경력이 없는 17세기 재지사족이었던 이중경에게 강호는 출사에 대비되는 은거의 공간이 아니라 세계 전체였다. 이 강호가 깨어졌을 때 그에게 심각한 문제가 닥친다. 어머니의 죽음으로 강호 자연은 오직 슬픔을 불러일으키는 공간이 되었고, 상처입은 그의 마음은 더 이상 자연을 즐길 수 없었다.

이중경은 자신의 삶을 근본적으로 돌아보게 하는 충격적인 사건 앞에서 노래의 의미에 대해 진지하게 생각하였다. 그는 "노래하여 그 슬픔을 펴는 것은 고인(古人)이 얘기한 바이고, 이 또한 슬픈 마음을 펴는 것인즉 곡(哭)이다."라며 노래로 슬픔을 다스리고자 했다.

이러한 모습 또한 시교의 중요한 양상이다. 사람으로서 어머니가 돌아가셨을 때 천륜으로 인하여 슬퍼하는 것은 마땅한 일이고, 시를 통해 원망하고 슬퍼하는 마음을 풀어내는 것은 시를 통해 바른 마음으로 돌아가고자 하는 일이므로, 이로써 온유돈후함에 다다를 수 있기 때문이다.

2. 교육을 추구하는 시조의 교육 내용
: <고산구곡가>와 그 계승

1) 학문의 즐거움과 교육의 열정을 노래한 <고산구곡가>

    <고산구곡가>는 주자의 <무이도가>를 본받으려는 노래이다. 이이가 고산에서 경관이 아름다운 장소를 골라 '구곡(九曲)'으로 명명하고 즐긴 것은 주자가 무이산에 구곡을 두고 즐긴 데 영향을 받은 문화적 전통에 의한 일이었다.

    <고산구곡가>는 그 구곡에서의 삶을 노래하며 첫 수에서 '학주자(學朱子)'를 표방하였다. 이이의 고산구곡은 무이구곡에서의 주자의 삶을 재현하고 학문하는 생활을 즐기는 장이었다.

    이이는 이곳에서 '자연의 즐거움을 즐거워하는' 삶을 추구하였다. 자연의 즐거움을 즐거워한다는 것은 인간적 관점과 욕망을 버리고 자연의 도와 인간 의식이 합일되는 상태를 의미한다. 인간의 본성을 회복하고 도가 구현된 세상을 추구하는 것, 도의 발현인 자연과 합일되는 마음의 상태를 추구하는 것은 유가의 학문하는 목적이다.

    <고산구곡가>는 아침 - 낮 - 저녁 - 밤으로 이어지는 하루 시간의 순환과 봄 - 여름 - 가을 - 겨울로 이어지는 사계의 순환을 시간적 배경으로 삼고 있다. 순환적 시간 구성은 계절감을 반영하고 있는 '화암(花岩)', '취병(翠屛)', '풍암(楓岩)'과 같은 구곡의 명칭에서부터 의도되어 있다.

    <고산구곡가>는 시·공간적 배경만이 아니라 내용에 있어서도 순환구조를 가지고 있다. 2연에서 화자는 햇살이 비쳐드는 '관암'을 배경으로 소나무 숲 사이에서 벗들이 찾아오는 모습을 바라본다. 이때의

벗들은 1연에서 '벗님닉 다 오신다'고 하며 함께 '학주자(學朱子)를 ᄒ
리라'고 다짐하던 그 학문의 동반자들이다. 6연의 은병정사에 이르기
까지 등장하는 공간적 배경은 모두 이들과 함께 학문하고 토론하는 즐
거움의공간이었다.

시간적 배경이 밤으로 바뀌는 7연부터 화자 '나'가 등장하기 시작한
다. 7,8,9연에서 화자는 '조협', '풍암', '금탄'에서 홀로 있다. 그러나 화
자는 외롭지 않다. 벗들과 함께하는 낮시간이 지나고 고요하게 자연을
마주하는 즐거움을 만끽하기 때문이다. 사람들과 함께 즐거워하는 시
간으로부터 자연 속에서 즐기며 정신적으로 깊어지는 시간으로 옮겨
가는 모습이다.

마지막 연에서 아직 오지 않는 사람들을 기다리는 마음을 표현하고
있는데, 이 마음은 봄이 오고 날이 밝는 시간의 순환과 함께 1연의 기
다림으로 자연스레 연결된다.

이처럼 〈고산구곡가〉는 아름다운 자연과 순환하는 시간 속에서
벗들과 함께하는 즐거움과 자연과 함께하는 즐거움이 순환적으로 확
장되는 모습을 보여준다. 벗들과 함께하는 즐거움은 교육의 즐거움이
고, 자연과 함께하는 즐거움은 학문의 즐거움이다. 즉 이 노래는 학문
의 열정과 교육의 기쁨이 순환적으로 맞물려 있는 학자적 삶의 즐거움
에 대한 노래이다.

〈고산구곡가〉는 학문에 대한 구체적인 내용을 담고 있지 않다. 다
만 자연의 아름다움과 그 안에서 누리는 즐거움만을 노래하는 것처럼
보인다. 그러나 이이는 이 노래를 통해 학자적 삶이 가지는 즐거움의
본질을 깊이 있게 탐색하고 온전히 표현함으로써 '즐거움'이라는 키워
드를 통해 학문하는 삶의 성격을 완전하게 드러낸다.

2) 〈고산구곡가〉 계승을 위한 〈구곡도〉 창작과 향유

〈고산구곡가〉가 당대에 가졌던 가치는 그것이 국문시가였거나 좋은 노래였다는 것보다는 가치 있는 삶을 노래하였다는 데 있었다. 이 때문에 노래로 듣고 부르는 것이 아닌 다른 양상으로 더 많이 향유되었다. 많은 사림들은 이이가 고산구곡을 경영한 것처럼 각자의 구곡을 경영하였다. 집 근처 경치 좋은 계곡에 구곡의 이름을 붙이고 정자를 짓고 가꾸어 은거하며 즐겼다. 이 현상에는 주자의 영향이 컸다. 이이는 조선의 주자였고, 고산구곡은 조선의 무이구곡이었다.

이이의 후학들 중 송시열은 1688년 당대의 문인과 화가들을 모아 고산구곡을 그림으로 그렸다. 이후에도 이런 흐름은 이어져 19세기에도 〈고산구곡도〉가 그려졌다. 1800년대에는 대규모 계획을 세우고 〈고산구곡도〉를 그려 〈고산구곡가〉와 〈고산구곡시〉를 담은 12폭 병풍으로 꾸미기도 하였다. 이 일을 위해 김홍도를 비롯한 화원과 문인 화가들이 모여 그림을 그리고 문인들이 글과 글씨를 썼다. 이 병풍이 현재 국보로 지정되어 있는 〈고산구곡시화병(高山九曲詩畵屛)〉이다.

〈고산구곡가〉는 이와 같이 노래와 문학으로서만 향유되었던 것이 아니라 경관이나 삶의 방식으로 확장되고 그림으로 그려져 통합적으로 향유되었으며, 그러한 향유 행위가 문화적 의미를 획득하게 되었다. 후학들은 이러한 문화에 참여함으로써 이이의 삶과 학문에 대한 경의를 표현했다.

3) 학문 정통성 정립을 위한 노력 〈황강구곡가〉

권섭의 〈황강구곡가〉는 주자로부터 이이로 이어진 학문과 문학의 맥을 보여주려는 의도에서 창작되었다. 〈황강구곡가〉는 권섭의 백부 권상하의 황강구곡을 읊은 시가로, 〈고산구곡가〉의 양식을 이어받은 총 10수의 연시조이다.

〈황강구곡가〉는 형식적으로 〈고산구곡가〉와 유사하다. 초장에서 '석담파곡(石潭巴谷)을 다시 볼 듯ᄒ여라'라 하여 이이와 송시열의 삶을 황강구곡에서 다시 경험해 볼 수 있다고 노래했다. 〈고산구곡가〉가 첫 연에서 '어즈버 무이(武夷)를 상상(想像)ᄒ고 학주자(學朱子)를 ᄒ리라'라 노래하며 주자를 계승함을 천명한 것과 같이 권섭은 황강구곡을 이이와 송시열의 학문과 삶을 계승하는 공간으로 규정한 것이다.

〈황강구곡가〉는 그 취지에 걸맞게 황강구곡으로 향하는 공간적 이동이 옛날 권상하와 함께하던 시간으로 돌아가는 시간적 이동과 맞물리는 구조로 되어 있다. 즉 회상을 통해 '그때'와 '그분'의 아름다움과 완전함을 현재적으로 실감하는 구조인 것이다.

〈고산구곡가〉는 주자의 〈무이도가〉를 시조화함으로써 공맹의 도를 잇는 주자의 학통을 계승하는 도통을 명시하는 효과를 낳았다. 그렇기에 후학의 〈고산구곡가〉 향유 활동은 그 자체가 도통을 확인하고 과시하는 목적을 갖기도 하였다.

〈황강구곡가〉는 아예 도통의 확인과 천명을 목적과 내용으로 하는 노래이다. 오늘날의 관점으로는 공감하기 어려운 면도 있지만, 당대의 성리학적 지식인의 입장에서 학문의 바른 길을 펴 보이고, 학문의 정통이 어떻게 이어져 왔는지를 되새겨 확인하는 일은 세상을 바르게 하는 일과 동일한 무게를 갖는 일이었을 것이다.

바른 학문을 추구하는 것 또한 시가 추구할 핵심적 가치였기 때문에, 이 또한 사회적 차원의 시교를 위해 긴요한 일이었다고 이해할 수 있다.

3. 교육을 추구하는 시조의 교육 방법: 감상 맥락의 확장

〈도산십이곡〉과 〈고산구곡가〉에 대한 감상과 이해를 깊고 넓게 하면 이 두 작품이 추구하고 표현하는 이념적 가치와 정서적 가치를 이해하는 데까지 이르러야 한다. 이황과 이이의 강호자연은 세상과 절연하지 않으면서도 세상과 구별되는 장소이고, 그가 추구하는 삶은 세상에서 추구하고 실천하는 도리의 연장이면서 자연의 질서에 합일되는 삶이다. 자연에서 도의 모습을 발견하고 자신의 심성과 삶을 도에 일치시키기 위해 학문에 몰입하고자 하였다.

강호의 삶은 '한거(閑居)'이다. 복잡한 이해에 얽혀 있는 속세의 삶과 사회적 의무 관계에서 벗어나 자신을 성찰하고 자기 성장을 위한 본질적인 활동을 할 수 있는 기회로서 여가와 한가로움은 서양의 고대 철학에서 중시한 개념인 '스콜라(schola)'와 동일한 의미를 가진다.

자신과 사회에 대해 고요히 성찰할 수 있는 정신적 여유는 쉴 새 없이 성취를 위해 스스로를 가동하는 현대인에게 절박하게 요청되는 덕목이다. 중세 사대부들이 추구했고 전수하려고 했던 가치 있는 삶의 모습이 오늘날 우리에게 낯설기도 하지만 한편으로는 우리가 필요로 하는 모습과 닮아 있기도 하다.

〈도산십이곡〉이나 〈고산구곡가〉는 그것이 지향하는 자연 속의 삶, 학문하는 삶과 그 안에서 누리는 긍정적 정서를 노래함으로써 유가적 철학이 제시하는 공공적 가치를 확산시키고자 하였다. 이 즐거움이 개인적 수양과 사회적 교화의 원천이 된다.

당대 제자와 후학들에게는 작가의 인격과 학문에 대한 존경심이 작품향유의 큰 동력이었다. 이 점은 현대의 우리가 갖추기 어려운 조건이다. 하지만 중세의 문학 향유 현상에서 작품의 의미를 이해하고 감상하는 과정에 관여하는 맥락들이 있다. 노래를 부른다든가 그림과 함께 감상하고, 자신의 구곡 경관을 조성하는 행위를 하는 것 등이다.

오늘날 그러한 맥락을 재현한다고 해서 학습자들이 중세의 문인들이 느낀 것과 같은 수준의 감동을 느끼기는 어렵다. 하지만 원래의 존재 조건을 모조리 삭제한 채 몇 줄짜리 인쇄물로 작품을 제공하고 그것을 묵독하는 일괄적인 방식의 감상만으로는 당대에 이 작품이 향유되던 생생한 상황을 상상하고 추체험하는 것이 원천적으로 봉쇄되고 만다.

이처럼 현대와 전혀 다른 문화적 기반 아래서 향유되던 작품들에 대한 교육에 있어서는 맥락을 배경지식으로만 다룰 것이 아니라 학습자가 작품을 경험하고 감상하는 맥락으로 전환하고 확장하는 것이 필요하다. 고전 시가를 정서적으로 받아들이고 경험하기 위해서 어떤 방법들이 동원될 수 있는지 적극적으로 고안해야 할 것이다. 융합교육이 다른 데 있는 것이 아니다.

미디어의 종류와 역할의 확대로 인해 문학의 존재 양상도 점차 변화해 나갈 것이 기대되는 상황에서, 인쇄물이 중심이 되었던 근대 문학 이전에 오히려 통합 문화적이고 다매체적인 문학의 시기가 있었음을 체험하게 한다면 오늘날 학습자들의 문학 실천이 더욱 풍요로워지도록 도울 수 있을 것이다.

4. 교육을 추구하는 시조의 교육적 의미
  : 인격교육과 전범의 중요성

우리는 교육을 통해 개인의 개성적 성장과 창의력의 신장을 추구한다. 이를 위해 전범을 확장하고 전범에 얽매이지 않아야 한다고 주장하기도 한다. 문학교육은 문학을 이해하고 생산하는 능력의 신장에 초점을 둔다.

하지만 사회를 통합하고 이끌어가는 공통된 가치관의 확립과 모범에 대한 합의는 여전히 중요하고 학습자의 인격적 성장과 사회의 바람직한 변화에까지 적극적인 역할을 할 수 있는 문학교육의 역할도 마찬가지로 중요하다.

시교는 시교육을 통해 자아가 사회적이고 역사적인 거대한 자아인 인간의 본성과 합일하는 길을 가도록 이끄는 데 주력한다. 이 때문에 시교는 인간의 선한 본성을 펼쳐 보이고 자극할 수 있는 전범의 역할을 중시한다. 작품을 학습자의 관점에서 창조적으로 견인해 오는 것보다 학습자가 전범의 거대한 세계로 들어가는 것을 중시한다.

마음을 닦는 중세의 공부는 지식을 쌓는 것만도 아니고, 정서의 함양만도 아니며, 올바른 행동 양식을 익히는 것만도 아닌 그 모든 것을 아우르는 상태를 추구했다. 과거의 고전문학교육은 총체적 인격의 형성에 그 핵심적 의미를 두고 있었다. 이 총체적 인격 형성의 핵으로 작용하는 것 이 '심(心)'이다. 시는 성정을 읊는 것이고, 마음은 성정을 아우른다[心統性情].

좋은 시는 세상과 인간에 대한 안목을 갈고 닦아 보편 심성을 왜곡하지 않고 깊이 있게 담아내는 시이며, 이런 시를 읽게 되면 자신의 내면에 잠재하던 보편 심성을 일깨우고 두텁게 할 수 있다는 것이 시교의 의미이다.

다양한 심성과 사고의 특성을 가진 현대의 학습자들이 인류가 보편적으로 공감하고 인정할 수 있는 심성을 깨닫고 유지하게 되는 것이 보편 심성의 확충이다. 개인에게 다 표현되어 있지 않지만 잠재되어 있는 마음을 불러 일으켜 그 마음이 역사적 깊이와 형이상학적 높이를 갖출 수 있게 하는 것이 현대화된 시교라 할 수 있다.

현대인은 고전시가의 낯선 정서를 경험함으로써 자신이 이미 가지고 있는 개인적이고 현대적인 취향이나 관점으로부터 다른 세계로 문을 열고 들어서는 경험을 할 수 있다. 이것이 교양과 고전이 갖는 가치이다.

자기 자신으로부터 거리를 두고 타자로서의 고전시가를 경험하며 그 차이를 느끼는 것을 통해 구체적 보편성을 획득할 수 있다. 현재의 자아에게 거리를 두고 사고하는 것, 타자에게 열려 있는 경험을 하는 것 자체가 이미 온유돈후의 시교를 성취하는 첫 발자국인 셈이다.

고전을 존중하고 고전의 절대성을 의심치 않았던 16세기 문인들에게는 자아가 우선하기보다는 고전을 받아들이고 고전의 세계에 입문하는 것이 우선시되었다. 그러나 그처럼 고전의 세계로 들어가 고전을 내면화하는 과정이 결국 자신의 눈으로 세계를 해석하고 자신의 노래를 만들게 되는 결정적인 계기가 되었던 것을 기억해야 한다. 이 고전의 세계에 침잠하여 되돌아 나오지 못한 사람은 아류에 머물렀다. 그러나 그세계로 들어가지 않은 사람은 거대한 세계를 이해하고 거기에 참여해 볼 기회조차 갖지 못하였다.

현대 문학교육이 인격교육보다는 능력교육에 초점을 두는 경향이 있지만, '자아'의 문제는 여전히 문학교육의 근본 문제이다. 문학교육이 추구하는 성찰하는 자아나 타인과 건강하게 관계 맺고 이해를 도모하는 자아, 세계의 총체상을 이해하고 교섭하는 자아는 시교를 통해 기르고자 하는 인간상과 멀리 있지 않다.

■ 연구의 의의와 남은 과제

이 연구는 다음과 같은 의의를 가진다.

<도산십이곡>과 <고산구곡가>라는 시조 교육의 주요 제재들이 당대인들이 공유했던 시교육의 철학인 시교를 추구한 작품이었다는 점을 중점적으로 논의하였다. 그리고 이 관점에서 위 작품들의 구조와 내용을 깊이 이해할 수 있음을 보였다. 또 두 작품을 당대와 후대의 사대부들이 시교 추구의 맥락에서 향유한 양상을 밝히고, 이 작품들을 본받아 창작된 후대의 작품들이 어떤 경향과 변주를 보여주는지 논의하였다.

이상의 내용은 16세기 이후 사대부 시조, 특히 육가계와 구곡가계 시조를 이해하기 위한 교육 내용으로 유의미하다.

나아가 과거에 이황과 이이의 제자와 후학들이 <도산십이곡>과 <고산구곡가>를 향유했던 방법과 태도가 현대의 문학교육에 줄 수 있는 시사점을 밝혔다. 문학을 텍스트로 읽고 이해하는 데 그치지 않고 다양한 삶의 맥락으로 끌어들이고 다른 예술의 분야와 연합하여 풍부하게 향유함으로써 그 정신에 다가가고 당대적인 창조물을 만들어 내는 데 이를 수 있는 가능성을 논의하였다.

〈도산십이곡〉과 〈고산구곡가〉, 그리고 이들을 본받고자 한 후대의 시가들이 추구했던 시교의 이상은 오늘날 그대로 가져올 수 없는 과거의 가치이긴 하지만, 시교가 중시한 전범의 가치와 전인격적이고 총체적인 교육 추구의 의미를 재해석하여 현대의 문학교육을 풍부하게 할 수 있는 길을 더듬어 보고자 했다.

시교를 중심으로 한 이상의 연구가 〈도산십이곡〉과 〈고산구곡가〉를 비롯한 육가계와 구곡가계 시조의 교육 내용을 제시하고 현대의 교육에 주는 시사점을 논의하는 것을 넘어서서 고전시가교육, (고전)문학교육으로 확대 적용될 수 있는 교육 이론의 주요 개념이나 체계화된 논리를 제시하는 것은 과제로 남아 있다. 또 이 연구에서 시교를 추구하는 시조들에 대해 논의하며 이끌어낸 의미들을 현대적으로 성취하기 위한 교육 방법을 개발하고 제안하는 일도 중요한 과제이다.

※관련 논문 : 서명희, 시교(詩敎) 전통의 문학교육적 의의 연구: 〈도산십이곡〉과 〈고산구곡가〉의 창작과 영향을 중심으로, 서울대학교 대학원 박사학위 논문, 2013.

공간 중심의 강호시조 이해교육

김현정

"문학 수업에서 고전시가 작품은 어떤 위상을 가질까?" 우리는 일상에서 이런 류의 기초적이고 원론적인 질문을 잘 하지 않는다. 하지만, 그 성격에도 불구하고 이 질문을 시시각각 마주하기는 어렵지 않다. 필자는 학교 수업을 위한 문학 교과서 선정의 기준이 '고전시가 작품 수가 적은 것'이라는 교사들의 말을 자주 들었다. 사실상 고전시가 작품은 문학 수업에서 '이해하기 어렵고 시간이 걸리고 학생들도 반가워하지 않아 가르치기 어려운 작품'으로 여겨지고 있다. 이러한 상황이 벌어진 이유는 무엇일까?

필자는 위의 질문을 교육 가치론적 차원에서 점검하였다. 교육과정과 교과서라는 정해진 교육 계획 속에서, 고전시가 작품은 포괄적 의미의 문학 능력 증진, 인간주의적 이념의 실현을 위한 여러 다양한 작품 중의 하나로서의 역할을 해 왔다. 고전시가 작품 바깥에 존재하는 이러한 가치들을 기준으로 보면, 고전시가 작품은 문학 교실에서 다루기에 매우 효율이 떨어지는 자료이다. 다양한 현대 문학 작품들을 통해 문학 능력 증진이나, 인간주의적 이념의 실현을 위한 문학 교실의 구성이 충분히 가능하기 때문이다.

그러나 고전시가교육의 가치를 작품이나 장르 바깥에서 찾게 되는 이와 같은 흐름을 바람직하다고만 생각하기는 어렵다. 문학 활동의 가장 기본적인 단위는 독자가 개별적인 작품을 읽고 그 작품의 고유한 미를 파악하고 감상하는 것이기 때문이다. 문학 수업에서 고전시가 작품이 소외되는 현실은, 현재의 고전시가교육이 고전시가 작품이 그 자체로 가진 가치, 즉 고전시가 작품의 내재적 가치에 주목하지 않는 현실과 밀접한 관련을 갖는다. 고전시가교육은 '고전시가 작품과 이를 접하는 독자의 고전시가 활동을 중심에 두고 고전시가 작품이 그 자체로 가진 고유한 가치를 학생들이 체험하도록 하는 고전시가 교육'으로 돌아와야 한다.

고전시가교육의 내재적 가치에 주목하기 위해서는 고전시가의 장르에 주목할 필요가 있다. 고전시가의 내재적 가치란, 고전시가 작품이 현대 문학 작품으로 대체될 수 없는 고전시가만이 지닌 가치를 의미한다. 예를 들어, 시조 장르의 내재적 가치는 시조가 향가나 속요, 가사로 대체될 수 없는 시조만이 가진 가치를 의미하며, 이는 그 장르적 성격의 자장 속에서 체험될 수 있는 성격의 것이다. 이러한 차원에서 '고전시가 장르 개별적인 층위에서의 고전시가교육론'에 대한 연구가 지속적으로 이루어질 필요가 있다.

필자는 이러한 차원에서, 고전시가의 가장 대표적인 장르라 할 수 있는 시조, 특히 강호시조를 가르친다고 할 때, 학생들이 강호시조만이 가지는 내재적 가치를 탐색할 수 있도록 돕는 이해·감상 교육이 어떻게 실현될 수 있는지에 대해 탐색하였다. 고민의 결과로 도출된 것은 학생들이 '공간'이라는 시적 범주를 작품 이해를 위한 분석 범주로 삼아, 강호시조의 '공간'이 갖는 다양한 특징을 탐구하도록 함으로써 강호시조에 대한 이해에 이르는 '공간 중심의 강호시조 이해 교육'이다. 강호시조의 '공간'은 그것이 갖는 체험적, 인식적, 이념적, 문화적 특성으로 인해, 작품의 본질에 다가갈 수 있도록 돕는 훌륭한 통로로서의 역할을 할 수 있다.

◇ 공간 : '공간'은 철학, 지리학, 사회학, 문학, 심리학, 수학, 물리학 등 여러 분과학문의 연구 대상이다. 이들 분과학문에서 말하는 '공간' 개념과 범위, 형태, 분석 방법 등은 학문 특성에 따라 다양하다. 이는 '공간'의 성격이 다층적이라는 것을 말해줌과 동시에, '공간'이 인간의 경험적·상상적 산물에 대해 다면적으로 이해하도록 돕는 개념틀이라는 점을 짐작하게 한다.

'공간'의 이해를 위해, 하이데거(Heidegger)나 메를로 퐁티(Merleau-Ponty) 등의 현상학적 논의들을 검토해 볼 수 있다. '공간'을 '체험 공간'으로 보는 이들 현상학자들의 논의로부터, 주체의 '체험 공간'이 '대상에 대한 거리 제거'를 통해 형성되며, '공간'은 '사물의 위치가 가능해지는 수단'이고, '사물들의 관계에서 나오는 보편적임 힘'일 수 있다는 점을 이해할 수 있다. 또한, '공간 체험'은 연속적이고 동시적인 경험의 흐름들로부터 가능해지며, '공간 체험'의 주체는 '공간'에 존재하는 모든 것을 지각하거나 수용하지 않고, '공간'을 선택적으로 조립한다는 점을 이해할 수 있다.

다음으로, 르페브르(Lefebvre)나 벤야민(Benjamin)의 사회학적 논의에서 '공간'은 '공간적 실천', '공간 재현', '재현 공간' 등을 주요 키워드로 하여 연구되어 왔다. '공간'이 생산, 체험, 재현되는 양상이 갖는 사회적 의미를 추적하는 사회학의 공간론에서는 사회를 지탱하는 이념이 '공간'에 근거하고 있으며, '공간'을 기술하는 어휘와 공간적 코드를 갖고 있다는 점을 보여주었다. 이러한 관점은, 예를 들어 도시의 소비 공간이 지니는 정치적·문화적 의미에 대한 통찰로 이어지기도 한다. 사회학자들은 '공간'이 중세성이나 근대성 등 시대적이고 사회적 맥락에 따라 다르게 구현된다는 점을 밝혔다. 이와 같은 사회학자들의 공간론에서 흥미로운 것은 사회학적 관점의 분석 기준이다. 사회학에서 '주체의 시선이나 이동, 공간의 전체적 분포와 배치, 공간의 개방과 폐쇄' 등을 분석하여, 공간의 성격을 규명한 점을 참고할 수 있다.

현상학과 사회학의 공간 이론은 시조의 공간에 대한 이해에도 참고할 만한 관점과 기준을 제공해 준다. 현상학의 관점에 따라, 우리는 시조의 공간을 이해할 때, 시적 주체의 위치와 시선, 시적 주체가 가깝다고 느끼는 구성물, 공간의 범위를 한정짓는 시적 주체의 관점 등을 기준으로 삼아 창작 주체의 체험 공간이 시적 질서 속에서 작품 공간화하는 방식에 관한 이해에 이를 수 있다. 또한, 공간 체험의 동시성이나 연속성 등 시간적 속성들 역시 시조의 탐구에 유의미한 기준을 제공한다. 사회학의 공간 이론에서 분석 대상으로 삼은 '공간의 이동과 분포, 배치, 개방과 폐쇄' 등은 공간의 특징과 인간의 공적(公的)·사적(私的) 삶이 갖는 영향 관계를 규명한다. 사회학의 공간 개념과 그 이해 방법을 참고하여 강호시조의 공간과 그 속에 반영된 공적·사적 삶의 양상 사이의 관계를 파악할 수 있다.

◇ 공간 이해 : '문학의 공간'은 서사와 서정을 막론하고 작품 안에 표현된 다양한 경험들의 배경이자 상황적·역사적 맥락으로서의 의미를 갖는다. 문학의 이해를 위해서는 경험의 배경이나 맥락에 대한 이해가 필수적이므로, 공간의 이해는 그만큼 중요하다. 또한 '문학

의 공간'은 장르적 요소들에 의해 다차원적으로 실현된다. 서정시의 '공간'은 서정시에서는 시적 주체, 시의 이미지, 상징, 시적 발화, 그 이외의 시적 형식 등과의 관련성 속에서 다차원적으로 실현되는 것이며, 그렇기에 '서정시의 공간에 대한 이해'는 '서정시에 대한 포괄적인 이해'로 확장될 가능성이 있다.

또한, 공간의 병치적 질서와 동시성, 공간들 사이의 등가적 관계 등은 '문학의 공간'이 갖는 특징이면서, 공간의 이해에서 독자의 상상력이 중요함을 상기시킨다. 우리는 공간을 체험하고 표현할 때, 공간적 관계를 갖는 여러 요소들을 연속적으로 병치하며, 이해의 차원에서 그것들은 동시적 이미지로서 등가적인 관계를 갖는 것으로 받아들여진다. 이는 시조 공간의 이해와 관련해서도 적지 않은 시사점을 준다. '초장-중장-종장'으로 이루어진 3단 형식의 단시조는 행 단위에서, 단시조의 3단 형식을 연 단위로 확장한 연시조는 연 단위에서 공간적 관계를 갖는 장소나 사람, 사물 등을 병치하며, 이는 시간적으로 볼 때 동시성을 갖기 쉽다. 시조의 공간에 대해 이해하려면, 행 단위나 연 단위에서 실현된 공간이 갖는 이와 같은 동시성을 이해할 수 있어야 한다.

이런 점들을 전제로 하여 강호시조의 '공간'을 이해하려면, 학습자들은 '강호시조 창작 주체들의 공간'에 대한 이해를 기초적 범위로 삼고, 이 범위에 속하는 이해의 대상들을 탐색해 나가야 한다. 중세의 사대부들이 공적이고 사적인 삶의 다양한 영역에서 공간을 어떻게 구획하고 체험하고 인식했는지, 공간의 이동과 공간의 구성 등은 어떻게 이루어졌으며, 강호시조에 형상화된 공간은 이러한 공간들 중에 특별히 어떤 것인지 등이 고려의 대상이 되어야 한다. 강호시조의 창작 주체들이 미화하고자 했던 '공간'에는 어떤 질서에 의해 어떤 사물들이 배치되어 있으며, 창작 주체들은 그러한 공간과 그 안에 배치된 사물들에 어떻게 감응하였는지 등도 주요한 이해의 대상이 된다. 이와 같이, 문학 교실에서는 학생들이 '공간'을 이해할 수 있도록 돕는 여러 기준들이 제공되고, 그 기준을 도구로 하는 작품 자체에 대한 활발한 탐색이 이루어질 필요가 있다.

한편, 학습자들이 강호시조 창작 주체들의 공간 체험, 공간 인식, 공간 구획, 공간적 상상력 등을 적극적으로 수용한다면 이러한 수용은 '자기 이해와 표현'으로 전환될 수 있다. 중세인들의 체험에 비추어 현대인의 공간 체험이나 공간의 문화에 대해 검토해 보는 것이 가능하기 때문이다.

◇ 공간 이해 능력 : 문학교육의 맥락에서 학습자의 '공간 이해 능력'은 '학습자가 가능한 여러 가지 기준을 활용하여 시적 공간을 분석해 보고, 이를 그 시가 갖는 장르적 특징으로 분별해 내는 능력'을 의미한다. 이를테면, 학습자가 여러 가지 기준을 활용하여 강호시조의 공간을 분석한 결과, 강호시조의 창작 동기로서 공간 체험의 의미를 이해하고, 강호시조의 작시 원리로서 공간 구성 원리를 이해하며, 강호시조의 공간적 상징과 공간 이상화의 문화사적 의미를 이해하게 되는 것이 '공간 이해 능력'을 갖춘 학습자의 이해 활동이라 할 수 있다. 이는 문학교육 차원에서 하위 장르를 뛰어넘어 형성될 수 있다. 서정시가 갖는 시대적 보편성을 고려할 때, 서정시의 하위 장르에 형상화된 공간을 이해하는 능력을 갖추게 된다면, 그 능력은 다른 하위 장르의 공간을 이해하는 능력으로 쉽게 전환

될 수 있기 때문이다. 즉, 학습자들의 강호시조 공간에 대한 이해 능력은 현대시의 공간에 대한 이해 능력으로 치환될 수 있다.

서정시 교육에서 '공간 이해 능력'은 서정시의 '공간 분석 능력'을 갖추는 것을 의미하며, '공간'을 중심으로 '시적 주제를 구성하는 능력'을 갖추게 되는 것을 의미한다. 시에서 시적 주체가 주된 대상으로 '공간'을 형상화했다는 것은, 대체로 '공간'의 형상화를 통해 시적 주체의 의식, 상황, 정서 등을 표출하고자 했음을 뜻한다. 이를 '시적 주제'라 한다면, 공간 이해 능력을 습득한 학습자들은 시적 공간을 시적 주체의 의식, 상황, 정서와 연결 지으면서 시적 주제를 구성하는 능력을 갖추게 된다. 또한, 서정시의 '공간 이해 능력'은 '공간적 상징이 문화적으로 소통되는 현상에 대한 이해 능력'을 갖추는 것을 의미한다. 예를 들어, 강호시조의 공간 이해를 통해 학습자가 공간 이해 능력을 획득하게 되면, 학습자들은 시대적·문화적 상황 변화에 따라 그 시대의 주체들이 공간적 상징을 만들어 내고 그에 대해 소통하는 현상에 대해 이해하게 될 가능성이 크기 때문이다.

◇ 강호시조 : 강호시조는 15세기에서 19세기까지 창작된 것으로 알려져 있으나, 현재까지 연구와 교육의 대상이 되는 작품들은 주로 16세기에서 18세기에 이르는 동안 창작되었다. 시조 연구에서는 강호시조들 중 18~9세기에 창작된 작품들이나 17세기에 창작된 작품들 중 일부를 전원(田園) 시조나 전가(田家) 시조라고 칭해, 16~7세기에 집중적으로 창작된 사림(士林)들의 시조와 구분하기도 한다.

강호시조는 중세의 사대부들이 정치 경제의 중심지인 서울을 벗어나 향촌(鄉村) 사회에 거하게 되면서 창작한 작품군이다. 중세의 향촌은 사대부들이 중앙 정계에 진출해 치인(治人)의 사명을 다한 뒤에 귀향하거나, 당쟁(黨爭)과 사화(士禍)의 소용돌이 속에서 때를 피해 은거(隱居)한 공간이었다. 중앙 정계에 진출한 관력이 없더라도 향촌 사회에서 재지(在地)적 기반을 닦아 온 향촌 사족(士族)들 역시 향촌의 거주지와 승경을 미화한 강호시조의 창작에 참여하였다. 정치 경제의 중심지인 '서울'과 중세 사대부의 복거지인 '향촌'은 유가(儒家)의 이념적 지향과 실천을 매개하는 중요한 공간들로 중세 사대부들의 내면에 조화롭게 공존하는 세계였다.

사대부들의 내면에 중요한 공간적 의미를 차지하고 있던 '향촌'은 강호시조 창작과 향유의 배경이 되는 특수한 공간으로 강호시조의 창작과 밀착되어 있다. 향촌이라는 공간은 중세 사대부들의 삶의 터전으로서, 그들의 유자(儒者)적 이념이 실현되고, 생활이 이루어지며, 문화가 형성되는 공간이었다. 강호시조의 창작과 향유는 향촌이라는 특정한 공간과 그 속에서 삶을 지속하던 사대부들의 생활 및 문화와 밀착되어 있기에, 공간과 이념, 공간과 사회, 공간과 문화, 공간과 주체 등, 공간과 인간의 삶에 대한 이해 없이는 강호시조의 이해에 다가가기 어렵다.

이와 같이, 강호시조는 이전에는 주목받지 못했던 자신의 주거지와 그 주변의 자연을 서정시의 공간으로 전환한 일종의 전원문학으로서 공통점을 갖고 있다. 수세기에 걸쳐 자신의 주거지와 그 주변의 자연을 시조로 형상화하는 과정에서 창작 주체들은 작품 공간을 통해 유가(儒家)적 이념 지향과 유자적 생활 문화를 표출하였으며, 이는 시조라는 특정 장르 고유의 미학을 창출하는 미적 성취로 이어졌다. 강호시조의 대표작으로는 이현보의 〈어부단가(漁父短歌)〉,

이황의 〈도산십이곡(陶山十二曲)〉, 이이의 〈고산구곡가(高山九曲歌)〉, 신계영의 〈전원사시가(田園四時歌)〉, 윤선도의 〈어부사시사(漁父四時詞)〉, 위백규의 〈농가(農歌)〉 등이 있다.

■ 주요 내용

강호시조의 '공간'은 고전시가의 대표적인 강호시조를 이해하기 위해 매우 유용한 이해의 범주이다. 특히, 학습자들이 강호시조의 '공간 이해'를 목적으로 작품 분석과 탐구를 수행한다면, 그 과정은 그 자체로 강호시조가 문학 작품으로서 갖는 내재적 가치를 풍성하게 경험할 수 있도록 한다는 점에서 매우 중요한 이해 방식 중의 하나이다.

'공간 중심의 강호시조 이해'는 학습자들이 다양하게 설정된 기준에 따라 강호시조 공간의 특징을 탐구해, 이를 강호시조의 서정시적 세계 이해로 확장하는 과정을 의미한다. 이를 위해서는 '강호시조 공간'의 특징을 이해하고, 그것을 강호시조 작품 전체와의 관련성 속에서 의미화하는 과정이 필요하다. 이와 같이, 학습자의 '공간 이해'는 강호시조 작품과 학습자의 상호작용 속에서 일어난다는 점에서, 학습자의 강호시조 '공간 이해'의 주요 변인에는 '작품 변인'과 '학습자 변인'이 있다. 이와 관련하여, 필자는 작품 변인에 주목하여 학습자들이 활용 가능하다고 판단되는 여러 기준에 따라 강호시조 작품을 분석해 보고, 그 결과를 '강호시조 공간의 특징'과 '공간이 강호시조 작품에서 차지하는 역할'의 두 층위에서 다음과 같이 제시하였다. 또한, 이러한 분석 결과를 문학 수업에서 구현하기 위해 어떤 방향의 고전시가교육이 가능한

지에 대해, 그 설계 방향을 모색해 보았다.

1. 강호시조의 이해에서 공간 이해의 성격

1) 강호시조 공간의 특징

(1) 강호시조 공간의 문화적 기반

강호시조 공간의 문화적 기반으로 학습자들이 이해해야 하는 것은 강호시조의 창작 주체들인 중세의 사대부들의 삶을 지탱했던 성리학적 이념이다. 성리학에서는 자아와 가정, 사회, 자연, 국가, 우주가 일원론적으로 연속된다고 본다. 자아는 세상 속에 있고, 세상과 연결되어 있으며, 세상과 같은 생명을 공유한다는 사유이다. 이와 같은 성리학적 이념의 자장 속에서 강호시조의 창작 주체들은 자연에서 만물의 이치를 궁구하였으며, 그 안에서 조화로운 자아를 지향했다.

이러한 이념적 지향으로 인해, 강호시조에 등장하는 여러 공간은 극적으로 대립된다기보다 서로 조화를 이룬 채 존재한다. 강호시조 공간에 자주 등장하는 정치 경제의 중심지로서의 서울과, 강호시조의 창작 주체가 창작 상황에서 자신의 삶을 꾸려가던 향촌이라는 공간이 대비적으로 존재하되 대립적으로 존재하지 않았던 것도, 강호시조의 창작 주체들이 성리학적 지향 의식의 끈을 놓지 않았기 때문이다. 강호시조는 이러한 성리학적 이념의 자장 아래, 향촌 사회에서 거(居)와 유(遊)를 실현하게 된 만족감과 흥취를 표현한 우리말 노래이다. 향촌에 거하게 된 만족감은 자신의 주거지와 그 주변의 자연에 대한 이상화로 표출되었다. 이와 같은 강호시조 공간의 문화적 기반은 강호시조 공간의 특징, 역할, 문화적 의미를 탐구하는 데 도움을 준다.

(2) 강호시조 공간의 구성 요소와 구성 방식

강호시조 속 거주지에서 시적 주체는 은자로서의 지향을 잃지 않는 행위를 지속한다. 시적 주체는 자신의 주거지에서 책을 읽고 누워서 쉬거나 잠을 청하면서 강호시조 공간에서 누릴 수 있는 한가로움과 여유를 통해 만족감을 표출한다. 이러한 행위는 강호시조 공간에서 누릴 수 있는 정신적 자유를 보여 준다. 또한, 시적 주체는 주거지 주변의 자연에서는 왕래하고 소요하며, 고사리와 같은 푸새를 캐고, 낚시질하며, 서투르게 밭을 갈고, 술을 마시는 흥에 취한다. 전형적인 은자들의 행위이다.

강호시조의 공간은 역사적으로는 성세(盛世)이다. 강호시조의 공간에서는 자연적으로는 하루와 사시(四時)가 흐르고, 인간의 일생으로 보면 노년에 처해 있고, 과거-현재-미래의 계기적 시간 중에 과거의 시간이 중요하게 평가된다. 강호시조의 창작 주체들이 작품 공간을 구성하는 시간으로 이와 같은 시간을 선택한 것은 그 안에서 흐르는 시간을 통해 공간의 영속성과 체험성을 드러내며, 공간을 긍정적으로 수용하는 태도를 드러내기 위해서이다.

강호시조에서 주변의 자연 경관은 시적 주체가 거점지를 중심으로 주변의 자연을 차경(借景)하거나, 시적 주체의 시점을 다변화하여 체험적으로 구성하는 두 가지의 방식을 보인다. 경관의 차경적 구성은 강호시조 공간에 거한 시적 주체가 소박한 주거지에 은거한 군자로서 누리는 감각적 혜택을 효과적으로 드러내는 방식이다. 시점의 다변화를 통해 경관을 체험적으로 구성하는 방식은 자연을 대하는 시적 주체의 선택적 태도를 잘 드러낸다.

이와 같은 강호시조 공간의 구성 요소와 구성 방식은 작품 층위에서는 매우 다양한 변주로 실현되었다. 이를 위해 본 연구에서는 여러 강호시조 작품을 토대로, 강호시조의 창작 상황과 관련되는 '공간의 배치'에 대해 분석하였다. 작품 속에서 주거지인 '거점 공간'과 '주변 공간'이 구체적인 공간으로 어떻게 형상화되었는지를 확인하는 것이 중요하다. 다음으로는 '행위와 공간의 결합 방식' 역시 주요한 분석의 기준이다. 강호시조의 창작 주체들은 강호 공간 안에서 자신의 공간 체험을 매우 중시하고 있기 때문에, 공간 안에서의 행위와 공간이 어떻게 결합되었는지 '주거지에서의 행위'와 '주변 공간에서의 행위' 등을 기준으로 하는 분석이 필요하다. 또한, '시간과 공간의 결합 방식'에 대한 분석 역시 공간의 주요한 구성 요소가 구성 방식 중의 하나라 할 수 있다. 강호시조 공간에서 역사적 시간과 일상적 시간, 과거와 현재, 역사적 시간 등이 어떻게 구현되고 있는지 확인할 필요가 있다. 또, '인간과 공간의 결합 방식'이나 '경관 구성의 방식' 역시 공간의 성격을 보여주는 주요한 특징이다.

(3) 강호시조 공간의 성격 부여 방식

강호시조의 창작 주체들은 수세기에 걸쳐 강호시조를 창작하면서, 자신의 주거지와 그 주변의 자연을 때에 따라서는 '상징적 은거 공간'으로, 때에 따라서는 '수기적 수양 공간', '미적 체험 공간', '풍류적 흥취 공간', '유자적 생활 공간'으로 전환하고 있다.

강호시조의 창작 주체들은 당대에 보편화된 은거 공간의 상징적 구성 방식을 수용하여 강호시조 공간의 성격을 표출하고 있다. 이것이 '상징적 은거 공간'의 구성 방식이다. 한편, 강호시조의 창작 주체들 중에는 강학(講學)을 위한 공간을 실제로 일구고 그 속에서 생활한 사람들이 있다. 이들은 성리학적 이념의 지향 속에서 강학하는 행위를 개별적 공간으로서의 정사(精舍)로 이동하는 왕래의 행위를 통해 드러내고 있다. 이것이 '수기적 수양 공간'의 구성 방식이다. 이들은 삶의 가치 지향을 공간을 통해 드러내면서 공간의 가치를 설득하고 있는 것이다.

한편, 강호시조의 공간이 창작 주체의 자연 속에서의 실제적 삶과 관련되어 있다는 점에도 주목할 필요가 있다. 강호시조의 공간은 그들의 실제적 삶과 관련된 공간으로 전환되기도 하였다. 강호시조의 창작 주체들은 미적 체험에 관한 스스로의 관점을 시조를 통해 드러내고 있다. 이것이 '미적 체험 공간'의 구성 방식이다. 강호시조의 공간은 창작 주체들이 풍류적 흥취를 누릴 수 있는 구체적인 공간을 확보함으로써 '풍류적 흥취의 공간'으로 적극적으로 전환되기도 한다. 여기에서는 작품의 시상이 전개될수록 흥이 고조되는 양상을 볼 수 있다.

강호시조의 공간은 창작 주체들의 생활과도 밀접한 관련이 있다. 강호시조의 공간은 생활 문화의 공간으로 사대부들의 계회(契會)가 열리는 공간이었으며, 이는 몇몇 강호시조 공간이 '유자적 생활 공간'으로 전환되는 기반이 된다. 강호시조의 공간은 중세 사대부들의 공적(公的) 생활이 이루어지는 공간으로도 전환되고 있는 것이다.

강호시조 공간의 성격은 학습자들이 강호시조 창작 주체들의 삶을 이해하고 공감하는 감상적 과정에 긍정적인 영향을 끼칠 수 있을 것으로 보인다. 학습자들은 강호시조 공간의 성격을 이해하는 과정에서 창작 주체의 실제적 삶과 강호시조 사이의 연관성에 대해 호기심을 느끼고 이에 공감하는 감상 활동을 수행할 수 있다.

2) 강호시조에서 공간의 역할

'공간'을 중심으로 하는 강호시조 이해 교육의 가정은, '강호시조 공간'의 특징과 성격을 이해한 뒤에 이를 강호시조에 대한 이해로 확장하는 것이다. 이런 점을 고려한다면, 강호시조에서 공간의 역할에 관한 검토 역시 강호시조 공간의 이해에서 중요한 이해의 대상이다.

검토의 결과, 강호시조의 공간은 창작 동기로서 공간 지향과 체험을 드러내 줌을 알 수 있었다. 또한, 강호시조의 공간은 시행 층위에서는 시적 주체의 위치를 드러내 주는 역할을 하고, 연 층위에서는 공간의 상징을 구현하는 데 도움을 준다. 시상 전개에 있어서는 거점 공간의 존재가 3행의 반복적 구성을 통해 확장되는 연시조의 안정성을 보장해 주는 역할을 하며, 공간의 이동은 시적 주체의 거점 공간으로의 회귀적 과정으로 반복됨으로써 공간의 성격을 지탱해 주고 있다.

2. 공간 중심의 강호시조 이해 교육 설계

'공간'을 중심으로 강호시조를 이해하도록 돕는 '공간 중심의 강호시조 이해 교육'을 설계하기 위하여 '교육의 목표'와 '이해 활동'의 두 가지 층위를 구체화하였다.

1) 공간 중심의 강호시조 이해 교육의 목표

〈표1〉 공간을 중심으로 하는 강호시조 이해 교육의 목표

구분	내용
작품 분석 층위의 목표	• 구성소 분석을 통한 강호시조 공간 인식 능력 향상 • 공간 배치 원리 추론을 통한 시적 의미 구성 능력 향상 • 공간의 시적 질서화 방식 분석을 통한 시조 이해 능력 향상
작품 감상 층위의 목표	• 공간 지향에 대한 공감적 이해 능력 향상 • 삶의 양상에 대한 가치 판단 능력 향상
문화 분석 층위의 목표	• 공간적 상징의 문화적 의미 이해 능력 향상 • 소통 양상 분석을 통한 시조 향유 문화 이해 능력 향상

위의 〈표1〉에서 확인할 수 있는 바와 같이, 공간 중심의 강호시조 이해 교육을 위해, 작품 분석 층위, 작품 감상 층위, 문화 분석 층위 등 3가지 층위에서 목표를 설정하였다. '이해'란 학습자의 인식과 체험을 전제로 하는 것이기에 이해의 활동적 성격과의 관련성 속에서 목표를 설정할 필요가 있다. '작품 분석'과 '작품 감상'은 공간을 중심으로 하여 강호시조를 이해하는 과정에서 필수적이기에 두 층위의 목표를 설정했다. 또한, 강호시조가 중세의 문화적 기반 위에서 수세기에 걸쳐 창작된 작품군이라는 점을 고려할 때, '문화 분석 활동' 역시 공간을 중심으로 강호시조를 이해하는 데 필수적인 활동 영역이라는 점을 고려할 필요가 있다.

각 항목별 목표를 구체적으로 확인해 보자. 먼저, '작품 분석 층위'에서는 '구성소 분석을 통한 강호시조 공간 인식 능력 향상'을 하위 목표로 설정할 수 있다. 강호시조를 접한 경험이 거의 없는 학습자들은 강호시조 읽기 과정을 통해 작품 속 공간과 관련되는 사실에는 어떤 것이 있는지 그 실체를 확인하고, 이와 관련될 수 있는 정보들에는 어떤 것이 있는지 확인해야 한다. 즉, 학습자들은 강호시조 공간에 등장하

는 반복적 구성요소들에는 어떤 것들이 있는지 확인하고, 그것들이 강호시조의 공간을 어떻게 완성하고 있는지를 하나의 문학적 사실로 확인할 수 있어야 한다. 다음으로, 학습자들은 작품 읽기 과정에서 스스로 확인한 공간 구성소들이 어떤 원리에 의해 공간 안에 배치되고 있으며, 그것이 작품의 의미를 어떻게 확정짓고 있는지를 이해할 필요가 있다. 강호시조 공간 속에 공간의 구성소들이 어떤 원리에 의해 배치되고 있는지를 이해하는 과정은 작품 전체의 의미와 연관되므로, 이를 '공간 배치 원리 추론을 통한 시적 의미 구성 능력 향상'이라 칭할 수 있다. 한편, 시조의 장르적 질서 속에서 공간이 질서화되는 방식을 이해함으로써 중세의 창작 주체들이 공간을 중심으로 시조를 창작한 이유를 탐색하고, 이를 시조의 장르적 특성과 연관지을 수 있어야 한다. 이를 '공간의 시적 질서화 방식 분석을 통한 시조 이해 능력 향상'이라 할 수 있다.

둘째로, '작품 감상 층위'의 목표로는 '공간 지향에 대한 공감적 이해 능력 향상'과 '삶의 양상에 대한 가치 판단 능력 향상'을 세부 목표로 설정하였다. 문학 작품에 대한 이해는 의미 있는 타자로서 창작 주체의 삶과 문학을 이해하고, 공감하며, 이를 수용하는 과정을 통해 이해 주체로서의 학습자가 자신의 삶을 돌아보는 정서적 과정, 즉 감상의 과정을 필요로 한다. 따라서 중세 강호시조의 창작 주체들의 공간 지향을 공감적으로 이해하고, 여러 다양한 삶의 양상에 대해 평가하는 것을 목표로 설정할 수 있다.

셋째로, '문화 분석 층위'의 목표로는 '공간적 상징의 문화적 의미 이해 능력 향상'과 '소통 양상 분석을 통한 시조 향유 문화 이해 능력 향상'을 세부 목표로 설정하였다. '문화 분석 층위'의 목표는 강호시조의 창작이 한 시대의 문화적 현상으로 존재할 수 있었던 이유와 그 의미에 대해 탐색하는 과정이다. 그렇기에 '문화 분석 층위'의 이해를 위해서는 작품과 작품 사이의 관계와 그것들 간의 소통과 향유에 대해 탐색하는 거시적 시각의 확보가 필요하다.

(2) 공간 중심의 강호시조 이해 활동

학습자들이 위에서 설정한 목표에 도달할 수 있도록 독려하기 위한 활동으로, '변별하기', '유추를 통한 문제 해결 활동', '시적 의미 구성하기', '가치 판단을 위한 평가', '공감을 위한 표현'의 다섯 가지를 제안하였다. 이 활동들은 학습자들로 하여금 강호시조에 대한 분석 활동을 활성화시키며, 창작 주체의 삶과 지향, 작품에 형상화된 체험에 공감하고 그 가치를 수용하도록 돕는다. 아래 〈표2〉에 그 세부 내용을 담은 이해 활동의 목록을 제시하였다.

〈표2〉 공간을 중심으로 하는 강호시조 이해 활동

구분	세부 내용
변별하기	• 공간 구성 요소의 목록화 • 공간의 비교·대조 　- 체험 공간과 작품 공간의 대비 　- 유사 작품 공간 간의 대비 　- 작품 공간과 학습자 공간의 대비 　- 작품 공간과 현대시 공간의 대비 • 공간의 분류
유추를 통한 문제 해결 활동	• 세계관을 중심으로 유추하기 • 공간 체험을 중심으로 유추하기 • 공간에 대한 태도를 중심으로 유추하기 • 중세 문화를 바탕으로 유추하기
시적 의미 구성하기	• 공간과 시조의 형식 관련짓기 • 공간 형상화의 의도 찾기

가치 판단을 위한 평가	• 재구하기
	• 평가하기
공감을 위한 표현	• 공간 선택의 준거 찾기
	• 의미 기술하기

■ 연구의 의의와 남은 과제

'공간 중심의 강호시조 이해 교육'은 고전시가의 내재적 가치에 주목하기 위해 학습자가 활용할 만한 기준을 여러 가지 측면에서 고려해 작품을 분석했다는 점에 의의가 있다. 한 대상의 가치를 그것이 가져올 효과나 기능을 중심으로 설명해야 인정받는 가치 혼란의 현상은 교육의 맥락에서는 반성적 성찰의 대상이 되어야 한다. 교육은 인간의 내적 성장을 목표로 하기 때문이다. 이 연구에서는 고전시가의 내재적 가치에 주목하기 위해 학습자가 활용할 만한 기준을 여러 가지 측면에서 고려해 작품을 분석했다는 점에 의의가 있다. 또한, 몇 가지 목표를 설정하여 공간 중심의 강호시조 이해 교육이 학교 수업에서 실현될 수 있는 구체적인 방안을 마련했다는 점에 의의가 있다.

'공간'은 강호시조의 이해 교육을 위한 중핵적 이해 범주로서 가치를 지닌다. 학습자들은 강호시조 이해 교육을 통해 '공간 이해 능력'을 향상시켜 서정시의 이해를 활성화할 수 있다. 본고에서는 학습자의 공간 이해를 작품 변인을 중심으로 논했는데, 분석의 결과는 학습자의 공간 이해에 대한 일종의 사례로서, 작품의 특성이 학습자에게 어떻게 받아들여질 수 있는지를 구체적으로 보여주었다. 공간 중심의 강호시조 이해 과정은 작품 분석이나 문화 분석, 작품 감상 등에 이르기까지 학습자의 다양한 활동으로 구체화될 수 있는 유의미한 교육 내용이다.

앞으로의 과제는, 학습자의 고전시가 이해 활동 중에서 작품 변인뿐만 아니라 학습자 변인 역시 중요하다는 점에 주목하여, 이에 대한 후속적 논의가 이어져야 한다는 점이다. 또한, 이 연구에서 구안한 이해 교육의 설계가 학교 현장에서 어느 정도의 효과를 거둘 수 있을 것인지에 관한 검증 역시 후속 논의를 통해 보완되어야 한다.

※관련 논문 : 김현정, 공간 중심의 강호시조 이해 교육 연구, 서울대학교 대학원 박사학위 논문, 2012.

살아 움직이는 문학

가면극의 연행 체험 교육

오판진

2022년 현재 새로운 교육과정에 관한 논의가 진행되고 있다. 교육과정 개정 작업이 완료되면 국어과의 전체적인 체계나 내용, 틀 등이 많이 달라질 것으로 보인다. 그렇지만 아직 교육과정 개정 작업이 진행 중이기 때문에, 교육 현장은 2015 개정 교육과정의 테두리 안에서 운영되고 있다. 2015 개정 교육과정이 시행되면서, 우리나라 학교 교육에서 연극교육의 위상은 큰 변화가 일어났다. 초등학교 국어과 5학년과 6학년에 연극 단원이 만들어지고, 고등학교에서는 선택 과목으로 연극 교과가 신설되었다. 초등학교 5학년 2학기에는 희곡 없이 역할놀이를 하는 표현 중심의 연극교육으로, 6학년 1학기에는 극본 쓰기와 낭독극을 하는 것을 주요 내용으로, 6학년 2학기에는 무대극을 올리는 것에 초점을 둔 교육 내용으로 교과서가 구성되었다. 고등학교 연극 교육과정에서는 '표현'과 '체험', '감상', '생활'이라는 주제를 바탕으로 설계되었고, 연극의 기원부터 제작, 이론과 감상, 생활과 관련하여 다양한 내용이 교과서에 실렸다.

한편, 국어과 내에서 연극은 희곡이라는 문학의 한 장르로 또는 구비 전승되는 가면극에 관한 이해와 연극의 말하기 방식 등에 관한 내용을 교육하는 데 초점을 두고 있었다. 그래서 이 연구에서는 연극교육의 현실적인 문제를 극복하고자 국어 교과 내에서 연극의 위상을 읽기 텍스트 이해 중심에서 연행 텍스트를 바탕으로 표현하는 활동, 즉 연극의 '연행성'을 강조하는 대안을 모색하였다. 국어교육에서 가면극 채록본이나 희곡을 교육할 때, 연행성을 강조하면 국어 교과를 비롯하여 교육에서 지향하는 인간의 주요한 역량 가운데 하나인 공감 능력을 기를 수 있다고 보고, 이를 위한 설계와 적용 및 학습자의 변화 양상을 살펴보았다. 초등학생과 중학생, 고등학생을 대상으로 수업을 여러 차례 진행하였고, 진행한 수업을 분석하여 다시 수업 설계를 보완하는 일을 반복하여 더 나은 수업 모형과 수업의 주요 지침을 제시하였다.

이 연구의 목적은 인물에 관해 공감하는 것을 중심으로 학습자들이 가면극 연행 체험을 하기 위해 필요한 교육 내용과 방법을 설계하는 데 있었다. 이런 연구를 진행하기 위해 가면극 교육 분야의 연구와 국어과 교육과정 속에서 가면극 교육의 현황을 분석하였다. 그 결과 '가면극 교육에 관한 연구'는 그동안 꾸준히 이어져 왔지만, 국어과 교육과정 속에는 가면극 교육에 관한 기존 연구의 성과가 충분히 반영되지 못하고 있는 사실을 확인하였다. 즉, 제7차 국어과 교육과정에서는 고등학교 '국어' 교과 시간에 '봉산탈춤'을 자료로 삼아 교육하였고, 선택 과목 '문학'에서는 여러 종류의 가면극 가운데 어느 한 가지를 선택하여 가르쳐 왔지만, 초등학생과 중학생을 대상으로 한 가면극 교육은 지금까지 실시된 적이 없었다. 가면극 교육은 고등학교에서만 실시되었고, 그것도 문학 텍스트에 대한 이해에 치우쳐 왔다. 그리고 가면극을 교육 자료로 삼았던 고등학교 국어 교과의 경우 교육의 목표는 가면극의 반언어, 비언어적 특성이나 문자 텍스트에 대한 이해에 초점을 두었기 때문에 가면극이 연행 텍스트를 중심으로 공연되고 향유되어온 점을 간과하여 가면극에 대한 감상 교육에 한계가 있었다. 그리고 선택 과목 '문학'에서 다루는 가면극 교육의 내용은 가면극을 보면서 감동을 받을 수 있도록 적절한 교육 내용과 방법으로 설계되어 있지 않아 가면극 인물에 관해 학습자들이 공감하기 어려웠다. 그래서 가면극 연희본에 기술된 가면극의 특성 몇 가지를 피상적으로 가르치는 데 머물렀다.

◇ 가면극(假面劇) : 가면극을 지칭하는 용어에는 탈춤 외에도 가면극, 탈놀이, 전통연희, 산대놀이, 오광대, 들놀음, 전통극 등 여러 가지가 있다. 대상은 같지만, 지칭하는 사람이나 지역, 상황 등에 따라 달리 부르고 있는데, 이렇게 가면극을 다르게 부르는 까닭은 가면극의 여러 특성 가운데 중요하게 생각하는 부분이 서로 다르기 때문이다.

'탈춤'은 가면극 가운데서 황해도 지역에서 전승되고 있는 가면극들을 지칭하는 용어이다. 황해도 탈춤 중에서 특히 봉산탈춤이 국내뿐만 아니라 국외에도 널리 알려지면서 가면극 전체를 대표하는 용어로 회자 될 만큼 탈춤이란 용어의 영향력이 확대된 것과 관련이 있다. 탈춤이란 용어는 가면극의 여러 요소 가운데 춤을 강조하고 있기에 무용이나 체육 등 신체 움직임을 연구하는 분야에서 많이 사용하고 있다.

탈춤 다음으로 많이 사용되고 있는 용어는 '가면극'이다. 서연호에 의하면 가면극은 '가면을 이용한 본격적인 연극'을 뜻하며, 현존하는 가면극을 유칭(類稱)하는 개념이다. 국어교육의 장에서 이루어지는 연구이기에, 연구에서 탐구하는 가면극의 중심 요소는 춤이 아니라 대사가 있는 대목이다. 그래서 탈춤이란 용어를 사용하는 것보다는 가면극이란 용어를 사용하는 것이 더 적절하다. 가면극이란 용어에는 배우들이 가면을 쓰고 음성언어나 몸짓언어 등으로 이루어진 언행을 통해 사상과 정서를 전달하는 '극'이란 점이 잘 나타나기 때문이다.

가면극이란 용어를 탈춤, 탈놀이와 견주어 논의한 전경욱은 이 세 용어 사이의 특징과 관계를 비교하며 종합적으로 검토한 바 있다. 그는 탈춤, 탈놀이, 가면극 이렇게 용어를 달리 쓰는 까닭은 춤, 놀이, 극 가운데 무엇에 관심을 가지느냐, 즉 관점의 차이 때문이라고 보았다. 가면극에는 '연극성'이 분명하고 충실하게 나타나기 때문에 이를 반영할 필요가 있으며, 세계 여러 나라에서 널리 통용되는 용어를 사용함으로써 다른 나라의 연구 성과를 검토하거나 비교하는 연구를 할 때도 혼란을 줄일 수 있어서 이 용어가 적절하다고 논의하였다.

요컨대 가면극이란 '가면을 착용하고 하는 본격적인 연극'을 지칭하는 용어이다. 이는 가면극의 실상에 가장 부합하고, 국어교육의 주요 연구 대상인 '언어'와 '극'을 가장 잘 표상하고 있으며, 다른 나라와의 가면극 관련 교류 시 혼란을 줄일 수도 있다.

◇ 연행 이론의 연행 : 연행에 대해 인류학적인 관점에서 접근하여 연행 이론(performance theory)을 체계화한 연구자들은 연행(performance)의 의미를 '복원되는 행위(restored behavior)'에서 찾고 있다. 그들은 연행이란 이전에 행한 적이 있는 행위를 특별한 목적을 가지고 반복하는 것이라고 보고 있다. 연행이 '관객을 지향하는' 공연이면서 동시에 '반복되는' 것이란 측면에서 연행의 특징을 포착하였다.

리처드 쉐크너(Richard Schechner)는 관점의 차이에 따라 연행의 개념을 확대하거나 축소하는 것이 가능하다고 보았다. 연행의 의미를 확대해서 보면, '인간에 의해 공적으로 조직된 일련의 유의미한 사회적 신체 행위들'로 그 의미의 장이 커지고 사회적인 대부분의 행위를 포함하는 것이 가능하다. 반대로 의미의 장을 축소할 때는 '공연예술들, 곧 음악·무용·연극·이벤트들'로 한정하여 지칭하기도 한다. 연행의 의미는 이렇게 유동적으로 사용할 수 있다. 그렇지만 일반적인 층위에서 사용할 때는 '인간의 신체 행위 중에서 일정한 공적인 시간과 공간 속에서 청·관중을 상대로 하여 의식적·의도적으로 행해지는 신체 행위'를 지칭한다고 보았다. 쉐크너가 논의한 연행 개념 가운데 본 연구에서 사용하고자 하는 가면극의 연행 개념은 연행의 층위 가운데 좁은 의미에 해당하는 공연예술 개념을 중심으로 하겠다.

◇ 가면극 인물에 대한 연행 체험 : 가면극 인물에 대한 연행 체험이란 가면극에 등장하는 인물에 대해 '몸소 겪는', '아름다움을 이해하고 즐기는 과정', '세계와의 활발하고 밀접한 교제', '능동적, 생산적', '일어서서 행하는', '연행 텍스트를 바탕으로' 등과 같은 핵심어와 밀접하게 관련하여 그 개념이 정의되어야 한다. 그래서 이를 종합해 보면, 가면극 인물에 대한 연행 체험이란 '가면극 연행 텍스트를 바탕으로 가면극의 인물에 대해 능동적이고 생산적으로 이해한 후 학습자 자신의 몸으로 대사와 연기를 표현하는 과정'이라고 정의할 수 있다. 이런 정의를 통해 가면극 인물을 체험하는 것은 가면극에 등장하는 인물 자체에 대한 의미를 이해하고, 즐기는 데 있는 것이 아니고, 이를 바탕으로 학습자들이 직접 자신의 몸을 사용

하여 연행으로 표현하는 과정이다.

◇ 가면극 연행의 층위와 구성 요소 : 텍스트 층위에서 가면극 연행의 가장 기본이 되면서 중심이 되는 것은 가면극의 언어 텍스트이다. 이 텍스트는 연행에서 배우들이 하는 대사와 노래, 가사 및 움직임을 구성 요소로 한다. 언어 텍스트는 보통 가면극 연희본을 지칭하는 데 그것을 보면 배우들이 무대 위에서 어떤 말과 행동을 하는지 상상할 수 있다. 연희 텍스트는 배우들에 의해 실현된 텍스트를 지칭하는데, 배우들이 무대 위에서 보여주는 말과 행동뿐만 아니라 그 밖에 보여주거나 들려주는 시청각적인 층위의 요소들에 의해 만들어진다. 즉 문자언어, 음성언어 이외에 또 다른 언어 텍스트로 반언어적 요소와 비언어적 요소까지 구성 요소로 포함하고 있다. 공연 텍스트는 무대 위에서 배우가 관객에게 표현하는 연희 텍스트의 외적 표현이며, 관객이 배우에게 반응하는 반언어적이고 비언어적인 표현을 구성 요소로 포함하고 있다. 문화적 컨텍스트의 구성 요소는 가면극 내용과 관련된 당대의 문화적 상황맥락과 학습자들이 처한 현재의 문화적 상황맥락을 말한다. 언어 텍스트와 연희 텍스트에 초점을 두고, 공연 텍스트와 문화적 컨텍스트까지 포함하여 가면극 연행의 구성 요소가 무엇인지 표로 정리하면 다음과 같다.

텍스트 층위	구성 요소
언어 텍스트	대사, 노래의 가사, 움직임
연희 텍스트	시각적 요소(가면, 의상, 소도구, 무대 미술) 청각적 요소(발화, 노래, 효과 음향)
공연 텍스트	배우가 관객에게 표현하는 연희 텍스트의 외적 표현 관객이 배우에게 반응하는 반언어적, 비언어적인 표현
문화적 컨텍스트	가면극 내용과 관련된 당대의 문화적 상황맥락 학습자들이 처한 현재의 문화적 상황맥락

■ 주요 내용

1. 가면극 교육의 현실

국어교육의 장에서는 초등학교, 중학교 학습자들을 대상으로 하는 가면극 교육이 전혀 이루어지지 않았다. 고등학생들에게도 가면극을 감상하여 공감할 수 있도록 교육하지는 못했다. 그래서 가면극에 관한 교육이 이처럼 미흡하였고, 학습자들은 가면극에 관해 피상적으로 이해한 나머지 가면극 자체를 매우 부정적으로 인식하게 되었다. 그 결과 가면극을 회피하거나 무시하는 등 비교육적인 상황이 여전하였고, 이를 해결하거나 개선하려는 방향으로 나아가지 못하고 있었다.

이런 문제를 극복하고 가면극 교육의 바람직한 방향을 모색하기 위해서는 가면극 교육의 본질이 실현될 수 있도록 하는 희곡교육, 문학교육, 국어교육 차원의 내용과 방법 등에 대해 고찰하여 이를 교육과정이나 교과서 등에 반영해야 했다. 국어과 또는 문학 교육과정에서 희곡교육의 일반적인 목표는 체계적이고 구체적으로 제시되어 있지 않았고, 학년별 또는 개별적인 작품별로 그리고 해당 학년의 목표 또는 해당 단원의 목표 속에서 암묵적으로 기술되어 있었다. 다시 말해서 학습자들이 희곡을 교육받음으로써 도달하고자 하는 교육 목표가 일목요연하게 정리되어 있지 않았다. 그래서 이에 관한 부분을 일괄 정리하여 분석해 보았다.

2. 교육과정과 가면극 교육

'제7차' 교육과정이나 '2007 개정' 국어과 교육과정 희곡교육에서는 희곡의 '연행성'을 중심으로 학습 목표가 설정되어 있다. 즉, 제7차의 경우 '어울리는 목소리로 읽기', '실감 나게 읽기', '알맞은 표정과 몸짓으로 읽기', '실연하기', '연극으로 꾸미기', '극본 읽기', '실제 공연 감상하기' 등이 학습 목표이다. 그리고 2007 개정의 경우에는 '인형극 보기', '촌극 만들기', '드라마 보기', '희곡 읽기' 등 학습 내용이 '연행성'과 밀접하게 관련되어 있다. 6차 교육과정 이전의 희곡교육에서는 희곡의 문학성에 기반한 내용 파악과 갈등 분석에 초점을 두면서도 학습자들의 공연 경험이 필요하다는 결과 중심의 연극교육을 지향하였다. 또한 제7차 교육과정 이후부터는 희곡의 연극성에 토대를 두고 실연하는 과정을 세분화하여 공연 경험의 과정에 초점을 둔 과정 중심의 연극교육이 주요한 특징이었다.

초등학교 저학년에서는 희곡의 연행성을 중심으로 학습자들이 실제로 말하고, 움직이는 활동을 하는 데에 희곡교육의 중점이 놓여 있었다. 이 논문에서 다루고자 하는 가면극 인물에 초점을 둔 교육을 하기 위해서는 연행 체험이 필수적이라고 보는데, 초등학교 교육 목표에는 이런 방법적인 측면들이 집중적으로 제시되어 있었다. 중학교와 고등학교의 교수·학습 목표를 살펴보면 7학년에서는 청소년 드라마 대본을 자료로 제시하였고, '주인공의 고민과 갈등에 주목하여 극본 읽기'라는 목표를 제시하였다. 주인공의 고민과 갈등에 주목한다는 것은 학습 주체가 희곡의 주인공에게 심정적으로 공감하고 그의 갈등에 관해 어떠한 가치를 부여하고, 평가하는 과정이다. 8학년에서는 이강백의 〈들판에서〉라는 제재를 주고 '형제간의 갈등과 화해의 과정 파악하기'가 목표로 제시되어 있다. 이는 앞의 7학년 경우와 달리 갈등의 형성과 전개 과정에 대한 분석을 학습 목표로 제시한 것이라고 볼 수 있다. 9학년에서는 오영진의 〈시집가는 날〉을 제재로 '이야기의 상황을 상상하며 읽기'를 하도록 교육 목표가 제시되어 있다. 10학년에서는 제재로 가면극인 〈봉산탈춤〉을 제시하고, '장면에 따라 말의 효과를 높이는 다양한 표현 방식 파악하기'를 교육 목표로 설정하였다.

본 연구와 관련지어 정리해 보면 연행 체험과 관련 있는 교육 목표는 초등학교에 집중적으로 제시되어 있고, 중·고등학교에서는 설정되어 있지 않았다. 그리고 가면극을 텍스트로 다루고 있는 것은 고등학교에만 이루어지고 있을 뿐 초등학교와 중학교에서는 전혀 다루지 않고 있었다. 이와 같이 교육과정에 나타난 가면극 교육 관련 목표를 살펴보면 가면극에 대한 올바른 인식과 태도를 바르게 확립하는 기회가 학습자들에게 주어지지 않는다는 것을 알 수 있다. 이처럼 가면극 교육의 본질에 대한 인식도, 학습자들의 수준에 대한 고려도 미흡하기에 그 결과로 가면극에 관한 학습자들의 인식과 태도는 현재와 같이 왜곡된 양상으로 반복 재생산될 수밖에 없었다.

3. 가면극 교육의 목표

가면극은 연희자와 관람객이 감동을 주고받는 소통을 기본으로 하는 연행 예술이다. 그래서 가면극 교육의 목표를 비롯한 전체적인 지향으로 학습자들이 가면극의 본질을 체험하여 이해하고 느낄 수 있도록 수정하는 것이 바람직하다. 그리고 가면극 교육의 대상 가운데 학습자들이 가장 관심을 가지는 것은 배경이나 사건보다는 인물이다. 그래서 가면극 교육의 초점 또한 인물에 맞추어 그 교육적 가치를 고찰하는 것이 필요하다. 또한 학습 자료 측면에서 가면극을 살펴볼 때 학습자들이 가면극의 인물에 관해 더 깊이 이해하고, 누릴 수 있도록 안내하기 위해서는 문자 텍스트와 함께 연행 텍스트를 교육의 자료로 활용하는 방안을 적극적으로 검토하여야 한다. 가면극 연희본과 같은 문자 텍스트만으로는 가면극의 본질적인 측면인 연행성을 교육하거나 학습하기 어렵기 때문이다. 그리고 이런 문제들을 해결하여 학습자들이 가면극을 우리 전통문화 가운데 하나로 인식하고, 이에 적극적으로 참여하여 즐겁게 누릴 수 있도록 하는 것이 국어교육 또는 문학교육의 하위 영역인 가면극 교육이 지향해야 할 목표이다.

4. 가면극의 연행 체험 교육

이 연구는 가면극 인물에 대해 학습자들이 공감하는 것이 무엇인지 그 정체를 밝히고, 이를 교육할 때 필요한 연행 체험 교육의 내용을 구명하며, 효과적인 연행 체험 교육의 방법을 설계하는 데 목적을 두고 있다. 학습자들이 가면극의 인물에 더 깊이 공감하기 위해서는 가면극 연행 텍스트에 나타난 인물에 대한 공감적 이해를 바탕으로 이를 인물의 대사와 행동, 가면으로 나타내는 공감적 연기를 하도록 교육하는 설계가 필요하기 때문이다.

가면극 연행 체험에 대한 본질을 파악하기 위해 먼저 가면극의 개념이 무엇인지 정의하고, 연행과 체험의 개념을 고찰하여, 가면극의 인물을 대상으로 학습자들이 연행 체험을 하는 것이 무엇을 의미하는지 살펴보았다. 그 결과 가면극 연행 체험의 개념을 '가면극 연행 텍스트를 바탕으로 가면극의 인물에 대해 능동적이고 생산적으로 이해한 후 학습자 자신의 몸으로 대사와 연기를 표현하는 과정'이라고 규정하였다. 그리고 연행 이론을 토대로 가면극 인물에 대한 텍스트의 층위를 언어 텍스트, 연희 텍스트, 공연 텍스트, 문화적 컨텍스트로 구분하였고, 이런 텍스트를 바탕으로 가면극 연행 체험의 요소에 대해 고찰하였다.

학습자들이 가면극 연행 체험을 하는 지향점으로 학습자의 공감을 상정하고, 그 실체를 이론적인 측면과 학습자들의 구체적인 공감 양상 측면에서 접근하였다. 그래서 가면극 연행 체험에서 주목하는 공감의 개념과 요소를 밝혔다. 더불어 가면극 인물에 대해 공감하기 위해 연행 체험을 하는 목적에 해당하는 교육적 의의를 문학교육 층위에서는 인물 이해 능력의 심화로 보았고, 연극교육 층위에서는 연행 문화의 창의적 계승이라고 제시하였다.

그리고 초·중등 학습자를 대상으로 한 실험 수업을 통해 학습자들이 보이는 공감의 양상을 관찰하고, 분석하였다. 그 결과 학습자들은 공감의 대상인 인물을 중심으로 공감하는 유형, 공감하는 주체인 학습자가 중심이 되는 공감 유형, 인물과 학습자 사이에서 상호작용하는 유형으로 구분할 수 있었다. 가면극에 등장하는 인물에 대해서 학습자들이 공감할 때 필요한 연행 체험 교육의 내용은 공감의 대상인 인물의 상황, 가치 갈등, 정서를 기준으로 이에 대한 공감적 이해와 공감적 연기로 구분하였다. 가면극의 인물에 대한 공감을 위해 필요한 연행 체험은 배우가 되어 대사하고 연기하는 공감적 표현을 핵심으로 하지만, 가면극의 연행 텍스트에 대한 공감적 이해가 바탕이 되어야 하기 때문이다.

가면극 인물의 상황에 대한 연행 체험은 인물이 표현하는 언행의 축어적 의미와 인물 언행의 함축적 의미, 가면의 상징적 의미를 공감적으로 이해함으로써 가능하다. 이에 대한 연기는 인물의 상황에 대한 감정이입과 거리두기 그리고 이 둘을 바탕으로 한 변형하기를 통해 할 수 있다. 또한 가면극 인물의 가치 갈등은 승려와 속인의 종교적 가치 갈등, 양반과 하인의 신분적 가치 갈등, 부·처·첩의 애정적 가치 갈등을 파악하면 된다. 인물의 가치 갈등에 대한 체험은 노장과장에 나타난 비언어 중심의 종교적 가치 갈등을 이해하는 것과 양반과장에서 음성언어 중심의 신분적 가치 갈등 및 미얄과장에서 반언어 중심의 애정적 가치 갈등을 연기하는 것으로 설정하였다. 그리고 가면극 인물의 정서는 기쁨과 슬픔의 정서, 분노와 공포의 정서, 복합적인 정서의 변환을 이해함으로써 가능하기에, 이를 교육 내용으로 설정하였고, 가면극 인물의 정서 연기는 희비형 정서에 집중하여 표현하는 것과 분노형 정서를 외적으로 표출하는 것, 그리고 복합적인 정서를 교차적으로 체험하는 활동으로 구분하여 제시하였다.

가면극 연행 체험 교육의 내용을 구체화하기 위한 교육의 설계는 가면극 연행 체험이 실제로 일어나는 공간인 초·중등학교 교실에서 국어 수업 시간에 교사와 학습자가 어떻게 만나야 하는지를 중심으로 하였다. 먼저 공감을 위한 교수·학습의 전제로서 두 가지 지침을 제시하였다. 첫째 교사와 학습자 사이는 물론 학습자와 학습자 사이에 친밀감이 형성되도록 하는 것과 함께 학습자들이 가면극 연행 체험에 호기심을 갖도록 유발하는 것이 중요하다. 둘째 학습자들 사이에 친밀감을 바탕으로 더 협력적인 관계가 이루어지도록 하려면 학습자 가운데 뛰어난 학습자를 선택하여 다른 학습자의 모델이 되도록 하는 방안을 활용해야 한다. 다음으로 가면극 인물에 대한 공감적 체험을 위한 교수·학습 모형을 설계하고, 이를 초등학생과 중·고등학생으로 구분하여 적용함으로써 교수·학습 모형에 대한 위계화를 추구하였다. 그리고 이런 가면극 연행 체험 교육에서 교수·학습 모형의 핵심 요소인 교수·학습의 절차를 가면극 연행 체험을 위한 교수·학습의 준비, 가면극 인물에 대한 공감적 이해, 가면극 전승자의 연행 관찰, 가면극 공연을 위한 사설 개작, 가면극 공연, 가면극 연행 체험을 위한 교수·학습의 정리 및 평가로 제시하였다.

이 연구의 제한점으로는 우리나라에 가면극이 여러 곳에서 전수되고 있지만, 그 가운데 특히 봉산탈춤을 중심으로 고찰하였다는 점과 학교 교육 중에서도 국어교육의 장을 전제로 하였다는 점을 들 수 있다. 이는 후속 연구가 활성화됨으로써 해결될 수 있을 것으로 기대한다.

■ 연구의 의의와 남은 과제

이 연구에서 가면극 연행 체험에 주목하는 이유는 학습자들이 가면극을 문자 텍스트로 읽고, 해석하는 것보다 연행 텍스트를 바탕으로 이해하고, 연기를 하게 되면 가면극에 등장하는 인물에 대해 더 깊이 공감하게 되기 때문이다. 즉 학습자의 공감 능력을 심화시켜준다는 점에서 교육적 가치를 찾을 수 있는데, 여기서 더 나아가 문학교육과 연극교육 층위에서 어떤 교육적 의의가 있는지 제시하였다.

이 연구는 가면극 교육이 초·중등학교에서 본격적으로 다루어지지 않고 있는 현황을 발견하고 이를 해결하기 위해 시작되었다. 가면극 교육이 초등학교와 중학교에서도 이루어져야 하며, 교육 자료로서 문자 텍스트뿐만 아니라 연행 텍스트가 사용되어야 주장하였다. 가면극 교육의 대상과 자료에 대한 확장은 가면극 교육의 다변화에 기여한 것으로 평가할 수 있다. 그리고 가면극 인물에 대한 공감이 가면극 교육의 초점이 될 때 학습자들의 인물 이해 능력을 신장시킬 수 있다는 점에서 국어교육적인 의의가 크고, 가면극 연행 문화를 창조적으로 계승함으로써 학습자들의 언어문화를 활성화하고, 언어공동체를 활성화한다는 점에서 의의가 있다.

이 연구의 제한점으로는 우리나라에 가면극이 여러 곳에서 전수되고 있지만, 그 가운데 특히 봉산탈춤을 중심으로 고찰하였다는 점과 함께 학교교육 중에서도 국어교육의 장을 대상으로 하였다는 점을 들 수 있다. 그러나 가면극 연행 체험의 자료가 봉산탈춤 즉, 가면극을 중심으로 한정되긴 하였지만, 학습자들이 체험하는 연행 체험의 대상이 여기에 한정된다는 의미는 아니다. 가면극 연행 체험을 수행할 수 있는 대상은 가면극은 물론 전통극 전체로도 확대될 수 있다. 그리고 가면극 인물에 대한 공감이 수용에만 한정되지 않고, 창작까지 포괄함으로써 비판적으로 이해하고, 창의적으로 표현하는 교육 또한 가능하다고 판단하는바 이와 관련된 후속 연구도 이어지길 기대한다.

※관련 논문 : 오판진, 가면극 연행 체험 교육 연구, 서울대학교 대학원 박사학위 논문, 2012.

_이면 표면과 함께 의미 만들기

'이면(裏面)'과 판소리 감상

김보배

판소리에서 '이면(裏面)'이란 무엇이며, '이면'은 청자의 능동적인 문학 향유와 감상에 어떻게 작용하는가? 판소리는 음악과 사설, 발림의 요소가 결합되어 의미를 구현하는 연행문학으로 창자와 청자가 공존하는 '판'에서 음성 언어와 소리(음악)의 정교한 결합을 통해 작품의 의미를 드러낸다. 이와 같은 점에서 판소리는 기록문학과는 달리, 그 실현 양상이 매우 입체적이다.

판소리의 성격은 전승과 연행의 맥락에서 드러난다. 판소리는 통시적인 전승의 맥락에서 전통적으로 형성되어 온 의미가 현재적 의미로 계속하여 변용된다는 점, 공시적인 연행의 맥락에서 창자와 청자의 상호작용으로 인해 끊임없는 재창조가 이루어진다는 점에서 유동적 성격을 지닌다.

이와 같은 판소리의 성격은 판소리 공연텍스트의 개방성에 기인하며 판소리의 개방성은 수용자의 참여를 유도한다는 점에서 중요하다. 판소리는 언어적 요소의 의미가 언어 외적 요소와의 조절을 통해 구현된다는 점에서 언어 외적 요소가 지니는 다양한 해석의 가능성으로 인해 열린 구조를 지닌다. 또한 판소리 공연텍스트가 의미를 구현하는 단위인 장면은 언어적 요소와 언어 외적 요소간의 상호 영향으로 인해 독자적으로 극대화되는 성격을 지니는 까닭에 각각의 장면이 연결되는 지점은 의미적으로 개방되어 있다.

판소리의 개방적 성격에 따라 감상의 교육 내용을 구안함에 있어서 '이면'은 의미의 수용과 이를 통한 표현을 포괄한다는 점에서 의미를 지닌다. '이면'은 공연텍스트가 구현하는 장면의 내적 정황과 수용자가 속한 현재의 사실적 의미가 상호작용함으로써 구현되는 자기화된 서사 의미를 뜻한다. 자기화된 서사 의미의 구현을 통해 형성된 '이면'은 구체적으로 창자의 공연텍스트 생성으로, 청자의 추임새 발현으로 표현된다는 점에서 수용과 표현의 국면을 포괄한다. 즉 수용자의 자기화된 서사 의미 구현 과정을 통해 구현된 '이면'은 판소리 공연텍스트가 지니는 의미적 개방의 부분을 채우고, 더 나아가 참여의 형식으로 이어질 수 있다는 점에서 판소리 감상의 내용을 구안함에 주요한 역할을 한다.

이와 같이 '이면'을 구현하고 이를 통해 의미 구성에 참여하기 위해서는 구체적인 행위와 실천 능력이 전제되어야 한다. 이러한 실천 능력은 '이면' 구현의 교육 내용을 제시하고 이를 학습자의 심리적 반응의 과정에 따라 구체화시키는 수행 절차를 통해 신장이 가능할 것이다.

◇ 이면(裏面) : '이면'이란 판소리 공연텍스트의 수용자가 사설의 언어적 요소를 언어 외적 요소와의 상호 관련 속에서 파악함으로써 자기화한 의미로 완성하는 의미 구성체를 뜻한다. 따라서 '이면'을 제대로 구현하기 위해서는 언어적 요소를 언어 외적 요소와의 상호 관련을 통해 파악하는 능력을 지녀야 하며, 이를 자기화한 의미로 완성함으로써 의미 구현의 적절성을 판단하는 능력을 지녀야 한다. 따라서 '이면'은 수용자의 공연텍스트의 의미 감상 과정과 의미의 비평 과정을 포괄한다는 점에서 판소리 감상 교육을 구안함에 있어서 중요한 개념으로 작용한다.

◇ 이면 구현 : '감상'이란 예술 작품을 이해하여 즐기고 평가하는 일체의 행위로 올바른 감상을 위해서는 작품에 대한 올바른 이해가 선행되어야 한다. '이해'란 주체와 텍스트의 끊임없는 대화를 통해 텍스트가 드러내는 의미에 주목하고, 드러나 있지 않은 의미를 채움으로써 하나의 새로운 의미지평을 확립하는 의미작용의 과정이다. 기록문학의 경우 텍스트에 드러나 있지 않은 의미의 빈틈은 독자의 상상 작용에 의존하는 까닭에 독자 나름의 개별적인 이해가 이루어지지만, 연행문학은 언어 외적 요소가 적극적으로 의미 형성에 개재하고 감상에 참여하는 감상자의 반응이 직접적으로 전달된다는 측면에서 기록문학과는 소통의 구조를 달리한다. 즉 연행문학의 경우에는 텍스트에 드러나 있지 않은 언어 외적인 요소가 의미 형성에 영향을 끼침으로써 언어적 요소와 언어 외적 요소의 상

관을 통한 장면의 의미 구현이 중요하다. '이면 구현'이란 창자뿐 아니라 청자(학습자를 포함)가 작품에 대한 이해와 감상을 토대로 '현장성'과 '다양한 기호 형식의 결합'으로 자기화하여 형상화된 의미의 구성체를 이른다.

■ 주요 내용

1. 연행문학 교육에 대한 기존 관점

언어와 문학의 실현 양상이 매우 다양함에도 불구하고 그동안의 문학교육에서는 문자 언어가 인쇄물을 통해 실현되는 기록문학을 지배적으로 다루어 왔다. 이는 구어를 통해 실현되는 연행문학을 교육의 현장에 끌어올 수 있는가 하는 문제, 연행문학이 궁극적으로 문학 능력의 신장이라는 목표에 다다를 수 있는가와 관련된 의문에서 비롯되었다. 이와 같은 이유로 인해 문학교육에서 연행문학은 상대적으로 교육의 장에서 배제되거나 혹은 언어 외적 요소를 제거한 형태로 제시되었다.

그러나 연행문학에서 의미 실현에 개재하는 언어 외적 요소의 경우 그 본질이 말의 본질과 상통할 뿐더러 그 상관성이 매우 긴밀하며, 더욱이 언어적 요소와 언어 외적 요소를 나누어 언어적 요소만을 문학교육의 대상으로 제시하는 것은 연행의 본질을 거스른다는 점에서 지양되어야 한다. 문학교육의 내용과 방법을 고안함에 있어서 언어가 다양하게 실현하는 양상 중 언어적 요소에만 국한된 교육이 궁극적인 문학

교육의 목표에 도달할 수 있는 방법을 제공하는가와 관련된 의문이 제기된다는 것이다. 즉 문학교육의 내용을 구안함에 있어서, '감수성과 상상력의 신장'이라는 문학교육의 궁극적 목표에 초점을 맞추고 이를 출발점으로 삼아 언어의 실현 양상을 포괄적으로 수용하는 것이 연행문학이 구현하는 의미를 보다 제대로 수용할 수 있는 시각을 마련해 준다. 이는 곧 문학이 실현되는 양상의 다양한 스펙트럼 속에서 의미를 실현하는 방식의 차이는 의미가 소통되는 방식의 차이를 가져오며 이는 실현의 양상에 따른 문학 감상의 원리와 방법이 요구됨을 뜻한다.

이러한 문제의식 하에 문학교육에서 문학의 실현 양상에 따라 '감상'이라는 의미작용이 다른 방식으로 이루어진다는 점에 주목한다. '감상'이란 '예술 작품을 이해하여 즐기고 평가하는 일체의 행위'로 올바른 감상을 위해서는 작품에 대한 올바른 이해가 선행되어야 한다. 이해란 주체와 텍스트의 끊임없는 대화를 통해 텍스트가 드러내는 의미에 주목하고, 드러나 있지 않은 의미를 채움으로써 하나의 새로운 의미지평을 확립하는 의미작용의 과정이다. 기록문학의 경우 텍스트에 드러나 있지 않은 의미의 빈틈은 독자의 상상 작용에 의존하는 까닭에 독자 나름의 개별적인 이해가 이루어지지만, 연행문학은 언어 외적 요소가 적극적으로 의미 형성에 개재하고 감상에 참여하는 감상자의 반응이 직접적으로 전달된다는 측면에서 기록문학과는 소통의 구조를 달리한다. 즉 연행문학의 경우에는 텍스트에 드러나 있지 않은 언어 외적인 요소가 의미 형성에 영향을 끼침으로써 언어적 요소와 언어 외적 요소의 상관이 중요하게 부각되며, 따라서 연행문학이 구현하는 의미를 이해하기 위해서는 '현장성'과 '다양한 기호 형식의 결합'이라는 성격을 바탕으로 소통의 맥락 속에서 복합적 의미의 구성체를 파악하는 감상의 방법이 필요하다.

2. 판소리에서 '이면'의 구현 원리와 양상

창자는 오랜 시간 동안의 득공을 통해 사설 텍스트를 공연 텍스트로 실현화한다. 그러나 공연 텍스트는 창자의 의미 생성만으로 완성되는 것이 아니라 능동적이고 적극적인 청자와의 소통을 통해 의미를 완성한다. 사설 텍스트를 공연 텍스트화하여 의미를 생성하는 창자와, 열린 예술작품으로서의 예술 텍스트의 의미를 완성하는 청자의 소통의 양상은 창자의 의미작용과 청자의 의미작용으로 나누어 살펴볼 수 있다.

1) 판소리 존재 방식에 대한 창자의 인식

창자는 사설 텍스트를 ①의미의 명료화 ②서사의 입체화 ③청자 지향적 전달의 원리에 따라 공연 텍스트화 한다. 창자는 판소리 사설 텍스트를 해석하여 탁월한 의미작용이 일어나도록 제시형식들(특히 사설과 음악)을 운용한다. 이때 다양한 제시형식들은 창자가 표현하고자 하는 명료한 의미를 중심으로 조절된다. 제시형식들의 조응을 통해 생성된 메시지는 보다 명료화된 의미를 재현한다.

이보형: 가곡에 보면 "불 아니 땔지라도-"를 "불안-이"그러고, "이 다섯-"하면은 "이다-섯" 이렇게 잘못 붙이는 데가 있는데, 판소리에는 그런게 없다는 말씀이지요? 그러니까 말에 따라서 알아듣기 쉽게 되어 있다는.

김소희: 알아듣기 쉬울 뿐 아니라 이면과 격에 딱 맞게 곡을 붙

여 놨어요. 그래서 지가 놀랜다니까요.(이보형 외, 「판소리 명창 김소희」, 판소리학회2집, 판소리학회, 1991, 밑줄―인용자)

알아듣기 쉽다는 것은 의미의 단위에 따라 리듬 장단이 잘 부합되도록 붙여져 있다는 것을 뜻하고 그와 더불어 '이면과 격에 딱 맞게 곡을 붙여 놓았다'는 것은 사설의 언어적 의미를 고려했을 뿐 아니라, 음악적 요소와의 조절을 통해 형성되는 미적인 부분까지도 염두에 두고 곡을 만들었음을 의미한다.

또한 판소리 창자는 사설의 언어적 의미와 음악적 요소의 조절을 통해 서사적 맥락 속에서 '장면'을 형성하며, 이를 통해 서사적 의미를 구현하고자 한다. 연행을 통해 향유되는 판소리는 서사의 진행을 단순히 사설로서 조절하는 것이 아니라 음악과의 상호 영향을 통해 조절하는 까닭에 서사의 구조와 음악은 긴밀한 영향 관계에 놓이게 된다. 즉 서사가 긴박해짐에 따라 음악은 빠른 빠르기를 지향하게 되며 이는 오히려 사설을 더욱 길어지게 하는 결과를 낳게 된다. 따라서 사설텍스트만으로 확인할 때에는 서사의 진행이 긴박함에도 불구하고 사설의 양이 불필요하게 길어져 장황하고 모순되는 부분을 보이게 되는데, 이를 공연텍스트를 통해 살펴보게 되면 서사의 진행이 음악적 빠르기를 통해 나타남으로써 장황하고 모순된 사설텍스트의 내용이 오히려 장면의 정서를 지향하며 긴박감을 상승시키는 역할을 하게 됨을 알 수 있다. 즉 창자는 판소리 공연텍스트의 존재방식을 의미의 전달 형식으로 보고 있음과 동시에 그 의미가 이야기의 형식인 서사적 의미라는 것과, 서사의 정서적 의미를 지향한다는 것을 알 수 있었다.

더불어 이를 통해 '장면'을 '이면'을 구현하는 서사의 기본 단위로 파악할 수 있다. 공연텍스트는 시각적으로 제시할 수 없는 '장면'을 청각적으로 구현함에 따라, 특정한 미적 지향을 뚜렷이 드러내는 '장면'을 중심으로 한 공연텍스트의 서사 단위를 형성한다. 이렇듯 부분이 하나의 장면으로 확대됨에 따라 하나의 정서를 지향하는 '장면'의 단위를 형성함을 통해 공연텍스트에 대한 창자의 인식을 읽어낼 수 있을 뿐 아니라, 이러한 '장면'은 정감의 형성을 담당하고 서사의 구조를 결정할 뿐 아니라, '이면'을 구현하는 기본 단위로서의 의미를 찾아낼 수 있다.

2) 사실적 의미의 형상화와 '이면'의 구현

판소리 창자는 '이야기를 지닌 서사 의미의 정서적 전달'이라는 측면에서 공연텍스트를 인식한다. 이러한 인식을 바탕으로 구체적으로 '이면'을 구현함에 있어서는 소리를 통해 시각적인 영상과 청각적인 소리를 형상화한다. 사설이 음악적 요소, 연극적 행위와 결합되어 표출될 때, 사설의 의미방향을 따라 그것을 견고하게 하거나 더욱 진전되게 하는 것이 '보충', '강조'라면 사설의 의미를 비음성적 요소로 대신하여 표현하는 것이 '대체', 사설텍스트의 의미방향과는 반대로 뒤집어 표현하는 것이 '충돌'이라 할 수 있다.

사설과 음악은 보충과 강조의 관계이기도 하며, 대체와 충돌의 관계이기도 하다. 전자의 관계인 경우에는 사설의 의미를 음악적 요소가 따르는 양상을 보인다면, 후자의 경우는 사설의 언어적 요소를 통해 다 구현되지 못한 의미를 음악적 요소가 대신하는 역할을 한다. 이렇듯 사설과 음악의 관계는 의미상으로 일정하게 비례하는 것이 아니라, 한편으로 보충과 강조의 측면에서는 열린 의미를 제한하기 위해 명료화를 지향하기도 하고, 대체와 충돌을 통해서 해석의 지평을 열어놓고 있다고 볼 수 있다. 이는 판소리 공연텍스트의 해석의 가능성이 느낌이나 정서의 측면을 강화시키는 음악적 요소의 결합을 통해 더욱 넓게 열려있음을 뜻한다. 이와 같은 열린 해석의 가능성은 판소리의 미묘한 예술적 미학을 보여 준다. 따라서 '이면'은 음악적 요소나 사설에서의 언어적 요소를 지배적 위치에 따라 일방향적으로 파악해야할 것이 아니라 그 둘의 긴밀한 조응을 통해 살펴 구현할 수 있다.

3) 서사적 의미의 형상화와 '이면'의 구현

창자 한 사람에 의해 연행되는 판소리는 서사의 다양한 인물 양상을 뚜렷이 드러낼 수 없다는 한계를 지니지만, 이러한 한계는 특정한 미적 지향을 우선시함으로써 장면의 통일성과 일관성을 획득하고, 이를 통해 서사의 의미를 상징적으로 전달함으로써 극복된다. 즉 창자는 음악적 요소를 적극적으로 활용함으로써 '장면'의 통일성과 일관성을 유지시키면서 상대적인 표지를 통해 자신의 현전 양상을 변화시키고 이를 통해 서사를 한층 입체적으로 구현한다. 이렇게 판소리의 서사 구조는 음악적 요소와의 결합을 통해 구성됨과 동시에 특정한 미적 지향을 우선시함으로써 각각의 장면이 극대화되는 경향을 보이게 된다.

'판'에서의 창자는 ①'창자' 자신으로서, ②'등장인물'로서, ③'서사자'로서 현전하는데 이와 같은 창자의 현전 양상은 확실하게 분리되어 있는 것이 아니다. 그런 까닭에 사설텍스트 상으로 보았을 때 창자의 현전은 위의 세 가지 중 어느 하나로 말하기 어려운 난해한 양상을 보이기도 한다. 하지만 창자는 청자로 하여금 창자의 현전을 이해할 수 있도록 하는 표지를 상대적 목소리를 통해 조절하면서 장면의 상황적 의미를 최대한 강화하고 이를 통해 청자의 공감을 얻어내고자 한다.

창자의 이러한 현전 방식은 '장면'의 상황적 정서에 영향을 받음으로써 그 표지가 매우 상대적임을 알 수 있다. 창자는 이러한 서사의 상황적 의미를 통해 '이면'을 구현하고, 이때의 상황적 의미는 특정한 인물의 상황으로 좁혀짐에 따라, '장면'이 어떠한 입장에서 그려져야 하는지에 대한 시각이 드러난다.

판소리 창자는 '장면'을 구현함에 있어서 인물이 처한 상황을 고려하며, 이에 따른 인물의 내면심리를 형상화하기 위해, 등장인물로서 현전한다. 즉 극적 상황을 특정한 인물의 상황으로 초점화시켜 제시하고 초점화된 극적 상황에 처한 인물의 내면심리를 등장인물로서의 현전을 통해 실제적으로 형상화한다. 이때 인물 내면심리와 극적 상황은 긴밀한 연관 관계에 놓여 있으며, 이 둘의 조응을 통해 장면의 정서적 의미가 형성된다. 인물의 내면심리는 극적 상황의 전반적인 분위기를 결정짓기도 하며, 극적 상황에서 조성된 정서적 의미가 심화되어 인물의 내면심리에 침투됨으로써 장면의 정서적 의미가 결정되기도 한다.

(진양조)

술상차려 향단 들려 앞세우고 오리정 농림숲을 울며 불며 나가는듸 치마자락 끌어다가 눈물흔적을 씻치면서 동림숲을 당도허여 술상내려 옆에다 놓고 잔디땅 널은 곳에 두 다리를 쭉뻗치고 정갱이를 문지르며 "아이고 어쩔거나 이팔청춘 젊은 년이 서방이별이 웬일이며 독수공방 어이살고 내가 이리 사지를 말고 도련님 말굽이에 목을 매여서 죽고지고!"(김소희 창, 김기수 채록, 《한국음악 15집 춘향가》, 은하출판사, 1991, 65쪽)

저 방자 미워라고 이랴 툭쳐 말을 몰아 다랑 다랑 다랑 다랑 훨
훨 훨 넘어가니 그때에 춘향이는 따러갈수도 없고(김소희 창, 김
기수 채록, 앞의 자료, 70쪽.)

오리정 이별대목에서는 떠나는 몽룡과 몽룡을 재촉하는 방자, 그리
고 남겨지는 춘향이 대비되어 나타나는데, 춘향이 기생의 신분임에도
불구하고 수절하는 데에서 작품의 주제가 구현되는 바, 수절을 할 수
밖에 없는 춘향의 입장과 얼마든지 다른 여성을 취할 수 있는 몽룡의
입장 차이에 따라 작품을 이해하는 해석자의 입장에서는 슬픔의 정도
가 차이를 지니게 된다. 다시 말해 남겨지는 춘향은 몹시 구슬프고 절
망적인데 반해 떠나는 몽룡은, 이별을 슬퍼하면서도 웅장하고 씩씩한
행차와 갈 길을 재촉하는 방자에 의해, 한가하게 계속 슬퍼할 수만은
없는 상황이다. 위의 부분에서는 인생의 목적과 삶의 방향을 잃고 슬
픔에 빠진 춘향의 정서를 심화시키기 위해 매우 느린 진양조와 구슬픈
정서를 자아내는 계면조로 사설이 진행되는 반면, 다음의 부분에서는
자진모리의 빠른 장단을 통해 이몽룡의 행차가 멀어져가는 '장면'이 형
상화된다. 이 장면에서는 몽룡의 슬픔이 주된 정서가 아니다. 춘향의
관점과 입장에서 상반되는 몽룡의 모습을 그려내고 있다.

2. '이면(裏面)'을 중심으로 한 판소리 감상의 교육 내용

'이면'의 구현 양상은 수용자로서 창자와 청자에게 동일하게 해당하
는 '자기화의 과정'으로 파악될 수 있으나, 그것이 표현으로 이어질 때
에는 창자와 청자가 서로 상이한 목적을 나타낸다. 그러나 반응의 표

출이나 공연텍스트의 표현이 모두 텍스트의 수용과 해석을 기반으로 한다는 점을 살펴보았을 때, 이 역시 완전히 이질적인 활동이라 살펴볼 수는 없다. 자기화된 서사 의미의 구현을 통해 형성된 '이면'은 구체적으로 창자의 공연텍스트 생성으로, 청자의 추임새 발현으로 표현된다는 점에서 수용과 표현의 국면을 포괄한다. 즉 수용자의 자기화된 서사 의미 구현 과정을 통해 구현된 '이면'은 판소리 공연텍스트가 지니는 의미적 개방의 부분을 채우고, 더 나아가 참여의 형식으로 이어질 수 있다는 점에서 판소리 감상의 내용을 구안함에 주요한 역할을 한다.

1) '이면' 중심의 감상 교육 내용

판소리 공연텍스트가 구현하는 장면은 그것이 독자적인 성격을 지님과 동시에 확대되는 경향을 보인다. 때문에 장면은 하나의 완결된 구조를 이루는 반면, 각각의 장면은 장면이 연결되는 지점에는 의미적 개방의 공간이 생긴다. 따라서 장면에서의 '이면'을 보다 잘 구현하기 위해서는 각각의 장면 사이의 의미적 개방의 공간을 완성하고, 서사 구조의 이해에 따라 장면의 맥락을 능동적으로 구성해야 할 필요가 있다. 즉 학습자는 '이면'을 구현하기 위한 기본단위로서 장면을 파악하기 위해 텍스트 전체의 맥락을 반영하여 각각의 장면을 관통하는 일관된 의미를 구성할 수 있어야 한다.

한편 언어적 요소와 언어 외적 요소의 관련을 통해 의미가 형성되고, 그 의미의 성격을 파악하는 것은 궁극적으로 판소리 텍스트의 본질을 파악하는 것에 영향을 준다. '춘향가'를 감상하는 많은 학습자의 경우, 문학적 형식의 '춘향전'이 '판소리'라는 음악적 표출 형식에 힘입어 구현된 것이 '춘향가'라는 인식을 갖고 있다. 이는 언어 외적 요소로서의 음악과 언어적 요소의 사설을 분립된 도식으로서 판소리를 이해하는 경우라 할 수 있다. 이와 같이 음악과 사설의 내용을 이분법적으로 인식하는 것은 판소리 텍스트가 의미를 실현하는 존재 방식에 대한 이해의 부족에서 기인한다고 할 수 있다. 언어적 요소와 언어 외적 요소의 긴밀한 상호 연관을 통해 서사의 의미가 구성되며, 그 의미가 어떠한 지향성을 보이는가와 관련된 교육 내용은 위와 같은 판소리 존재 방식에 대한 잘못된 이해를 바로잡을 수 있다는 점에서 판소리 텍스트의 본질에 접근할 수 있는 경로를 제공한다.

정서적 의미로 구현된 서사의 의미를 구성하기 위해서 학습자는 소리를 통해 구현되는 사실적 의미와 서사적 맥락에서 구현되는 정서적 의미를 조절하여 파악할 수 있어야 한다. 판소리는 기본적으로 사설의 언어적 의미를 중심으로 음악적 요소의 조절이 이루어지는데, 이때 사설과 음악의 결합 양상은 사실적 의미의 지향으로 파악할 수 있다. 그런데 사실적 의미의 지향은 서사적 층위에서 극적 상황과 인물 내면 심리가 구현하는 정서적 의미의 지향과 영향 관계 하에 있다. 따라서 사실적 의미의 지향과 정서적 의미의 지향은 이러한 영향 관계에 입각해 구현되어야 한다.

여기에서 '이면'이 지니는 사실적 의미의 구현은 그 의미가 비교적 닫혀 있는 까닭에 해석의 여지가 상대적으로 열려있지 않다. 이는 학습자의 '이면' 구현을 명료하게 한다는 점에서 의미를 지니는 것이다. 반면 서사적 의미가 구현하는 정서적 의미는 각각의 학습자가 자신의 공감을 기반으로 새롭게 의미를 해석할 수 있다는 점에서 의미가 개방되어 있다. 이때 의미의 개방은 언어 외적 요소의 개입으로 인해 더욱 확대되는데, 학습자는 공감을 기반으로 자기화된 의미를 구현하기 위해 언어 외적 요소의 의미를 언어화하여 파악할 수 있어야 하며, 공감의 근거를 이를 통해 제시할 수 있어야 한다.

2) '이면' 구현의 수행 절차

(의식적 통제의 이완) 먼저 학습자는 몰입을 위한 전단계로서 기존에 습득된 가치 이념적 지식을 이완시킬 필요가 있다. 즉 선행 학습을 통해 구성된 의식적 통제의 부분을 이완시켜 서사적 맥락을 환기시킴으로써 몰입을 통해 '장면'에서의 '이면'을 자기화하여 구현할 수 있어야 한다.

(몰입을 통한 서사 의미의 자기화) 장면의 사실적 의미와 서사가 구현하는 정서적 의미의 조절을 통해 '이면'을 구현함은 학습자가 판소리에 몰입할 수 있어야 함을 전제한다. 수용자는 텍스트의 의미를 자신의 내면으로 끌어들여 동일시하기도 하고 때로는 수용자 자신의 내면적 의미를 텍스트의 의미에 투사하기도 한다. 여기에서 텍스트에 몰입된 자아와 현실적 자아는 끊임없는 대화를 통해 텍스트의 의미를 자기화하여 구현하게 된다.

(거리두기를 통한 비평적 의미 구성) 학습자는 판소리 공연텍스트의 서사 의미를 구현함에 있어서 텍스트가 유통되는 당대 현실의 이해 체계에서의 사실적 의미와 서사적 정황이나 등장인물의 행동으로 구현되는 서사 의미를 상호 대비적으로 바라봄으로써 '이면'을 구현할 수 있다. 이때 현실의 이해 체계에서 의미가 얼마나 사실적으로 묘사되고 있는가 하는 측면은 사실성의 여부와 함께 그것이 가져오는 효과의 측면이 함께 인식되어야 하며, 따라서 어떠한 정서적 의미를 구현해내

지 못하며, 사실적으로 합당하지도 않을 때에 '이면'을 잘 그려내고 있지 못하다는 비평을 할 수 있다.

더 나아가 학습자는 자기화된 서사 의미를 구체적인 언어로 표현하며 의미 생성에 참여할 수 있어야 하는데, 현재적 의미를 고려함으로써 비평적 태도를 형성하는 것은 의미를 구성하는 데에 참여하기 위한 발판을 마련한다는 점에서 다음의 내용과 연계될 수 있다.

3) 구체화된 언어 표현을 통한 의미 구성에의 참여

학습자는 이치나 사리와 닿아있는 합리성에 근거하여 '옳다'와 '그르다'로 단순한 언어적 표현을 할 수 있으며, 장면이 구현하는 정서의 적절성에 근거하여 '좋다'와 '싫다'의 감정 표현을 할 수 있다. 이는 학습자가 언어적 요소와 언어 외적 요소가 결합된 형태의 공연텍스트를 접함에 있어서 기호 형식들의 결합을 의미화하고 이를 구체적인 반응을 통해 참여하도록 하기 위한 방안이다. 학습자는 '옳다', '그르다', '좋다', '싫다'와 같은 기초적인 어휘를 통해 공연텍스트의 의미 구현이 자신이 구성한 서사 의미에 비추어 보았을 때에 적합하고 적절한지를 판단할 수 있다. 그런데 적절성과 적합성에 따른 이와 같은 판단에는 항상 자신이 구현한 '이면'이 준거로서 작용하여야 하며 따라서 자신이 구현한 '이면'을 바탕으로 자신의 판단에 대한 근거를 설명할 수 있어야 한다. 이와 같은 참여의 방법은 자기화된 서사 의미가 구체적으로 표현되는 국면에서 흥을 발산할 수 있다는 점에서 의미 구성의 참여라는 추임새로서의 기능을 한다. 그러나 추임새가 위와 같이 판의 분위기와 창자의 흥을 돋우는 기능의 일면을 갖고 있다는 점에서 살펴보았을 때, 감상의 장면에서 '그르다'와 '싫다'의 경우는 적극적으로 표현되지 않는 경우가 대부분이다. 오히려 이와 같은 경우는 암묵적으로 침묵을 통해 드러냄으로써 소극적인 의사 표현을 할 수밖에 없다. 그러나 '판'에의 참여에 있어 침묵은 소극적인 표현이라고만 치부할 수 없다. 추임새가 오가는 능동적인 참여의 장에서, 침묵이라는 것 역시 일정한 의사 표현의 기능을 담당하는 것이기 때문이다.

■ 연구의 의의와 남은 과제

본 연구는 기록문학에 비해 소홀히 다루어져 온 연행문학의 감상을 다룬다는 점에서 균형 있는 예술 언어의 실현 양상을 접할 수 있는 기회를 마련한다는 의의를 갖는다. 더·나아가 언어적 요소와 언어 외적 요소와의 결합을 통해 의미를 실현하는 판소리 공연텍스트를 총체적으로 인식하고, 이를 통해 판소리의 의미적 개방의 부분을 채우며, 이를 통한 참여와 향유의 구체적인 수행 내용을 제시했다는 점에서 의의를 갖는다.

판소리 감상 교육에서 '이면'을 구현함은 서사 의미를 자기화하여 구현함을 뜻한다. 이는 곧 학습자의 개인사적 맥락이나 이해의 지평과 텍스트의 의미가 상호 관여함으로써 형성되는 대화의 과정이다. 판소리 공연텍스트와의 대화 과정에서 학습자는 청각을 통해 이미 인지하고 있는 서사의 내용을 환기한다. 또한 서사의 내용을 인지적으로 이해할 뿐만 아니라, 동시에 각종 성음과 음색, 목구성 등을 감각적으로 받아들임으로써 정서적 의미를 구현한다. 인지적 내용의 이해와 정서적 의미의 체험이 교차하며 다양한 감각들이 동원되면서 빚어지는 심미 체험은 학습자의 감수성을 향상시키며, 자신이 구현한 '이면'을 중심으로 판소리 공연텍스트의 의미 구성에 참여하는 것은 능동적인 문학 향유의 태도를 갖도록 한다는 점에서 유의미하다.

현장에서 이루어지는 동시적 공연의 형태를 지닌 연행문학의 경우, 같은 시간과 같은 공간 하에서 함께 감상에 참여한 사람들 간의 적극적인 소통이 수반된다. 그런 면에서 기록문학이 개인의 문학이라고 한다면 연행문학의 공동의 문학이다. 향후 판소리의 이면 구현과 관련하여 판소리를 향유하는 집단의 이면 구현 과정과 의의를 심화하여 고찰해 볼 수 있을 것으로 기대해 본다.

※관련 논문 : 김보배, 판소리 감상 교육 내용 연구 - 수용자의 '이면' 구현을 중심으로, 서울대학교 대학원 석사학위 논문, 2009.

인물 _ 언어적 형상으로서의 인간

고전소설의 인물 이해와 해석

이상일

　인물은 소설의 핵심적인 구성 요소이다. 독자가 한 편의 소설을 제대로 읽어내려면 반드시 인물에 대해 알아야 하고, 반대로 인물을 이해하지 못하고서는 작품을 깊이 있게 읽어낼 수 없다. 또한 인물은 작중 세계 안에서 번민하고 갈등하며 살아 움직이는 인간적 주체이기도 하다. 그러므로 소설을 읽고 인물을 이해한다는 것은, 작중 인물의 서사적 기능을 파악하는 것이며, 동시에 나와 다른 세계에 살고 있는 한 인간에 대해 탐구하여 잘 알게 된다는 것이다.

　세상에는 수많은 사람들이 저마다의 삶을 살아가고 있다. 소설의 인물 또한 마찬가지이다. 세상에는 수많은 소설이 있고 각각의 작품 속에는 다양한 인물들이 서로 얽히고설켜 있다. 현실에서 어떤 한 사람이 누군가에게는 은인이지만 또 누군가에게는 원수가 될 수도 있는 것처럼, 소설 속 인물도 독자에 따라 다르게 수용될 수 있다. 모든 독자에게는 자신만의 관심과 시각에 따라 문학을 이해하고 감상할 자유가 있기 때문이다. 그리고 이러한 문학 수용의 다양성이야말로 문학이 지닌 소통으로서의 본질을 구현하는 바탕이 된다.

그러나 문학 교육의 실천 국면에서는, 학습 독자의 다양한 해석과 이해를 추동할 수 있는 체계적인 방법과 절차가 필요하다. 문학 독자가 가진 해석과 이해의 자율성을 최대한으로 구현하기 위해서라도, 작품을 읽고 해석하고 이해하는 효과적인 방법이 합리적으로 체계화되어야 한다.

이 글에서는 소설의 인물, 특히 고전소설의 인물을 해석하고 이해하기 위한 체계적인 방법과 과정을 요약적으로 제시하였다. 이를 위해 '인물 이해'와 '인물 해석'의 개념을 구분하여 정리하고, 학습 독자가 인물을 해석하고 이해하는 과정에 필요한 '인물 정보소'와 '인물 해석소'의 개념을 소개하였다.

■■■ 관련 키워드 : 인물 이해, 인물 정보소, 인물 해석소

◇ 인물 이해 : 소설 속 인물을 '해석'하고 '자기화'하는 과정, 또는 그 결과. 소설 읽기에서 인물 이해 활동은 독자가 한 편의 소설을 읽고 대상 인물에 대하여 소설 텍스트에 언어적 구조물로 존재하는 인물을 '해석'하고 '자기화'하는 과정으로 진행된다. 인물 해석은 독자가 대상 인물에 관한 텍스트상의 정보들을 단서로 삼아 인물의 성격을 파악하는 활동으로서, 텍스트에서 대상 인물에 대한 인물 정보소를 추출하고 선별하여, 이를 바탕으로 인물의 성격을 맥락화하는 과정으로 이루어진다. 자기화는 독자가 대상 인물에 대해 주체적·개별적으로 탐구하고 비평하여 내면화하는 활동을 의미한다. 요컨대, 인물 이해란 '학습독자가 소설 텍스트 속에 존재하는 인물 정보소를 추출하고 인물 해석소를 선별하여 대상 인물을 해석하고 자기화하는 활동'으로 정의할 수 있다. 이러한 인물 이해의 과정은 일회적이고 순차적 과정이 아니라 독자와 텍스트 간의 순환적이고 지속적인 상호작용 과정이다.

◇ 인물 정보소 : 독자가 소설 속 인물을 해석하기 위해 텍스트로부터 추출하는 단위 정보로서, 인물 해석의 기본 단위가 된다. 인물 정보소는 독자가 '인물에 대한 정보가 담긴 분절을 인식'하고 이를 언어적으로 '명료화'하는 과정으로 추출된다. 여기서 분절(分節, segment)이란, 독자의 해석 구조에 기여하는 전체 텍스트의 부분을 가리키는 개념으로서, 하나의 단어나 어구일 수도 있고, 문장이나 문단, 또는 그 이상의 언어 단위일 수도 있다. 한 편의 소설 텍스

트에는 인물에 대한 정보를 담고 있는 분절과 상대적으로 그렇지 않은 분절이 혼재해 있다. 그래서 인물 정보소를 추출하기 위해서는 대상 인물을 이해하는 데 필요한 정보가 들어있는 분절을 인식하는 것이 중요하다. 소설 텍스트에서 인물에 대한 많은 정보를 담고 있는 분절은 '대상 인물에 대한 서술자의 직접 서술, 대상 인물의 발화 및 심리·행동 묘사, 대상 인물에 대한 다른 인물의 발화와 독백' 등이다.[1] 인물 정보소는 텍스트에서 인물에 대해 언술하는 정보의 직접성 여부에 따라 명시적 인물 정보소와 암시적 인물 정보소로 나눌 수 있고, 인물의 어떤 성격 범주와 관련되는가에 따라 사회적 인물 정보소와 심리적 인물 정보소로 나눌 수 있으며, 인물 정보소에 들어 있는 단위 정보의 서사적 비중에 따라 지배적 인물 정보소와 주변적 인물 정보소로 나눌 수 있다. 분절로부터 인물 정보소를 추출하는 언어적 명료화의 방식에는, 텍스트의 표현을 그대로 쓰는 '재기술', 동일한 의미의 단위 정보들을 포괄하는 개념으로 묶어내는 '일반화', 작중 세계의 상황과 텍스트의 맥락을 고려하여 이끌어내는 '추론'이 있다.

◇ 인물 해석소 : 해석 주체인 독자가 인물의 성격을 해석할 때 핵심 정보로 활용하는 인물 정보소. 인물 정보소가 인물에 대한 단위 정보로서 인물 해석의 기본 단위라고 한다면, 인물 해석소는 다양한 인물 정보소 중 해석 주체가 본격적인 해석에 활용하기 위해 선택

-----

[1] '분절(segment)'에 대한 자세한 설명은, "S. Olsen, *The Structure of Literary Understanding*, 최상규 역, 『문학 이해의 구조』, 예림기획, 1999."의 제4장 참고.

하는 인물 정보소를 가리킨다. 가령 〈춘향전〉 텍스트의 수많은 분절로부터 '재자가인, 뛰어난 예모정절, 천한 신분(기생의 딸), 열녀, 이 도령의 연인' 등과 같은 인물 정보소를 추출했다고 하자. 이때 각각의 인물 정보소는 '춘향'이라는 인물의 다채로운 성격을 이루는 부분적인 정보를 담고 있다. 이들 인물 정보소 중에서 해석 주체는 자신이 선택했거나 자기에게 부여된 해석의 관점에 따라 특정한 인물 정보소를 선택적으로 사용할 수 있다. 춘향의 신분 상승 의지와 사회적 저항성에 주목한다면 '기생의 딸'이라는 인물 정보소에 초점을 맞출 수 있고, 이 도령과의 애정과 정절에 주목한다면 '열녀'라는 인물 정보소에 더 관심을 기울일 수 있다. 이처럼 해석 주체가 인물에 대한 다양한 인물 정보소들 중 자신의 관심과 해석 방향을 고려하여 선별해 내는 인물 정보소가 바로 인물 해석소이다. 인물 해석소는 대상 인물을 해석하기 위한 핵심 정보로서, 해석 주체가 텍스트 속에 산재한 다양한 인물 정보소들을 해석 과정에서 취사선택하고 활용하는 데 있어 거멀못 역할을 한다.

■ 주요 내용

1. 소설의 인물 이해에 대한 관점들

소설의 인물 이해는 국어교육, 문학교육에서도 중요한 교육 내용으로 간주되어 왔다. 소설에서 '인물'에 대한 탐구는 소설을 심도 있게 이해하기 위해 거쳐야 하는 필수 과정인 만큼 인물은 소설 교육에서 가장 중요한 내용 요소였다. 기존의 소설 교육 연구에서는 '인물'을 크게 세 가지 방향에서 다루어 왔다. 그 세 가지 방향은 첫째, 인물에 대한 독자의 의미화나 심미적 체험을 중심으로 하여 작품 전체의 이해로 나아가는 교육 내용과 방법을 구안한 연구, 둘째, 인물 형상화 방식과 원리를 중심으로 서사 이해나 서사 표현에 관한 교육 내용과 방법을 고민한 연구, 셋째, 소설과 같은 서사문학의 인물을 이해하는 체계적인 방법과 과정을 탐색한 연구이다. 이 글은 이 중 세 번째 방향의 연구, 즉 학습자가 소설 텍스트를 읽고 특정 대상 인물을 직접 해석하고 이해하는 과정과 방법에 관심을 두었다.

2. 주요 개념의 구안

1) 인물 정보소와 인물 해석소

학습독자가 소설 속 인물을 이해하는 활동의 메커니즘을 체계화하기 위해서는 무엇보다도 먼저 그 기초 개념과 근거를 분명히 설정할 필요가 있다. 필자는 이러한 기초를 소설 텍스트에서 찾았다. 문학의 이해와 감상은 기본적으로 텍스트 읽기로부터 시작되므로 소설의 인물을 이해하는 활동 역시 먼저 텍스트로부터 그 근거를 마련해야 한다고 생각했기 때문이다. 수용미학이나 독자반응비평의 시각에서 볼 때 '텍스트'를 '작품'으로 전환하는 양상은 독자마다 다르지만, 그러한 '다름'에도 불구하고 소설 텍스트을 읽고 인물을 이해하는 기본적인 틀은 일반화할 수 있으리라고 보았다.

'인물 이해의 기본 틀'을 구성하기 위한 단서는 구조주의 서사론에서 찾을 수 있었다. 특정 이념이나 사상에 편향되지 않고 전체와 부분 간의 구조적 관계를 중시하는 구조주의 서사학에서는, 인물에 대한 이해가 소설을 구성하는 다른 요소들이나 텍스트와의 관계 속에서 가능하다고 보았다. 다양한 서사 이론을 탐구한 결과, 필자는 바르트(R. Barthes)의 '정보소' 개념을 원용하여 '인물 정보소'의 개념을 구안할 수 있었고, 이후 퍼스(C. S. Peirce)의 기호학에서 영감을 얻어 '인물 해석소' 개념을 추가로 제안할 수 있었다.

2) 인물 이해의 개념

인물을 이해하는 방법과 과정을 구안하기 위해서는 먼저 '인물 이해'의 개념을 명확하게 정의하는 것이 필요하다. '인물 이해'는 소설의 구성 요소인 '인물'과 사리를 분별하고 해석하여 깨달아 안다는 의미의 '이해'가 결합한 용어이다. 이때 '인물'은 이해라는 정신 활동의 대상이며, '이해'는 독자가 대상의 본질과 속성을 인식하고 깨닫는 수용 활동이다. 소설의 인물은 소설이라는 서사문학을 구성하는 형식적·사물적 요소로서의 인물과 텍스트상에 언어적 형상으로 존재하는 작중 인물로 대별할 수 있는데, 필자는 후자에 주목하였다.

'이해'는 '사리를 분별하여 깨닫는다'는 뜻의 일상적인 말이기도 하지만, 한편으로는 해석학(hermeneutics)의 연구 대상으로서 난해하고 복잡한 개념이기도 하다. 게다가 이해는 '해석', '감상', '수용' 등의 용어들과 서로 간섭하고 공유하는 의미역이 있어, 보다 명료한 규정이 필요하다. 이 중 '감상'은 독자의 주관적이고 정서적인 반응에 주목한 개념이고, '수용'은 작품을 인지적·정의적·문화적으로 받아들이는 모든 행위를 포괄하는 개념이어서 이해와는 그 의미의 층위가 다르다. 문제는 '이해'와 '해석'의 구별에 있는데, 소설 텍스트를 읽고 인물을 이해

한다는 것은 작품 속에 언어적 형상으로 존재하는 인간적 주체를 어떻게 해석할 것인가의 문제이기도 하므로, 이해와 해석의 개념은 그 의미상 구분이 모호할 수밖에 없다.

이에 필자는 해석을 이해의 기술(技術)로 보는 선행 연구의 관점과 인식을 수용하여, 이해를 해석의 상위 개념으로 간주하였다. 해석은 '주체가 대상의 의미를 파악하고 구성하는 활동의 총체로서 텍스트의 언어적 의미를 해독하는 것을 넘어 대상에 대한 비판적이고 창의적인 앎을 발견하고 구성해 가는 사고 과정'으로 규정하고, 이러한 해석을 통해 얻어지는 대상의 의미가 독자의 '자기화'를 거쳐 개별적 의미로 전유될 때 비로소 '이해'에 도달하는 것이라고 보았다. 요컨대, 필자는 인물 '이해'를 독자가 소설 텍스트에 언어적 형상으로 존재하는 인물을 '해석'하고, 이를 '자기화'하는 활동이라 정의하였다.

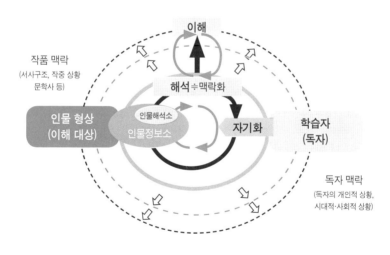

[그림 1] 인물 이해의 과정과 구조

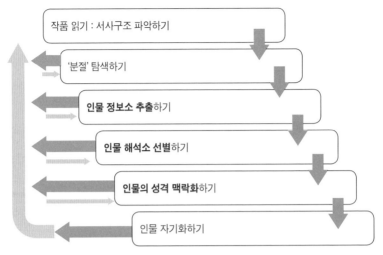

[그림 2] 인물 이해 활동의 절차

3. 인물 정보소를 활용한 인물 해석의 실제

여기서는 〈흥부전〉(경판 25장본)[2]의 주인공 흥부와 놀부에 대하여, 소설 텍스트에서 인물 정보소를 추출하고 이를 활용하여 인물의 성격을 해석하는 과정을 살펴보자.

1) 인물 정보소의 추출

인물에 대한 단위 정보를 담고 있는 인물 정보소는 텍스트의 다양한 언술 속에서 추출해 낼 수 있다. 인물 정보소는 독자가 소설 텍스트를 읽고 대상 인물에 대한 정보의 단서를 담고 있는 분절을 인식하여, 그 속에 담긴 인물 정보를 언어적으로 명료화하는 방식으로 추출된다.

-----

2 김태준 역주, 『흥부전/변강쇠가』, 한국고전문학전집14, 고려대학교 민족문화연구소, 1995.
  이후 인용문 말미에 쪽수만 밝힌다.

소설 텍스트에서 인물에 대한 정보가 많이 담겨 있는 분절은 '대상 인물에 대한 서술자의 직접 서술, 대상 인물의 발화, 대상 인물의 심리와 행동 묘사, 대상 인물에 대한 다른 인물의 발화와 독백' 등의 언술 속에서 찾을 수 있다. 인물 정보소는 분절 속에 들어 있는 정보의 단서들을 언어적으로 명료화하여 추출할 수 있는데, 이러한 언어적 명료화의 방식에는 재기술(redescription), 일반화(generalization), 추론(inference)의 세 가지가 있다.

> ❶ 화설. 경상 전나 냥도 지경의셔 스는 스룸이 이스니, 놀부는 형이오 흥부는 아이라. 놀부 심시 무거ᄒ여 부모 싱젼 분직 젼답을 홀노 ᄎ지ᄒ고, 흥부 갓튼 어진 동싱을 구박ᄒ여 건넌산 언덕 밋ᄒ 늬쩌리고 나가며 조롱ᄒ고, 드러가며 비양ᄒ니, 엇지 아니 무지ᄒ리. (p.16)

❶은 〈흥부전〉의 서두로, 서술자가 흥부와 놀부 두 인물을 소개하는 부분이다. 고전소설에서는 새로운 인물이 등장할 때 그 인물에 대하여 서술자가 직접 '인물의 연령, 외모, 행실, 재주, 성품' 등에 대해 서술하는 인물 소개부가 있다. 위의 인물 소개부로부터 흥부와 놀부에 대한 기본적인 정보를 알 수 있다. 인물 소개부와 같이 서술자가 인물에 대해 직접 서술하는 분절에서는 인물에 대한 텍스트의 표현을 그대로 가져다 쓰는 재기술의 방식으로 인물 정보소를 추출할 수 있다.

대상 인물	분절	인물 정보소
흥부	경상 전나 냥도 지경의셔 스는 스룸이 이스니	전라도와 경상도의 지경에 산다.
	흥부는 아이라.	놀부의 동생이다.
	흥부 갓튼 어진 동성	어질다.
놀부	경상 전나 냥도 지경의셔 스는 스룸이 이스니,	전라도와 경상도의 지경에 산다.
	놀부는 형이오	흥부의 형이다.
	놀부 심셔 무거흐여/ 엇지 아니 무지흐리.	무거불측하다.

대상 인물에 대한 정보가 명시적으로 언어화되지 않는 분절에서도 독자는 그 분절의 내용을 바탕으로 인물 정보소를 추출해 낼 수 있다.

❷ 놀부 심스를 볼작시면, 초상난 듸 춤츄기, 불붓는 듸 부쳐질 ᄒ기, 희산흔 듸 기닭 잡기, 장의가면 억믜 흥졍ᄒ기, 집의셔 못 쓸 노릇ᄒ기, 우는 ᄋ히 볼기 치기, 갓난 ᄋ히 똥 먹이기, 무죄흔 놈샘 치기, 빗 갑시 계집 쎅기, 늙은 영감 덜믜 집기, ᄋ히 빈 계집 비 츠기, 우물 밋틔 똥 누기, 오려논의 물 터 놋키, 잣친 밥의 돌 퍼붓기, 픠는 곡식 삭 즈르기, 논두렁의 구멍 뚤기, 호박의 말쑥 밧기, 곱장이 업허 놋코 발꿈치로 탕탕 치기, 심스가 모과나모의 ᄋ들이라. 이놈의 심술은 이러ᄒ되 집은 부지라, 호의호식ᄒ는고 ᄂ. (pp.16-18)

❷는 놀부의 심술 사설 대목으로서 놀부의 온갖 악행들이 열거되고 있다. 서로 다른 시공간에서 행해진 놀부의 기행(奇行)들이 숨 가쁘게 나열됨으로써 독자들은 마치 영화나 텔레비전 드라마에서의 몽타주(montage)를 보는 듯한 느낌을 받는다. 놀부 심술 사설과 같이 인물의 행동들이 동일한 의미적 계열을 이루면서 반복될 때, 독자는 이 행동들을 일관하는 상위 개념으로 '일반화'하여 묶어낼 수 있다. ❷에 열거

된 놀부의 행동들은 어떤 의도나 목적을 가지고 계획적으로 행해지는 행동이 아니라 놀부의 '심술궂음'을 드러내기 위한 것이라고 보면, 다음과 같이 인물 정보소를 추출해 낼 수 있다.

대상 인물	해당 분절	인물 정보소
놀부	위의 ❷ (놀부 심술 사설 대목)	심술궂다. (심사가 고약하다.)
		악독하다. (극악하다.)
		장난기가 심하다.
		폭력적이다.
		부자이다.

그런데 소설 텍스트에서 인물의 발화와 내적 독백과 같이 언술 주체가 서술자가 아닌 분절에서는 재기술이나 일반화의 방식으로 인물 정보소를 추출하기 어렵다. 이때에는 작중 상황과 텍스트의 맥락을 고려하여 해당 분절이 인물에 대한 어떤 정보를 중점적으로 담고 있는지 '추론'하는 방식으로 인물 정보소를 추출할 수 있다.

❸흥부는 집도 업시 집을 지으려고, 집 직목을 늬려가 량이면 만첩청산 드러가서 소부동 듸부동을 와드렁 퉁탕 버혀다가, 안방, 듸쳥, 힝낭, 몸치 늬외분합 물님퇴의 살미살창 가로다지 입 구즈로 지은 거시 아니라, 이놈은 집 직목을 늬려ᄒ고, 슈슈밧 틈으로 드러가서 슈슈듸 흔 뭇슬 뷔여다가 안방, 듸쳥, 힝낭, 몸치 두루 지퍼 말집을 쫙 짓고 도라보니, 슈슈듸 반 뭇시 그져 남앗고나. 방 안이 널던지 마던지 양뒤 드러누어 기지게 켜면 발은 마당으로 가고, 듸골이는 뒷겻트로 밍즈 ᄋ릐 듸문ᄒ고, 엉덩이는 울트리 밧그로 나가니 동니 스람이 출입ᄒ다가
"이 엉덩이 불너드리소."

흐는 소릭, 흥뷔 듯고 쌈작 놀ᄂ 되셩통곡 우는 소릭, (pp.16-
18)

심술 사설이 놀부의 일련의 행동들을 통해 그의 악독함을 보여 주려
는 데 집중했다면, ❸에서는 수숫대로 엉성하게 집을 짓는 흥부의 우
스꽝스러운 행동과 그 집의 조악함을 드러내는 데 주력하고 있다. 이
처럼 인물의 행동 묘사나 인물의 발화로 구성된 분절에서는 그러한 행
동이나 발화를 유발한 인물의 내적 특질이나 정보를 '추론'하는 방식으
로 인물 정보소를 추출할 수 있다.

대상 인물	해당 분절	인물 정보소
흥부	위의 ❸	가난하다.
		우스꽝스럽다.

이처럼 독자는 소설 텍스트에서 인물에 대한 정보를 담고 있는 분절
로부터, 재기술, 일반화, 추론의 방식으로 다양한 인물 정보소를 추출
할 수 있다.

2) 인물의 성격 해석

어떤 인물에 대한 모든 인물 정보소들이 독자가 그 인물을 해석하
는 데 동등한 서사적 위상과 중요도를 갖지는 않는다. 인물 정보소들
중에는 사건 전개와 갈등 해결에 중요한 역할을 하는 것들도 있고 인
물에 대한 단편적 정보 이상의 의미를 갖지 않는 탈서사적인 것들도
있다.

인물 정보소를 활용한 인물 해석은 '분절-인물 정보소(→인물 해석
소) - 성격'의 계층적 해석 과정을 거친다. 인물 해석은 텍스트로부터

인물 정보소를 내재한 분절을 인식하고, 그 분절에서 언어적 명료화를 통해 인물 정보소들을 추출한 후, 인물 정보소들의 서사 추동성과 작중 상황, 독자의 해석 관점과 의지를 고려하여 인물 해석소를 선택하고, 이를 중심으로 인물의 성격을 맥락화하는 과정으로 진행된다. 인물의 성격은 '기능적 성격, 사회적 성격, 심리적 성격'[3]으로 구분할 수 있다.

인물 정보소들은 대상 인물의 성격을 구성하는 데 있어서 그 서사적 위상과 의미가 다르므로, 독자의 해석적 관심과 방향에 따라 선별적으로 활용될 수 있다. 다시 말해 해석 주체인 독자의 선택에 의해 인물 정보소들이 차등적으로 활용될 수 있다는 것이다. 대상 인물에 대한 많은 인물 정보소들 중에서 독자는 자신의 해석 방향과 관점에 따라 인물 정보소들의 경중을 판단하고, 해석의 중심이 되는 인물 정보소를 인물 해석소로 선별할 수 있다. 이때 선별된 인물 해석소는 독자가 대상 인물을 해석하는 핵심 단서이자 정보가 된다.

학습 독자가 소설 속의 인물을 해석하는 데 정답이 있을 리 없고, 교육적으로도 해석 결과의 옳고 그름을 따지는 것은 큰 의미가 없다. 학습 독자가 어떤 인물 정보소를 중시하는지, 인물의 어떤 성격 범주에 주목하는지, 작품의 서사구조를 어떻게 인식하는지에 따라 인물을 해석하고 이해하는 양상은 다양해진다. 대상 인물에 대한 많은 인물 정

-----

3   인물의 성격을 '기능적 성격, 사회적 성격, 심리적 성격'으로 구분한 것은 박혜숙, 최시한의 논의를 참고한 것이다. 박혜숙은 소설의 인물이 '텍스트적 기능, 사회적 기능, 심리적 기능'을 지닌다고 하였는데(박혜숙, 『소설의 등장인물』, 연세대학교출판부, 2004, pp.25-37), 최시한이 이를 수용하여 인물의 성격을 '기능적 성격, 사회적 성격, 심리적 성격'으로 정리하였다(최시한, 『소설, 어떻게 읽을 것인가』, 문학과지성사, 2010, pp.199-204). 이러한 구분은 인물에 대한 일반적인 접근 시각이라 보아도 무방할 것이다.

보소 중 어떤 것을 인물 해석소로 삼는지에 따라 인물 해석의 결과는 달라질 수 있고, 설사 동일한 인물 해석소를 선택했다 할지라도 독자마다 해석의 방향, 과정, 내용, 수준은 천차만별일 것이다. 독자의 해석이 작중 사건과 서사 전개 상황에 비추어 볼 때 충분히 그렇게 해석할 수 있는 논리적 가능성을 지니고 있고, 또한 그 해석이 다른 분절에 의해 쉽게 저항받지 않는다면, 이러한 해석이라도 문제가 되지 않는다.

그러면 흥부와 놀부의 사회적 성격을 해석하는 과정을 좀더 구체적으로 살펴보자. 〈흥부전〉에서 흥부와 놀부의 사회적 성격을 드러내는 인물 정보소는 크게 신분과 경제력에 관한 것인데, 둘 중 서사적 비중이 더 큰 것은 경제력이다. 흥부와 놀부가 각각 빈민과 부자라는 것은 두 인물의 경제력을 단적으로 보여 주는 인물 정보소이고, 독자는 이를 인물 해석소로 선택하여 두 인물의 사회적 성격을 해석할 수 있다. 그러나 흥부가 가난하고 놀부가 부자라는 점은 〈흥부전〉 독자에게 그리 새삼스러운 사실이 아니다. 따라서 두 인물을 해석한다는 것은, '흥부는 가난하다.', '놀부는 부자다.'라는 인물 해석소를 중심으로 '흥부가 왜 얼마나 가난하고 그 가난의 의미는 무엇인가?', '놀부는 또 어떤 부자이고 그것이 작품 내에서 어떤 의미를 갖는가?' 등의 문제에 대한 설득력 있는 해답을 찾아 가는 작업이다.

가족들이 굶주리는 것을 보다 못해 양식을 얻으러 온 동생에게 호통을 치고 매질을 하는 놀부는 부자이지만 악독하고 탐욕스럽다. 놀부는 자신의 재산 증식과 보호에만 관심을 둘 뿐, 애당초 부의 분배나 빈부 갈등 해결을 통한 타인과의 공생(共生)과는 거리가 먼 인물이다[4].

-----

4 윤경희, 「경판25장본 〈흥부전〉 연구」, 『판소리연구』 4, 판소리학회, 1993, pp.76-77 참고.

반면, 흥부는 온갖 품팔이를 해야 근근이 하루를 먹고살 수 있는 빈민 중의 빈민이다. 형 놀부에게 구걸도 해 보고, 온갖 품팔이에 심지어 매품팔이까지 시도해 보지만 흥부의 가난은 점점 더 심해져만 간다.

흥부와 놀부는 경제적 빈부에 의해 계층이 재편되는 사회적 변화 속에서 소외되는 인간의 모습을 보여 주고 있다. 물론 그 소외의 양상은 서로 다르다. 놀부가 부의 축적을 위해 했음 직한 온갖 악행들은 공동체적 윤리와 가치를 중시하는 향촌 사회로부터 그 자신을 격리시킨다. 놀부의 부에 대한 욕망이 심해질수록 작중 세계로부터의 고립도 더욱 견고해지고, 작중 세계로부터의 고립이 고착화될수록 놀부의 탐욕 또한 더욱 심각하게 부각되는 악순환이 반복된다. 흥부는 사회의 변화에 적응하지 못하고 극빈층으로 전락하여 이제는 그 생존마저 위협받는 상황이다. 경제력이 중요한 가치로 부상한 사회 현실 속에서 흥부는 갱생의 가능성마저 박탈당한 채 하루하루를 품팔이로 연명해야 하는 임노동자 신세이다. 흥부 부부가 아무리 노력해도 상황은 호전되지 않는다. 매품팔이마저도 뜻대로 되지 않는 가혹한 현실 앞에서 흥부는 한없이 나약한 존재일 뿐이다. 이처럼 흥부는 경제적·사회적으로 철저히 소외된 인물이다.

〈흥부전〉은 몰락 양반으로 형상화되어 있는 흥부와 요호부민의 형상을 하고 있는 놀부의 대립을 통해 물질적 부가 중시되는 근대적 경제관이 중세적 윤리 체계를 흔드는 조선 후기의 사회적 현실을 문제 삼으면서, 변화된 사회에 적응하는 과정에서 현실로부터 경제적으로 소외된 흥부와 사회의 변화 속에서 전통적인 공동체로부터 소외된 놀부의 문제를 다루고 있다.[5] 시대의 변화에 적절히 대처하지 못해 갱생의 가능성이 완전히 뿌리 뽑힌 인물 흥부와, 치부(致富)의 욕망을 극단적으로 추구하는 배금주의적인 구두쇠 놀부는, 경제력이 중시되는 자본주의적 사회로의 변화 과정에서 소외되는 인간 군상의 양면을 보여 주고 있다.

흥부와 놀부의 욕망을 중심으로 두 인물을 해석해 보는 것도 재미있는 경험이 될 것이다. 흥부와 놀부는 심성이나 경제력은 정반대이지만 재화에 대한 욕망을 지녔다는 점에서는 공통적이다. 특히 놀부의 재물욕은 순수하다 못해 맹목적이다. 유산을 독차지하고 부모의 제사도 대전(代錢)으로 지내고, 부자가 된 흥부의 집에 들이닥쳐 다짜고짜 재물을 빼앗고, 박을 탈수록 피해가 커지는데도 박타기를 멈추지 않는 놀부의 행동들은 그가 얼마나 재물에 열광하는 인물인지를 잘 보여 준다. 그에 비하면 흥부의 재물욕은 매우 소박하고 민중적이다. 박속에서 나온 어떤 진귀한 보물보다 흥부 가족이 가장 열렬하게 반긴 것이 다름아닌 '밥'이었다는 점에서 흥부가 지닌 욕망이 얼마나 순수한 것이었는지 알 수 있다.

3) 인물 이해 교육 설계에서 고려할 점

학습자가 대상 인물에 대한 객관적 해석에만 만족한다면 그 인물이

-----

5   자본주의 사회의 인간 소외 양상을 극명하게 형상화했다는 점에서 〈흥부전〉은 단순한 '동화전설의 소설화' 이상의 의의를 지닌 작품이라 할 수 있다. 근대적 문학 장르로서 소설이 가진 현실 반영성을 고려할 때, 〈흥부전〉은 설화적 모티프를 서사적으로 단순 확장한 작품이라고만 보기 어렵다. 조선 후기 사회의 급격한 변화 속에서 재화라는 자본주의적 요소를 중심으로 서로 다른 인간 소외의 양상을 핍진하게 보여 주고 있다는 점에서 〈흥부전〉은 영웅소설과 같은 여타의 통속 소설보다 그 현실 반영적 측면에서는 소설사적으로 발전된 형태의 작품이라 평가할 수 있을 것이다.

주는 '현재적·당사자적 의미의 가능성'을 구현해 낼 수 없다. 이해 주체로서 독자 또는 학습자가 처한 개인적, 사회적 맥락을 고려해야 하는 이유가 여기에 있다. 독자 맥락을 고려한 인물 이해는, 대상 인물의 현재적 의미를 탐구하는 활동과 대상 인물이 학습자에게 어떠한 의미를 갖는지 비평하고 성찰하는 활동으로 실천할 수 있다. 인물의 현재적 의미를 탐색하는 활동은 그 인물에 대한 당대적 이해와 더불어 인물을 해석하는 양방향의 통시적 관점이다. 또한 대상 인물이 자신에게 주는 개별적 의미가 무엇인지 궁구하는 활동을 통해 학습자는 문학 경험을 통한 변화와 성장의 기회를 얻게 된다. 이와 같이 소설 속 인물이 학습자의 지평과 만나 학습자의 내면으로 흡수되면서 학습자를 변화시키는 일체의 정신 작용을 '자기화' 또는 '내면화'라 부를 수 있다. 그리고 이처럼 소설 속 인물에 대한 학습자의 해석 활동이 인물에 대한 객관적 인식을 넘어 학습자 자신의 내면적 변화까지 추동하는 단계에 이르렀을 때, 비로소 진정한 의미의 인물 이해에 가까워졌다고 할 수 있을 것이다.

■ 연구의 의의와 남은 과제

문학 교육은 기본적으로 문학 활동의 방법적·절차적 기술만으로는 만족스런 결과를 기대하기 어렵다. 이 글에서 제안한 인물 해석과 이해의 과정 또한 학습자가 문학 수용의 주체로서 자율성과 주체성을 가지고 적극적으로 활동할 때 그 의미가 배가될 수 있다. 하지만 문학작품의 수용과 생산에 관한 메커니즘을 구안하는 작업은 문학 교육 활동의 체계성을 강화하기 위해 반드시 필요한 일이다. 이러한 메커니즘을 교재나 교수·학습에 기계적으로 적용하는 데 그치거나 절차적 수행만을 지나치게 강조하는 본말전도(本末顚倒)의 상황만 피할 수 있다면 말이다. 문학 수용의 방법론적 절차는 어디까지나 학습자가 문학 텍스트에 담긴 삶과 세계와 인간을 효율적으로 경험함으로써 인지적·정의적으로 성장해 나갈 때 비로소 그 가치를 인정받을 수 있다.

이 글에서 다룬 '인물 해석과 이해의 과정과 방법'은 필자의 논문 2편을 바탕으로 요약한 내용이다. 그런데 이 '인물 이해'라는 주제는 아직 필자에게 현재 진행형 연구 주제로 남아 있다. 연구의 핵심이라 할 수 있는 '인물 이해 과정'의 도식도 가다듬어야 하고, 학습독자가 인물을 개별적으로 이해하는 '자기화 또는 내면화의 구체적 방법', '인물 이해 과정의 순환 양상' 등에 대한 상세한 논의도 추가되어야 하며, 인물 정보소나 인물 해석소 같은 주요 개념어들도 아직 보완이 필요한 상황이다. 향후 인물 정보소를 활용한 인물 해석과 이해의 메커니즘이 보다 명쾌해지고 안정화된다면, 이 연구의 성과가 문학교육 현장에서 실천되는 것을 볼 수 있지 않을까 한다.

※관련 논문 : 이상일, 고전소설의 인물 이해 교육 연구, 서울대학교 대학원 박사학위 논문, 2014; 이상일, 소설 교육에서 학습자의 인물 해석 과정에 관한 재고-인물 해석소를 중심으로-, 문학교육학 73, 한국문학교육학회, 2021.

_플롯 사건을 엮는 작품 고유의 방식

플롯 중심의 고전소설 교육

정보미

　'아 다르고 어 다르다'라는 말이 있듯, 말의 방식이 자아내는 효과가 천차만별이라는 사실을 우리는 늘 실감하고 산다. 같은 사건도 어떤 순서로, 어떤 솜씨로, 어떤 강약으로 말하느냐에 따라 받아들이는 이의 머릿속엔 다른 인상이 새겨진다. 이때의 순서와 솜씨, 강약을 담당하는 것이 바로 '플롯'이다.

　플롯은 지금까지 '스토리'라는 개념과 별 구분 없이 사용되기도 했고, 정의하기 까다로운 문학 용어이기에 교육되기는 너무 어렵다고 인식되기도 했다. 그렇지만 서사가 설명이나 묘사보다 더 생동감 있다고 믿는, 그래서 문학이 아닌 것에도 문학적 흥미를 더해주고 싶어 하는 '스토리텔링'의 시대에는, 스토리에 긴장을 불어 넣는 플롯의 기술이 새삼 주목된다. 이 기술이 교육된다면 학습자는 흥미로운 이야기들의 비결을 포착하여 자신의 이야기에 적용하는 능력을 가질 수 있을 것이다.

　플롯은 서구 이론의 개념이기에 주로 현대소설에서 논의되어 왔지만 고전소설에서도 주목할 만한 플롯이 발견된다. 이는 비슷한 주제를 다루었으며 소설의 수가 급증해 '소설사의 전환기'라고도 불리는 17세기의 작품들을 비교함으로써 더 잘 알 수 있다. 〈홍길동전〉과 〈사씨남정기〉, 〈창선감의록〉과 〈소현성록〉은 당시의 중요 담론이었던 '가(家)'의 문제에 대해 나름대로의 메시지를 내놓으며 각기 다른 플롯 구성을 보여준 작품이다. 네 작품을 플롯 중심으로 읽어내는 작업을 통해 플롯 이해가 작품의 섬세한 이해에 어떤 방식으로 도움을 주는지 체감할 수 있을 것이다.

◇ 플롯 : 플롯 개념의 역사는 플롯을 작품에 존재하는 고정된 실체로 보느냐 혹은 인간에 의해 실현되는 것으로 보느냐에 따라 이분화된 양상으로 전개되었다. 하지만 플롯은 '기획'이고 '기획'은 '효과'를 목적으로 한다는 점에서 두 방향은 통합될 필요가 있다. 이를 위해 플롯의 개념을 '사건의 인과적 배열'과 '유기적 의미 부여의 구조'로 정의하였다. '사건의 인과적 배열'이란 플롯을 '스토리'와 구별해 주는 정의이며, 그때의 차이점은 '인과'라는 원칙과 '배열'이라는 기법이다. 하나의 사건만으로는 서사가 되지 않으므로 복수의 사건이 필요한데, 이때 인과관계가 부여되어야 서사는 통일성과 개연성을 갖출 수 있고 배열의 방식에 따라서 해당 서사의 의도와 효과는 극대화된다. '유기적 의미 부여의 구조'란 사건의 인과적 배열을 중심으로 작가와 독자가 '의미'를 구성 및 재구성하게 됨을 말한다. 작가의 입장에서 플롯은 실제 세계를 바탕으로 구성한 유기적 의미를, 서사 세계라는 가능 세계를 통해 구조화한 '결과'이다. 독자의 입장에서는 서사 세계 내의 통일성과 완결성은 물론 실제 세계와의 관계를 따져 유기적 의미를 부여해 해석해야 하는 '미지'의 대상으로서의 구조이다. 이 때문에 '유기적 의미 부여의 구조'라는 정의가 가능하다.

◇ 플롯 유형 : 플롯 유형은 플롯 논의의 결과로서 중요한 위상을 차지하지만, 지금까지의 논의에서 플롯 유형 분류는 내용에 따른 임의적 분류이거나 플롯의 형식적 구성 방식에 치중하는 경향이 컸

다. 이에 내용과 형식을 통합적으로 아우르는 플롯 유형으로서 '단일형 플롯'과 '복합형 플롯'을 상정하였다. 단일형 플롯은 플롯의 패턴이 완결과 통합을 향한 '수렴형 플롯'과 열린 패턴의 다양성과 복잡성을 향한 '발산형 플롯'으로 나눌 수 있는데, 전자의 경우 예정된 질서가 실현되는 내용을, 후자의 경우에는 실현되지 않은 가능성을 탐색하는 내용을 바탕으로 한다. 두 방향이 모두 나타나는 복합형 플롯에는 각 플롯이 모두 나타나되 서로 상충되는 '교차형 플롯'과 하나의 흐름으로 모아지는 '통합형 플롯'이 있다. 이 경우 전자는 문제 제기의 성격이 두드러진 내용을, 후자는 문제 해결을 지향하는 내용을 드러내는 특징이 있다.

◇ 표층 요인과 기저 요인 : 플롯 유형을 판단할 수 있는 근거들은 작품의 표면에 드러난 '표층 요인'과 유기적 해석의 과정 중에 발견되는 '기저 요인'으로 나누어 볼 수 있다. 표층 요인은 플롯의 효과를 직접 창출하는 기법 차원의 요인이고, 기저 요인은 그 기법에 영향을 미치는 내용 차원의 요인이다. 플롯 유형을 결정하는 표층 요인은 '사건의 인과적 배열'이라는 플롯의 일반적 정의를 기반으로 상정 가능하다. '사건', '인과성', '배열'은 플롯 분석을 위해 준거로 삼을 수 있는 가장 가시적인 요소들이다. 이 중 '사건'은 크게 무지를 벗어나는 '인식(recognition)'의 사건과 일어나지 않은 일을 예상하거나 상상하는 '가정(subjunction)'의 사건으로 나눌 수 있다. 사건의 종류와 관련하여 '인과성'은 예정된 인과관계가 실현되는 방향과 새로운 인과관계가 구축되는 방향으로 나눌 수 있고, '배열'은 이러한 방향이 비선형적으로 배열되거나 선형적으로 배열되는 방식

으로 나눌 수 있다. 이상의 표층 요인은 서술을 통해 드러나므로 비교적 명확하게 파악 가능한 요인이다. 그러나 이러한 요인은 플롯의 형태가 '어떻게' 결정되는지는 보여 주지만 '왜' 그렇게 결정되는지는 설명해 주지 못한다. 표층 요인이 플롯 자체를 실현시키는 형식적 요소이며 흥미를 유지시키는 틀이자 장치로서 기능한다면, 기저 요인은 서사적 박진감을 담보하는 내용적 요소이다. 이에 해당하는 것으로는 '욕망', '담론', '갈등'이 있다. 욕망은 어떠한 사건이 발생하는 근본적인 이유에 해당하며 소설 속 사건의 향방이 욕망의 성취 여부에 따라 결정된다는 점에서 플롯의 주요한 기저 요인이 된다. 담론은 사회 질서에 대한 이념적 태도에 해당하며 인물의 욕망을 우리가 어떠한 시선으로 바라보아야 하는지를 안내하고 그것이 어떠한 방향으로 흐르는 것이 보편적이고 일반적인지를 짐작할 수 있도록 해 준다. 갈등은 욕망 간, 담론 간, 혹은 욕망과 담론 간의 다양한 층위에서 발생하며 행위나 사건에서 대립 구도를 선명하게 만든다. 그리하여 욕망이나 담론의 내용에 첨예성을 부여하고 그 의미를 한층 강조해 준다. 욕망, 담론, 갈등의 내용으로는 '회복'과 '극복'의 욕망, '기존 담론'과 '대항 담론', '열린 갈등'과 '닫힌 갈등'을 설정하여 표층 요인에 대한 분석과 연결지을 수 있다.

■ 주요 내용

1. 고전소설의 플롯 이해

1) 17세기 소설 플롯의 변화

17세기 장편소설에 나타난 특징적인 현상은 '가(家)'라는 공간이 주요한 서사 세계로 등장하기 시작했다는 점이다. 16세기까지의 소설에는 '가(家)'라는 공간이 특수한 사건이 벌어지는 공간으로 제시될 뿐 그곳에서 이루어지는 일상생활이나 고유한 기능이 부각되지 않았다. 〈이생규장전〉과 같은 애정 전기소설은 애정실현의 공간으로, 〈설공찬전〉의 경우도 설공찬의 혼이 빙의하는 특수한 사건이 나타나는 공간으로 형상화될 뿐이었다. 그러나 〈홍길동전〉, 〈사씨남정기〉, 〈창선감의록〉, 〈소현성록〉 연작 등 17세기 소설에는 혼인과 혈연으로 맺어진 조직으로서 '가(家)'의 모습이 점차 부각되며 그 조직을 원활하게 운영하기 위한 구성원들의 고민도 형상화되었다.

또한 16세기까지의 소설은 '가능성'과 '필연성'을 바탕으로 한 인과 원칙에 상대적으로 무심하였다. 16세기 소설 〈설공찬전〉을 대표적인 예로 들 수 있다. 〈설공찬전〉이 보여주는 것과 같은 '우연성'과 '환상성'은 16세기까지의 소설에 두드러졌던 서사 구성의 주요 원리이며 신비감과 여운을 자아내는 효과가 있었으나, 그러한 사건이 등장해야 하는 이유에 대한 서사 내적 설명력을 확보해주지는 못하였다. 그런데 17세기 장편소설에는 서사 내적으로 긴밀해진 진술과 서사 외적 세계의 참조를 통해 서사의 인과 원칙이 한층 강화되는 양상이 나타난다. 실제 세계의 특정 담론을 끌어와 그것의 실현 양상을 서사 내적 논리에 따라 전개함으로써 '허구성'을 '개연성'의 차원으로 전환한 것이다. 이로써 서사 세계의 정조 차원에 머물러 있던 우연성과 환상성이 가능성과 필연성의 영역에 들어오게 되었다.

17세기에 출현한 '소설의 장편화'라는 현상도 이 시기의 플롯에 주목해야 할 이유가 된다. 짧은 편폭 안에 영향력 있는 사건과 그에 대한 앞뒤 맥락을 간결하게 밝히는 단편과는 달리, 17세기에 본격적으로 등장하게 된 장편소설은 사건의 전달보다 그에 얽힌 인간의 '전면적 진실성'을 구체화하는 데 관심이 있었다. 16세기까지의 소설에서 사건 배열의 방식은 에피소드 단위의 연합에 그치는 경우가 많았다면, 〈홍길동전〉을 기점으로 처음부터 끝까지의 구성 자체가 유기성, 완결성을 띠는 경우가 생겨나기 시작했다. 이는 사건 자체가 주는 충격이나 기이함으로 인한 것이 아니라, 긴 호흡을 효과적으로 유지하는 배열 방식으로 인한 현상이다. 17세기 장편소설을 중심으로 플롯을 고찰해야 하는 중요한 이유가 여기에 있다.

2) 〈홍길동전〉 플롯의 특징과 의미

〈홍길동전〉에서는 '호부호형'을 하지 못하는 길동의 결핍이 계기가 되어 그것의 성취가 가정(假定)되고 현실화되는 사건이 순차적으로 전개된다. 이러한 사건 전개는 최초의 욕망이 만족스럽게 해결되지 않았기 때문에 나타나며, 처음에 길동이 가정하였던 모든 극복 욕망이 차례로 완수되는 양상으로 나타난다. 그리하여 시간의 흐름에 따라 '호부호형의 성취', '빈민 구제', '병조판서 제수', '율도국왕 즉위'와 같이 점차 정도가 높은 극복 욕망이 더 넓은 공간 속에서 성취되는 플롯이 나타난다.

이때 만족스럽게 해결되지 못했던 '호부호형의 성취'는 그와 궤를 같이 하는 사건들을 통해 계속해서 환기되고 추가적인 성취를 통해 보완된다. 이 사건들이 환기하는 것은 바로 '가(家)'에 포섭되고 '가(家)'로부터 인정받고자 하는 욕망이다. 호부호형의 성취는 더 큰 공간에서의 욕망 성취로 이끌어지면서 충분히 해소되지 못하였으므로, 길동은 국가와의 대결 중 아버지와 형을 의식하여 일시적으로 생포되기도 하고 고국인 조선국과의 우호적 관계를 부러 맺기도 한다. 나아가 부모의 사후봉양을 책임지겠다고도 한다. 이러한 길동의 행동들은 기존 담론을 위시한 것이면서도 그것의 보호를 받지는 못했다는 독특성을 지닌다. 기존 담론에 의지해서는 성취할 수 없고 대항 담론으로서 자신의 위상을 확고히 한 후에야, 그리하여 마음껏 힘과 능력을 발휘할 수 있게 된 후에야 이러한 행동은 가능하다. 그리고 이러한 행동이 길동이 처한 '닫힌 갈등'이 해결될 수 있는 실마리를 열어 준다.

이렇게 '가정(假定)'으로부터 촉발된 대항 담론을 현실화하는 〈홍길동전〉의 플롯은 대표적인 '발산형 플롯'이라 할 수 있다. 기존 담론으로부터 완전히 자유로워지지는 못하지만 '환상적 해소'를 통해 어느 정도의 거리를 두고 그것을 극복할 수 있게 된 점, 서사 공간의 확대에 따른 선형적 배열을 통해 새로운 인과를 긴밀하게 구성해 나갔다는 점이 그러한 판단의 근거가 된다.

발산형 플롯은 '반사실적 사고'에 기반을 둔 것으로 더 나을 수 있는 상황에 대한 가정을 통해 미래에 대한 욕망을 한층 선명하게 부각시키는 특징이 있다. 사실 말미에 길동이 '가(家)'의 질서를 포섭하는 장면은 '질서 실현'이라는 수렴형 플롯의 특징으로도 볼 소지가 있으나, 이는 길동이 최초에 품은 욕망의 성격이 '가(家)'를 의식한 것이기 때문에 나타나는 불가피한 면모이다. 길동의 행동은 예정된 질서의 구속을 받는 것이 아니라 그로부터 벗어나기 위해 자발적으로 선택된 것이다. 최초의 결핍이 질서를 의식한 것이라 하더라도 길동은 질서의 자장 밖에서야 자신의 욕망을 충분히 성취할 수 있고 갈등 또한 해소할 수 있다. 〈홍길동선〉에서 발견되는 이중적 변모에 대한 이해는 이렇게 플롯의 특징을 점검함으로써 풍부화할 수 있다.

3) 〈사씨남정기〉 플롯의 특징과 의미

〈사씨남정기〉에서 작품의 중반부까지는 사정옥의 회복 욕망이 교채란의 극복 욕망에 의해 압도되는 추이가 나타나며 '교채란이 동청과 집을 떠나 혼인하는 사건'이 그 정점에 있다. 이 사건에서 교채란은 유씨 집안의 질서를 무너뜨리고 그 공간마저 버림으로써 사정옥이 소중히 여겨 온 기존 담론을 전면적으로 부정한다. 그렇기에 이 사건까지는 대항 담론이 완전한 승리를 거두었음을 부정할 수 없다.

하지만 이 승리는 계속되지 못하고 동청, 냉진, 교씨 순의 몰락과 징치로 전환된다. 닫힌 갈등의 구도로 인해 천도(天道)의 원리에 어긋난 일체의 행위가 징치됨에 따라 교씨 일당은 구제받지 못하게 된다. 반면 사정옥은 사리를 밝게 깨우친 유연수를 통해 유씨 집안을 재건하고, 현명한 첩을 영입하고, 스스로 낳은 떳떳한 장자인 인아를 되찾는 성공을 거두게 된다. 유씨 가문에 해를 끼친 교씨 일당이 징치되는 것만으로도 갈등의 해소는 충분할 것이나, 사정옥이 한 차례 실패했던 '첩 영입을 통한 기존 담론의 철저한 지지'가 이상적인 성공을 거두는 모습을 추가로 보여주는 점이 독특하다. 이는 사씨와 교씨의 성패가 교차되는 점을 선명히 보여주며, 두 측의 화합 불가능성을 분명히 한다.

물론 사씨가 거두는 후반부의 성공은 이상적인 성격이 강하지만, 〈사씨남정기〉에서 시선을 끄는 것은 그러한 성공이 있기까지의 과정이다. 〈사씨남정기〉는 처와 첩이 겪는 갈등의 첨예함이 사건 전개상의 대칭 구도를 통해 정교하게 드러날 수 있도록 하였다. 그 결과 갈등이 환상적 해소로 쉽게 덮어지지 않고, 그러한 갈등이 생겨나게 된 과정이나 해결 국면으로 전환된 계기 등이 현실성을 띠며 소상히 제시된다. 이는 갈등의 심각성을 있는 그대로 노출하려는 의도에서 비롯된 것이라 할 수 있다. 사정옥과 교채란에 의해 견인되는 수렴과 발산의 방향이 공존하되, 이를 특정 방향으로 통합하려 하기보다는 각자의 방향으로 나아갔을 때 일어나는 현상에 주목하고 있다는 점에서 〈사씨남정기〉는 교차형 플롯의 특징을 지닌다고 볼 수 있다.

　교씨에 의해 추동되는 발산형 플롯과 사씨에 의해 추동되는 수렴형 플롯이 화합할 수 없는 방향으로 나아가는 이러한 플롯은, 질서 유지를 위해 애쓰는 '가(家)'에서도 얼마든지 문제가 발생할 수 있음을 전달하고자 한 결과이다. 예정된 질서의 실현을 보여주고자 한 기획이었다면 교씨에 의해 진행되는 발산형 플롯이 존재감이 크지 않았을 것이다. 하지만 〈사씨남정기〉는 '부부 간, 처첩 간 어려움'에 대하여 충분히 이야기하고자 했기에 갈등이 극대화되는 모습을 차근차근 보여주었고 그 갈등이 바람직하게 해결되는 방법 또한 제시하였다. '가(家)'의 번영과 안정을 위한 담론을 깊이 내면화한 사정옥과 스스로의 생존과 안정이 더 중요한 교채란의 행보를 교차시키는 플롯을 통해 누구의 행보가 더 바람직한지를 가시화하고 번영의 이유와 몰락의 이유를 논리적이고 치밀하게 보여 준 것이다.

4) 〈창선감의록〉 플롯의 특징과 의미

〈창선감의록〉도 〈사씨남정기〉처럼 발산형 플롯과 수렴형 플롯이 함께 등장하는 플롯을 나타낸다. 그러나 〈사씨남정기〉의 플롯이 수렴형 플롯의 성공과 발산형 플롯의 실패로 귀결되어 두 플롯이 '교차'하는 형태를 보인 반면, 〈창선감의록〉의 플롯은 발산형 플롯에 대한 구제가 이루어져 발산형 플롯과 수렴형 플롯이 통합되는 형태를 보인다.

가부장 화욱의 뜻을 곡해한 첫째 부인 심씨와 장자 화춘이 장자로서의 권리에만 몰두한 채 대항 담론의 편에 서고, 차자 화진이 기존 담론을 수호하며 바람직한 '가(家)'의 모습을 회복하고자 한 것이 이 작품의 주요 갈등이다. 그러던 것이 윤여옥, 유성희, 하춘해가 화진을 도와 그가 짊어지고 있는 오해들이 불식될 실마리가 생기고, 심씨와 화춘이 추구하던 대항 담론이 토대가 허약한 허상임이 밝혀진다. 그 결과 심씨와 화춘을 부추긴 외부인들은 파국을 맞이하고, 심씨와 화춘은 개과를 하며 화진이 지켜오던 기존 담론에 포용된다. 수렴으로 귀결되지만 발산의 소지가 계속해서 문제 삼아지는 플롯이라는 점에서 이는 '통합형 플롯'이라 부를 수 있다.

〈사씨남정기〉의 교씨가 인식의 기회를 완전히 박탈당하는 것과 달리 심씨와 화춘은 인식의 기회를 부여받는 점이나, 윤여옥과 진채경 등의 인물을 통해 이루어지는 젠더 위반의 시도가 제재받지 않고 흥미 요소로서 사용되는 점을 보면 〈창선감의록〉은 질서 실현에 대한 인식이 상당히 포용적이고 개방적인 작품이라 할 수 있다. 〈사씨남정기〉에서 교씨에 의해 행해진 대안 탐색은 개인적 불안을 해소하고 욕망을 충족시키기 위하여 전개되었는데, 〈창선감의록〉에서 심씨와 화춘이 보인 행보는 이와 유사하면서도 차이가 있다. 교씨의 경우 현재의 지위를 잃을까 불안한 마음이 더 큰 지위에 대한 욕망으로 번졌던 것인 반면, <창선감의록>에서 심씨와 화춘은 이미 가내에서 적모와 적장자라는 지위를 차지하고 있었다. 따라서 더 큰 지위에 대한 욕망 대신 현재의 지위를 고수하고자 하는 불안과 그에 걸맞은 인정을 받고자 하는 욕망이 존재했다. 이 점을 고려하면 <사씨남정기>에서 대안 탐색의 강도와 비판의식이 훨씬 강하다고 할 수 있다. 이러한 특징에 기반하여 <사씨남정기>는 '문제 제기'의 의미를, <창선감의록>이 '문제 해결'의 의미를 구축하는 플롯을 보이게 된 것이다.

5) <소현성록> 연작 플롯의 특징과 의미

<소현성록> 연작의 특징은 스토리에서도 암시된 것처럼 계속된 순차성이 나타난다는 것인데, 이 순차성은 <홍길동전>과 달리 '선형적 배열'로 판단할 수 있는 종류가 아니다. <홍길동전>은 시간에 따른 공간의 확대를 보여주었기에 선형적 배열로 판단할 수 있다. 그러나 <소현성록> 연작은 사건 자체는 시간에 따라 배열되지만, 부분부분 '서사 시간의 연장'이 이루어지면서 시간의 흐름이 잠시 중지된 채로 충분한 묘사가 나타나거나 과거 사건으로의 회상이 이루어진다. 이는 '비선형적 배열'이라고 판단되는 특징이며, 이는 수렴형 플롯의 주요한 징후이다.

여러 인물들이 벌이는 일탈에도 불구하고 <소현성록> 연작의 플롯을 수렴형 플롯이라 판단할 수 있는 이유는 '이상적 질서'에 대한 강한 믿음이 강조되고 있기 때문이다. 그리하여 <소현성록> 연작에는 부부 갈등, 처첩 갈등, 계후 갈등 등 다채로운 갈등이 펼쳐지면서도 그것이 일정한 범위 내에서 도사리는 형태로 제시되고, 그럼으로써 해소되지

않는 상태로 일단락되거나 더 이상 언급되지 않는 형태로 종결되는 양상을 보인다. 그렇더라도 소부의 결속과 번영에는 아무런 해가 없는 이유는, 기존 담론 질서의 이상적 실현 자체의 견인력이 강하게 신뢰되기 때문이다.

〈소현성록〉 연작에서는 양부인과 소경에 의해 지지되는 질서의 '인식(認識)'이 작품의 처음부터 끝까지 긴 호흡을 유지하며 수많은 인물들의 행동을 제약한다. 그런데 대항 담론에 속하면서도 기존 담론에 포용되는 화씨와 소운성 같은 인물이 있는가 하면 여씨와 명현공주처럼 그렇지 못한 인물도 있고, 교영 같이 포용이 시도되었다가 철회되는 인물도 있다. 이렇게 〈소현성록〉 연작의 플롯은 기존 담론의 장악력과 다양한 사례와의 관계를 강조하는 형태라 할 수 있다. 이러한 플롯은 독자로 하여금 다채로운 갈등이 주는 흥미에 몰입할 수 있게 하는 한편 모범적인 치가 방식에 대한 깨달음과 실천 동력을 얻게 해 준다.

2. 고전소설의 플롯 교육

플롯 교육의 장에서 학습자가 성취해야 하는 일은 무엇일까? 핵심적인 것으로는 스스로 플롯을 분석하는 일, 자신의 분석에서 미처 발견하지 못한 것을 동료 학습자나 교사의 도움으로 발견하는 일, 더 나은 분석을 위해 무엇을 참고해야 하는지 깨닫고 다른 플롯을 분석할 때 활용하는 일을 꼽을 수 있을 것이다. 이를 위해 앞서 살핀 개념들을 활용하여 다음과 같이 플롯 교육의 방향을 설정해 볼 수 있다.

첫째는 플롯의 유형을 바탕으로 플롯의 표층 요인과 기저 요인이 어떻게 그러한 유형의 플롯을 나타나게 했는지를 이해하는 '플롯 유형의 이해를 통한 서사 구조화 교육'이다. 서사 구조화 교육은 플롯이 지닌 '형태 구성'의 동력과 그 결과로서의 플롯 유형을 이해하는 것을 목표로 한다. 이때 관건은 이미 정해져 있는 구조로서 플롯 유형을 이해하는 것이 아니라 그것의 형성에 기여하는 요인들이 어떻게 작용하는지 추적적으로 이해하는 것이다. 그래야만 '서사 구조' 자체에 대한 습득이 아닌 '서사 구조화'의 기제에 대한 이해가 가능해지고, 그럼으로써 다양한 작품을 플롯 중심으로 이해할 때 활용 가능한 방법적 지식이 획득된다.

둘째는 플롯 유형을 통해 작품의 심층적·종합적 의미를 도출하는 '플롯의 유기적 해석을 통한 주제 탐구 교육'이다. 주제 탐구 교육은 서사 구조화 교육에서 성취된 내용을 종합하여 주제 탐구에 적용하는 차원의 교육이다. 플롯은 주제 도출의 객관적 근거로 소통되는 지식이므로 플롯 교육이 최종적으로 주제 교육으로 확장되는 것은 자연스러운 일이다. 플롯에 대해 형태적 사고로만 분석하는 것이 아니라 그와 유기적으로 연결되는 실제 세계에서의 지향점을 탐색함으로써 서사를 종합적으로 조망하고 평가하는 능력이 길러진다.

두 방향을 벼리로 삼아 다음과 같이 네 단계의 절차로 플롯 교육이 가능하다. 첫 번째 단계는 플롯이 무엇인지에 대한 개념을 익히는 플롯 자체에 대한 교육이고, 두 번째 단계는 실제 작품에서의 플롯 탐구를 위해 가설을 설정하는 단계이다. 세 번째 단계는 플롯을 구성하는 표층 요인과 기저 요인을 차례로 살피며 플롯을 탐구하고 앞서 설정한 가설을 검증하는 단계인데, 이 단계에서 학습자는 스토리와 변별되는 플롯의 효과를 체험할 수 있고 나아가 플롯의 유형도 도출할 수 있다.

마지막 단계는 분석 결과 도출된 플롯 유형을 벼리 삼아 작품의 심층 의미와 주제를 정교화하는 단계이다.

■ 연구의 의의와 남은 과제

1. 고전소설의 개연성 확보 원리에 대한 이해 증진

플롯 중심의 고전소설 교육은 일차적으로 고전소설의 특징이 우연성과 환상성에 있다는 편견을 점검하고 고전소설 특유의 개연성 확보 원리를 이해할 수 있게 한다는 점에서 의의가 있다. 고전소설이 허구 문예물로서 독자성을 가지고 있지 못하다거나 우연성·환상성에 기대어 서사를 전개한다는 인식은 고전소설 작품 자체의 구성에 주목하기보다는 우리가 사는 실제 세계의 논리에서 내용의 개연성을 따지거나 현대소설의 복잡한 플롯 구성을 기준으로 내린 결론이기 쉽다. 플롯은 사회 문화적 조건에 의해 특정한 방향으로 결정되기도 하는 만큼, 고전소설 플롯의 개연성을 따질 때에는 당대 공동체의 서사 관습과 서사 전통을 고찰할 필요가 있다.

2. 소설의 몰입 기제로서 플롯 장치의 효과 체험

플롯 중심의 고전소설 교육은 소설 교육 전반에 적용되는 의의를 지닌다. 그 의의란 고정된 지식으로서 플롯을 습득하도록 하는 것이 아니라 플롯 유형의 결정 요인들을 단서로 삼아 플롯을 이해해 나가면서 그것의 효과를 체험하도록 하는 것이다. 이때 플롯 효과의 체험은 플롯의 기획에 따라 충실히 서사를 읽어나간 독자의 '서사적 몰입(immersion)'을 통해 획득된다. 서사에 충분히 몰입하지도 않고 분석적인 관점만을 적용하는 것은 작품에 잠재된 서사성을 충분히 파악할 수 있는 방법이 될 수 없다.

상술한 것처럼 표층 요인과 심층 요인에 의거하여 결정된 플롯들은 유형마다 각기 다른 효과를 낸다. 수렴형 플롯은 예정된 질서가 언제 실현될지에 대한 서스펜스를 자아내고, 발산형 플롯은 있었을 법한 혹은 있기를 바라는 사건에 대해 인간이 매혹되는 과정을 착실한 인과관계를 통해 구축하여 몰입을 자아낸다. 이를 체험함으로써 학습자는 이러한 효과가 어떠한 요소들의 결합으로 탄생하는지, 어떻게 특정한 주제를 효과적으로 형성하고 전달하는지, 이에 대해 우리가 나타낼 수 있는 정서적 반응은 어떠한 스펙트럼으로 나타나는지를 탐구할 수 있다.

3. 내용 중심 주제 교육의 형상적 근거 강화

'텍스트의 중심 의미'라 할 수 있는 주제를 소설 읽기의 최종 단계로 상정하는 것은 일반적인 일로 여겨진다. 주제 교육이 작품을 향유하는 데 본질적인 것이 아니라거나 학습자의 능동적인 해석을 방해한다는 주장들도 있지만, '주제'는 현실적으로 중요한 교육 내용으로 다루어지고 있을 뿐더러 학습자로 하여금 보다 적절하고 타당한 의미를 도출하기를 요구하는 개념이다. 다만 주제 교육의 방법이 더욱 섬세화되고 구체화되어야 학습자 스스로 주제를 도출하는 교육, 스스로의 합리성을 신장시키는 교육이 될 수 있다.

이에 플롯은 기여하는 바가 있다. 내용 중심으로 이루어져 해석의 충돌에 대한 처리 방식이 충분히 갖추어지지 못했던 주제 교육에, 가시적이고 객관적인 플롯의 '형식'적 측면들은 해석 공동체의 인정을 얻어 주제의 타당성을 확보하는 데 도움을 준다. 더욱이 플롯은 소설의 특정 국면의 형식적 특성만을 지시하는 것이 아니라 작품 전반을 유기적으로 통일시키는 형식적 특성에 대한 용어이다. 그렇기 때문에 서사의 거시적, 포괄적 형태에 대한 논의를 가능케 해 준다. 학습자의 해석과 다양한 반응에 대한 존중을 표방하는 주제 교육도 의의가 있지만, 형상으로서 플롯이 담지하는 의미를 소통의 닻으로 삼는 주제 교육은 합의의 가능성을 높이고 주제에 대한 근거를 보다 정련화시킨다는 점에서 보다 실질적인 의의가 있으리라 본다.

※관련 논문 : 정보미, 플롯 중심의 고전소설 교육 연구 - 17세기 장편소설을 중심으로, 서울대학교 대학원 박사학위 논문, 2019.